U0165913

論文寫作演繹

東寧逸士拜題

張高評 著

五南圖書出版公司 印行

王 序

　　本書是中國古代文學研究領域的資深學者，積其平生經驗、傾其十年心力寫成的論文寫作攻略。既有很強的操作性、實用性，又有可自行檢驗、自我評估的原則性、標準性，更有寫作方法的集成性和歷史深度的學理性。無論是對寫學術論文、學位論文，還是對寫專題計畫、申請報告，都有切實的指點迷津、開示門徑的意義。

　　書中論述的各種寫作方法、要領，切實可行。論文寫作的各個環節、層面，包括寫作前的初擬選題、確定選題、成果述評、擬定大綱和寫作過程中的結構安排、觀點提煉、亮點突出、標題製作、資料剪輯、文獻注釋、緒論、結論，以及收束全文後內容摘要、關鍵字等，都一一指點迷津。重要環節固然是精心指點，看似不重要實則不可輕忽的環節，也悉心引導。

　　如成果述評，有些作者不甚在意，時或敷衍了事。實則是論文不可或缺的重要環節。對作者本人而言，在寫作之前，必須瞭解已有的學術進展，對往哲時賢研究成果的得失優劣了然於心：哪些觀點可以作為自己選題的理論依據，哪些史料可以作為自己論文的文獻來源，哪些結構框架、思路方法可資借鑒，寫作論文時就輕車熟路、信手拈來。對讀者和評審專家而言，可以瞭解作者是在什麼學術起點上進行研究，是從零起步向上提升一層，還是在前賢已進階的基礎上再往前推進一步，以便判斷學位論文貢獻之大小。如果作者在文獻綜述中含糊其辭，交代不清，論文的學術價值就很難得到認同肯定。故而文獻述評必須認真對待，切不可草草應對。

　　然則，成果述評該如何寫？好多在讀的碩士生、博士生並不清楚，甚

至不少已取得學位的博士也不甚了然。在學位論文的開題報告、專題計畫書、專案申請書中寫成果述評，往往只是分類羅列已有研究成果，而不作評析研判，毫無問題意識。讀者或審查專家看完，只知道有哪些成果，而不明白這些成果究竟解決了哪些問題、還有哪些問題沒有解決、作者究竟要想解決什麼問題。本書第二章，專題討論成果述評寫作的方法要領，指出：

> 進行文獻回顧時，既要綜述，更要評論。詳言之，以精要文字，綜述海內外的研究現況（述），作爲爾後研究的鋪墊或對照；主要的核心重點，還在於評論已發表論著的利病得失（評）。進而針對學界前賢的病失與死角，提煉出創新解決的問題意識，作爲本研究課題補充發展的視角與亮點。

「述」，見學問；「評」，顯見識。述，可見作者對過往研究成果和相關文獻掌握的廣狹深淺；評，則可見作者對已有成果的判斷力和概括力：能否準確判斷已有成果的優劣得失、能否從紛繁亂雜的過往成果中發現問題，並提煉概括出條理化的觀點。

概括能力，是做學問必備的能力之一。能否提煉出新穎的學術觀點，是論文水準高低的重要體現。有些論文，擺事實、說現象，頭頭是道，但就是提不出具有概括力的學術觀點，因而顯得平淡而不出彩。做學問，要學會概括，不斷提升概括能力。記得我博士論文答辯（口考），歷時一天，九位答辯委員提出了一大堆問題，答辯主席程千帆先生提示我：不要對每位教授提出的問題一一作答，而要對提出的問題進行分類概括，然後回答幾個主要問題。他並直接點明，這是要考察、檢驗我的概括能力。此後，我一直注重論文觀點的提煉與概括。而成果述評，是在論文開頭的緒論部分，述評是否有概括力，事關讀者和審查專家對作者能力水準的第一印象，因而要慎重對待，精心結撰。

不管是什麼類型的論文，都要突出問題意識。論文的終極目的，是探討問題、解決問題。但有的論文，問題意識不突出，讀者看了一半，甚

至讀罷全文，都不明白作者究竟想要探討什麼問題、解決什麼問題。問題意識是否突出，是評判論文優劣的一大指標。因而，論文寫作，一定要注意突出問題意識。怎樣突出問題意識？本書第四章，專論問題意識的重要性，和體現問題意識的技巧。其中提點說：

> 論文打算解決什麼問題？問題意識應該在章節標題項目中呈現出來。研究的主體概念是什麼？章節文字也必須有所體現。再說，論文的詮釋系統是什麼？用什麼方法來解讀、說明、詮釋、引伸發揮？研究的創見心得，務必彰顯，變成標題。……既然是創見，篇章論證所佔篇幅一定不小，行家可能不及細看；高度濃縮之後，成為章節的標題，就很容易一目了然。

標題該如何擬定、字數多少為宜，是準確達意為先？還是勻稱漂亮為上？書中都有具體的提示。

論文的結構，既體現作者思考問題的深細度、寬廣度，和思維的嚴密度，又體現作者駕馭問題的能力和語言表達能力。結構又是展現在書前的目錄中，所以，作者的綜合能力、學術水準從結構上一望可知，就像人的面容，妍媸美醜一覽無餘，不像身體軀幹上的瑕疵，可以被遮蔽。因而，結構需要精心安排，以充分展現作者的實力與水準。本書第七章，專論結構佈局，多是深造自得之見。

謀篇佈局，須事先擬定綱目。近年，我喜歡用思維導圖（又名心智導圖）軟體 XMind，來擬定論文綱目和有關事務的計畫綱要。論文分幾大層次、每個層次又細分幾層幾類，用思維導圖來呈現，有兩大優勢：一是容易發現問題，層次與層次之間、類別與類別之間是否合乎邏輯，不同層級的綱目是並列關係還是從屬關係，一目了然。如果分類不當、層次不清，就及時調整。二是引導思維深入。我們平時考慮問題，一般只會想到一兩個層次，而思維導圖可以促發引導我們不斷深入。比如最先想到兩個層次以後，看了導圖，我們會想第三層如何深入、如何安排，是再細分若

干類還是繼續分層？想清楚第三層後，又會想有沒有可能再深入到第四層。這樣逐層深入細化，論文結構就會有序化、清晰化，寫起論文來就不枝不蔓、脈絡井然。我嘗到甜頭後，也要求門下諸生，寫作論文前用思維導圖軟體理清思路、擬定大綱，避免信馬由韁、主次不分、詳略失當。

論文注釋，不可或缺，人所共知，但注釋的功能，初入行者未必熟悉，以爲注釋只是注明文獻來源出處而已。1987 年，我初讀博士時，就不太了注釋的功用。當時，讀到北京大學陳貽焮先生的《唐詩論叢》（長沙：湖南人民出版社，1980），見書中有些注釋文字特別長，差不多占了當頁篇幅的一半，頗爲詫異，不知爲何要這樣處理。次年，陳先生到南京參加我師兄師姐的博士論文答辯，有幸向他當面請教我的疑問困惑。他告訴我：注釋本有補充說明的作用，注釋和正文可以互補、交相爲用。將次要觀點和引證材料放在注釋中，可使正文條理清晰、文氣清通，避免引文過多形成滯礙。他的指點，讓我豁然開朗。後來我寫博士論文《宋南渡詞人群體研究》，就學用其法。我論文的語體，是論述闡釋，而不是考據實證。但上篇涉及詞人群體相互交往、唱和事實的考證，如果將考證的過程和引證文獻放在正文中，必然導致論文不同敘述語氣的交叉並置，閱讀效果就會不曉暢。於是相關考證和大量引證的原始文獻放在注釋中，故有的章節注釋幾乎占了一半的篇幅。現在讀到本書專論注釋功能規範的章節，居然將論文注釋總結出六大功能，洵爲灼見。讀罷眞有「悠然心會，妙處欣有君說」的快感。

論文寫完後，初入行的作者往往難以判斷自己寫的水準如何，時有「妝罷低聲問夫婿，畫眉深淺入時無」的忐忑焦慮。本書想人之所想，急人之所急，指點迷津的同時，又提供作者自我檢驗的原則、標準：或提出正面要求，以便作者自我檢驗是否符合要求、標準；或提出負面清單，俾作者自我對照檢查，是否有違礙錯失。如第四章，有專節提示緒論寫作的四點大偏向與誤會。第二章，更提出自我評估「成果述評」的三波段：第一波，檢驗研究成果的有無、異同；第二波，評估研究成果的顯晦、詳略、精粗、深淺；第三波，評估廣窄、偏全、是非、得失。對照標準，作者就可以明瞭自己的成果述評是否合乎要求，該述的是否全面周詳，該評

的是否精准到位。又如結論的寫作，書中提出五大法門、五點禁忌，都是切中肯綮之論。論文作者對照檢驗，就不難發現自己論文失在何處、短在何所。既知病灶所在，進而修訂之、打磨之，就可揚長補短，金光閃閃。誠於《老子》所言：「夫惟病病，是以不病。聖人之不病也，以其病病也，是以不病。」

　　本書的方法竅門，不僅是著者個人的經驗積累、親身感悟，而且精選集成了海內外文史學界幾代大師名家的治學智慧、寫作方法。文史哲學界：如胡適、王國維、林紓、梁啓超、劉師培、黃侃、錢穆、陳垣、陳寅恪、顧頡剛、何炳松、馮友蘭、王力、張岱年、殷海光、勞思光、何炳棣、侯健、鄧廣銘、王運熙、嚴耕望、程千帆、錢鍾書、錢存訓、余英時、傅偉勳、王爾敏、郭預衡、陳之藩、周勛初、王水照、黃永武、黃慶萱、楊海明、童慶炳等前哲耆宿的名言俊語；林慶彰、顏崑陽、王汎森、莫礪鋒、葛兆光、張新科、高強、劉躍進、鄧小南、傅修延、陳平原、陳尚君、吳承學、李劍鳴、仇鹿鳴、尚永亮、周裕鍇、龔鵬程、王文進、楊晉龍、趙生群、蔣寅，以及域外之賈伯斯、浦安迪、彼德杜拉克、內藤湖南、鈴木敏文、大前研一、淺見洋二等時賢俊彥的高見鴻論，都有引證，琳琅滿目。每一寫作方法門徑、每一原則標準，又必引古代經典哲人之論予以論析佐證，既見著者淵博的學問，又顯學理深度，在在啓人心智，處處予人滋養。

　　本書著者張高評教授，國際著名學者。博士畢業後，自 1985 年起，一直在成功大學執教，深耕精作中國古代文學近 40 年，研究領域橫跨經學、史學、文學，尤長於《春秋》、《左傳》、《史記》，和唐宋詩歌與詩學、古文義法、印刷傳媒的研究，學問宏博，造詣精深，又勤於著述，數量驚人。先後出版個人獨著 30 部，主編、合著 40 餘種，發表各類論文500 多篇，並世學者，罕有其匹。曾一人主辦一個刊物，出版《宋代文學研究叢刊》1～15 輯，有力推進了宋代文學研究。能力之強、貢獻之巨，令人驚歎！其治學經驗既豐厚，又善於總結探索治學方法。從讀博士起，受乃師黃永武教授的啓發與影響，一直注意探索研究方法，故能將治學經驗從感性上升到理性、從自發跨越到自覺，從模糊躍進到清晰。

　　我與高評教授相識相知 30 年，對其爲人爲學甚爲瞭解。特別是 2003
年、2010 年、2014 年，我先後在成功大學、彰化師範大學、中央大學客
座期間。他和夫人常常驅車陪我遊覽寶島風光，賞美景、品美食的同時，
坦誠交流治學心得，從容討論研究方法，思維激蕩，靈光閃現，受益多
多。他年長我十歲，待我如知己，我視他爲學長，志同道合。我有幸成爲
本書的第一讀者，深感有益於學術、有裨於後學，故樂爲序引。一爲著者
賀，一爲讀者幸也！

　　　　　　　　　　　　　王兆鵬 辛丑初秋於武昌南湖

自 序

　　高等教育與中小學不同，最大的分野，在於大學必須研究學術。大學生、研究生修課，須交課堂報告；碩博士研究生要通過學位，必須完成論文；教師想順利升等職位、執行專題計畫，發表研究成果、年終考核，都不得不撰寫論文。甚至學術交流、參與研討會、擔綱學術講座，也未能免俗，無一例外，都得發表論文。論文的撰寫，成為展示能量高低、定奪優劣可否的重要憑證。學術研究既成為天職，於是撰寫論文，似乎就天經地義、當仁不讓、義不容辭。

　　自 1983 年執教上庠，先後指導 20 餘位博士生，50 多位碩士生，40 位大學生撰寫學位論文。在傳道、授業、解惑之餘，學生位階高低不同，自論文選題、寫作大綱、設章立項，到研究方法、文獻徵引、解讀原典、詮釋論證，乃至於注釋、結論、緒論、摘要，所遇到的困境、瓶頸、疑惑、偏失，自然有大小深淺的差異。論文規範不恪守，寫作要領不講究，作業程序不符標準，則是形式上普遍存在的現象。尤其理想的論文選題，究竟如何生發與獲取？最有待再三提撕。至於大醇小疵，其實並不常見。

　　所謂理想的論文選題，指經由學術評估，導出問題意識，再依問題意識貫串，成為創新獨到的研究專題。系列之步驟與推動，皆以成果之獨到與創新為依歸。筆者既曾指導 100 多人次之學位論文，深知寫作之短長虛實，論文的優劣得失。近四十年來，又參加 200 多場海內外學術研討會，發表近 300 篇學術論文，出版 34 本學術專著。學術交流如是，論文發表如此，於是學界信息可謂多方掌握，創新卓越之成果耳熟能詳，於是在 2013 年，出版《論文選題與研究創新》專著，凡 36 萬言。論文選題云云，

主要意義在：爲論文寫作之主體學術研究，完成開宗明義的先導工程。

題目選擇，是論文寫作的當務之急、首發活動。論文題目選擇的理想與否，攸關研究結果的成敗優劣。指導學位論文時，目睹或得或失的實況；回顧自己發表論文、出版專著時，取捨依違的臨場經驗；借鏡學界專家的學說，參考各種學術研討的觸發，對於《老子》所言：「夫惟病病，是以不病。聖人之不病也，以其病病也，是以不病。」[1]體悟頗深。出於口苦婆心，愛深責切，於是完成《論文選題與研究創新》的專著，企圖提供論文寫作時，先立其大者，以救濟前置作業的疏失，推助研究成果的創新。宋姜夔（1155～1209）《白石道人詩說》稱：「不知詩病，何由能詩？不觀詩法，何由知病？」[2]何止說詩須知詩病，宜觀詩法；論文寫作時，知病、觀法，尤其必須劍及履及，身體力行。

寫作學術論文，何由知病？如何觀法？筆者過去三十餘年來，有機會參加博士、碩士學位口試，以及副教授、教授、特聘教授、講座教授資格審理。審查國科會、科技部專題計畫、專書計畫約 100 件以上；擔任各大學專書出版和學報期刊論文審查、榮膺主編與知名學報之編輯委員，更不計其數。漢桓譚《新論》引揚雄（B.C 53～B.C18）言：「能讀千賦則善賦。」由此觀之，筆者職責所在，閱讀學界之論文，撰寫自家之論著，當然不止 1000 篇。閱讀林林總總的論文，據此而講談論文寫作，順理成章，可以知病，可以觀法。

梁劉勰（約 465～521）《文心雕龍‧知音》亦云：「凡操千曲而後曉聲，觀千劍而後識器。」[3]由筆者近四十年之學術經驗看來，可以媲美讀千賦、操千曲、觀千劍。符合劉勰所謂：「圓照之象，務先博觀」之條件。故學界論著宏偉如喬岳、如滄波，固然瞻仰觀覽過；即便短章小文如培塿、如畎澮，也指點引渡過。既然身之所歷，目之所見如是，故不妨現身

---

[1] 張松如：《老子說解》（高雄：麗文文化公司，1993），七十一章，文字據帛書本《老子》，頁404～406。

[2] 宋姜夔：《白石道人詩說》，清何文煥編：《歷代詩話》（北京：人民文學出版社，1982），頁681。

[3] 梁劉勰著，范文瀾注：《文心雕龍注》（北京：人民文學出版社，1958、2004）。卷十，〈知音第四十八〉，頁714～715。

說法，略示法門。於《論文選題與研究創新》專著之後，積極探索學術研究之終始本末，嘗試演繹論文寫作之心路歷程，於是促成《論文寫作演繹》本書之孕育與誕生。

就嚴謹之學術著作而言，綜觀一般的論文寫作，可能存在三大方面的疏失：

其一，預備作業普遍疏忽，務實不足。如學界成果之述評、問題意識之建立、研究構想之評估，理想選題之得出、論文大綱之擬定等等，皆是。這些，都是正式下筆寫作之前，務必先發先行的治學業務。碩士生、博士生之學位論文，上述問題的疏忽較爲顯著。資歷稍淺的助理教授、副教授，也往往輕忽不顧，或不以爲意。唐魏徵（580～643）曾云：「有善始者實繁，能克終者蓋寡。」誠然！不過，若無善始，將無以克終。本書詳人之所略，重人之所輕，異人之所同，而謹人之所忽，於上述首發先行之課題，皆已設立專章，分節立項闡發之。魏徵所謂「有善始者」，此也。

其二，執行之先後步驟，不合標準作業程序。論著完成後，讀者翻閱文章，映入眼簾的順序，首先是摘要、提要、關鍵字；其次，爲緒論；結論，則出現在卒章終篇。研究生初學入門，眼見爲憑，以爲此即論文寫作的先後次第。蓋行文順序如此，目擊道存，致有此誤解，亦不足爲怪。白居易（772～846）詩所謂：「鴛鴦繡出從君看，莫把金針度與人。」所繡鴛鴦的表象圖案，觀者舉目可知。不過，針線工夫的內在脈絡或技藝，是無從得知的。所以，詩人白居易乃示人以法門，著有《金鍼詩格》，揭示詩格、詩法，即授人以金針之謂。[4]反觀論文寫作，自有其正確的作業步驟與實際，是所謂標準作業程序（Standard Operating Procedure，簡稱

---

[4] 唐徐寅《風騷要式》引白樂天云，作「鴛鴦繡了從交看」，張伯偉編撰：《全唐五代詩格校考》（西安：陝西人民出版社，1996），頁428。另外，《黃龍慧南禪師語錄》卷一：「鴛鴦繡出從君看。莫把金針度與人。」法演禪師語錄》卷一：「鴛鴦繡了從君看。莫把金針度與人」《圓悟佛果禪師語錄》卷一：「鴛鴦繡了出從君看。不把金針度與人。」說多近似。

SOP）。[5]論文的主體章節完成之後，其他部分的撰寫程序，首先，結論；其次，緒論；最終，摘要與關鍵字，此之謂「言有序」。論文寫作之次第，恰巧顛覆慣性思維、跳脫線性思考。其SOP，如倒捲珠簾，翻轉前後，卻是反常合道，順理成章。

　　其三，主從不分，重輕失調；學術論文「注釋」的部分，最為常見。注釋，為學術論文不可或缺之體例。徒有專論而無注釋，仍不夠格稱為學術研究。但是，一般寫作論文，不太講究注釋之體例：通常只關心「注」，嚴重疏忽「釋」。影響所及，導致主客不分，重輕混淆，文章拖沓，脈絡不清。本書第十四章，揭示注釋有六大功能：或注明出處，或清晰脈絡，或解釋異說，或備列佐證，或交代取捨，或辨析疑惑。「注」，即注明出處。其餘五項，皆為「釋」的作用與功能。寫作論文時，主從、重輕、本末、精粗、是非、優劣之素材，如果等量齊觀，了無軒輊，一概放在正文中進行論述，是所謂尨雜臃腫而不中繩墨。如果善用注釋之功能，稍加取捨、別擇，挑選主軸、重要；抉擇本源、精華；取用是正、優秀的文獻資料，安排在論述場域。作為論文詮釋解讀、討論闡釋，能破能立的佐證。其餘，或觀點謬誤不佳，或品質粗糙低劣，然可作為存參觸發者，則移轉陣地，出乎此而入乎彼，徵存於注釋之中，留待後人公論。如此安排，猶吳季札觀周樂，論國風，「自〈鄶〉以下，無譏焉」之意（《左傳》襄公二十九年）。注釋與正文，楚河漢界，分工如此，堪稱主客分明，重輕有序。既得以相得益彰，又可以防範抄襲剽竊。蓋學界斷定是否違反學術倫理，關鍵往往取決於有無注釋。

　　對於論文寫作的SOP，有必要再作些強調：首先，主體論文完成之後，可順勢寫出結論，總括全文的重點、要點、心得、獨到、創見、發明。此一道理，人盡皆知，無庸贅言。其次之作業程序，則必須倒回首章，進行緒論之撰寫。針對問題意識、文獻述評、探討範圍、研究方法、

5　所謂標準作業程序（Standard Operating Procedure，簡稱SOP），是指在有限時間與資源內，為了執行複雜的事務而設計的內部程序。從管理學的角度來看，標準作業程序，能夠使新進人員面對不熟練且複雜的學習，縮短時間。只要按照步驟指示，就能避免失誤與疏忽。（參考《維基百科》）。

價值貢獻，進行精彩預告，要以能行銷本課題，引發讀者之關注與期待，為其主要訴求。緒論之指涉，必須與卒章之結論遙相呼應。緒論所言，實為結論預占地步。緒論與結論之關係，可以比擬為「銅山西崩，洛鐘東應」。待結論、緒論依序完成了，最後步驟，才輪到摘要、提要、關鍵字的撰稿。論文寫作的壓軸，和論文的聚焦，都交會於摘要。

　　筆者以為：摘要、提要之撰寫，可以有八大指向：如問題的意識、文本的取捨、範圍的選定、方法的揭示、精華的聚焦、心得的萃取、貢獻的凸顯、發明的強調等等，蓋相題取擇，不一而足。唯有全文完稿，結論形成、緒論寫就，論文之表裏精粗都已瞭然胸中，方能從中取精用宏、如指諸掌。否則，論文寫作方興未艾，甚至於開宗明義第一章尚未啟始，將如之何摘取精要？又如之何提出綱領？遑論關鍵字之設定。為因應網路檢索的傳播和行銷，而有關鍵字的設定。摘要所傳播的，必須是創造的、新異的、精華的、重要的，才算符合期待，才能引發興味。關鍵字的設定，關注核心論旨、研究方法、探討領域、精華聚焦各方面。文字淬煉抉擇，當如《文心雕龍‧總術》所云：「乘一總萬，舉要治繁。」[6] 若紊亂程序，冒進躐等，則關鍵字之設置，將導致不賅不遍，流於嚮壁虛造。《禮記‧大學》：「物有本末，事有終始。知所先後，則近道矣。」所謂知所先後，論文寫作尤宜恪守。

　　論文寫作，自是文章作法之一。其內在理路，暗合筆削去取、屬辭比事之《春秋》書法，以及主賓、詳略、重輕、互見之古文義法、史家筆法。詳略、重輕之道，與主從關係十分密切。筆者博士論文專攻《左傳》文章義法，近年又旁及《春秋》書法、史家筆法，略知個中之理路與脈絡。有此積累作為利基，移以演繹論文寫作，於是將文章義法轉化為論文寫作之方法與規範，遂見水道渠成，順理成章。相較於其他論文寫作之專書，自有其特色與異彩。

　　就《春秋》書法、史家筆法、文章義法觀之，探討主要問題，闡明創獲獨到，文字宜詳盡論述、重點強調，甚至亮點凸顯。反之，若處理次要

6　梁劉勰著，范文瀾注：《文心雕龍注》，卷九，〈總術第四十四〉，頁657。

枝節事項，只須輕描淡寫、簡略帶過即可。事理之相關相通者，或篇章異處，節項殊區，則運用互見之法：主意在於此，則詳之、重之。否則，賓筆所在，則略之、輕之。斷無彼此皆詳、皆重，或彼此皆略、皆輕之理。若不明主從、詳略、重輕、互見諸法，將導致謀篇布置、比事屬辭，尨雜而臃腫，雜亂而無章。本書的主體闡釋：第四章談擬定大綱，第五章說寫作規劃，第六章講緒論撰寫，第七章論佈局設計，第八章〈資料之取捨與議題之開展〉，第九章〈文獻運用與詮釋方法〉，第十章〈亮點之凸顯與論說之闡釋〉，第十一章〈表裏精粗之商榷與脈注綺交之講究〉。其中，第四、第五、第七章，皆涉及問題意識之發用，分別從大綱、規劃、佈局各視角切入詳說。看似書重辭複，實則自有提撕強調之作用在。總之，緒論、結論、摘要的寫作，關鍵字的設定，都應該以主從為詮衡，而作筆削去取之定奪，從而體現出或詳或略、或重或輕、或異或同之書法，以及相濟為用、相得益彰之互見法。《隋書》〈藝術列傳‧序〉稱：「技巧所以利器用，濟艱難者也。」[7]本書自第四章～第十一章，說方法，示技巧，學子寫作論文時，苟能「利器用」，將有助於「濟艱難」。

　　自碩士論文研治清初史學，博士論文專攻《春秋》《左氏傳》。而後學術觸角伸展，旁及《史記》、唐宋詩、詩話學、破體出位、文章義法。最近七年，又轉進《春秋》詮釋學、《春秋》書法、敘事傳統、印刷傳媒、桐城義法、創意發想、實用中文。管理大師彼得‧杜拉克（Peter Ferdinand Drucker, 1909～2005）呼籲美國的高等教育，當以「市場」或「最終用途」為出發點，以強調應用為終極追求。因為，跨學科間的研究，正急速地發展。[8]筆者著述之理念，恰好與之不謀而合。本書內篇，暢談「論文寫作之脈絡」，已作跨領域、跨學科之論述。至於外篇四章，旁及「相關學科之借鏡」，諸如創意發想、《春秋》筆削、歷史編纂、敘事傳統、辨章學術、考鏡源流、訓詁考據，乃至於修辭工夫、文章義法，舉凡與論

7　唐魏徵等奉敕編：《隋書》（北京：中華書局，1965，《二十五史》點校本）。卷七十八〈藝術列傳〉第四十三。

8　彼得杜拉克 Peter Ferdinand Drucker著，上田惇生編，齊思賢譯：《社會的趨勢》，第三章〈知識社會〉，「跨學科的研究正急速地發展」，引氏著《不連續的時代》，頁47。

文寫作相關互涉者，多牽連而書，唯恐不及。於是萬水朝宗，百川歸海，而薈粹體現於《論文寫作演繹》一書之中。經世致用、古學今用，以「最終用途」為出發點，即是本書的著述指趣。

《妙法蓮華經・觀世音菩薩普門品》稱：觀音菩薩接引眾生，就因緣不同，化現為不同的身分。《大佛頂首楞嚴經》亦云：觀世音菩薩為眾生說法，「應以何身得度者，即現何身而為說法」：曾出現三十二應化身、十九種說法的方式，「令其成就」。[9]筆者不敏，戒慎恐懼，本書內篇外篇，或別裁旁通，或規過指瑕，亦往往以身經目歷，現身說法。所以懇懇懇懇，苦口婆心者，只在心得分享，經驗傳授而已。起心動念，無非示人以法門，猶世尊現身說法，「令其成就」而已。金元好問（1190～1257）〈論詩三首〉其三云：「鴛鴦繡出從君看，莫把金鍼度與人。」[10]今本書出版，不妨下一轉語：既繡出鴛鴦，何妨金針度人？揭示津梁，現身說法之謂也。孔子所謂「己欲立而立人，己欲達而達人。」[11]雖不能至，然心嚮神往之。此之謂心得分享，經驗傳授。《禮記・學記》所謂「善歌者，使人繼其聲；善教者，使人繼其志。」

扁鵲（？B.C 407～？B.C310），為戰國時名醫。司馬遷（B.C145～B.C 90）著《史記》，有〈扁鵲倉公列傳〉，敘記扁鵲神奇之醫術。《鶡冠子》〈世賢〉篇，記載扁鵲回應魏文王之疑問，已揭示預防醫學（preventive medicine）之高妙，頗富於哲理之啟發。其言曰：

　　魏文王之問扁鵲，曰：「子昆弟三人其孰最善為醫？」
　　扁鵲曰：「長兄最善，中兄次之，扁鵲最為下。」魏文侯
　　曰：「可得聞邪？」扁鵲曰：「長兄於病視神，未有形而

9　姚秦三藏法師鳩摩羅什譯：《妙法蓮華經・觀世音菩薩普門品》，頁19～24。唐天竺・沙門般刺密帝譯：《大佛頂首楞嚴經》卷六：「蒙彼如來，授我如幻聞熏聞修金剛三昧，與佛如來同慈力故，令我身成三十二應，入諸國土。……我現佛身而為說法，令其解脫。」「我於彼前現身，而為說法，令其成就。」佛學資料網頁。

10　金元好問著，姚奠中主編：《元好問全集》（太原：山西人民出版社，1990），卷十四，七言絕句，〈論詩三首〉其三，頁428。

11　宋朱熹：《四書章句集注》（北京：中華書局，1983、2012），《論語集注》，卷三〈雍也〉，孔子答子貢問，頁92。

除之，故名不出於家。中兄治病，其在毫毛，故名不出於
閭。若扁鵲者，鑱血脈，投毒藥，副肌膚，閒而名出聞於諸
侯。」[12]

扁鵲昆弟三人，長兄治病於未形，最善為醫，而名不出於家。中兄治病於
初始，故名不出於閭。扁鵲治病於已發，而名出聞於諸侯。《黃帝內經‧
靈樞經》亦記述此事，謂「上工，刺其未生者也；其次，刺其未盛者也；
其次，刺其已衰者也。」又總括之曰：「上工治未病，不治已病。」[13] 唐
代孫思邈（541～682）《備急千金要方》亦謂：「上醫醫未病之病，中醫
醫欲病之病，下醫醫已病之病。」[14] 案：所謂善醫者，「治病於未形」；
「上工，刺其未生者也」；「上醫醫未病之病」，類似之論，向來為預防
醫學所信奉。

宋明理學談心性論，從程顥（1032～1085）、程頤（1033～1107），
到朱熹（1130～1200），曾就「未發」、「已發」，反覆研討、論辯，
形成談說焦點。[15] 反觀學術論文之症候，亦有已發未發之分。今言論文寫
作，姑且借用「已發」、「未發」之術語，參考學術之症候群，若「欲
病」、「已發」、「已病」，則當針之、灸之、藥之。本書各章節所言，
凸顯寫作之忌諱、偏向、疏失、誤會等，即扁鵲昆仲所以針灸用藥，療疾
治病之地。若諸症「未生」、「未形」、「未發」、「未病」，則如《老
子》所謂：「聖人之不病也，以其病病也，是以不病。」[16] 上乘之論文當
下如此，亦不妨持盈保泰，未雨綢繆、防患於未然。

宋魏慶之（？～1240～？）能詩、知詩，於詩學素有造詣，號稱「詩
家之良醫師」。編著《詩人玉屑》一書，集北宋以來詩話之大成，於宋代

---

[12] 《鶡冠子》，卷下，〈世賢第十六〉，《中國哲學書電子化計劃‧先秦兩漢‧道家》。
[13] 《黃帝內經‧靈樞經‧逆順》，《中國哲學書電子化計劃‧先秦兩漢‧醫學》。
[14] 《中國哲學書電子化計劃》，維基百科，孫眞人（思邈）《備急千金要方》，卷一，〈論
診候第四〉。
[15] 陳來：《宋明理學》（瀋陽：遼寧教育出版社，1992），第三章第三節〈朱熹〉，
（四），未發已發，頁171～173。
[16] 張松如：《老子說解》（高雄：麗文化公司，1993），七十一章，文字據帛書本《老
子》，頁404～406。

詩學之利病得失，有具體而微之體現。[17] 宋黃昇（？～1244～？）序《詩人玉屑》稱：「始焉束以法度之嚴，所以正其趨向；終焉極夫古今之變，所以富其見聞。是猶倉公、華佗，按病處方，雖庸醫得之，猶可藉以已疾，而況醫之善者哉！」[18] 作詩治詩，揭示法度，樹立規範，所以正其趨向，猶扁鵲、倉公之按病處方，對症下藥，可以療疾治病。處理論文寫作之疑難雜症，本書之意義，正期待「可藉以已疾」而已！

　　《隋書・經籍志三》稱：「醫方者，所以除疾疢，保性命之術者也。其善者，則原脈以知政，推疾以及國。」[19] 本書模擬研究之實際情境，還原論文寫作之當下場景，推想其利病得失，條分縷析，層層指引。所以不憚其煩者，亦期許如醫方之術，能「除疾疢，保性命」。醫方之善者，往往可以「原脈以知政，推疾以及國」。本書演繹論文寫作，或許亦可原脈以知學術，推疾以及寫作。宋姜夔《白石道人詩說》稱：「不知詩病，何由能詩？不觀詩法，何由知病？」知病、觀法，對於論文寫作，亦然！

　　關於疾病如何書寫？詩人托馬斯・特朗斯特羅姆（Tomas Transtromer, 1931～）曾言：「描述關於身體在某一個時間和空間的記憶片段，並從這些記憶中理解那些身體的困擾：那些死亡與求生，那些失敗與拯救，那些掙扎與解脫，那些沉迷與拒絕，以及在這一切後面遺留的創傷。」[20] 從投入學術研究，繼之體現爲論文寫作，對於初學入門而言，「山窮水盡疑無路」的研究困境，「柳暗花明又一村」的突破喜悅，三不五時就輪番出現。其中的窮通、順逆，如人飲水，冷暖自知。誠如疾病書寫所謂：「死亡與求生，失敗與拯救，掙扎與解脫，沉迷與拒絕」，如是之創傷症侯群，正可悟「三折肱，知爲良醫」（《左傳》定公十三年），《老子》所謂「夫惟病病，是以不病」諸哲理。如果及時明白學術研究的曲折歷程，知曉論文寫作的方法要領，則千山獨行之研究與寫作，將如過都歷塊，縱

---

17 參考張高評：《《詩人玉屑》與宋代詩學》，臺北：新文豐出版公司，2012。
18 宋魏慶之：《詩人玉屑》（臺北：世界書局，1971.7），卷前〈黃昇序〉，頁2。
19 唐魏徵等奉敕撰：《隋書》，〈經籍志三〉，頁1021～1022。
20 費振鐘：《中國人的身體與疾病 —— 醫學的修辭及敘事》（上海：上海書店出版社，2009），〈序〉，頁001。

橫馳騁，無不如意。

　　本書從構思、草綱，到撰稿、發表，最終修訂、潤飾，前後歷經四年半。首先，自 2016 年 7 月，到 2018 年 7 月，有關「論文寫作」之課題，在《古典文學知識》先後刊登七期，如〈素材儲備、問題意識與大綱擬定——論文寫作要領之二〉、〈寫作大綱之準備、規劃與商榷——論文寫作要領之三〉、〈寫作大綱之醞釀與擬定——論文寫作要領之四〉、〈文獻運用與詮釋方法（上）——論文寫作要領之五〉、〈文獻運用與詮釋方法（下）——論文寫作要領之五〉、〈資料取捨與議題開展（上）——論文寫作要領之六〉、〈資料取捨與議題開展（下）——論文寫作要領之六〉。自 2010 年 3 月以來，感謝《古典文學知識》的專欄約稿，責任編輯樊昕的執行。前後刊載有關論文選題，及論文寫作諸課題，約有 26 篇，已獲得大陸學界許多關注。新近又推出「中國敘事傳統說苑」專欄，闡說《左傳》之敘事義法，與論文寫作相關而可以借鑑。

　　自 2017 年 3 月，至 2021 年 5 月，舉凡篇幅較大，文字稍多者，則刊載於《國文天地》。如〈論文注釋與學術規範——學術論文爲什麼要用心於注釋？〉、〈論文寫作與學科借鏡（一）——《春秋》書法與歷史編纂學〉、〈論文寫作與學科借鏡（二）——創意發想與考據學〉、〈論文寫作與學科借鏡（三）——修辭工夫與章法照應〉、〈亮點凸顯與論說闡釋——論文寫作要領〉、〈章節推敲與技術講究——論文寫作要領〉、〈研究構想與學界成果述評——從問題意識到理想選題的心路歷程〉（一）、（二）、（三）、〈創意發想與學術研究〉、〈摘要與關鍵字的寫作要領〉、〈結論寫作之法門與禁忌〉、〈緒論寫作之要領與偏失〉諸篇，皆蒙張晏瑞總編輯垂愛，榮獲刊登。在此鳴謝，永誌不忘。

　　王兆鵬教授，爲中國詞學研究會會長、宋代文學學會常務副會長、李清照辛棄疾學會會長、韻文學會副會長。富有新創的理工思維，淵博的文史素養，知無不言，言無不盡，固爲學術知音，更是談學論道之畏友與益友。本書稿若干學理依據，得自王教授發蹤指示者不少。故文稿甫成，即傳寄就教，索求序文。王教授慎重其事，閱讀一過，不日寫就。論文寫作之演繹歷程，「怎麼寫才是好的，什麼樣是劣等不好的」，書中所作指點

提示，固多所印可；每個步驟，如何推衍？每個層次，如何安排，亦多所建言與商榷。王教授之〈序〉文與品題，自是絕佳的導讀與開示。

五南圖書公司董事長楊榮川先生，熱心文化事業，引領學術風騷。編輯陣容強大，禮遇學者專家。《左傳導讀》、《左傳之文學價值》二書，修訂重版既交付五南發行，故本書《論文寫作演繹》，及《左傳屬辭與文章義法》專著，亦一併授權出版。書出有日，爰誌數語如上，是為序。

張高評　序於府城鹽水溪畔

2021 年 3 月 20 日

目 次

內篇
論文寫作之脈絡

第一章　緒　論

　　研讀文獻，索解疑難，往往上窮碧落下黃泉。個中狀況，「思接千載，視通萬里」，稍稍可以形容。接著，如何透過學術論文的規範，把研究心得、成果創獲，發表成系統化的論著，展示爲自成體系的文章，這涉及到如何「陶鈞文思」的論辯課題。簡言之，所謂「陶鈞文思」，就是論文寫作的心路歷程。

　　梁劉勰（？～465～473～？）《文心雕龍》〈神思〉篇，稱馭文之首術，謀篇之大端，有四方面：「積學以儲寶，酌理以富才，研閱以窮照，馴致以繹辭。」[1] 積學、酌理、研閱，靠平素用心致力於博觀、厚積、愼思、明辨。屆時方能「馴致以繹辭」，順理成章，能約取與薄發。因此，廣泛閱讀、審愼思考、縝密觀察，對於文學創作很重要。論文寫作，亦文章作法之一，亦一體適用。

一、問題意識

　　從事學術研究，主要爲了提出問題，思考問題，進而解決問題，提交成果。論文寫作的成果或創獲，則藉「辭令管其樞機」，終而如實呈現這個心路歷程。研究歷程的演示，可以一言以蔽之：《文心雕·神思》所稱「陶鈞文思」，差堪比擬。本書取名《論文寫作演繹》，就是現身說法，演繹如何「陶鈞文思」。學術寫作的心路歷程，亦於是乎在。

　　筆者任教上庠，前後近五十年。指導博碩士生的學位論文，大學生的畢業論文，參加海內外學術研討會，發表學術論文，出版學術專著。審查國科會、科技部專題計畫、專書計畫，參加博士、碩士學位口試，各大學

---

[1] 梁劉勰著，范文瀾注：《文心雕龍注》（北京：人民文學出版社，1958、2014），卷六，〈神思第二十六〉，頁493。

學報期刊論文審查、主編與編輯委員，以及副教授、教授、特聘教授、講座教授成果審理，更不計其數。積累經驗之豐富，不只是知曉其中之短長虛實、優劣偏正，難得的是體悟個中療癒的良方。漢劉向《說苑》卷一七〈雜言〉稱：「良醫之門多疾人，砥礪之旁多頑鈍。」雖非良醫，不諳治病；然聞見既多，閱歷又富，遂多感觸與心得。《禮記・學記》：「知不足，然後能自反也。」知病、能夠自反，可以指瑕，或可以治頑理鈍，指點初學與後生。

論文寫作，是一項觸手紛綸之學術工程。自研究選題、文獻掌握，到問題意識、研究方法，皆為正式起筆前之準備功夫。假如論文選題不佳，才學將無所施展，研究價值亦隨之大打折扣。筆者有感而發，著成《論文選題與研究創新》，單就論文寫作的前置作業，如文獻評鑑、問題意識、理想選題、研究方法、觀點轉換、視角開拓、領域生新、計畫執行等八個層面，進行闡發、申說、論證，凡三十六萬言，已出版面世。[2]

一旦身為研究生，論文發表就成了義務與天職。選修課程，檢查學習成效、驗收研究心得，必須繳交報告。碩博士生學位論文、大學教師升等論著、年終考核研究成果，科技部專題計畫執行、海內外的學術研討會，寫作論文成為義不容辭的工作，理所當然的使命。小到單篇論文，大到研究專著，概不能倖免。想在學界嶄露頭角，平素就得博觀厚積，屆時方能約取薄發，撰寫成一篇篇質量均優的論文。投寄學報期刊，才可望被接受刊登。長此以往，真積力久，才有機會心想事成，執教上庠。

從學生的課堂報告、學位論文，到教師的研究成果，年終考核；以及研討會的參加、討論，與發表，論文寫作幾乎無所不在、無時不在。充斥在學生和教師的大學殿堂之中，簡直無所逃於天地之間。「論文寫作」之書，所以為數眾多，學子盼望之殷，師生需求之切，由此可見一斑。綜觀諸家關於「論文寫作」之內容，就論文格式規範談論者多，皆有所長，時有所用。惟相較於論文寫作的心路歷程，大多不該不徧，難饜人意。筆者專業既已涉獵多方，或可就《春秋》詮釋學、歷史編纂學、傳統敘事學、

2　張高評：《論文選題與研究創新》（臺北：里仁書局，2013）。

古文義法、辭章學、修辭學諸視角，重新審視「論文寫作」之課題。同時，就教於海內外之方家與同道。

二、文獻述評

學術論文寫作，有既定的規範格式，即所謂標準作業程序（Standard Operating Procedures，簡稱 SOP）。一般而言，操作的步驟和要求，必須符合統一的格式，研究者必須確實遵守。至於實際操作的步驟、前後順序，可否稍作權變，順勢顛倒？則大有斟酌的空間。

五十年來，臺灣學者所著，有關論文寫作之論著不少，大多闡述論文格式的規範，如宋楚瑜《如何寫學術論文》，完成於 1978 年，其章節內容如選擇題目、閱讀文章、構思主題大綱、搜集資料、整理筆記，修正大綱、撰寫初稿、修正初稿、撰寫前言及結論、補充正文中的注釋、清繕完稿。[3] 椎輪大輅，開風氣之先，誠屬不易。接續諸作，如林慶彰《學術論文寫作指引》，談資料搜集與利用、研究方向與方法、論文的附注與附件。[4] 高強《論文研究與寫作》，談研究貢獻、構思導向、研究方法、研究過程、論文摘要、論文主體、論文附件、論文格式、論文投稿等。[5] 畢恆達《教授為什麼沒告訴我》，談前言、文獻回顧、動手動腳找資料、引用文獻、研究方法、發現與分析、寫作心理、結論與建議、未來研究方向、參考書目等。[6] 蔡清田《論文寫作的通關密碼：想畢業，讀這本》，談說緒論、文獻探討、研究方法與研究設計、研究結果與討論分析、結論與建議、參考文獻與附錄。[7] 顏志龍《傻瓜也會寫論文──社會科學學位論

---

[3] 宋楚瑜：《如何寫學術論文》（臺北：三民書局，1990）。
[4] 林慶彰：《學術論文寫作指引》（臺北：萬卷樓圖書公司，1996。又，北京：九州出版社，2012）。
[5] 高強：《論文研究與寫作》（臺中：滄海書局，2009）。
[6] 畢恆達：《教授為什麼沒告訴我──論文寫作的枕邊書》（臺北：學富文化事業公司，2005）。
[7] 蔡清田：《論文寫作的通關密碼：想畢業，讀這本》（臺北：高等教育文化公司，2010）。

文寫作指南》，涉及論文寫作者，如論文主題的形成與文獻閱讀、研究動機與目的、文獻探討、研究架構、研究方法、研究結果、討論、摘要、論文題目、質化論文寫作等等。[8]陳美霞、徐畢卿、許甘霖譯作：《研究的藝術》，內容爲：研究、研究者，與讀者；提問題，找答案；提出宣稱，並加以支持；準備草稿、撰寫草稿，以及修改前言，再次規畫；最後的省思：研究倫理、後記、附錄、資料來源等等。[9]

　　由此觀之，諸家之說，關於論文規範，如研究動機、文獻探討、主題、大綱（研究架構）、摘要、前言、結論、注釋（附注）、研究方法等，談論較多。除此之外，如述說論文題目、研究貢獻、構思導向、研究過程、論文主體、論文投稿等等，皆較具特色。不過，對於論文之「寫作」本身，從大端到細節，往往闕而弗論：諸如文獻的運用、詮釋的方法、資料的取捨、議題的開展、亮點的凸顯、論說的闡釋、章節的推敲、以及「外文綺交，內義脈注」的講究等等，大多語焉不詳。

　　曾遊觀成功大學圖書館書庫，翻閱其庋藏，特別檢索「論文寫作」之書（不含外文）。上架之相關論著，已經琳瑯滿目，令人目不暇給。數量之多，最少在 30 種以上。近似而相關之書名，如「學術論文」等，並不包括在內。否則，更加可觀。試考察諸書之書名，命名爲規範、指南、指導、研究、實務、手冊、教程、講義、軟實力、必修課、不藏私、成功秘笈、武功秘笈、論文教室、枕邊書發表會者，數量最多，居冠。望文生義，其書之屬性可知。又有書名爲方法、技法、要領、格式、運用、SOP、實務寫作、撰寫的眉眉角角者，居次。昭明方法，指陳格式，亦開卷有益。甚至有以「想畢業、通關密碼、傻瓜也會」爲書名，成人之美，激動人心，以此招徠，亦微示關懷之意。諸家所謂規範、研究、實務、教程，本書設章立節，現身說法者即是。所云格式、方法、要領、實務、SOP 云云，本書亦再三揭示、不斷提撕，可謂始終如一。

8　顏志龍：《傻瓜也會寫論文——社會科學學位論文寫作指南》（臺北：五南圖書出版公司，2011、2015、2017、2018）。
9　Wayne C.Booth，Gregory G.Colomb，Joseph M.Williams著，陳美霞、徐畢卿、許甘霖譯：《研究的藝術》（*The Craft of Research*）（臺北：巨流圖書公司，2010）。

　　元代陶宗儀（1329〜1410）《南村輟耕錄》論創作樂府，有所謂「鳳頭、豬肚、豹尾」六字法，「大致起要美麗，中要浩蕩，結要響亮。」此本說詩，昔人已借為作文之法。何妨再次假借，移為寫作論文之觸發。其他，如《文賦》、《文心雕龍》、《文境秘府論》、《史通》、《文史通義》，以及《春秋》書法、史家筆法、詮釋學、敘事法、義法、詩法、文法，本書各章節已多所參考借鏡，翻閱可知。

三、探討範圍

　　孔子《春秋》，不同於《魯史春秋》，關鍵在孔子《春秋》「義昭筆削」。著書立說，對於文獻的筆削去取，若能如章學誠（1738〜1801）所云：「詳人之所略，重人之所輕，異人之所同，而忽人之所謹」，[10]則由筆削之義，體見別識心裁，可以自成一家之言。[11] 本書相較於坊間論述，差異處正在詳略、重輕、異同、忽謹各方面，內容指涉殊科，遂有其特色。

　　本書內容之規劃與設計，發源於創造性思維，落實於學科之整合，而著眼在破體與出位。[12]因此，立說論證，往往師法繞路說禪，遮表互用。[13]借用明體達用之說，全書分為內外兩篇，內篇，為論文寫作之脈絡；外篇，為相關學科之借鑑。探討之範圍，分述如下：

（一）內篇：論文寫作之脈絡

　　本書各章節的設計，自第二章至第十四章，為著述的主體內容，實

---

[10] 清章學誠著，葉瑛校注：《文史通義校注》（北京：中華書局，1985、2008），卷五，內篇五〈答客問上〉，頁470。

[11] 余英時：《歷史與思想》（臺北：聯經出版公司，1977），〈章實齋與柯靈烏的歷史思想〉，三，「筆削之義與一家之書」，頁188〜199。

[12] 張高評：〈破體與創造性思維──宋代文體學之新詮釋〉，廣州中山大學《中山大學學報》（社會科學版）2009年第3期第49卷（總219期，2009年3月），頁20〜31。

[13] 周裕鍇：《禪宗語言》（上海：復旦大學出版社，2017），第二章〈繞路說禪・遮詮〉：「佛教對經典教義的詮釋，有兩種方式：一種叫表詮，一種叫遮詮。遮，謂遣其所非。表，謂顯其所是。」「遮詮，是從反面作否定的回答，即所謂『遣其所非』，或『揀卻諸餘』」，頁247、248。

三段論式的大前提與小前提。此一手法，即宋朱熹所謂：「漢儒解經，依經演繹」的演繹法。[14] 如第二章至第五章，談研究構想，須通過成果述評之檢驗；問題意識，左右論文的走向，決定研究者之企圖心；擬定論文大綱，宜體現問題意識，從而生發理想選題；論文寫作，涉及治學工夫、核心論旨、假設指向、反覆推證，以上種種，必須作與時俱進之規劃。

第六章，談〈緒論撰寫之要領與偏失〉：緒論，肩負引導、指示、預告、提撕、說服、行銷之作用。作者先確認問題意識已成竹在胸。論文各章節均已次第完成，其中之重點、精華、方向、特色、心得，已呼之欲出。著作之表裡、精粗、詳略、重輕、異同、得失、短長、心得，亦如在指掌。必也如此，而後寫成緒論或導言，讀其文而著作可知。所以，緒論，必須是論文寫作的壓軸工程。這就是前文所謂「標準作業程序（Standard Operating Procedures，簡稱 SOP）」。假如超前部署，躐等先做，皆非所宜。

緒論以下各章節，篇幅幾佔全文五分之四，實即明陶宗儀《南村輟耕錄》所謂「豬肚」之部分。這部分之所以堅實、透闢，水到渠成，引人入勝，應該就是「摘要」的演繹、申說、舉例、論證。又似「結論」的大前提、小前提，故能「放之，則彌六合」。第七章～第十一章的闡說論述，大小環節的演繹，是否順理成章？有無偏差乖謬？內外考證的論述，是否言之成理？正確無誤？乃至於章節的比重，如何考量？文獻徵引之後，如何詮釋解讀？資料如何取捨？議題如何開展？亮點如何凸顯？論說如何闡釋？章節如何推敲？脈注綺交如何講究？在在都是論文寫作不容忽視的環節。論著之優劣得失，具見於此；成果有否補充或發展，亦取決於是。

本書內篇第十四章，為〈論文注釋與學術規範——學術論文為什麼要用心於注釋〉。注釋的核心，是標明發明權所在。空有專論，沒有注釋，就不被認為是學術研究。所以，注釋是現代學術研究重要的基礎。其功能有六：注明出處，清晰脈絡，解釋異說，備列佐證，交代取捨，辨析

---

[14] 宋黎靖德編，王星賢點校：《朱子語類》（北京：中華書局，1986），卷六十七，〈易三‧綱領下‧論後世易象〉，頁1675。

疑惑。一般論文，重「注」而輕「釋」，往往主客不明，重輕不分。發揮「釋」的功能，將可與正文交互發明、相得益彰。猶如「錯經以合異」，為《左傳》以史傳經的功能一般。作者學養之深淺、聞見之廣狹、取捨之原委、眼光之高下、功力之疏密、心術之誠偽、學風之旨向，皆灼然可見於注釋之中。所以，斷定論著抄襲與否？關鍵取決於注釋之有無。唯有講究注釋寫作的藝術，方可導正抄襲剽竊的歪風。

（二）外篇：相關學科之借鑑

「你還在原地徘徊？還是選擇跨界戰略，開創大未來？」凱納營銷集團曾助力雲南白藥跨界大健康產業，推出雲南白藥牙膏。開創十二年，突破二一〇人民幣之產值。跨界戰略之效應，有如此者。論文寫作借鏡相關學科，其成效亦卓然可見。

本書內篇十四章，講述論文寫作之脈絡，乃全書內容之骨幹。主要在還原論文寫作的場景，類似虛擬實境之演示。賈伯斯談創意，強調「借用」與「連結」兩個關鍵字；[15] 外篇四章，即論說相關學科之借鑑與運用。就如何「借用」與「連結」，現身說法，舉例與論證。就方法論而言，借用與連結，可說等同跨際整合、交叉研究。學術研究之創新獨到成果，往往由此生發。[16] 要而言之，學術研究追求明體達用、體用合一，乃本書重要的理念之一。

談經學，傳有發明經文之功。論《史記》，本紀如經，世家、列傳、表、書猶傳，彼此作用，轉相發明，成全司馬遷成一家之言。可見傳羽翼經，經傳相輔相成，乃成經典著作。本書外篇與內篇之互文關係，亦如經傳之交流互動。外篇四章，談「借用」與「連結」諸面向，挹注論文寫作若干資源。源頭活水之借用如此，連結到學術研究，乃至於論文寫作，

---

[15]〔美〕賈伯斯：〈求知若飢，虛心若愚〉，《天下雜誌》2011年10月6日。
[16] 參閱盧嘉錫主編：《院士思維》（合肥：安徽教育出版社，2003），王補宣〈交叉出新奇，借鑑促發展〉，頁81～87。劉寶珺：〈蒐集新事實，研究新現象，多學科交叉探索〉，頁323～331。徐僖：〈重視學科交叉，善于概念遷移〉，頁1013～1020。嵇汝運：〈改造以啓創新，交叉有利綜合〉，頁1195～1202。岑可法：〈關注相關專業信息，培養交叉研究興趣〉，頁1470～1478。項海帆：〈發現提出問題，對比移植借鑑〉，頁1632～1640。

是所謂得道者多助。外篇四章，實內篇十五章的輔助及羽翼，互文關係密切，亦由此可見。

外篇內容有四：一，創意發想與理想選題。二，《春秋》筆削、歷史編纂與敘事傳統。三，辨章學術，考鏡源流與訓詁考據。四，修辭工夫、文章義法與與論文寫作；大多爲治學之利器，以及方法學的揭示與演繹。本書內篇設章分節，解讀原典，詮釋文獻，往往參考借鏡如上之學科專業。學術論文寫作，追求補充、發展之理想，期待卓越、創新之成果。治學方法，若能善用「借用」與「連結」，眞積力久，應該可以成事。

四、研究方法

本書取名：《論文寫作演繹》，凸顯「演繹」二字。所以作爲名號者，蓋自始自終，各篇之設章立項，層層演繹，環環推理辯證，時時鋪陳論述，多運用邏輯的規則，演示命題的過程。一切「外文綺交，內義脈注」，皆在「演繹」論文寫作的心路歷程，從而推演出結論的指向。

《四庫全書總目》評宋邢昺（932～1010）《爾雅註疏》：「疏家之體，惟明本注。注所未及，不復旁搜。」[17]宋朱熹（1130～1200）稱：「漢儒解經，依經演繹；晉人則不然，捨經而自作文。」[18]依經演繹，即世所謂「注不破經，疏不破注」。對於古代經典注疏，雖不盡如此，但仍是家法師法的治經原則。[19]論文寫作，以問題意識爲指南，以核心論旨爲聚焦；而篇章經營、文獻取捨、詮釋解讀、創獲開拓，如傳之釋經，亦緣此而生發。猶方苞說義法，所謂：「義以爲經，而法緯之。」朱子所云「依經演

---

[17] 紀昀等主纂：《四庫全書總目》（臺北：藝文印書館，1974），卷四〇，經部小學類一，《爾雅註疏》提要，頁4，總頁830。

[18] 宋黎靖德編，王星賢點校：《朱子語類》，卷六十七，〈易三·綱領下·論後世易象〉，頁1675。

[19] 唐孔穎達〈禮記正義序〉批評皇侃：「既遵鄭氏，乃時乖鄭義，此是木落不歸其本，狐死不首其丘」。孔穎達《五經正義》所持「疏不破注」的原則，乃是一家之例，並非義疏之通則。參考姜廣輝：〈政治的統一與經學的統一〉，收入姜廣輝編：《中國經學思想史》2（北京：中國社會科學出版社，2011），頁741～742。參考姜龍翔：〈《五經正義》「疏不破注」之問題再探〉，《成大中文學報》第四十六期（2014年9月），頁137～184。

繹」，即此之謂。論文寫作「依經演繹」，則不即不離，若即若離，可以避免節外生枝、偏頗跑題。

「演繹」推理（（Deductive Reasoning），或稱爲演繹論證。鋪陳論述如此，切合邏輯學之規範，可與歸納法並列。演繹推理，是一種正向的、邏輯的推理。「其前提，被要求爲結論的眞提供決定性基礎。如果前提之眞，確實能夠決定其結論爲眞，那麼，這個論證就是有效的。」換言之，演繹推理之要旨：在闡明有效論證的前提與結論之間的關係。[20]《論文寫作演繹》所運用之方法，暗合漢儒解經，「依經演繹」之法式，與古文義法所謂法以義起，法隨義變可以轉相發明。

本書常用之研究方法有四：其一，《春秋》書法、傳統敘事學；其二，歷史編纂學、史家筆法；其三，創意發想、創造性思維；其四，古文義法、文章作法。簡述如下：

一，《春秋》書法：詮釋解讀文獻，轉化「義昭筆削」之法，即爲屬辭比事之書法。一變，而成詳略、重輕、異同、忽謹諸法，有助於《春秋》學之詮釋。再衍變，而爲曲直、顯晦、有無、虛實之說，可資傳統敘事學之解讀。詮釋與解讀之視角，論文寫作往往參用。二，歷史編纂學、史家筆法：徵引文獻史料，自博採眾說，辨析短長；明義斷事，予奪可否，而後可以「合甘辛而致味，通纂組而成文」；猶程頤《春秋傳‧序》所謂「聚眾材，然後知作室之用」。論文寫作，借鏡歷史編纂學，運用史家筆法，當是屬辭比事《春秋》教之轉化。其三，創意發想、創造性思維：舉凡本書所談，諸如研究構想、問題意識、理想選題、大綱擬定、寫作規劃、詮釋方法、取捨資料、開展議題、亮點凸顯、論說闡釋，以及結論、摘要、關鍵字之規劃、設計、安排、措注，都需要運用創意發想，方能體現論文寫作的匪夷所思，不犯正位，得出成果的不凡與創新。

其四，古文義法、文章學、修辭學：春秋時鄭國外交辭令之出，須經「草創、討論、修飾、潤色」四道程序。論文寫作，與辭令說服訴求一

---

[20]〔美〕歐文‧M‧柯匹（Irving M.Copi）、卡爾‧科恩（Carl Cohen）著，張建軍、潘天群等譯：《邏輯學導論》（*Introduction to Logic*）（北京：中國人民大學出版社，2007），第二部分〈演繹‧直言命題〉，頁213～214。

致，與文學創作同工異曲，而且，不能免於辭章修飾。小焉者，如篇、章、項、目的標題文字，詮釋解讀的遣詞造句，援引論證的敘議相生，說服傳播之效應設想，都得運用文章學、修辭學。大焉者，本書第二章以下，如論文寫作之規劃與商榷、緒論撰寫之要領與偏失、章節之調控與大綱之擬定、文獻之運用與詮釋之方法、資料之取捨與議題之開展、亮點之凸顯與論說之闡釋、表裏精粗之商榷與脈注綺交之講究、結論寫作之法門與禁忌、摘要提要與關鍵字之寫作策略等等，何者不須古文義法之借鏡？以及文章作法之發用？尤其〈論文注釋與學術規範〉一章，注釋與正文，共同構成學術論文的整體與系統。猶《穆天子傳》中的宇宙，周穆王與西王母東西分治，各司其職，相得益彰，皆有貢獻。注釋與正文，相輔相成的關係，猶主從、重輕、本末、詳略之分際。此一研究視角，從古文義法文章作法得來。

　　四十餘年來，筆者投入學術研究。七年前，出版《論文選題與研究創新》，作爲治學方法的工具書，撰寫的視角，定位爲純粹的學術研究。這本《論文寫作演繹》，更是演繹治學步驟，揭示研究方法的專著。從安排措注，解讀詮釋，到辨章學術，考竟源流，乃至於釋疑解惑，匡謬補闕，學術研究的信息，要皆不離不悖、始終不渝。

五、價值預估

　　清姚鼐（1732～1815）論學問，提出義理、考證、文章三者。以爲：「三者苟善用之，則皆足以相濟。」[21] 曾國藩（1811～1872）亦揭示：義理之學、詞章之學、經濟之學，考據之學」四者。且宣稱：「此四者，缺一不可。」[22] 曾國藩相較於姚鼐，多出一個「經濟之學，在孔門爲政事之科。」經濟，即經世濟民之意。換言之，即《尚書·大禹謨》所謂「利用

---

[21] 清姚鼐：〈述庵文鈔序〉，賈文昭編著：《桐城文論選》（北京：中華書局，2008），頁91。

[22] 清曾國藩：《求闕齋日記》，〈問學〉，辛亥（1851）七月。賈文昭編著：《桐城文論選》，頁325。

厚生」。

　　研究傳統學術，大抵不出義理、辭章、考據三大領域：義理之學求善，詞章之學求美，考據之學求眞。眞善美三者，應該道通爲一。傳統儒學，主張內聖外王，經世致用；宋初胡瑗（993～1059）對神宗問，提出明體達用之說，謂「舉而措之天下，能潤澤斯民，歸于皇極者，其用也。」[23] 到了清代，大倡經世致用之實學，要皆不離民生日用。凡舉而措之天下，能潤澤斯民者，皆爲經濟之學，即《左傳‧文公七年》引《尙書‧大禹謨》，所謂「利用厚生」之意。

　　管理學之父彼得杜拉克（Peter Ferdinand Drucker，1909～2005），曾診斷美國大學教育的缺失，以爲「都是以學科爲主——按照組織專家的說法，是以『產品』爲導向，而不是以『市場』或『最終用途』爲出發點。如今我們對於知識的組織或追求，愈來愈強調應用，而不是學科的訓練。跨學科間的研究，正急速地發展。」[24] 由此看來，文、史、哲的教育內涵，固然不能荒廢學科的訓練，亦可製造優良「產品」爲目標導向；但其學術市場，或「最終用途」，假如能夠兼顧「講究應用」，將更加理想與完美。

　　自文、史、哲分流，時移勢遷，學者喜其單科獨進，遂疏離於學科整合。「不善用之，則或至於相害」，顯然已見。三合一、或四合一既流於口號，則經世濟民之學，亦多避之唯恐不及。文史哲的學術研究，已彌離其本，忘其初衷。近十五年來，筆者主編《實用中文寫作學》（1～6），編纂《文學藝術與創意研發》論文集（1～4）、《傳統文化與經營管理》論文集。提倡人文學科之實用化、創意化、現代化、生活化，以及數位化。[25] 實有感於文科教育之積弊陷溺，違離經世致用漸行漸遠，遑論明體達用之高調。今撰寫《論文寫作演繹》，期待學術研究能夠實用化、生活

---

[23] 清黃宗羲著，清全祖望補修，陳金生等點校：《宋元學案》（北京：中華書局，1986、2007），卷一〈安定學案〉，頁25。

[24] 彼得‧杜拉克著，上田惇生編，齊思賢譯：《社會的趨勢》（臺北：商周出版，2005），第三章〈知識社會〉，頁47。

[25] 張高評：〈與時俱進與經典轉化——人文經典之實用化、創意化、數位化與現代化〉，香港教育大學《國際中文教育學報》2017年總第2期（2017年12月），頁71～91。

化。希望「創意來自人文」，不再是空談之美言。姑以一己之力，效愚公移山之精神，作爲鼓吹云爾。

有不少博碩生、大學教師，不熱衷參加研討會，不常發表論文，沒有申請研究計畫、未曾提交升等論著。發生這些現象，有一個共同理由：就是欠缺合適的論文選題，令人感觸良深。爲解決困境，於是借箸代籌，撰寫「論文選題」系列文章，企圖傳道解惑，紓解困境。後來心想事成，結集成冊，增益論證，遂有《論文選題與研究創新》專著之出版，即是上述「利用厚生」理念之實踐。野人獻曝，不見得就是多此一舉：也許，揭示津梁，有助於初學入門；或爲登堂入室者，指出向上一路，若金針可以度人，亦不爲無功。

《論文寫作演繹》一書，舉凡程序步驟、組識佈局、立意謀篇、設章分節、起結終始，要皆詳人所略、重人所輕，而異人所同。種種之發想，只爲模擬心路歷程，堪稱論文寫作之虛擬實境。至於亮點、要領、策略、法門、規範、禁忌等等，則爲實事求是、具體而微的方法提示。借鏡、觸發、補充、開拓、創新、獨到云云，則是百尺竿頭更進一步，借用、連結、接著講、終極追求的不同境界。尤其本書談學術規範，斷定「有無抄襲？取決於注釋」，言簡易懂，有助於學術倫理之倡導。

後生對前賢論著的接受，本書特提補充、開拓、創新、獨到四者，作爲學術研究的指標，論文寫作的期許。於是立說命意，不得不高瞻遠矚、取法乎上；規劃設計，不得不創造思維，系統思考；謀篇安章，不得不宏觀掌控，用心於布置。晉杜預（222～285）作〈春秋序〉，對於《左傳》解釋《春秋》，提出先經、後經、依經、錯經的條例。[26] 近似論文寫作的程序與實際。日本遍照金剛（774～835）著《文境秘府論》，〈論體〉篇云：「故將發思之時，先須惟諸事物」；「必使一篇之內，文義得成；一章之間，事理可結。」[27] 此與梁劉勰《文心雕龍》所謂：「句司數

---

[26] 晉杜預注，唐孔穎達疏：《春秋左轉注疏》（臺北：藝文印書館，1955，《十三經注疏》本），卷一，頁11，總頁11。

[27] 〔日〕遍照金剛著，盧盛江校考：《文鏡祕府論彙檠考》（北京：中華書局，2006），南卷，〈論體〉，頁1471。

字，待相接以爲用；章總一義，須意窮而成體。」[28] 可以相互發明。宋姜
夔（1154～1221）《白石道人詩說》稱：「作大篇，尤當佈置：首尾匀停，
腰腹肥滿。」[29] 明陶宗儀《南村輟耕錄》，揭示「鳳頭、豬肚、豹尾」六
字法，且謂「起要美麗，中要浩蕩，結要響亮。」[30] 類似之論，於論文寫
作之大篇，頗多啓益。本書穿插徵引之，有助於闡發與印證。

　　如緒論、結論、摘要、關鍵字諸章，除了引述前賢論點心得外，發人
所未發，言人所未言者不少，多得自《春秋》詮釋學，歷史敘事學，以及
詩法、義法之啓示。本書這些章節，自信頗具優長與特色，最有參考借鏡
之價值。就杜預所謂「先經、後經、依經、錯經」來說，問題意識、選定
議題、擬定大綱，都是寫作論文的先發工程，相當於《左傳》敘事之「先
經以始事」。緒論一章，近似「依經以辨理」，即陶宗儀所謂「起要美
麗」。結論、摘要、關鍵字諸章，則近「後經以終義」之敘事；陶宗儀所
謂「結要響亮」者是。緒論、結論、摘要等，是姜夔所謂「首尾匀停」，
陶宗儀指稱「「鳳頭、豹尾」者。姜氏、陶氏以具體形象，指稱詩文寫作
之終始前後，自然具體而親切。本書於注釋一章，較凸顯「釋」的作用。
「釋」的功能若能善加發揮，則可與正文相輔相成，交互輝映。即是杜預
〈春秋序〉所謂「錯經以合異」。

　　中間各章節，是一篇論文，一部專著的主體，骨幹、脈絡，本末、原
委、表裏、精粗，皆在於是。素材如何編比？辭文如何表述？指義如何體
現？可說千頭萬緒，觸手紛繪。《文心雕龍・總術》所謂：「乘一總萬，
舉要治繁」，可作此中之指引。論文中幅的主體，骨幹，如何寫作，姜
夔、陶宗儀以形象語言形容之：要求「腰腹肥滿」；「中要浩蕩」，有如
豬肚。本書自第四章～第十一章，虛擬論文寫作之實境，除了強調問題意
識之凸顯，寫作之規劃與商榷之外，分別呈現章節之調控、文獻之運用、

[28] 梁劉勰著，范文瀾注：《文心雕龍注》（北京：人民文學出版社，1958、2014），卷七，
　〈章句第三十四〉，頁570。
[29] 清何文煥編：《歷代詩話》（北京：人民文學出版社，1982）。宋姜夔：《白石道人詩
　說》，頁680。
[30] 明陶宗儀：《南村輟耕錄》（北京：中華書局，1959、1997），卷八〈作今樂府法〉，頁
　103。

詮釋之方法、資料之取捨、議題之開展、亮點之凸顯、論說之闡釋、表裏精粗之商榷、脈注綺交之講究等等，確實可作論文寫作的案頭書。無論單篇論文、學位論文、升等論著，或者專著專書之撰寫，都值得參閱取資。

　　總之，懷抱己欲立而立人，己欲達而達人之心胸，爲文科學子現身說法，釋疑解惑，完成此本治學的工具書。每立一說，多有學理依據；何止知其然？更示所以然之故。專題申說，多條分縷析，舉例闡明；設章立項，則娓娓道來，順理成章。無它，敬業樂群，利用厚生而已矣！

第二章　研究構想與成果述評

　　研究生撰寫論文，有一種相沿成習的套式：從選題開始，到研究方法，其實都帶有鮮明的「先入為主」觀點，姑稱為「學位體」。教師申請專題研究，同樣先確定一個題目，再蒐集材料。換言之，腦子裏大致已有一個結論，需要資料來論證這個結論。[1]於是文獻的取捨、觀點的依違、信據的可否、論說的偏向，自然都以虛擬的「結論」作為依歸。論文寫作如是，無異於先射箭，後畫靶。這，絕對不是論文寫作的正道。嚴耕望（1916～1996）《治史經驗談》稱：「要看書，不要只抱個題目去翻材料。」[2]蓋有見而言然。

　　尚未開始研究，早已有了結論。蒐集資料、解讀詮釋，一切都為支撐這個預設。因為已經「先入為主」，所以觸目所及，無論觀點或文獻，凡與預設不合、相反相對者，一概視而不見，揚棄不取。一味信守「大膽假設」，卻不盡心致力於「小心求證」，論證勢必流於穿鑿附會。除了劉躍進點出「學位體」的相沿成習外，童慶炳談治學，對於「觀念先行」的研究法，亦不以為然。他說：

　　　　如果是觀念先行，合我觀念者取，不合我觀念者舍，
　　那麼你掌握的物件是片面的，最後的研究結論也必然是片面
　　的。[3]

　　胡適治學，主張「大膽假設」，這似乎等同「觀念先行」，但相似而

1　劉躍進：〈文學史研究的多種可能性〉，《山東師範大學學報》2011年第4期。
2　嚴耕望：《治史三書》（桂林：廣西人民出版社，2008），《治史經驗談》，一，〈原則性的基本方法〉，頁17～21。
3　童慶炳、宋媛：〈治學要講究精神與方法 —— 童慶炳先生與青年學者談心〉，《北京師範大學學報》2015第4期，頁148～156。

實不相同。更重要的是，「假設」後的接續進程：「小心求證」。假設能否成立？必須通過一而再，再而三的審慎求證。論說無論正反，文獻不計鉅細，「求證」歷程，都必須仔細、謹慎、繁複、週到的面對檢驗，輾轉接受挑戰。

「學位體」的「觀念先行」，則反其道而行，誠如童教授所言：「合我觀念者取，不合我觀念者舍」；取捨可否，未回歸原典文獻，卻以「先入為主」作斷。如此，「研究結論必然是片面的」，佐證不齊全，自然未可採信。

研究，是通往學術的不二門徑。撰寫論文，發表心得，是系統化整理研究成果的必要手段。面對課題，做出什麼因應，浮現哪些想法，十分重要，往往影響後續的研究習慣，和個人風格。宋嚴羽《滄浪詩話‧詩辨》稱：「入門須正，立志須高。」[4] 入門正中，格局宏偉；立志高尚，前程遠大，可以當作治學的座右銘。唯有入門正大，格局宏遠，藉以發表的研究心得，才可能成為學術的生長點，才足以引發持續探討的興趣和推力。起心動念很重要，如果高屋建瓴如此，千里足下如此，研究才能夠可大可久，持之有恆。

可大可久之道，貴在選擇能量無限的研究領域，切忌執著單一之論文選題。因為相題論文有時而盡，領域探索無窮無限。如果急功近利，只想當下速成一篇論文，一個專題，不作高瞻遠矚，規劃出更系統的領域；那麼，所謂學術研究，將如膠柱鼓瑟，致遠恐泥。不能奮飛，遑論見龍在田，利見大人？學術研究，猶如經營管理，如果用心於策略之運用，致力於方法之講究，創新經營的成效，自然就水到渠成。

前述兩段話，當然不是針對初學入門的學生講的。姑且指出向上一路，提供以研究為志業的學子，以及以研究為導向的師長們參考，是一番自勉勉人的話語。擬訂研究選題，切忌目光短淺，急功近利，只找到一個研究題目，就開始投入研究。如果只局限於一個論文題目，那麼，論文一

---

[4] 宋嚴羽著，郭紹虞校釋：《滄浪詩話校釋》（北京：人民文學出版社，2005），〈詩辨〉，頁1。

且完成了，研究便從此結束，再也沒有了後續。這樣操作，嚴重違反永續經營的法則，猶如小題大作，固然容易速成，但所得不如所失，將付出不時另起爐灶、致遠恐泥的代價。視野要高瞻遠矚，不要自我設限在一個研究題目上，而是要探索某個頗具規模的研究領域。眼光設定有多遠，相對的成功就有多大，願共勉之！

　　稍大一些的研究領域，其中值得探討的題目相對的豐富，可能蘊含五個、十個，或十個以上的研究選題。比較高層級的學術研究，為了永續經營作準備，研究領域就應當設定寬闊一些，立體一些。譬如博士研究生，或是大學教師。衷心希望，誠懇期勉：能夠劃定一個稍大的研究領域，好好投入心力，慘澹經營，作為一生研究志業的特區。不應鼓勵他們，只專注一個研究題目，甚或選擇小題而大作之。因為前後成果不是系統論著，缺乏規劃，就沒有後續動力，沒有未來遠景。於是而後每寫一篇論文，都得另起爐灶，都得從零開始。不但研究成果無法積累，而且平白浪費太多的時間和精力。事倍而功半，吃力又不討好，何苦來哉？

一、學思並重，規劃學術研究

　　孔子曾說：「學而不思則罔，思而不學則殆。」[5]這兩句話，強調學思並重，不能偏廢。這兩句話，對於論文寫作，頗富啓發意義。學而有得，必須撰寫一篇論文，完成一部論著，才足以宣達理念，凸顯心得，與學界同好共享之。至於如何表達？如何建構？這牽涉到當下如何有效思考，未來如何聚焦落實。《禮記・中庸》稱：「博學之、審問之、愼思之、明辨之、篤行之。」[6]博學、審問，是學問的積累歷程。愼思、明辨、篤行，則是從思維到實踐的功夫。學術研究能夠「致廣大而盡精微，極高明而道中庸」，平素必須積學以儲寶，致力於「學求博，問須審」的奠基工夫，始

5　宋朱熹：《四書章句集注》（北京：中華書局，2012），《論語集注》卷一，〈爲政第二〉，頁57。
6　宋朱熹：《四書章句集注》，《中庸章句》第二十章，頁22。

能水到渠成，登高致遠。相關學養既已博觀厚積，於是本固而道生，操觚弄翰始可望水到渠成。學養發用爲文章之前，《中庸》所提慎思、明辨、篤行，成爲檢驗獻替可否之試金石。研究構想的當下，尤需講明發用。這些，對於論文寫作，要皆有參考價值，和指引作用。

　　《左傳》有一段話，談子產論政事，對於吾人行事規劃，論文構想，很有借鑑意義。子產說：「政如農功，日夜思之；思其始而成其終，朝夕而行之。行無越思，如農之有畔，其過鮮矣。」[7] 撰寫論文、處理政事，和從事農務一般，面對的都是剪不斷、理還亂，錯綜複雜的業務。要理清這些紛擾頭緒，子產提示二句至理名言，著眼於「思」與「行」的完美搭配：其一，「思其始而成其終」：斟酌本末先後的程序、注重內外重輕的考量，運用系統思維，發揮宏觀調控。其二，「行無越思」，企劃構想既然經過細密推敲，審慎評估，確定具體可行的目標，於是付諸施行，就不至於跳脫構思的大凡。「行無越思」的大前提，是所行都經過「思其始而成其終」的通盤考量；而且是「日夜思之」、念茲在茲的專注評估和判斷。一旦交付「朝夕而行之」，自然具備目標導向，可以依規劃執行。此之謂「行無越思，如農之有畔」。執行的原則與要領，《左傳》所載子產之言提示如上，很有啓發意義。

　　學術研究，從發想、奇想、設想、構想，到眞正落想執行計畫，中間存在許多疑似、歧路、誤區、盲點，和枝節。計畫具體執行之前，最好先有研究構想，就如同建造一棟高樓，一座橋樑，一艘船艦，一件工藝產品，都必須先繪製設計藍圖一樣。所謂研究構想，指學術研究的擬定設想，是問題意識的觸媒劑，理想選題的設計藍圖。研究構想的實現，主觀上牽涉到個人學養、研究方法、研究視角、[8] 規模大小、議題難易、時間短長。客觀上，必須進行文獻回顧，檢驗學界研究之得失，以便作爲理想選

7　周左丘明傳，晉杜預注，鹿孔穎達疏：《春秋左傳注疏》（臺北：藝文印書館，1955，清阮元校勘《十三經注疏》本）。卷三十六，襄公二十五年，〈子大叔問政於子產〉，頁17，總頁625。
8　參考張高評：《論文選題與研究創新》（臺北、里仁書局，2013），第六章〈研究方法之講求〉，頁247～323；第八章〈多元視角的開拓〉，頁403～462。

題補充與發展的憑藉，此即所謂「學界成果述評」。爲投石問路的指針，正式研究前之熱身運動，十分重要。[9]

所謂「述評」，等於該研究領城的健康診斷書。有病即治病，無病不投醫，這是平常心，世俗情，人所共知者。「學界成果述評」亦然：該領域的既有成果，海內外研究如果已經有定論、無爭議，接近完美無缺，好比醫學診斷健康正常，當然可以謝絕醫療，不必就診。假設診斷呈現疑難雜症、重症惡病，義不容辭，就必須就醫、救命、治療，不容有些許遲疑猶豫。《左傳》引周任之言：「爲國家者，見惡如農夫之務去草焉。」[10]治國、治病、研治學術，其理相容相通。所以，學界成果經由評估，證實存在疑難、闕略，隱微、昏昧等不足的實況，於是藉此可以形成問題意識，進而確認理想選題。

學界成果述評，按部就班檢驗覆核，客觀公正評估，就可以得出優劣可否的評判，自有助於進退取捨的抉擇。一個概念構想，能否落實？可不可行？題目值不值得做，不可全憑直覺，一定要有客觀的評估機制。在確實執行之前，有必要進行種種的測試，此即所謂「謀定而後動」。就像淘金客尋寶，想挖掘金礦、銀礦、石油礦，都必須先進行金屬探測，或油層探勘。探測結果，確定蘊藏量豐富，有利可圖，再投入資金、再發動人力、再購買設備。先有這樣的測試評估，挖掘尋寶，才不致投資錯誤，血本無歸。若未經測試，絕不輕言投資。或測試而無寶藏跡相，那麼淘金掘銀者、挖掘石油者，將遠離礦區，謝絕投資。

選擇學術的領域，探討研究的課題，撰寫相關的論著，道理和淘金尋寶是相通的。其中，著眼研究選題的當下，正式投入論文寫作之前，必須要有一番測試的歷程，以及可行性評估的系統。這個歷程和系統，即是提出設計藍圖、研究構想，針對打算研究的課題，作系列性的可行性評估，一般稱爲「學界成果述評」。詳言之，就學界已發表或已出版的有關

9　參考張高評：《論文選題與研究創新》，第三章〈論文選題的試金石：文獻評鑑〉，頁59～123。
10　周左丘明傳，晉杜預注，鹿孔穎達疏：《春秋左傳注疏》，卷四，隱公六年，〈君子曰〉，引「周任有言曰」，頁3，總頁71。

文獻、成果，敘述其視角、方法，品評其創見、心得，檢討其優劣高下、論斷其是非得失，進而獲得進退可否的決議。通過這個試金石、可行性評估，接著形成問題意識，獲得理想選題。然後成竹在胸，謀定而後動，此之謂研究構想。

　　學術研究作為有價值的心智投資，學術園林就好比金礦、銀礦、石油礦區，不可以罔顧風險，未經探測、評估，就冒然投入心力，開始研究。縱然前人曾經開鑿過，不見得就已經開發殆盡，題無剩義。如果未經審慎評估，只因為是熱門論題，太多人探討過，就以為應該放棄，不再有開發的價值，極有可能錯失翻轉成說，新變代雄的良機。反之，就算前此一直是未經墾拓的學術處女地，從來無人問津，也不必然就可以等閒視之，魯莽草率斷定：以為毫無開發的餘地，劃定為不值得探討的課題。那麼，可能錯失先發先行的契機，只能委屈苟且追隨人後而已。總之，研究構想的落實，不妨參考子產所言：「日夜思之，思其始而成其終」的系統思維，然後審慎評估其質量的優劣精粗，裁斷投入探勘之進退可否。評估確定，「思」顧及「行」，「行」呼應「思」，一旦付諸執行，自然「行無越思」。如此，投入心力才有可能日起有功，不至於事倍而功半。

　　要之，正式撰寫論文之前，務必草擬研究構想，檢驗學界成果之優劣得失，評估計畫之進退可否。誠如《禮記・大學》開宗明義所言：「物有本末，事有終始，知所先後，則近道矣！」[11] 此一既定的前置作業，不可跳過，不能從缺，必須腳踏實地、按部就班、循序漸進完成。千萬不可超脫擺落，敷衍草率。否則，或知古而不知今，或守舊而昧於新，閉門造車，師心自用，其輕者，將流於孤陋寡聞，重者淪為因襲剽竊而不自知。學術之研究，無論東方或歐美，抄襲剽竊層出不窮者，除了人品瑕疵外，未認真檢驗得失，未確切落實評估可否，乃其主要原因。總之，不過是研究構想未具體落實而已。如此而涉嫌剽竊抄襲，可謂因小失大，十分不值得！

　　研究構想，若出於實事求是的規劃，當如建築物之有設計藍圖，不

---

[11] 宋朱熹：《四書章句集注》，《大學章句》第一章，頁3。

但具體而微，而且可以看見未來。規劃設計的埋想，貴在不落俗套、推陳出新；精益求精，後來居上。凡此所謂後來居上，看見未來，大多以既往的成果為觸發、為踏墊、為憑藉，進而轉化創造，新變自得。童慶炳所謂「推進」、「補充」，很有提撕意義：

> 學術研究，無非是在前人研究的基礎上往前推進，或者是加以補充，不可能平地而起、憑空而作。[12]

「往前推進，加以補充」二語，當是學術研究的目標與價值。「推進」和「補充」，究竟以什麼作為基準點？研究當下，學界成果之虛實得失，即是進退可否的基準點。「述評」的結果，具體而客觀，有助於基準線的明確畫出。賈伯斯（Steve Jobs，1955～2011）說：「借用和聯結，是創新的兩個關鍵字。但大前提是：「你得先知道別人做了什麼！」[13]學術研究貴在創造發明，但必須先知道學界「做了什麼」，全盤瞭解研究成果的現況，才有利於推進和補充，創造與發明。

二、建立敵情觀念，瞭解學術場域的虛實

投資理財，必須了解市場的虛實；參與戰爭，必須洞察敵我的形勢。同理，從事學術研究，專業場域前輩的業績，務必要徹底明白，充分掌握。究竟完成哪些成果？還未觸及哪些區塊？乏人問津的領域是何處？有待墾拓的學術處女地在何方？都應該心知肚明，如數家珍。學術研究講究知己知彼，程千帆先生稱為「敵情觀念」。程先生以為：科學研究，是「從現在已經有的研究成績，向前發展」；「你要搞的，是預備發展和補充他們的意見的。」所以，「真正做學問，也同打仗一樣：知彼知己，百

---

[12] 童慶炳、宋媛：〈治學要講究精神與方法——童慶炳先生與青年學者談心〉，頁148～156。
[13] 〔美〕賈伯斯（Steve Jobs）：〈求知若飢，虛心若愚！賈伯斯的10句經典名言〉天下網路部：《天下雜誌》，2011年10月6日。

戰百勝。」[14] 比喻解說十分傳神生動。《孫子兵法・謀攻》所謂「知彼知己，百戰不殆。」學術研究和爭戰攻略相當，說的道理也都相通相融。

　　《孫子兵法・謀攻》云：「知彼知己，百戰不殆。不知彼而知己，一勝一負；不知彼不知己，每戰必敗。」[15] 撰寫論文，和用兵作戰，有相通相似處：對於敵國兵謀的奇正、虛實、離合，敵軍的強弱、將帥的短長、士氣的高下、兵力的多寡、裝備的良窳，如果缺乏認知與掌握，就貿然出兵對陣，很少不戰敗的。「彼」，是「己」以外的他者、對手。在學術研究方面，指的是鄰近相關領域的同行或專家，就是目前或未來在學術上和我們較量高下的對手。蘋果電腦創辦人賈伯斯說：要想創新，大前提是，「得知道別人做了些什麼？」瞭解學界同行治學的短長虛實，研究成果的優劣得失，即是所謂「知彼」的工夫。

　　在戰場上作戰，講究「謀攻」。所謂「謀攻」，指發動攻擊之前，必先運籌於帷幄之中，始能決勝於千里之外。所以，戰前料敵機先，沙盤推衍兵法謀略，不可或缺。發現敵人的蹤影，然後指示手下：如何攻圍進退？怎麼打敗對方？將帥發蹤指示的大前提，就必須先知彼知己。《孫子兵法・計》所謂：「多算勝，少算不勝，何況無算乎？」[16] 學術研究鑽探問題，好比挖礦攻堅，不能不了解場域和對象。若打算研究某個領域、研究某個題目，同行先進已經發表哪些論文？已經出版哪些著作？尤其是該領域的代表學者，典範論著，不可漏略無知，必須充分了解、具體掌握，這些知彼的工夫，就叫「敵情觀念」。所貴乎研究者，在於補充和發展，增益其所不能。因為論文優劣高下，將來要跟指導教授、同行前輩做比較，所以海內外的同行，都是你用來補充和發展的對象。強調敵情觀念，就是要求充分而深入的了解對手。否則，作戰穩敗無疑。因此，唯有敵情觀念，才能夠克敵致果，才能夠屢戰不敗。唯有實事求是「述評」研究成果，敵情觀念的網絡建構，才算充分而齊全。

---

[14] 程千帆：《儉腹抄》（上海：上海文藝出版社，1998），〈學術研究的敵情觀念〉，頁360～361。
[15] 魏曹操等注：《十一家注孫子》（臺北：里仁書局，1982），卷上〈謀攻〉，頁34。
[16] 魏曹操等注：《十一家注孫子》，卷上〈計〉，頁19。

　　何謂「述評」？撰寫的要領是什麼？簡言之，針對海內外的研究現況，進行精簡介紹，綜合論述，這就叫「述」。這是建立「敵情觀念」，落實「知彼」工夫的必要程序。為什麼只要簡介呢？因為，「述」，不得不掌握，但非成果述評的重點。字數過多，會造成喧賓奪主，重輕失調。因此，簡介的字數不宜太長。閱讀一本書、一篇文章，消化吸收之後，用自己的話語，簡要介紹成果的重點、結論，或精華、創見，這就是「述」。（記得：要注明出處。）同時，行文為了避免支離瑣碎，進行「述」的簡介時，最好採用綜合論述。物以類聚，方以群分，依類綜述，最便於讀者看出學界的研究走向、現況趨勢，以及虛實短長。同時進一步，可以從中提煉出課題研究的問題意識。

　　作為述評的論著，以課題名稱為核心，輻射出去，舉凡相同、相近、相當、相關的論著，多是述評的對象。如研究課題為「崔子方《春秋本例》研究」，述評之對象，不能只限於《春秋本例》這本書。舉凡研究《春秋》義例、釋例、凡例之論著，多可供觸發啟示，皆在成果述評之列。宋代《春秋》學、歷代《春秋》詮釋學之研究成果，多應是述評之對象。簡介論著的精華，主要為了得出研究現況的大勢，所以必須觸類旁通，然後類聚群分，依類綜述。不宜個別述說，零散簡介。綜述，就是重要論著簡介的唯一方式。分類綜述，富含多元的研究目的。如下列所云：

　　　　所謂綜述，是指對以往的研究資料，進行專題性的或者系統性的整理。對於瞭解本學科的理論研究現狀，具有重要參考價值。綜述，是科研材料處理的一種較好的方法，對我們進入到學科前沿，是一個較好的途徑。[17]

　　分類綜述的過程，文獻資料經由「系統性的整理」，本學科、本課題之理論研究現狀，得失優劣，自然瞭如指掌。對於研究之真諦，在推動相關研究的補充和發展，自有重要的參考價值。由此觀之，分類綜述，自是

---

[17] 陳興良：〈論文寫作：一個寫作者的講述〉，《中外法學》2015年第1期，頁13～21。

「較好的方法」、「較好的途徑」。

《論語‧為政》引孔子曰:「溫故而知新,可以為師矣!」[18] 論文的前置作業,關於「述」,等於溫習學界既有的研究成果,提供爾後研究進退取捨的借鏡,所以孔子說:可以知新,可以為師。因此,千萬不可略過不談,已如上述。但「述」與「評」相較,「評」尤其是重中之重,更須慘澹經營,用心投入撰寫。研究成果述評的「評」,對象是針對古今中外已經發表的成果,包括傳統古籍,今人重要論著,評論其高下優劣、是非得失。就臺灣國科會、科技部的專題研究計畫而言,這種評論,絕大部分沒有做好,有很多計畫沒有做到位。做得圓滿的,大約不到一半,這將影響問題意識的凸顯,甚至課題研究的說服力。因為品「評」論說,等於斷案定讞,其結果攸關本課題研究的存廢、進退、可否。因此,在研究構想的寫作中,十分重要,無異居於定海神針的地位。所以,本文側重強調的,主要在如何「評」。《老子》說:「夫惟病病,是以不病!」知道相關成果的瑕疵缺失所在,進而想方設法提出長善救失,補強改善的規劃,這就是學術研究的真諦與價值。

吳起(B. C. 440~387),為戰國初期軍事學家,世傳其《吳子兵法》。其書卷二有〈料敵〉一篇,魏武侯提出「六國兵四守,勢甚不便」的議題,請教吳起破解之道。吳起於是論析六國的風俗習尚,洞悉其利弊得失,而後知齊陣可壞,秦將可取,楚軍可敗,燕將可虜。若用阻陣、拒眾、追亡、倦師的策略,則三晉亦可擊云云。吳起條陳「凡料敵,有不卜而與之戰者八」;「有不占而避之者六」,或戰或避,正反並陳,必具體如此,方可言行軍用兵。吳起以為:「用兵,必審敵虛實而趨其危」,而後可以進擊,方有勝算。[19] 由此觀之,唯有料敵機先,知其利病得失,識其高下短長。然後兼弱攻昧,乘瑕抵隙,方能克敵致果。勝利之機,厥在料敵機先而已。

學術研究成果,如何能夠創新與卓越?套一句賈伯斯的話,首先,必

---

[18] 宋朱熹:《四書章句集注》,《論語集注》卷一,〈為政第二〉,頁57。
[19] 周吳起:《吳子》(臺北、臺灣中華書局,1965,《四部備要》本),卷上,〈料敵第二〉,頁5~8。

須做到「借用與連結」。其次，大前提是，你得先知道：同行正在做些什麼？學界研究成果如何？此即吳起所謂料敵，必先瞭解齊、秦、楚、燕、韓、趙六國的虛實短長，利病得失，逆料敵軍有可敗之道，可以乘瑕抵隙，方可興師出擊。論文寫作亦然：學界前輩發表的相關研究成果，相當於所謂敵情資料，其中的虛實短長，必須充分掌握，發現其中尚有許多研究的死角，有價值卻未曾受到關注；了解其中還有若干議題空間，極具闡發意義，仍值得開拓。猶如行軍作戰，必先審慎評估對手的虛實短長，方能決定進擊或退避，學術研究亦然！要之，探討既有的研究成果，深信自己可以補充發展這個課題，可以增益其所不能，方可毅然決然投入研究。

三、進行可行性評估，檢驗假說能否成立

從事學術研究，必須建立一個觀念：最初擬定的論文命題，無異於假說，不過是一種假設性的議題。到底可不可行？能否成立？有待系列的論證與評估。檢驗進退可否的試金石，就在研究成果的「述評」上。

所謂「述評」，指進行文獻回顧時，既要綜述，更要評論。詳言之，以精要文字，綜述海內外的研究現況（述），作爲爾後研究的舖墊或對照；主要的核心重點，還在於評論已發表論著的利病得失（評）。進而針對學界前賢的病失與死角，提煉出創新解決的問題意識，作爲本研究課題補充發展的視角與亮點。《老子》所謂：「夫惟病病，是以不病！」《孟子》所謂「盈科而後進」、[20]「增益其所不能」，差堪比擬。

當我們想到一個題目，打算投入研究之前，就得先反思以下問題：這個題目，有沒有人做過？若有人做過，是不是值得再做？如果可以續做，那麼學術價值有多高？貢獻有多少？困難有多大？這些，是當務之急，必須先做個了解和評估。如果存心忽略，不進行檢測評估，就貿然投入心力，率然去做這個題目，就會遭遇預想不到的嚴重惡果。大家嘗試想一想：爲什麼會想到做這個題目？題目不外乎兩個來源：一，聽聞來的：老

---

[20] 宋朱熹：《四書章句集注》，《孟子集注》卷八，〈離婁下〉，頁298。

師上課時說的，或是聽了演講得到的。老師，或其他人，不見得會告知題
目的實際狀況。二，開卷有益，看書獲得的。也許，只閱讀到片面文章，
其他沒有全面觸及。身在局外，狀況不明，未能掌握全局。只知其一，不
知其餘，容易流於以偏概全、孤陋寡聞的毛病。

　　但是，有些投機取巧的研究者，所作所為，不作「成果述評」。尤其
是一些初學入門的大學生，或碩士生，都有類似的通病，有意無意間，都
跳過了評估，省略了述評，直接進入問題的探討論述。換言之，不經意之
間，多免除了探索檢測的過程，直接跳到要研究的課題上。這樣抄小路，
走捷徑，憑空發論，無所為而為，還自以為省時省事。事實上，大謬不
然，這樣的草率跳脫，是不符合學術研究的 SOP 的！不但不合學術研究
的歷程，更有可能觸犯因襲剽掠的風險，何況往往欲速不達，致遠恐泥。

　　話說回來，學術研究的起手式，必須針對學界目前的研究現況，進
行述要與評論。述評的重點，是以研究構想為主軸，拿來與學界成果作比
較，聚焦於有無、異同、顯晦、詳略、精粗、深淺、廣窄、偏全、是非、
得失各個層面上，進行較短量長的評論。這是學術論文寫作的暖身工夫，
當務之急。如果學界研究成果已很可觀，闡說已很淋漓盡致；論點精到而
詳盡、研討深入而廣博；層面週全而有得、學界推崇稱道已成共識，這個
課題可以不再做。或者學界研究成果大同小異，已無追新求異的拓展空
間。述評結果若呈現如此，相較於自己所擬定的命題假說，如果真如河東
白豕、野人獻曝。或陳腐、熟爛，或故步、平常，自慚形穢之餘，自當宣
告放棄，大可不必再作。以上，是研究成果「有無、異同」的檢驗，算是
第一波的可行性評估。

　　目前打算研究的題目，跟學界已經發表的論著作比較，到底有沒有人
研究過？如果沒有，那是陌生的課題，原則上可以嘗試。但得追索乏人問
津的原因，是太艱難複雜？還是探討的價值不高？如果已經有人先馳得點
了，也先別著急沮喪。如果你有信心與實力，可以寫得比別人優秀的話，
題目有人研究，不一定就要避開。姑且評估一下：這個論題，是否投入心
血探索？應當一一檢驗既有的研究成果，在顯晦、詳略、精粗、深淺、廣
窄、偏全、是非、得失各方面，體現的價值和層次各如何？這，就得按部

就班、實事求是的推演。於是，對於學界研究成果的述評，其程序與步驟，應該依如下所示進行：

顯晦、詳略、精粗、深淺的四項檢驗，是第二波可行性評估的焦點。某些核心重要的觀念，學界闡發的成果，是否都已透徹？還是仍有曖而不明、鬱而未發、模糊不清處？這是顯與晦的甄別。學術專題相關的論證，既有的成果是否已經探討詳盡？還是存有簡單、忽略、擇焉而不精，語焉而不詳的局限？這是詳與略的判定。掌握相關領域的學術研究，評估目前的現況，成果是否精華紛披，成就輝煌？還是存在粗糙、膚面、空泛、疏漏？這是精與粗的分野。學界相關議題，是否已經深究刻抉、鞭辟入裏、層次深邃？還是表現膚淺、浮誇、虛倚、游離？這是有關成果深淺的度量。

接著，第三波可行性評估，涉及廣窄、偏全、是非、得失四個方面的考察。研究領域涉及的層面，到底是寬廣遼闊，大題小作？還是狹隘局促，小題大作？研究探討的視角，是宏觀？中觀？還是微觀？這是廣與窄的區劃。見解是否偏枯、偏執、偏袒？論證是否偏激、偏離、偏差？或者是持論公正完美、例證飽滿豐富？這是偏與全的斷定。至於學界發表的論著，論點的是、非、曲、直，更是可行性評估的重點。論著體現的可取優點有哪些？存在的不足或缺陷，又是什麼？釐清是非曲直，尤其重要。因為，問題意識的形成，往往藉是非曲直之判讀，而有所觸發。試問：論著的是、非、曲、直，我們如何可以得知？

《文心雕龍‧知音》稱：「凡操千曲而後曉聲，觀千劍而後識器。」[21] 論其訣竅，就在「操」與「觀」二字，涉及實際的觀看和操作。經驗暗示我們：積學可以儲寶，開卷一定有益！相關論著看多了，經由觀摩比較、切磋琢磨，就不難看出是非得失、精粗偏全來。相關論著的是非得失、精粗深淺，如何看得出？雖說如人飲水，冷暖自知，然不入虎穴，焉得虎子。所以，唯有多方研讀涉獵，才有可能掌握信息的虛實，建立所

---

[21] 梁劉勰著，范文瀾注：《文心雕龍注》（北京：人民文學出版社，1958、2014），〈知音第四十八〉，卷十，頁714。

謂敵情觀念。瞭解學術資訊的虛實本末，然後才能出入縱橫，從容應對進退。《文心雕龍》說知音，稱「操千曲」、「觀千劍」，而後能曉聲、可識器。在考察學界研究成果的時候，值得留心注意借鏡。將來擬定論文綱要，投入論文寫作時，始能持之有故，言之成理。

　　針對學界既有的成果，進行系列的可行性評估，包括有無、異同、顯晦、詳略、精粗、深淺、廣窄、偏全、是非、得失等，主要在檢驗初擬的「假說」能否成立。如果發現學術界成果，對於相關議題的研發，已展現顯豁、詳盡、精緻、深入的心得，具備廣闊、全面、正確、創獲的優長，那這個題目顯然已開發殆盡，可以不必再做。因為同行前輩做得已經夠好了、夠深了、夠精了、夠詳了，留存再研發的空間已不太多。如果有人仍執意要做，在很難有空間發揮自己看法的局限下，若不擱筆，則抄襲剽竊難免。若美其名為英雄所見略同，則不過是自欺欺人罷了！淪落至此，不僅浪費時間、也浪費了生命，更浪費了學術資源，毫無意義可言。此時，宣布放棄、另起爐灶，自是一種明智的抉擇。

　　假設學術界研究成果已經很多、闡說已經很顯著、論點很詳盡、研討很深入、涉獵極廣博、層面甚週全，已獲得學界普遍推崇認可，進而形成共識了，那麼，當初打算要探究的命題，範圍，只不過一種假說，已經確切證明不可行。就像野人獻曝、河東白豕一般，只是孤陋寡聞、少見多怪罷了。如果研究課題已經形成普通常識，一般知識，卻當作寶貝來珍惜，煞有其事提出議題來研討，這就觸犯了學術研究的忌諱。既然研究題目陳、熟、故、常，屬於耳熟能詳的概念、觀點，自當主動終止，宣告放棄，可以不必再作。如果執意去做，也沒有多大意義與價值。

第三章　問題意識與研究之企圖心

　　從事學術課題的探討，從萌發研究構想，述評學界成果，到生發問題意識，進而確定理想選題。其中，經歷層層關卡，通過種種可行性評估，才算確認定案。學術企圖心如是之強，選題定案若是之難，研究成果之突破創新，他日自較有望。

　　相形之下，前章開頭提及所謂「學位體」：「觀念先行」，「先入為主」，尚未著手研究，就有了結論云云；就嚴謹之學術研究而言，偏差謬誤之「學位體」，必須規過導正。童慶炳稱：「學術研究要有問題意識，要對問題進行正本清源的研究。」[1] 日本淺見洋二亦云：「問題意識很重要，理論不應該先於問題。」[2] 問題意識清晰，促成理想選題之脫穎而出，兩者關係，密切不可分割。

　　中山大學吳承學談學術研究：「不同時代的接受者由於視野不同，對傳統話題有新的理解與闡釋，用自己的思想與情懷和古人對話，從而獲得漸次的推進。」[3] 理解、闡釋、對話、推進，這就是創新。何炳棣院士治史的特點，提出新問題，產生新觀點，提供新理論，嘗試新方法，發現新材料，這就是學術創新。[4] 以上引述，對於選題推敲的指歸，以及問題意識之促成，多具觸發意義。

---

[1] 童慶炳、宋媛：〈治學要講究精神與方法 —— 童慶炳先生與青年學者談心〉，頁148～156。
[2] 齊凱、淺見洋二：〈古典文學研究的視野與方法〉，《長江學術》2020年第4期，頁5～12。
[3] 吳承學：〈我與我周旋久，寧作我！〉，《羊城晚報》2020年10月19日。
[4] 李伯重：〈「做第一流的學問」 —— 淺談何炳棣先生治史的特點〉（之二），《文匯學人》2017年12月8日。

一、發現學界研究的死角，開拓爲理想選題

　　漢王充《論衡·謝短篇》稱：「知今而不知古，謂之盲瞽；知古而不知今，謂之陸沉。」[5]研治文史哲之學術，必須通曉古今，兼融新舊。移作理想選題的前置作業——學界成果述評，同樣不能「知今而不知古」、或「知古而不知今」，其理亦然。此所謂「古」，專指前輩學人業已發表的研究論著，必須充分知曉，十足把握。唯有知病，才能對症下藥；知曉不足，然後能拾遺補闕，發微闡幽，增益其所不能。知道「死角」、「罩門」，然後可量力而爲，能知難而進。否則，昧於相關研究成果，師心自用，旁若無人，將有「閉暗不覽古今」之缺失，將難逃「盲瞽」、「陸沉」之譏誚。

　　《老子》第七十一章：「知不知，上；不知知，病。」又云：「聖人不病，以其病病。夫唯病病，是以不病。」[6]聖人之智能燭理，明能照物，視不知爲病，視不明爲病，故致力於知，盡心於明，因而病失寡少。研治學術之道，與《老子》所提「夫唯病病，是以不病」道理相通。成果述評的目的，就在診斷學界相關成果的利病得失：初以「知病」爲第一步；繼之以「病病」爲驅動力，作爲專題研究探討的對象；終極目標，則在以智燭理，以明照物，而使該問題有所補充與發展，從此可以「不病」。從研究構想的歷程，到理想選題的生成，不就是這樣嗎？

　　能發現學界研究的死角，開拓爲理想選題，這媲美哥倫布發現新大陸。「哪壺不開，提那壺」，這個俗諺，借用作學術研究，十分貼切！經過審愼之評估，設若學界研究成果闕如，或者雖有相關成果發表，但論述不多，甚或探索粗略、淺窄；論說偏頗、謬誤；觀點疏漏、瑕疵，核心關鍵問題曖而不明、鬱而未發。總之，有所不足，難饜人意，多值得再探

5　漢王充著，北京大學歷史系注釋小組：《論衡注釋》（北京：中華書局，1979），第二冊，卷十二，〈謝短篇〉，頁715。
6　魏王弼注，樓宇烈校釋：《老子道德經注校釋》（北京：中華書局，2008，2018），七十一章，頁179。參考張松如：《老子說解》（高雄：麗文文化公司，1993），第七十一〈知不知〉章，頁404。

索，再開拓。藉由研究成果的不完美，如「無、晦、略、粗、淺、窄、偏、非、漏、失」諸不足，進而形成問題意識，進一步追求「有、顯、精、詳、深、廣、全、是、得」的補充發展，以及「縝密、周賅、突破、創新」的進階開拓。7-11 創辦人鈴木敏文，爲日本新經營之神，提倡「朝令夕改學」。曾言：「大家認爲不行的地方，才有機會和價值。」[7]「無、晦、略、粗、淺、窄、偏、非、漏、失」，就是學界研究成果「不行的地方」，就是「不開」的那一壺。吾人好自爲之，將之擬訂爲理想的研究選題，確實洋溢著機會和價值。

馮友蘭提倡新理學，宣稱：所謂新理學，「是『接著』宋明以來底理學講底，而不是『照著』宋明以來底理學講底」。[8]這兩句話，很有啓發意義。能跳脫「照著講」，而邁向「接著講」，此之謂新理學。「照著講」，相當於「述而不作」的「述」。「接著講」，則接近創造發明的「作」。致力學術研究，最好以「接著講」爲標竿，追求卓越創新；不要只是「照著講」，故步自封，照本宣科。就前文所提「有無、顯晦、詳略、精粗、深淺、廣窄、偏全、是非、得失」等議題概念來說，前人研究成果，已呈現「有、顯、詳、精、深、廣、全、是、得」種種成果，若還執意撰寫論文，舉證論說將不得不「照著講」，要不抄襲剽掠很難。反之，若問題意識刻意追求新創，朝向「無、晦、略、粗、淺、窄、偏、非、失」諸不足進行探討，那就是「接著講」，自有新異、創造、補充、發展之空間。猶如馮友蘭提倡新理學，是接著宋明理學來講一般，「新」，就是價值、就是特色。照著講，是重複別人的論點。接著講，就別人未及處，死角處，進行投入、挖抉、加工、補強、發揚、開拓。學術研究，永遠像團體接力賽。接著講，就是學術競賽的接力戰。能夠接著講，通過檢驗，增益其所不能，致力開拓與發展，才是學術生命的延續。

研究的眞諦，可二言以蔽之：一曰長善救失；二曰增益其所不能。長善救失，既述且作，關鍵在「長」與「救」，自是「接著講」。增益其

---

[7] 林威利摘錄：〈鈴木敏郎語錄〉，《商業週刊》第1100期，2008年12月22日。
[8] 馮友蘭：《馮友蘭學術論著自選集》（北京：北京師範學院出版社，1992），〈新理學・緒論〉，頁1。

所不能，更是「接著講」，已達到造作創發的境界。清顧炎武撰寫《日知錄》，標榜「古人之所未及就，後世之所不可無」。[9] 這「未及就」、「不可無」，堪稱理想選題追求之無上指南，其創發開拓，足爲經典範式。凡此，皆所謂問題意識。凡所著作，有「接著講」的自覺，有長善救失的自信，有增益其所不能的自得，若藉此杜絕論文寫作的抄襲剽竊，當然可以立竿見影。

　　論文寫作的初步，即是論文選題。論文選題是否審愼切實，影響到研究工作能否持續。問題意識的大概指向，以及議題探討是否獨到創新，堪稱專題研究的奠基工程。選題一旦完成，則志趣的方向，研究的範圍，形式的需要，資料的取捨，工程進度的安排，大致全有一定的依據。而且專題價值的高下，是否把握，亦以選題爲重要步驟。[10] 上文列舉「有、顯、詳、精、深、廣、全、是、得」八、九個正能量，若已見諸學界研究成果，則我的假說不可行、擬定的命題應該放棄。至於自我的研究，追求向上一路，欲創新獨到，止於至善，自然亦以此爲攻略指標。只要做到其中兩、三項，研究成果肯定對學術界有所貢獻。

　　投入學術探討，課題研究，如果有「接著講」的自覺，有長善救失的自信，有增益其所不能的自得，於是盡心於深淘，致力於細琢，辨疑正誤，發微闡幽，致廣大而盡精微，極高明而道中庸。論文寫作如此，杜絕抄襲剽竊的惡習，當然可以斷流絕港，劍及履及。

二、問題意識的凸顯與研究指向的表出

　　北京大學歷史系鄧小南，學廣識卓，指點後生，不遺餘力。撰有〈問題的提出〉一文，強調問題意識對解決課題的推助作用，略謂：「問題意識，指研究者需要通過思考提出問題、把握問題、回應問題。突出問

9　清顧炎武著，清黃汝成集釋，欒保群、呂宗力校點：《日知錄集釋》（上海：上海古籍出版社，2006），卷十九〈著書之難〉，頁1084。
10　詳參王爾敏：《史學方法》（臺北：東華書局，1983），四章第一節〈選題〉，頁252～255。

題意識，就要以直指中心的一系列問題來引導，並且組織自己的研究過程。」[11] 簡言之，發現問題，進而提出解決方案，就叫做「問題意識」。論文寫作必須先建立問題意識。問題意識，具體而微，是學術研究先發的雛形，以及後續的推動力。問題意識的形成與建立，其心路歷程究竟如何？

　　問題意識，是學術研究的推進器，論文寫作的領航者，研究者上下求索的指南針，是進退取捨的基準點，更是選題優劣可否的風向球。核心論述的闡發與聚焦，固然圍繞著問題意識；研究成果的亮點重點，也多一一脈注綺交於問題意識。[12] 猶如行軍作戰運用兵法謀略，雖有奇正、虛實、離合的殊別，然而萬變不離其宗，運用之妙存乎一心而已。將帥發蹤指示，必先知彼知己。落實成果述評，猶如知彼知己的功夫。唯有精確的敵情觀念，方能克敵致果，屢戰不敗。同理，唯有務實做好相關研究的成果述評，知道學術同行做了什麼，藉此形成明朗的問題意識，方有助於學術研究的借用與連結，進而突出成果的新創與自得。[13]

　　從問題意識的凸顯，到選題指向的表出，猶如生命的孕育孵化，應該隨時隨地呵護關懷，必須一往情深的用心投入，加上念茲在茲的經營建構，才會見到一定的成效。學術研究的心路歷程，猶如鄭子產對子大叔問政所云：「政如農功，日夜思之，思其始而成其終，朝夕而行之。行無越思，如農之有畔，其過鮮矣。」[14] 農人從事農業生產，種植五穀雜量，必須盡心致力投入：首先，發揮構想能力，用心於經營擘畫，所謂「日夜思之，思其始而成其終」。推敲本末終始，斟酌有無虛實，日以繼夜，夜以繼日，進行種種沙盤推演。然後權衡利弊得失，擇取其中可行者，落實作為行動指標，經過深思熟慮，而後推動施行。所思付諸施行，所行不出所

---

[11] 鄧小南：《祖宗之法——北宋前期政治述略》（北京：三聯書店，2006），〈序引：問題的提出〉，頁3。

[12] 張高評：《論文選題與研究創新》，第四章〈問題意識與選題指向〉，頁125～130。

[13] 同上，頁125～171。

[14] 周左丘明傳，晉杜預注，鹿孔穎達疏：《春秋左傳注疏》（臺北：藝文印書館，1955，清阮元校勘《十三經注疏》本）。卷三十六，襄公二十五年，〈子大叔問政於子產〉，頁17，總頁625。

思，於是思與行融合爲一。以「日夜思之」、「行無越思」的心態從事農耕，從事政治，可以無往而不利。問題意識的凸顯，選題指向的表出，學術研究又何嘗不然！

發現學術同行研究的死角，可以開拓成爲一個理想的選題。這個選題，也許是個題目，也許是個領域，從此成爲我個人獨立執行的新創研究，一個令人雀躍的學術生長點。所謂死角，指別人尚未發現的學術角落、還未注意的學術特區。辛棄疾〈青玉案〉詞：「眾裏尋他千百度，驀然回首，那人卻在燈火闌珊處。」[15] 王國維《人間詞話》談理想追求，借用爲人生追求的第三境界。[16] 若借用辛棄疾〈青玉案〉，比況論文寫作的歷程，從落實文獻述評，進行系列的可行性評估，到生發問題意識，到獲得理想選題，其心路歷程，「眾裏尋他千百度」差堪比擬。尋找到「在燈火闌珊處」的「那人」之後，於是課題的問題意識凸顯了，選題獨到而新創的研究指向呼之欲出了。辛苦的選題追尋，沒有白費，終於獲得正果。

理想選題得來不易，必須經過研究述評的「述」之後，進行多方篩檢，審慎作可行性評估，才獲得客觀實況。就擬定的假設命題來說，評估目前的研究成果，如果乏人問津，或是論文雖有，但是相關的論點尚有開發空間，這就可以考慮投入研究。另外，若學界論著雖然有幾篇，但探討粗糙簡略、膚淺狹窄，或是論說偏頗、謬誤紛出；核心問題曖而不明，關鍵論證鬱而未發。總之，雖有論文發表，著作出版，但某些觀點仍有未足，難愜人意。那麼，我們就應該針對欠缺的地方、不清楚的地方，以及簡略、粗糙、膚淺、狹窄、偏頗、錯誤、漏略的地方，將這些「研究死角」，一一尋覓出、爬梳出。然後進行翻轉、突破、增益、新變，把這些「研究死角」，當作自我進階研究的活角。

---

15 辛棄疾〈青玉案・元夕〉詞：「東風夜放花千樹。更吹落、星如雨。寶馬雕車香滿路。鳳簫聲動，玉壺光轉，一夜魚龍舞。蛾兒雪柳黃金縷。笑語盈盈暗香去。眾裏尋他千百度。驀然回首，那人卻在，燈火闌珊處。」唐圭璋編：《全宋詞》（台北：洪氏出版社，1981），頁1884。

16 王國維撰，彭玉平疏證：《人間詞話疏證》（北京：中華書局，2011）：「古今之成大事業、大學問者，罔不經過三種之境界：……『眾裏尋他千百度，回頭驀見，那人正在，燈火闌珊處。』此第三境界也。」卷上，第二則，頁88～89。

　　撰寫一篇論文，提出著書計畫，應該有解決問題的決心和信念。任何一篇學術論文，其原始動機，都以解決學術問題為目標。如果某個學術問題已經解決了，就必須宣布放棄，另起爐灶！不必再疊床架屋，枉費功夫。如果前輩學人，在相關議題的研究上有所不足，你有信心可以補充、深入、發明、拓展，既已形成解決問題的研究意識，那就可以投入研究。知道別人研究的死角，進一步追求的是向上一路，深信將來研究成果可以創新獨到，體現「顯、詳、精、深、廣、全、是、得」諸正能量。譬如某個議題沒有人寫，我來撰寫一篇。他人論文寫得不夠明晰，我可以把觀念說得透徹些。他人寫得粗糙，我有信心寫得較精緻。別人寫得簡略，我可以寫得詳細些；我有把握寫得較深入、廣博、全面。我的看法將較正確，架構將較為縝密，論點將較為周賅。

　　總之，必須有信心、有把握可以突破窠臼，進一步提出創新的看法，及獨到的心得。寫作心態必須如此，執行學術研究才有可能功德圓滿。

三、理想選題的指歸，著眼於長善救失、補充發展

　　大陸和香港的高校，大學本科生必須撰寫學年論文、畢業論文。碩士、博士生撰寫報告、寫作學術論文，更不在話下。我指導學術論文，首先要求提出研究構想。研究構想，是正式撰寫論文之前，必須逐步完成的標準程序，或系列步驟。這個程序步驟，一定要按部就班、循序漸進走過。千萬不可忽悠，不能省略。否則，事態嚴重。論文就算寫出來了，可能了無新意、毫無價值可言。也許，這個題目，一年前、五年前、十年前，甚至二十年前，學界前輩早已寫過了，就不得不撞題，難不成要複製成果？如果毫無所知，以為前無古人，這就犯了鹵莽草率、閉門造車的缺陷。假設未曾參考別人的著作，但使用的文獻，得出的論點，卻跟前人很相近。以先來後到的學術倫理裁奪之，發表在後者，難逃孤陋寡聞之譏。如果不是孤陋寡聞，只是獨學無友，自我感覺良好，也不可為訓。因為閉門造車，有可能出不合轍。做學術研究，怎麼可以旁若無人，妄自尊大，

不參考同行的著作，借鏡他人的優點長處呢？

　　正式撰寫論文之前，有它既定的前置作業，必須切實遵照辦理。好比游泳、跑步之前，必須要暖身、熱身一般。汽車準備發動，飛機正式起飛之前，也都需要熱車、熱機。這些前置作業，必須腳踏實地，按部就班，循序完成。不可以跳脫擺落，不能夠敷衍草率。論文寫作，是一樁錯綜複雜的學術工程，是一趟探勘真理的心路歷程，正式投入心力撰寫的當下，準備工夫不可偷閒，前置作業不可短缺。所謂準備工夫、前置作業，就是草擬研究構想，然後持續自我反思，徹頭徹尾作可行性評估：檢驗構想是否可行？評估成果是否突破創新？研究構想是否出於實事求是的規劃？「實事求是」很重要，可作為草擬研究構想的四字真言。

　　論文還沒有正式撰寫之前，應該像蓋高樓、建大橋，建築師必須先繪製設計藍圖。觀看這個藍圖、構想，對於樓房橋樑的實體，不僅具體可感，而且可以評估未來落成啟用後的效應。研究構想，也是如此。論文撰寫雖然還沒有動筆，但知道研究構想一旦落實，論文寫完以後，將會獲得怎樣的成果？將會有怎樣與眾不同的創見？將可能生發哪些學術效益，或者說是具體貢獻？這叫做成果評估。有人會說，論文都還沒有撰寫，怎麼知道會生發什麼成果？以為這個說法礙難成立！

　　如果建築師說，建築材料都還沒有運到，房子根本還沒有建造，這棟樓房將來蓋出來是什麼模樣，我怎麼知道？那這樣的建築師，還能夠被委託繪製設計藍圖嗎？當然不能！房子雖然還沒有蓋，土地上連一塊磚、一片瓦、一條鋼筋都沒有，但是設計藍圖已繪就，這棟房子一旦建成，相較於同類型建築，有何獨特風格？做什麼用途？有什麼功能？地面樓房有幾層？地下停車場容納多少個車位？絕對都已經一清二楚了。這，就叫設計藍圖。

　　維基百科解說「設計」一詞，謂即設想和計畫。原意是「設置擺放其元素，並計量評估其效用」；「設想是目的，計畫是過程安排，通常是指有目標和計畫的創作行為及活動。」[17] 按圖施工，以藍圖設計為基準，

---

[17] 維基百科網址：zh.wikipedia.org。

如期落成仰賴它指引，看見未來也得憑著它當標竿；研究構想之於論文寫作，有其目標、有其計畫，與設計之於作品的概念，完全類似。所以，論文寫作想順利成功，也要有藍圖設計的概念。經由規劃設計，具體落實，將來研究成果如何？就可以預作評估，甚至可以預見未來。

研究構想，若出於實事求是的規劃，當如建築物之有設計藍圖，不但具體而微，而且可以看見未來。規劃設計的理想，貴在不落俗套、推陳出新；精益求精，後來居上。凡此所謂後來居上，看見未來，大多以既往的成果爲觸發、爲踏墊、爲憑藉，進而轉化創造，新變自得。童慶炳所謂「推進」、「補充」，很有提撕意義：

　　學術研究，無非是在前人研究的基礎上往前推進，或者是加以補充，不可能平地而起、憑空而作。[18]

「往前推進，加以補充」二語，當是學術研究的目標與價值。「推進」和「補充」，究竟以什麼作爲基準點？研究當下，學界成果之虛實得失，即是進退可否的基準點。「述評」的結果，具體而客觀，有助於基準線的明確畫出。賈伯斯（Steve Jobs，1955～2011）說：「借用和聯結，是創新的兩個關鍵字。但大前提是：「你得先知道別人做了什麼！」[19] 學術研究貴在創造發明，但必須先知道學界「做了什麼」，全盤瞭解研究成果的現況，才有利於推進和補充，創造與發明。總之，有助於長善救失。

規劃設計的理想與落想，最主要在推陳出新，能夠「長善救失」。別人引用的論證、研發的成果，僅供觸發借鏡，作爲補充、發展的觸媒，儘可能不再複製重說。必須苦心孤詣，想辦法找出新鮮的文獻，陌生的視角，殊異的方法，以進行學術創新。[20] 由尋覓、求索、挖掘、發現，而生

---

[18] 童慶炳、宋媛：〈治學要講究精神與方法——童慶炳先生與青年學者談心〉，頁148～156。
[19] 〔美〕賈伯斯（Steve Jobs）：〈求知若飢，虛心若愚！賈伯斯的十句經典名言〉天下網路部：《天下雜誌》，2011年10月6日。
[20] 張高評：《論文選題與研究創新》，第五章〈理想選題之層面與規劃：古人未及就，後世不可無〉，頁173～246。

發問題意識，最終蔚為理想選題，此中最可貴者，為懷疑精神，和批判精神。童慶炳曾道出個中曲折：

> 別人研究過，留下問題，我抓住了，深入地研究它，然後我提出新的問題。問題是在質疑中提出來的，批判精神是學術研究應有之義。沒有懷疑精神，沒有批判精神，就沒有學術研究。[21]

質疑和批判，是促進學術研究的雙翼，更是助長研究成果的雙軌。問題意識在質疑中提出，在批判中推動落實。懷疑精神，閃亮登場，批判精神隨後繼之，於是理想選題華麗轉身，蔚為長善救失的研究成果。譬如杜甫詩歌之研究，宋清以來一千餘年，一直是唐宋詩歌研究之顯學。各類專著紛陳、期刊論文迭見，似乎難有開拓空間。除非發現新鮮的文獻，展示陌生的視角，運用殊異的方法，才可能學術創新，否則很難突破。

學術研究的懷疑精神，表現在發現問題、提出問題的層面上。至於批判問題，解決疑難，則牽涉到學養功力的展示。其中，獨到的眼光，超常的學術敏感度，往往由跨際整合產生。譬如研究杜甫詩歌，自文學視角切入，從詩學專業解讀，這是慣性思維。此類專著論文，宋清一千多年來，已汗牛充棟，猶方興未艾。筆者研治杜甫詩歌，詳人之所略、重人之所輕，而異人之所同，另闢蹊徑，別從《春秋》書法視角切入，以詮釋安史之亂前後，杜甫所作「推見至隱」之「詩史」，及其樂府敘事歌行。系列

---

[21] 童慶炳、宋媛：〈治學要講究精神與方法 —— 童慶炳先生與青年學者談心〉，頁148～156。

相關論文，已發表三篇。[22] 懷疑精神，得自異場域的碰撞；批判精神，植基於跨際學術之會通。如是，對於杜詩學術之補充與發展，方有推助。

　　清顧炎武《日知錄》所謂「古人之所未及就，後世之所不可無」，堪稱理想選題的終極追求。如此，才能夠發現新的學術生長點。唯有揚棄故步自封，致力精益求精，才能競爭超勝，進而有創新的成果、獨到的心得，學術研究之路，才能持久而不懈怠。怎麼樣才算精益求精？舉凡人家講過的、陳腔濫調的、已經成為定論的、大家都已經認同的，就沒有必再重說複製。要自我期許：提出嶄新的見解，殊異的觀點。《禮記‧學記》言：「長善救失」四個字，[23] 可作為研究構想的大方向，著書立說的超勝指標。救失，是基本要求。補充、發展，即是長善，堪稱積極企圖。

　　與本課題相關的研究成果，大體可分「善」和「失」兩個分野。不妨自我反思：本研究課題的執行，能夠救濟學界現有的缺失嗎？能夠增長既有的優質論述嗎？如果檢驗研究構想，無法有生新的成果；評估研究成果，不可能有新創的心得，那麼，就必須毅然決然宣布放棄。因為，構想，可能只是一種假說，經由檢驗評估，如果不可靠，不可行，自然應該淘汰擱置。如果這個題目沒有價值，證明計畫不可行，難道還要死抱不放，繼續探究嗎？不！當機立斷，必須捨得放棄，另起爐灶。

　　落實成果述評，可以檢驗假說能否成立。這「述評」兩個字，非常

---

[22] 杜甫，為杜預第十三代孫，三十歲時作〈祭遠祖當陽君文〉稱：「《春秋》主解，稿隸躬親。嗚呼筆跡，流宕何人？……小子築室首陽之下，不敢忘本，不敢違仁。」唐杜甫撰，清仇兆鰲注：《杜詩詳註》（北京：中華書局，1979），卷二十五〈文集〉，頁2216～2217。晚唐孟啓《本事詩‧高逸》載：「杜逢祿山之難，流離隴蜀，畢陳於詩，推見至隱，殆無遺事。故當時號為『詩史』。」丁福保編：《歷代詩話續編》（北京：中華書局，1983），頁15。《史記‧司馬相如列傳》：「太史公曰：《春秋》推見至隱」。漢司馬遷著，瀧川資言考證：《史記會注考證》（臺北：萬卷樓圖書公司，1993），卷一百十七，頁104，總頁1264。參考張高評：〈杜甫詩史與六義比興——杜甫敘事歌行與中國敘事傳統〉，浙江大學中文系主辦「杜甫研究高端論壇」，2019年11月8～10日。又，張高評：〈杜甫詩史、敘事傳統與《春秋》書法〉，香港浸會大學《人文中國學報》第28期（2019年6月），頁91～130。又，張高評：〈杜甫詩史與《春秋》書法——以宋代詩話筆記之詮釋為核心〉，香港浸會大學《人文中國學報》第16期（2010年9月），頁55～96。

[23] 清孫希旦：《禮記集解》卷三十六〈學記〉：「人之學也，或失則多，或失則寡，或失則易，或失則止。此四者，心之莫同也。知其心，然後能救其失也。教也者，長善而救其失者也。」《集解》：「多者，欲其至於會通。寡者，欲其進於篤實。易者，欲其精於所知。止者，欲其勉於所行。」頁11～12，總頁477。

重要。數十年來，本人審查國科會、科技部的研究計畫，察覺一種現象：研究述評寫得經典的，大概十篇中不到三篇。研究述評做得好的，論文比較會有生新的發現，也往往較有創新的成果。如果研究述評敷衍了事，可能潛藏許多危機：第一，文章最忌隨人後，這個課題學界已有豐碩成果，若重複探討，只能拾人牙慧。第二，這個課題，別人都不做，會不會存在太大困難？或者根本毫無價值？由於沒有進行檢驗的程序，缺乏評估的機制，於是觸犯上述兩個誤區，可能就渾然不自知。這些，在正式投入課題研究時，都應該想辦法避免。如何避免？一言以蔽之，落實「學界研究成果述評」而已矣！

四、結語

　　規劃學術研究，是積學儲寶的後續工程，而學思並重，為其中之不二法門。研究構想，是所學表現於所思，然後所思展現其所學的心路歷程。首先，研究構想只是一種假說，檢驗假說能否成立，就必須進行可行性評估。瞭解學術場域的得失虛實，知古知今，知己知彼，猶如建立敵情觀念，才有可能克敵致果。

　　經過審慎的評估，設若學界研究成果闕如，或論述不多，或探索粗略、淺窄；論說偏頗、謬誤；觀點疏漏、瑕疵，核心關鍵問題曖而不明、鬱而未發。總之，有所不足，難饜人意，就值得再開拓，再探索。知道研究成果的「無、晦、略、粗、淺、窄、偏、非、漏、失」，從而形成問題意識，致力於「有、顯、精、詳；深、廣、全、是」；盡心於縝密、周賅、突破、創新，積極追求向上一路，方是王道。《論語‧為政》引孔子曰：「溫故而知新，可以為師矣！」《老子》稱：「夫唯病病，是以不病。」可作成果述評的箴言。

　　有關論文的抄襲，所謂違反學術倫理的事件，海內外一直層出不窮。如何防範？其實不難！執行方法有二：其一，把研究述評的工作落實做好，就可以避免抄襲。系列的可行性評估，追求學術研究的推陳出新，

獨到創發。若評估研究結果已傾向於「有、顯、詳、精、深、廣、全、是、得」，說明該研究領域業已有先行者，已捷足先登，耕耘開拓。作爲一個後來者，就必須宣布放棄、另起爐灶，這是正本清源之道。

其二，確實凸顯注釋的功能，可以避免論文抄襲。將「述」與「作」的此疆彼界，劃分清楚：主客、人我的區隔，明引、暗用的分際，自我要求嚴謹，那麼，論文抄襲事件自然減少。自己的申說論證，安放於各章各節的正文中。參考自學界同行的相關見解，移往注釋中表述。楚河漢界，開卷瞭然，不相淆亂，何來剽掠？[24]

問題意識，是發現問題的指南針，解決問題的驅動力，一旦凸顯清晰了，理想選題的指向也就呼之欲出了。理想選題的規劃，當以「長善救失」、「補充發展」八字，爲其核心追求指標。簡言之，發現學界研究的死角，可以作爲活角，進行補充發展、闡揚開拓，增益其所不能，這就是理想的論文選題。

---

[24] 張高評：〈論文注釋與學術規範──學術論文爲什麼要用心於注釋？〉，《國文天地》第32卷第10期（總第382期，2017年3月），頁59～70。已輯入本書內篇第十四章。

第四章　擬定論文大綱與體現問題意識

　　一般群眾心理，趨同從眾，缺乏主見。學術研究恰好相反，追求新異，離棄雷同，標榜自出新意，言必己出。《朱子語類》載：「江西士風好爲奇論，恥與人同，每立異以求勝。」[1]學術成果之追求，貴在好奇、恥同、求異，與宋代的江西士風前後輝映。

　　時至今日，求異恥同，獨立自主，已成爲普遍的學術性格，學者的一種思維方式。復旦大學陳尙君曾言：

　　　　一個學者的思維方式，更多的時候不是去求同、而是要去求異，要提出與一般看法不同的意見。[2]

　　清代章學誠（1738～1801）《文史通義》談孔子作《春秋》，其義昭乎筆削，所以成一家之言者，以爲「必有詳人之所略、異人之所同，重人之所輕，而忽人之所謹」云云。[3]孔子《春秋》，以述爲作，雖參考魯史記而爲書，然其中多筆削書法，出於「丘竊取之矣」的別識心裁，等同於撰述，故其書已與魯史《春秋》大不相同。學術研究，貴在「提出與一般看法不同的意見」，此猶釀米得酒，採花爲蜜，食桑成絲，皆踵事而增華，變本而加厲。善用素材原料，昇華爲研究成果，亦當作如是觀。

　　透過文字的表述，系統化傳達研究者的理念、心得和創見，這就是論文寫作。言與意的互動關係，十分複雜：《易‧繫辭上》云：「書不盡

---

[1] 宋黎靖德編，王星賢點校：《朱子語類》（北京：中華書局，1986），卷124，〈陸氏〉，引《可學錄》，頁2971。

[2] 陳尙君：〈復旦通識教育：對話陳尙君〉，2020年9月20日。

[3] 清章學誠著，葉瑛校注：《文史通義校注》（北京：中華書局，1985、2008），內篇五〈答客問上〉，頁470。參考余英時《歷史與思想》（臺北：聯經出版公司，1977），〈章實齋與柯靈烏的歷史思想〉，三，「筆削之義與一家之言」，頁188～199。

言，言不盡意。」魏晉玄學，喜談言意之辨。有言盡意、言不盡意、得意
忘言諸說。學術論文，爲一種知性理性的文字，研究成果之發表，期待知
無不言，言無不盡，與文學語言之有餘不盡，哲學語言之得意忘言殊科。
清方苞說義法，所謂「義以爲經，而法緯之。」強調法以義起，法隨義
變。[4]言與意之次第，猶法與義之先後。嚴謹之學術論文寫作，以問題意識
爲主帥、爲指針，而綱領章法隨之，猶桐城義法所謂「義以爲經，而法緯
之。」因此，當恪守意在筆先，筆隨意後之順序。其實，文學與哲學語言
之出言與立意之順序，亦無不同。論者指出：

> 論文是科研成果的基本載體。在某種意義上來說，論文
> 是研究成果的最終表述。如果說論文寫作是一種「言」，那
> 麼科研成果就是一種「意」，科研和寫作之間的關係就是言
> 和意之間的關係。意在言先，首先要有意，然後才有意之所
> 言。[5]

研究成果的發表，就是「言」與「意」的密切互動。意在筆先，言
隨意後，猶成竹在胸，意到筆隨。的確，「首先要有意，然後才有意之所
言」。論文所謂的「意」，應該是文獻述評所得之問題意識，同時也指
審愼闡發的核心概念、主軸思想。這與前章批評「學位體」之「觀念先
行」、「先入爲主」，大異其趣，會當有別。

一、擬定論文大綱，必須憑材料、據實證

要做好一件事，就必須有萬全的準備。若急就章，敷衍應付，肯定
成不了好事。《禮記·中庸》稱：「凡事豫則立，不豫則廢。言前定則不

4　清方苞：《方望溪先生全集》(臺北:臺灣商務印書館，1979，《四部叢刊》初編本)，《望
　溪先生文集》，卷2〈讀史·又書〈貨殖傳〉後〉，頁20，總頁40。
5　陳興良：〈論文寫作：一個寫作者的講述〉，《中外法學》2015年第1期，頁13～21。

跲，事前定則不困，行前定則不疚，道前定則不窮。」[6]諸事皆如此，論文寫作亦然。余英時懷想其師錢穆先生之論學，強調論文寫作前，須有「成竹在胸」之準備：

在撰寫論文之前，須提綱挈領，有成竹在胸之準備。一氣下筆，自然成章。[7]

錢穆論學，強調上述理念，言簡意賅，值得參考。成竹在胸，是蘇東坡引述表兄文同繪畫墨竹的理論，在拿起畫筆畫竹子之前，所畫竹子的意象，實已選定形成，此即所謂意在筆先、胸有成竹。[8]唐杜甫題詠畫山水，形容這個過程叫做慘淡經營；[9]清方苞提倡古文義法，稱作「義以爲經，而法緯之」，其實可以相通。

擬定寫作大綱，其實就是杜甫所說「意匠慘淡經營中」的過程，必須做種種推敲思考。就好像畫家在畫竹子之前，縱然如文同，已畫竹成家，作畫之前，也必須經營思考。腦袋裡面要先有完形而確定的藍圖，圖繪竹子之前都已醞釀妥當，所以，拿起畫筆，才可能一揮而就。同理，雖然還沒有動手寫論文，但是論文的走向、論點、精華是什麼，核心論述、研究亮點有哪些，都早已心知肚明，且已體現於論文大綱之中。雖然還未動筆，但多已成竹在胸。論文構想一旦成竹在胸，提煉成寫作大綱，怡然理順，自然就容易順勢而爲，以意念爲導航，爲指針，可以邁向茫茫之學海，不必擔心迷航或觸礁，不難寫出論文。

從杜甫、蘇軾、文同、方苞、錢穆、余英時之說畫、談文、論學，現身說法，金針度人的訣竅已明白提示。對於創作文學、藝術，從事治學、

---

[6] 宋朱熹著：《四書章句集注·中庸章句》（北京：中華書局，1983、2012），頁31。

[7] 余英時：《錢穆與中國文化》（上海：上海遠東出版社，1994），〈錢賓四先生論學〉，頁229。

[8] 宋蘇軾著，孔凡禮點校：《蘇軾文集》（北京：中華書局，1986），卷十一〈文與可畫篔簹谷偃竹記〉，頁365～366。

[9] 清仇兆鰲：《杜詩詳注》（北京：中華書局，1979、1999），卷13，〈丹青引·贈曹將軍霸〉，頁1147～1151。參考張高評：《唐宋題畫詩及其流韻》（臺北：萬卷樓圖書公司，2016），第二章〈杜甫題畫詩與詩學典範〉，「以畫法爲詩法」，頁19～20。

撰寫論文，成竹在胸的準備很重要。唯有成竹在胸，才有可能「一氣下筆，自然成章」，所謂謀定而後動。否則，任意隨興，將流於雜亂無序。成竹在胸、謀定而後動，《禮記・中庸》叫做「前定」，所謂：「凡事豫則立，不豫則廢。」撰寫論文，擬定大綱，都可以奉「前定」爲座右銘。

自我主體的表現，往往有賴客觀要素的加持，才能功德圓滿，成就大業。就像赤壁之戰，要火攻曹操，若「萬事具備，只欠東風」，勢必也不能成事。巧婦難爲無米之炊，大廚難爲無肴之饌。採買、洗切、料理、調配，先求步步到位。素材備妥，只待煎、煮、炒、炸。論文寫作之準備工夫，貴在萬事具備，歷程並無不同。待萬事具備之後，才能草擬論文大綱；大綱調適之後，再來撰寫論文。盈科而後進如此，寫作才會順理成章。

其中，研究素材的張羅搜集，是學術研究的先發工程。胡適治學，提倡實證主義，所謂上天下地尋資料，動手動腳找東西，就是期待搜羅完備，論證說服不虞匱乏。語云：巧婦難爲無米之炊，再厲害的五星級餐廳廚師，如果沒有豐富食材提供調配，也將煮不出像樣的菜餚，何況一般人。武漢大學尙永亮談治學方法，言及憑材料、據實證的話，十分警醒：

> 所謂實證，就是憑材料、證據說話，就是借實事以求是，通過對材料的搜集、梳理、分析，以探尋歷史的眞相，發現事物間的內在聯繫和發展規律。[10]

實事求是，探求眞相，發現規律。問君何能爾？憑材料、據實證，最稱說服力十足。於是鐵案如山，不可移易。研治學術，提交成果，固然憑藉材料，講究實證；追溯原初，擬定寫作大綱時，想必亦憑材料、據實證，然後勾勒出章節項目。梁劉勰《文心雕龍・章句》稱：「篇之彪炳，章無疵也；章之明靡，句無玷也；句之清英，字不妄也。振本而末從，知

---

[10] 尙永亮：〈方法與創新——以文學研究爲中心〉，湖北大學文學院《中文論壇》2017年第1輯（總第5輯）。

一而萬畢矣。」[11] 此之謂乎！否則，材料短缺，實證薄弱，取信他人將大不易，何況說服、傳播與接受？收足材料，備齊證據，自是擬定大綱之入門階梯。

論文寫作，有一套嚴密的流程，不可或缺的準備工夫。不能臨時起意，不能急就章，不可能一步到位，必須按部就班。一般的學術報告為什麼寫不出來？學位論文、升等論文為什麼遲遲不提？就是忽略了客觀條件的營造和準備。有些人寫論文時，地板上、桌子上、床鋪上，到處擺了翻一半的書。開始撰寫論文時，東看一本、西看一部，來回穿梭，隨機取樣；徘徊猶豫，六神無主，未有成竹在胸，未作「前定」準備，這樣寫論文絕對寫不好。論文進行寫作時，寫作大綱應該已經擬定，大綱憑什麼擬定？是否從掌握的原典文獻，歸納起來形成項目？項目歸納起來變成一節，節再變成章？就好像食材都已經到位了，只剩如何料理、調配、烹煮。論文要寫得順，寫得快，寫得好，也是這樣，道理是相通的。

2000～2003 年，我當系主任；2004～2007 年任文學院院長。雖然系主任、院長工作忙碌繁重，又逢成功大學執行五年五百億計畫，校長盯文學院盯得很緊。身為院長儘管分身乏術，但是研討會仍然參加，論文照樣發表。我沒有比任何一位文學院老師論文發表量少，怎麼做到？研究文本平常就搜羅齊全，梳理妥當，類聚群分，打印就緒。文本既已掌握，就像冰箱裡有豐富的食材，即便是第一次下廚，好好把這些菜排列組合一下，經過煎、煮、炒、炸一番，就可以享受美食。懂得掌握這個訣竅，只要研究文本大多到位了，保證論文一定寫得出來，至於好壞是另一回事。總之，不至於交不了卷。也許在忙碌中，寫得不是很滿意，但學術會議之後可以再修訂。每次期末要求學生交報告，就好像要同學的命一樣，寫篇報告有這麼難嗎？如果能充分掌握徵引的研究文本，梳理好參考的學理依據，好像冰箱裡有琳瑯滿目的食材，就不至於煮不出。開始撰寫論文之前，所有要引用的資料都已經到位；甚至將來撰寫論文時，要引用幾百則

---

11 梁劉勰著，范文瀾注：《文心雕龍注》（北京：人民文學出版社，1958、2014），卷七〈章句等三十四〉，頁570。

材料、幾十首詩，都已經就緒。打算參考的近人研究成果、學理依據、研究方法，也已經掌握了，就可以著手研究。準備工夫周全如此，當然論文寫作就又快又好，因為已經通盤掌握，《中庸》所謂「事前定，則不困」。的確，為學做事，事先有萬全的準備，就可以從容不迫，應付裕如。不但不會遭遇困窮，而且容易成功。

　　《左傳》敘說戰爭，提示兵法謀略，常常強調「有備無患」。從料敵機先，到謀定而後動，到有備無患，其中有本末先後、輕重緩急，必須整體推敲，通盤考量，才有較大的勝算。《孫子兵法·計》說：「多算勝，少算不勝，何況無算乎？」如何盤算？發揮系統思維，宏觀調控全局，值得撰寫學術論文之參考：從擬定大綱、到實際操作，到終底完成，必須善用的策略和要領。將帥指揮軍隊如此，經理人執掌企業如此，工程師規劃設計樓房橋樑，中西醫師調配方劑，要皆沒有例外。領導統御、兵法謀略、規劃設計、調配方劑之系統思維，從擬定大綱，到論文撰寫，很值得參考借鑑。

二、大綱擬定前的準備工夫

　　何炳松《歷史研究法》，談〈編比〉。提到讀書、懷抱、見解、領會，以及材料之去取從違等等，與論文大綱擬定之歷程相近，足資借鏡：

> 　　讀書漸多，懷抱漸變。狹者廣之，謬者正之，見解既與夙昔不同，領會亦較先時為敏。取材既博，輕重益明。或詳前所略，或異前所同，或重前所輕，或忽前所謹。史材既備，去取既竟，乃作為大綱，為最後之審定焉。[12]

　　積學儲寶，不僅可以益廣大、正謬誤，見解領會亦與時俱進，較先

---

[12] 劉寅生、房鑫亮編：《何炳松文集》（北京：商務印書館，1997）。第四卷，《歷史研究法》，第八章〈編比〉，頁55。

前靈敏。涉獵既廣博，認知又正確，於是對於文獻之詳略、異同、重輕、忽謹，取捨從違之際，自有其別識心裁。循此治學脈絡，以之形成問題意識，以之擬定論文大綱，自然水到渠成，深造有得。

搜羅整理資料，鉤勒篩選文獻，趨避取捨之際，重輕詳略之間，問題意識隱然已發揮作用：為引導，為指針，為圭臬。否則，無指向，無歸趣，將徬徨游移、準的無依。由此可見，問題意識，是擬定寫作大綱的指南針，是論文寫作的導航器。文獻資料搜羅的範圍、方向、性質，文獻鉤勒、篩選、整理之原則、規準、方法，大抵多以問題意識作為取捨與定調。甚至研究素材的類聚群分、研究思路的進程與目標，論文亮點的提出與表現，也都以問題意識作為領導統御的指標，馬首是瞻的決策判準。所以說問題意識若已明朗無疑，草擬大綱，論文寫作有此引領指示，掌握方向感，富有目的性，當然就具體可行，不難心想事成了。

知識的海洋，遼闊而淵深，如何從中搜羅到可供論證的素材，篩選出相互發明的珍貴文獻？從搜羅到篩選，應該發揮創意思維，不當使用垂直思考，慣性思維。有位碩士研究生，指導教授給的論文題目是「先秦說話術研究」。他很苦惱、很徬徨，因為蒐集論文資料，採用垂直思考，慣性思維，直接針對「說話術」尋找材料，結果很不理想，坐困愁城。當時，我建議他：何妨換個角度思考問題：古代既無錄音工具，所謂「說話」術，自然無從留傳。古人說話，經由文字潤飾，書諸簡帛，大多變成載語或文章，不妨運用發散思維找材料，另從說服術、文學技巧、文章作法著手，也許可行。一語驚醒夢中人，資料蒐羅有了方向，他很快的就完成論文，而且研究成果評價不錯。可見，搜羅篩選資料，橫向旁出的創意思維，自有觸發之功。

有一位博士研究生，指導教授指定研究明人所編之讖緯彙纂，多為前賢論說，未見編著案語，將如何考索編者之讖緯學？此猶唐人選唐詩、宋人選宋詩、宋人選唐詩，編者大多未出案語，將如何研究？北宋阮閱《詩話總龜》、南宋胡仔《苕溪漁隱叢話》、魏慶之《詩人玉屑》，亦有類似之問題。《詩話總龜》臚列北宋詩話、筆記、語錄、文集、日記，編者未有案語；《詩人玉屑》亦集南北宋以來詩話筆記之大成，亦未有編者案斷；

《苕溪漁隱叢話》除有 100 多則「苕溪漁隱曰」，為胡仔案語外，其他大多條舉諸家之說而已，作者之詩學觀念隱而不彰。試問：能否就詩話文本，梳理出阮閱、魏慶之或胡仔之詩學觀？當然可行。文學、思想，有述有作，或述而不作，或既述且作，或以述為作，或自出己意而不述。前文所列研究文本，除《苕溪漁隱叢話》有述有作外，其他多以述為作。考察入選文獻之筆削、作者之取捨、作品之質量、內容之指向、原典之偏全，與原始文獻作比較，和當代同行作對照，如此鉤稽梳理文獻，問題意識將可以呼之欲出。

　　錢存訓提倡印刷文化史之研究，筆者深以為然，決定探討宋代雕版印刷的傳媒效應。[13] 翻檢《宋會要輯稿》、《續資治通鑑長編》、《宋朝諸臣奏議》、《皇宋事類類苑》、《建炎以來繫年要錄》、《建炎以來朝野雜記》、《名臣言行錄》、《宋史》、《全宋文》、《全宋詩》，甚至《全宋筆記》、《宋代文話全編》、宋人詩話。但見徵存的印刷文獻，九成五以上，多集中載錄朝廷對印本之監控、禁毀；藏書志、藝文志，亦止敘錄版本內容，卷第多少而已。至於印本「易成、難毀、節費、便藏」的傳播效應如何？兩宋相關文獻載錄極少。文獻不足徵，將如何開展議題之研究？不得已，只得運用發散思維、側向思維，輾轉參考 15 世紀中古歐洲谷登堡（Johannes Gutenberg, 1397-1468）發明活字版印刷，如何引發宗教革命、如何促成文藝復興的效應。活字版印刷術發明之後，無遠弗屆，無時或已之傳播，改變了中古歐洲的閱讀環境，影響了讀者的接受反應，降低書價、普及知識、加速古老變革、重組文學領域、催生創新文類、形成商品經濟，同時徵存傳播了更多更好的傳統典籍。[14] 時代早於谷登堡四個世紀的東方宋朝，鈔本變為印本，卷軸變為書冊，圖書複製量大質高，閱讀接受不限時空環境，傳播迅速，流通便捷，加以朝廷右文崇儒，科舉

---

[13] 錢存訓：《中國紙和印刷文化史》（桂林：廣西師範大學出版社，2004），第一章〈緒論〉，頁21。參考張高評：《印刷傳媒與宋詩特色——兼論圖書傳播與詩分唐宋》（臺北：里仁書局，2008）。

[14] 「活字印刷、雕版印刷：變革之推手」，張高評：《詩人玉屑與宋代詩學》（臺北：新文豐出版公司，2012），第二章《詩人玉屑》之編印與宋代詩學之傳播，二，頁21～36。

取士之推波助瀾，必然影響文風士習，學術與創作。由於東土相關文獻不足徵，只得借鏡參考西方之印刷術，進行類比、觸發，這又是活用創意思維，搜羅資料，鉤勒篩選文獻，以豐富研究素材的另一策略。

司馬遷著《史記》，魯迅推為「史家之絕唱，無韻之〈離騷〉」。[15] 其敘事傳統、古文義法，影響後世之史傳與散文既深且遠。司馬遷除長於古文敘事外，於西漢亦是辭賦作家，有〈士不遇賦〉作品傳世，堪作《史記》為「無韻之〈離騷〉」的見證。研究《史記》，司馬遷辭賦之專長表現，似乎未得學界應有之關注。梳理《史記》文獻，除屈原、賈誼、司馬相如列傳錄存部份辭賦外，若加鉤勒梳理，發現〈太史公自序〉一問一答固然傳承屈原〈卜居〉、〈漁父〉之設問；至於〈滑稽列傳〉、〈貨殖列傳〉、〈張儀列傳〉、〈蘇秦列傳〉、〈樂毅列傳〉、〈范雎蔡澤列傳〉、〈留侯世家〉〈淮陰侯列傳〉諸篇，雄辯滔滔，分層剖析，面面俱到，以及辭令曲終奏雅者，要皆司馬遷「以辭賦為文」之運用。基本文獻資料既已掌握如此，於是草擬「以賦為文與《史記》之敘事藝術——以〈滑稽列傳〉〈貨殖列傳〉〈太史公自序〉為例」之寫作大綱，應非難事。[16] 敘事、諷諭、勸諫、說服、論說，往往為辭賦之運用，不止供模山範水而已。「辭賦與古代敘事法」，可作為另一個論文選題。問題意識已明朗，研究思路亦清楚，研究進程有方向、有目的，就可以試作。

蘇軾的道教信仰，學界研究向來較少。譬如論文題目擬定「蘇東坡的養生要領」，研究是否可行？取決於資料蒐集是否齊全，文獻篩選是否審慎，文本素材是否豐富，問題意識是否明朗。東坡注重養生，從哪個時期開始？養生的內涵除了草藥療病外，《道藏》養生理論，氣功調息、美食補身等，是否亦包含在內？就《蘇軾全集》而言，有哪幾篇談及養生？跟閱讀《道藏》有關嗎？起先動念是為了因應遷謫之瘴癘嗎？必須要有文

---

[15] 魯迅著，顧農講評：《漢文學史綱要》（南京：鳳凰出服社，2009），第十篇〈司馬相如與司馬遷〉，頁73。

[16] 張高評：〈以賦為文與《史記》之敘事藝術——以〈滑稽列傳〉〈貨殖列傳〉〈太史公自序〉為例〉，「第六屆中國文體學研討會」，中山大學中文系、北京大學中文系主辦，2019年11月22～24日，頁1～13。

本佐證，提出來的論文大綱，假設命題才能成立。蘇軾的文學思想，佛學禪宗、道家道教，都有人探究；唯兼具儒家思想視爲當然，學界缺少關注。蘇軾參加科舉考試，前後撰寫 50 餘篇策論（包含對策），堪稱青年蘇軾之儒學理念，亦是從一而終之主體思想。若針對《應詔集》中 50 餘篇之策論文進行鉤勒梳理，形成儒學思想與創意美學之研究思路，從而生發問題意識，持續較論湖州、杭州、黃州、密州、惠州、儋州、常州各期之儒學體現。一則呼應青年時期策論之儒學論述，再則檢驗儒學在佛禪、老莊、道教兼融下，蘇軾如何持續堅持與發想體現。其他，如蜀學之風格特質，亦不妨類及並觀。資料文獻若掌握充足，則不妨試寫，也許可以成事。

　　能不能把《本草綱目》上的藥草，用微奈米進行研究？奈米金（gold nanoparticles, AuNP），[17] 有許多獨特的性質，可應用在醫學檢測上。近來許多科學家紛紛用奈米科技研究黃金。根據《本草綱目》記載，黃金摻雜在食物裡面，會有安心定神的作用。但我們不能夠直接吃黃金，要經過一種微奈米的處理，才能服用。學界能不能用奈米技術來處理其他《本草綱目》的問題？應該可以，研究方法值得借鏡參考。所以，必須要有佐證，有前驗，才能本立而道生。基本文獻都掌握了，研究方法已確認可行了，資料佐證沒有問題，那論說、詮釋、解讀，甚至成果獲取才會順理成章。讀書思考要能夠發現問題，產生問題意識，進而解決問題；這些，都要靠平常的自我成長，和敏感度訓練。本來，問題意識是從文獻佐證，萃取提煉出來的；其後，再輾轉反饋印證到文本文獻上。轉相灌輸，交互發明，自是論文寫作之心路歷程。

　　集腋可以成裘，聚沙可以成塔，文獻佐證豐富，猶鐵案如山，信據確鑿，所謂有本有源，有理有據。朱熹〈觀書有感〉所謂：「問渠那得清如

---

[17] 因爲黃金有良好的生物相容性，而且奈米化的黃金表面具有特殊效應，容易與硫氫基結合，所以奈米金常用於生物醫學上的檢測、疾病診斷及基因偵測。詳參嚴鴻仁、徐善慧：〈奈米科技與生物醫學：奈米金與銀的妙用〉，《科學發展》第431期，2008年11月10日，頁28～33。

許？爲有源頭活水來」，[18] 源頭活水如此充實完滿，故本立而道生，可以盈科而後進，容易水到而渠成。

　　總之，擬定寫作大綱前，先完成資料搜羅整理，做好文獻鉤勒篩選。研究素材已類聚群分，豐富而多元；問題意識已明朗無疑，具體可行。研究思路已指出方向感、目的性。準備功夫如此，論文寫作就勝任愉快。

三、論文大綱，必須體現思維亮點

　　論文寫作，是一宗觸手紛綸的學術工程，必須突出思維的亮點。草擬大綱，猶土木建築之有設計藍圖，規劃設計必須妥善而週到，凸顯亮點和特色，這是大綱擬定的要領和策略。論文寫作，必須突出思維亮點；而思維亮點，往往安排在論文大綱的章節上。學術論文都分章、節、項、目，都各有標題文字。標題文字，是高度濃縮的敘事，可以設計成思維的亮點。東晉陸機《文賦》，提及「一篇之警策」，即是思維的亮點。如：

> 　或文繁理富，而意不指適；極無兩致，盡不可益。立片言而居要，乃一篇之警策；雖眾辭之有條，必待茲而效績。[19]

　　很多人不重視標題，自信粗頭亂髮，仍然不掩國色。不過，稍作打扮修飾，不是更能凸顯優雅氣質？就算寫一篇報告，總得分章分節，何況一部專書。標題文字之製作，當如陸機〈文賦〉所云：「立片言以居要，乃一篇之警策。」李善《注》：「以文喻馬也。馬因警策而益駿，以喻文資片言而益明。」章節標題，就是一篇之警策，所以它必須是思維的亮點，

---

[18] 宋朱熹著，郭齊、尹波點校：《朱熹集》（成都：四川教育出版社，1996），卷二〈詩・觀書有感二首〉其一，頁90。
[19] 晉陸機著，張少康集釋：《文賦集釋》（北京：人民文學出版社。2002），頁145。

要很醒目，很吸睛，讓人眼睛一亮。王汎森關心治學方法，曾說：「寫論文要能夠掌握大概，解決一個核心的問題。」[20] 所謂「核心的問題」，往往就是一篇警策之所在。

　　論文打算解決什麼問題？問題意識應該在章節標題項目中呈現出來。研究的主體概念是什麼？章節文字也必須有所體現。再說，論文的詮釋系統是什麼？用什麼方法來解讀、說明、詮釋、引伸發揮？研究的創見心得，務必彰顯，變成標題。既然是獨到創見、研究心得，當然是創前所未有，開後無窮。指導教授、以及相關領域的行家，驚鴻一瞥，也都讚不絕口，這就是吸睛的地方。既然是創見，篇章論證所佔篇幅一定不小，行家可能不及細看；高度濃縮之後，成為章節的標題，就很容易一目了然。「標題，是高度濃縮的敘事」，[21] 敘事學者如是說，很有幾分道理。

　　每一章的標題，最好在十個字左右。一般來說，用兩句表達比較恰當。有些人喜歡咬文嚼字，將標題文字修飾得很勻稱，就像撰寫駢文，或對聯一般，這樣的削足適履，沒有必要。標題設計以能夠精確無誤的表情達意，為第一考量。句式相當不相當、措詞漂亮不漂亮，倒在其次。當寫完一章二、三萬字，從頭到尾讀一遍，腦海裡會浮現精彩的創見，得意的重點，這就是文章的核心關鍵。讀過數遍之後，就進行高度歸納，成為一兩個關鍵詞。把關鍵詞記下之後，再去造句、組裝、連綴，這樣比較實事求是。如果懶得閱讀，但憑直覺猜想，重要概念可能會漏失不見，豈不可惜？只要專注閱讀數過，就容易歸納出最大公約數，這就是章節標題的文字。行家一看，既能夠綱舉目張，又能夠望文生義，更有思維亮點，富於指引作用。論文中要談什麼觀念，不要讓讀者猜測。猜謎語通常猜不準，何況學術論文，怎麼可能猜對？猜錯了，不但枉費一片苦心，也對作者不利。何況，發現所寫內容跟標題不合時，將會質疑表達能力有問題，這些都是要盡量避免的。

---

[20] 王汎森：〈研究學問的一些心得、反省〉，本文引自微信公眾號《近現代史研究資訊》2019年10月5日推文。
[21] 傅修延：《中國敘事學》（北京：北京大學出版社，2015），第七章，三、〈孟姜女哭長城〉，頁178。

　　總之，問題意識是論文寫作的指南針，主體概念是萬山磅礴必有的主峰，詮釋系統使論證圓融無礙，創見心得使成果精彩生色，都將是未來論文寫作中的焦點、關鍵和強項。因此，論文完成後，皆當於大綱目次中有所呈現。擬定大綱時，只能有個隱約的雛形，預存一個模糊的身影。待論文正式完成，回環往復，再進行提煉、萃取、加工、體現。來回數過，不難成事。由此觀之，清方苞說「義法」，所謂「義以爲經，而法緯之」，堪稱草擬大綱、寫作論文的指南。

　　方苞論古文義法，所謂「義以爲經，而法緯之」。義，就是概念，就是創發、卓識，就是問題意識、主體概念、詮釋系統、獨到心得。「義以爲經」的「經」，《說文解字》說是「織縱絲」。段玉裁解釋說：一匹布的組織，有經有緯，經是縱絲，緯是橫絲。織布時，先織經線，然後再織緯線。所以經是開頭，是主導，是座標。方苞說「義以爲經」，借用爲論文大綱的擬定，就是強調主體意識、思維亮點等獨到創獲，當作大綱擬定之指南，論文寫作念茲在茲的開始。或作先發，或爲首務，或當座標，在在引領論文寫作的方向和目的。其他各章各節的闡說論證，都是根據這個理念來開展的。

　　古文義法所謂「義以爲經，而法緯之」，追本溯源，是從《春秋》書法借鏡轉化過來的。方苞研究《春秋》學，有《春秋通論》、《春秋直解》等著作，特別著重筆削去取、屬辭比事諸書法。[22] 孔子作《春秋》，都不說破，往往言外有義；後人研治《春秋》，主要在探討孔子藉《春秋》表達了什麼微辭隱義。《禮記・經解》所謂：「屬辭比事，《春秋》教」，即是解讀破譯《春秋》書法的金鎖匙。孔子《春秋》的指義既不道破，後人詮釋《春秋》，常用三種方法：其一，排比史事，前後相形，可以推尋《春秋》之義。其二，連屬辭文，考察修辭，可以求得《春秋》指義。其三，原始要終，張本繼末，通全書而觀之，可以明瞭《春秋》之微辭隱義。換言之，比其事，屬其辭，終始本末之敘事，爲「如何書」之

―――――――――――
22 參考張高評：《比事屬辭與古文義法―方苞「經術兼文章」考論》（臺北：新文豐出版公司，2016），第三、四、五、六、七、八章，頁75～441。

「法」；孔子微言大義之指向，爲「何以書」之「義」。前者形而下，後者形而上，朱熹說：「《春秋》以形而下者，說上那形而上者去」；[23] 換言之，即是以屬辭與比事形而下之「法」，解說那「丘竊取之」形而上之「義」。

《春秋》透過比事與屬辭以求索指義，猶《易》，即器以求道；繪畫，藉形以傳神，都是因「形而下，說上那形而上」。孔子作《春秋》如此，左丘明著《左傳》、司馬遷成《史記》，要亦如此。推而廣之，一切史傳、敘事、小說、戲曲，亦不例外。反觀論文寫作之心路歷程，在在通過形而下之「言」，以表述形而上之「意」，即上文所謂問題意識、主體概念、詮釋系統、獨到心得。舉凡一切思維亮點，未嘗不是「形而上」的指義？如何完善而成功體現這些思維亮點，當然要仰賴大綱的擬定、文獻的運用、論題的開展、議題的寫作、章節的推敲，以及技術的講究。林林總總，論文撰寫的歷程，所進行的幾乎都是「形而下」的方法。因此，方苞說義法，所謂「義以爲經，而法緯之」，值得作爲撰寫論文的金玉良言。

《禮記·大學》有言：「物有本末，事有終始。知所先後，則近道矣。」從問題意識的形成，到文獻的蒐羅梳理，到論文大綱的擬定，到論文寫作的歷程，都得分清本末、明白終始。孰先？孰後？事關成敗，不可紊亂失序。方苞說義法，除揭示「義以爲經，而法緯之」外，更標榜「言有物」、「言有序」。凡此，皆可作大綱擬定，論文寫作的參考和指南。

要而言之，舉凡問題意識、主體概念、詮釋系統、創見心得，一切思維亮點，皆當於大綱中具體呈現。易言之，研究者之創發與卓識，都應當「雜然賦流形」於大綱之中。

四、問題意識明晰，推助大綱擬定、論文撰寫

學術研究的可貴，在於發現問題，進而解決問題。這是研究的神聖

---

[23] 宋黎靖德編，王星賢點校：《朱子語類》，卷六十七，〈《易》三·綱領下〉，頁1673。

使命，更是學術的無上價值。論文寫作，正是完成使命，展現價值的美好印記。從發現問題，到利用方法，到解決問題，構成一連串的知性探索之旅。如何因應？有何對策？古人的寶貴經驗值得借鏡。漢董仲舒（179-104B.C.）著有《春秋繁露》一書，談說《春秋》指義，有所謂「十指」，前三指對於論文寫作，頗有啓發：

> 舉事變，見有重焉，一指也。見事變之所至者，一指也。因其所以至者而治之，一指也。[24]

學術的探索之旅，大抵是這樣的：首先，發現重大的問題，這需要「見有重焉」的學術敏感度。其次，釐清問題的眞相，追索問題的發展和結果，可從「見所至」而建構成問題意識。最後，「因其所以至者而治之」，是實事求是，順藤摸瓜，找對方法來解決問題。董仲舒所提三指，作爲《春秋》詮釋之方法，堪稱具體可行。今借用轉移爲論文寫作之方法，亦順理成章。尤其運用在大綱擬定，與問題意識共存共榮，貫徹始終方面。

清金聖歎（1608～1661），批《西廂》，評《水滸》，不忘揭示讀書之方法。往往三言兩語，啓益良多。如提示《水滸傳》讀法，有所謂「緣故」說，其言曰：

> 看來作文，全要胸中先有緣故。若有緣故時，便隨手所觸，都成妙筆；若無緣故時，直是無動手處。便作得來，也是嚼蠟。[25]

就論文寫作而言，所謂「先有緣故」，指先有問題意識、核心概

---

[24] 漢董仲舒著，清蘇輿注：《春秋繁露義證》（臺北：河洛圖書出版公司，1975），卷五，〈十指第十二〉，頁9，總頁101。

[25] 清金聖歎著，陸林輯校整理：《金聖歎全集》（南京：鳳凰出版社，2008），第參冊，《第五才子書施耐庵水滸傳》，〈讀第五才子書（《水滸傳》）法〉二十六，頁32。

念、關鍵主軸，行文才能聚焦，章節方有脈絡，始能「外文綺交，內義脈注。」反之，「若無緣故」，則如浮花浪蕊，準的無依；甚至無病呻吟，味同嚼蠟。所以，金聖歎說：「看來作文，全要胸中先有緣故。」施耐庵撰寫《水滸傳》如此，吾人寫作論文，亦不例外。

古往今來，能成大功，立大業者，大多能獨具慧眼，具有過人的膽識。獨具隻眼，從積學儲寶、薈萃諸家，到辨章學術，考竟源流，所謂別生眼目，孤懷特識。胡適之提倡「大膽假設，小心求證」，劉知幾、章學誠先後強調史識，指為史家三長或四長之一。學術論文為文章學之一，會通文史哲而取其優長，實為作者之能事。

由此看來，大綱擬定的同時，已提煉研究之問題意識。有了明確之問題意識，加上取捨豐富之文獻佐證，於是鐵案如山，信度高，說服足。同時，獨具隻眼創見之生發，能言敢言之胸中膽識體現，若無問題意識為指南、為座標，亦將如浮光掠影，一鱗半爪，由於無法聚焦，將不成統系。

總之，有明晰的問題意識，擬定大綱、寫作論文方能獨具隻眼，胸生膽識。於是可以評騭諸家，優劣前賢。否則，隨世俯仰，為人驅役，論文難有價值。

第五章　論文寫作之規劃與商榷

　　丁肇中博士（1936～），1976 年諾貝爾物理獎得主。曾說：「基本的知識，是別人給的。要學會推開書本，向前走！」老師所傳授，論文專著所揭示，都是「基本的知識」。想要「推開書本，向前走！」捨學術研究，論文發表之外，似乎沒有其他捷徑。

　　宋朱熹（1130～1200）〈鵝湖寺和陸子壽〉：「舊學商量加邃密，新知培養轉深沉。」[1] 論文寫作的規劃，固然以「新知培養」為優先；然詮釋解讀、論證辨疑，卻往往以「舊學商量」為觸發、作商榷。十分期待學術研究，能夠因「舊學商量」而「加邃密」，緣「新知培養」而「轉深沉」。

　　草擬大綱，好比航道規劃，路徑指引。未下筆之前，大綱只是學術研究的大方向，必須反覆論證，持續推敲。一旦發現偏差出入，有待商榷，就當毅然決然修正與調整。闡說如下：

一、治學工夫與論文寫作

　　博學、審問、慎思、明辨、篤行，《中庸》提示為學五大工夫。可作草擬大綱、撰寫論文的準則和門徑。

　　專心投入，用心思考，是研習知識，寫作論文的必要態度，關係研習成效，寫作的優劣。孔子曾言：「學而不思則罔，思而不學則殆」，所以學與思必須相輔相成，兼顧並重。《禮記・中庸》曾提示為學之工夫，為「博學之、審問之、慎思之，明辨之、篤行之」；朱熹於〈白鹿洞書院學規〉加以凸顯呼應，《四書集注》、《朱子語類》中，亦多所闡釋發明，堪稱研習知識之指標，讀書治學之金針，可以度己度人，作為奉行的綱領

---

[1] 宋朱熹著，郭齊、尹波點校：《朱熹集》（成都：四川教育出版社，1996），卷四〈詩・鵝湖寺和陸子壽〉，頁185。

與津筏。今借用《中庸》所提示，經轉化應用，連結到草擬大綱和論文撰寫上，亦怡然理順，堪作遵行的準則，和循序漸進的指南。

　　爲什麼要撰寫論文？就研習知識來說，是爲了發表成果，分享心得。心得識見，靈光乍現，若未經條理化表述，未經系統化鉤勒，未經邏輯化提出，將只是吉光片羽，一鱗半爪，存留於內心深處而已。論文發表，與學界交流切磋，於是學養的深淺廣狹，思辨的正誤高下，可以展露無遺。爲了發表成果，提供學界檢驗，於是學、問、思、辨四者，作爲論文寫作之心路歷程，遂成爲茫茫學海中的導航與津筏。學識追求是否廣博，疑問推敲是否詳審，思維判斷是否謹慎，辨析疑似是否明確，就論文寫作的心路歷程而言，可謂隨時檢驗，榮辱與共。從文獻述評，到生發問題意識，中經選擇研究方法，到提出理想選擇，固然離不開學、問、思、辨的工夫；接續的研究歷程，如擬定寫作大綱，撰寫學術論文，方方面面，無一不需博學、審問、慎思、明辨之實事求是之工夫。作爲指南與津筏，誰曰不宜？

　　學已博矣，問已審矣，思既慎，辨亦明，治學工夫如此，是所謂深造有得，容易斐然成章。孔門勉勵弟子敏於言，而篤於行，於是發而爲文，知行合一，學用兼顧，是所提倡。就學養深厚，深造有得之學者而言，成果發表，心得分享，不僅自然而然，而且有箭在弦上，不得不發之興致。一般研究生撰寫論文，雖然大多有所爲而爲，但也是「不得不發」。境界高下有別，而學、問、思、辨的工夫，切實身體力行的表現，初學入門或老學宿儒並無不同。而且古代、今日；東土、西方，也是殊途而同歸，百慮而一致的。因此，致力於學、問、思、辨的沉潛積漸工夫，體現在篤實力行的草擬大綱，在論文撰寫方面，是值得提倡與推廣的。

　　文獻資料若未嘗研讀，支撐論點的有幾條佐證？如果都沒能把握，因陋就簡，是絕對不能撰成論文的。所以，要從資料文獻出發，詮釋解讀文獻，方能提供有力佐證。動筆寫作之前，要進行全方位之構思，這就要回歸到論文主題上。論文主題，非無的放矢、憑空想像的。觀念先行，產生不了研究主題的。是已經掌握了二十條、五十條文獻資料，或是看了一部或數本書，從中提煉、審慎歸納出來的。譬如翻讀宋人文集，發現宋人

「好和作〈歸去來辭〉」，蘇軾、蘇轍兄弟外，如秦觀、晁補之、陳瓘、釋惠洪、李綱、馮檝、汪大猷、曹勛、胡銓、楊萬里、王十朋、王質、喻良能、柴望、家鉉翁、陳普、陳仁子，都先後投入「和作」，數量多達20篇以上。上述文獻既已確實掌握，才可以進一步選擇：要研究「和陶與傳播接受」？還是「唱和與模擬創造」？主題值不值得探討，要看學術研究的主題，學界同行探討的虛實和短長。

如果人家都研究過了，有結論，有定論了，甚至於變成一般常識了，那就不必再費筆墨。所以，正式寫作研究前的文獻篩選功夫，對於研究成果的評估、敘述、回顧十分重要。研究主題是資料提煉出來，進行思考推敲。從資料來，又反饋到資料去，這樣周而復始的反覆推敲思考，然後從資料中提煉出一個核心論旨，作為論文寫作的泰山北斗。可見，核心論旨作為論文的座標，不是憑空杜撰、無中生有的，是以文獻資料為佐證，進行提煉、萃取出來的。從資料提煉出核心論旨，將來寫作時，再反饋到資料本身去，交相輝映，論點佐證就不會落空，也不至於薄弱，就不會發生說服力不足的窘境。論點既經提煉萃取，就可以當作核心論旨、全文主幹、中心思想，於是舉證論說有了基準、確定了座標。無論以發散思維作輻射申說，或採收斂思維作為輻湊聚焦，就會有本有源、有理有據。朱熹〈觀書有感〉稱：「問渠那得清如許？為有源頭活水來。」文獻資料，是學術研究的礎石。從資料文獻提煉核心論旨，有本有源，充沛可靠而又不虞匱乏。寫作論文如此，就不至斷流絕港、陷入困窮。

蜂採百花，而成蜂蜜；蠶食桑葉，而成蠶絲；人釀五穀百果而成美酒，都是提煉萃取精華，而成大用。阿拉斯加、迦納淘金客篩選了成百上千噸的沙石，可能只得數兩黃金；破銅爛鐵堆積如山，也可能冶煉不出十斤精鋼。由此可見，萃取、淘洗、冶煉的工夫，或萬中取一，或百中取一，過程煩忙辛苦，而代價卻是可貴而美好的。下筆之前，經由深思熟慮提煉出的核心論旨，全文主幹，形成了論文的主結構，思維的大亮點。它的原始素材，也都像花卉、穀果、沙石、爛鐵一般，雜然賦形，精粗交揉，璞玉無分。待問題意識確立，核心論旨形成，據此指引以搜羅資料，篩選文獻，於是經過淘洗、剝除、刻抉、挑擇，精益求精，萃取精華，文

獻取用遂有如蜂釀蜜、桑成絲、米成酒、沙成金，或百取其一，或十取其一。文獻素材經由汰滓存精，提煉萃取，轉相反饋挹注，自然成爲論文之核心或骨幹。

二、核心論旨與論文大綱

葉燮（1627-1703），爲清朝乾嘉間宗宋派的詩論家，著有《原詩》內外篇四卷。其書雖論詩學，然詩學原理有與論文寫作相通相融處。其中提及著作自命、獨具隻眼云云，不妨轉化爲論文寫作時，凸顯核心論旨之參考。葉燮云：

> 夫人以著作自命，將進退古人，次第前哲，必具有隻眼而後泰然有自居之地。倘議論是非聾瞀於中心，而隨世人之影響而附會之，終日以其言語筆墨爲人使令驅役，不亦愚乎？[2]

有隻眼獨具的眼光，方能燭照幽微，辨章學術，見人所未嘗見，進而言人之所不能言。就論文寫作而言，問題意識明晰，方能凸出問題，把握問題、回應問題、解決問題。胸中有識，猶《大學》所謂「知止而後有定」，而後能定、靜、安、慮、得。於是面對疑難，可以從容不迫，沉著穩定。因爲「吾心有主，可以應天地萬物之變」。大綱擬定、論文寫作既有主腦，自然可作權衡之準則，軒輊之據依，故持此可以「進退古人，次第前哲」。這「泰然有自居之地」者，就是討論問題時的獨具隻眼，是一篇論文富有創見與心得的起點。葉燮又云：

> 且夫胸中無識之人，即終日勤於學，而亦無益，俗諺謂爲「兩腳書櫥」。記誦日多，多益爲累。及伸紙落筆時，胸

2　清葉燮著，蔣寅箋注：《原詩箋注》（上海：上海古籍出版社，2014），內篇下，頁159。

如亂絲，頭緒既紛，無從割擇。中且餒而膽愈怯，欲言而不能言，或能言而不敢言，矜持於銖兩尺矱之中，既恐不合於古人，又恐貽譏於今人。[3]

隻眼獨具眼光之發用，促成言人所不能言；有識見，有膽量，體現為勇於突破，能言人所不敢言。慧眼與膽識，大抵與問題意識相生相發，體用不二。大綱擬定與論文寫作假如缺乏問題意識，或問題指向曖昧不明，就貿然下筆行文，將有兩大缺失：其一，茫然無知，人云亦云：「議論是非聱督於中心，而隨世人之影響而附會之」，誠如葉燮《原詩》所云。其二，心亂緒紛，無所適從，葉燮《原詩》所謂：「伸紙落筆時，胸如亂絲，頭緒既紛，無從割擇。中且餒而膽愈怯，欲言而不能言，或能言而不敢言。」無論隨俗附會，為人奴僕；或心緒紛亂，定奪無方，總緣胸中無識，故左支右絀，手忙腳亂。此本論詩，大可通於大綱擬定，及論文寫作之參酌。

何炳松著《歷史研究法》，以為「學者之責，以學為先；而研究之功，重在貢獻。」尤其現身說法，特提：「學問之道，綱領為先。」其觀點卓識，亦可供論文寫作之借鏡。如：

> 著作特點，貴能貫通。……不特當研究之際，須將題目在胸；即至著作之時，亦應毋忘綱要。學問之道，綱領為先。研究進程，此為關鍵。若書無綱領，則縱有心裁別識，亦將如用武無地之英雄。[4]

論文寫作，是一項觸手紛綸的學術工程。從積學儲寶，到辨章學術；從深造有得，到著述立說，在在都講究貫通。而貫通之道，即是「題目在胸」、「毋忘綱要」二語。題目、綱要、綱領，三者異名同實，都指核

---

[3] 清葉燮著，蔣寅箋注：《原詩箋注》，內篇下，頁165。

[4] 劉寅生、房鑫亮編：《何炳松文集》（北京：商務印書館，1997），第九章〈著作〉，頁64～65。

心論旨，即中心思想、問題意識。有了核心論旨，無論臨筆寫作，或解讀詮釋，已然成竹在胸，才能順水推舟，勝任愉快。誠如何炳松所言：「若書無綱領，則縱有心裁別識，亦將如用武無地之英雄。」故曰：「學問之道，綱領爲先。」核心論旨之謂也。

所謂核心論旨，是論著的精華和重點，全文的靈魂和骨幹。從文獻資料中提煉出來，再反饋到論文的構思和章節的設計上。復旦大學李劍鳴說：

> 　　動筆寫作之前，通常要就「構思」下一番工夫。圍繞論文的主體，進行全方位的思考：從資料中提煉出一個核心論旨，作爲全文的主幹，進而形成大致的結構安排。拽住了核心論旨的提煉，就抓住了構思的關鍵。[5]

積學以儲寶，審問以求眞，是治學的基本工夫。愼思，統合博學與審問而斟酌商榷之，探索學問再深一層。語所謂「意在筆先」，蘇軾所云「胸有成竹」，都是經由審愼態度，得出的理念和構思。這理念和構思，最初表現在大綱的草擬上，爾後必然落實到論文的寫作上。李劍鳴談論文寫作問題，關注構思工夫，所云「論文主體」、「核心論旨」、「全文主幹」，就是筆者所說的「思維亮點」。是從原典文獻提煉出來的精華，從問題意識梳理出來的綱領。

這些精華和綱領，未來皆將交織互見於論文的骨架結構中，血肉脈絡更時時有所體現。所謂「拽住了核心論旨的提煉，就抓住了構思的關鍵」。杜甫（712-770）詩：「挽弓當挽強，擒賊先擒王」，可作絕妙詮釋。語云：「萬山磅礴必有主峰，龍袞九章但挈一領」；核心關鍵就是主峰綱領，論文構思掌握了主峰綱領，其他章節項目之推闡論證，都將順理成章，水到渠成。《孟子》云：「先立其大者，則小者不能奪也！」核心論旨的掌握，可謂「先立其大者」。

5　李劍鳴：《歷史學家的修養和技藝》（上海：三聯書店，2007），第十二章〈寫作與表述・成文的步驟〉，頁419。

三、假設指向與大綱擬定

　　所謂大綱，最初多出於假設指向，可能緣於直觀任意。能否成立？端看文獻佐證之充足與否。切忌先入為主、觀念先行、武斷絕對，自以為是。如果觀念先行，以文獻為附庸，那麼，先掌握之概念將排擠異類，從而對新概念表現出傲慢與偏見。

　　凡成為學者專家，多已走過孤獨、寂寞、辛苦、漫長的學術旅程，自然儲備深厚的學養經驗。所以，可以從這些經驗學養出發，作為基礎，進行大綱擬定。到了學者的境界，大概掌握六七成素材，就可以著手研究，推估，論證、成果多比較能夠成立。假如還是研究生，學養經驗還不是很豐富，研究方法操作還不是很純熟，其他主觀條件和客觀因緣，都還有待加強，建議不要憑直觀任意，慣性反應去擬定大綱。因為，這個大綱無異捕風捉影，通常是不能成立的。大綱看起來四平八穩，非常漂亮，但是經不起文獻的推敲，佐證的檢驗，是無法說服人的。浮沙建塔，空中樓閣，找不到確實證據去印證它，大綱寫得再漂亮，也無濟於事。

　　大綱之擬定，若出於憑空想像，嚮壁虛造，假設命題就無法成立。或者觀念先行，先入為主，鎖定其一，排除其餘，不待研究，已知結論。等於不勞論證，立馬確認假設之真確。其實，寫作大綱，最初只是論文命題的假設，由於還沒有開始撰寫，充其量，只是論文寫作方向的一種大膽假設罷了。大綱能否成立？大綱要不要修改調整？選題會不會大而無當？會不會太小而捉襟見肘？上述問題，端看大綱擬定之前，是否已充分掌握研究素材，是否已通讀二手資料，評估研究可行性。總之，要看有沒有述評研究成果，有無豐富的文獻佐證。簡言之，不管大師還是初學，大綱能不能成立，純粹看證據說話，就佐證斷定。

　　憑材料、據實證，是人文學研究的通則。治學態度如此，擬定論文寫作大綱，當然必須恪守，所謂「結論，從文獻中來！」千萬不要隨興任意，憑直覺，靠主觀擬定大綱。更不可罔顧證據淺薄，無視文獻短缺，卻仍然旁若無人，目不斜視的武斷前進，空無依傍地擬定大綱。閉門造車如

此，當然出不合轍。問題意識的產生，植基於豐富多元的文獻素材，再經主觀的評估優劣，斷定可否。一經確定，然後可以成為學海之指針。由此觀之，問題意識，與一廂情願的信念，先入為主的成見，隨興任意的動念，生成方式不同，學術效用更有天壤之別。

《金剛經》有段話，很有啟示性。對於大綱擬定，寫作論文多有觸發之功：「不應住色生心，不應住聲、香、味、觸法生心，應無所住而生其心。」《金剛經》要我們放下執著，一切隨緣自在。每一個人都有先驗定見，生命歷程愈長久，學術歷練愈豐富，執著堅持就相對的強烈而明顯。這種堅持，一半來自學養，一半由於經驗，學者專家的自信往往如此。於是學養、經驗形成自信，自信表現慣性思維。對於新議題，往往陷入專業聯想的障礙，判斷失準而不自覺。是其所是，而非其所非，往往而有。

王夔院士〈我的科學思維觀〉提醒我們：「先掌握的概念，會排擠異類；從而使人們對新概念表現出傲慢與偏見。」[6]要避免先入為主產生的謬誤，《金剛經》所提「住色生心」，是對知識的自信自滿，因而產生的傲慢與偏見。那麼，進階入門研究生的先入為主，顯然是另一個層次：也許無知不學，以致捕風捉影；也許師心自用自專，流於穿鑿附會。要之，遠離文獻素材而奢談研究，於是不得不嚮壁虛造，結果也不得不穿鑿附會，是其所同。其實，先入為主，是常人通病，入主則出奴，往往認定其一，排除其餘。專家學者固然不能有此病，初學入門的研究生也應該引以為戒，見不賢而內自省。「答案不只一個，請思考！」趨勢大師大前研一《創新者的思考》所提，[7]就是《金剛經》所謂「應無所住而生其心」，兩者都值得參考。

由此可見，論文大綱只是當下之認知領會，以之形成的假設指向。常因佐證材料的多寡，而有所增刪改易。因此，切忌先入為主，不可刻舟求劍，不能執著牽就，不必一往情深。否則，猶如先射箭，後畫靶，流於形

6　盧嘉錫等主編：《院士思維》，《中國科學院院士卷》（合肥：安徽教育出版社，2003）。卷一，王夔：〈我的科學思維觀〉，頁142。
7　〔日〕大前研一著，謝育容譯：《創新者的思考》（臺北：商周出版，2006），第二章〈答案不只一個，請思考〉，頁79～121。

式，毫無意義可言。

　　在撰寫論文之前，不管準備多久，畢竟還沒開始撰寫。雖然還沒正式撰寫論文，但必須規劃研究方向。就好像打算去臺北，先要規劃走高速公路，還是坐高鐵或巴士，在還沒有付諸行動之前，就要進行妥善規劃。當下的認知和領會，也許這樣比較好，但是不是最好？就得進行規劃、檢驗、評估。既然是當下的判定，那充其量只是一種可能，只是一種設定的方向，千萬不要執著錯認，以爲定則定矣，不想改變。根據這樣的認知領會，形成這樣的假設指向，研究方向是什麼？研究重點是什麼？要探討哪些領域？要研究哪些概念？都是當下的假設。在廣泛接觸文獻，進入狀況之後，假設想像接受現實檢驗，若發現行不通，觀點不能成立，自己就得推翻假設，不能知錯不改，一意孤行，這過程叫做小心求證。常常因爲材料的佐證不足，我們會刪掉或者改變大綱，甚至放棄既定的論文選題。

　　如果寫作大綱的標題訂得太大，大到資料無法佐助印證，那就有兩個選擇：第一，修改題目，把標題的涵蓋面縮小些，這最簡單易行。修改題目，呼應已經掌握的文獻材料，以便能夠跟文獻佐證相得益彰。第二，標題不改，擴大文獻佐證質量。打算探索這麼大的範圍，但光憑三四十條的資料是不夠的。何況，還沒開始寫論文，這些資料未必都可靠可用，都可以拿來做印證。也許誤判了，也許看走眼了，到時候這三四十條徵引文獻，剩下不到二十則，能夠寫成一章嗎？顯然有問題。就算要寫成一章，也要擴大資料搜索的範圍，可以挑精揀肥，使之文獻足徵。如果面對最壞的結果，本章文獻不足徵，那就不妨宣告作廢。至於相關文獻資料，可以合併到其他章節中，也是一種權宜救濟的方法。

　　所以，擬定寫作大綱，當如相體裁衣，量身訂做。首先，「結論，從文獻中來！」回歸原典文獻，提煉萃取學術信息，類聚群分精華要義，作爲建置大綱架構之利基。草擬之歷程，必須與時俱進，就像修身養性一般，「過則無憚改」。千萬不要先入爲主，不可刻舟求劍，不應穿鑿附會，不能執著遷就，不必一往情深。大綱之擬定，大抵實事求是，要看資料佐證，要看證據說話，切忌私心自用，不宜自由心證。

　　其次，談二手資料的取捨利用。已經讀了一本 A 書，知道大概，再去翻一本 B 書。當發現 B 的觀點和 A 不一樣時，就會主動調整原來的認知，將 A 得來的心得概念，和 B 的新知，互相論證。如果再讀更多書，甚至聽了一場演講、上了一學期的課，都有可能因舊聞和新知碰撞，而讓舊經驗翻轉變異。一般而言，經過比較綜合，就會知道哪一個說法比較精確。不要只看一本兩本書，或單看一篇兩篇論文，就以為已經可以開始研究了。常言道：不要聽一面之詞，這叫偏聽。如果只看一本書，就會覺得講得真好，簡直是真理，這叫做偏看、片面之詞。繼續看第二、第三本書，將會發現和第一本說的不一樣。誰對誰錯？不好分別。沒關係，再繼續看第四本、第五本、第六本，看多以後，精粗美惡了然於胸，就可以投入論文寫作了。

　　哪一本書詳盡，哪一本書可信，優劣得失經由比較，心知肚明，自然生發自我裁判能力。書看得愈來愈多，思考愈來愈廣博深入，見解就會越來越精湛高明。何炳松《歷史研究法・編比》，所謂「隨翻他籍，隨改舊聞」（詳下），此一原則值得信守。若能夠看遍海內外的研究成果，充分掌握相關的學術信息，反覆推證，不厭其詳，知曉其短長虛實，搜羅資料賅備無遺，方可以投入某個課題的開發或研究。

四、寫作大綱必須反覆推證，與時俱進

　　何炳松《歷史研究法》，〈編比〉章談比事屬辭之道。現身說法，論述史事編比，「本可當著手之際，立即進行」。學術論文寫作，與歷史編纂之學相近相通，[8]今借鏡作為寫作大綱之擬定、學術論文之寫作，亦怡然理順，相悅以解。何炳松云：

　　　　既讀一書，略知梗概，隨翻他籍，隨改舊聞。必使舊聞隨新證而改觀，史事得新見而愈確。反覆推證，不厭其詳。

---

[8]　參考本書外編：相關學科之借鑑，〈二，《春秋》筆削、歷史編纂與敘事傳統〉。

必搜羅史料，先能賅備無遺，然後筆之於書，方可永垂不朽。[9]

　　有刺激，就會有反應，所以古人說：「開卷有益」，即是就接受反應來說的。為了避免孤陋寡聞，就要廣博涉獵，多方閱讀。有閱讀就會引起觸發激盪，反思檢點。舊聞新知一經折衝，於是就可能「隨改舊聞」，論說因而「隨新證而改觀」，甚至「得新見而愈確」。若擬定大綱，論文寫作，能夠反覆推證，與時俱進如此，於是筆之於書，不敢說一定就「永垂不朽」，起碼四平八穩，瑕疵不多。話說回來，要有如此卓犖的成果，必然是建立在「搜羅史料，先能賅備無遺」的厚實基礎上。文獻賅備，有本有源；本立而道生，大綱據此擬定，論文寫作自然順理成章。

　　所謂「隨翻他籍，隨改舊聞」，歷史編纂學如此提倡，管理學院教授亦主張持續不斷查閱文獻，調整研究方向。成功大學前校長高強博士說：

　　　　一項研究，必須持續不斷的進行文獻查閱之工作。遇到新的文獻出現，所載內容和目前所進行者類似，就必須調整研究方向。

　　高強校長所謂「內容類似」，所謂「調整研究方向」，涵意指涉大概有三：研究文獻基本相似，必須放棄原題，另起爐灶。其二，研究方法相當；和其三，研究視角接近；皆所謂英雄所見略同，可以調整研究方法，修正研究角度來因應。文獻素材，是一切研究的根基；掌握的根基相似，結論很難有不同。新文獻既已發表在先，如果仍然堅持不放棄，即有剽竊因襲之嫌疑。運用不同的方法，轉換殊異的視角，就會獲得獨特而嶄新的研究成果，故文獻查閱工作宜持續不斷。一旦遇到新文獻出現，就得當機立斷，進行恰如其分的回應，審慎評估調整研究之方向。

<hr>

9　劉寅生、房鑫亮編：《何炳松文集》，第四卷《歷史研究法》，第八章〈編比〉，頁53。

　　所謂「一項研究必須持續不斷的進行文獻查閱之工作」，這句話，堪作檢驗寫作大綱之試金石，任何學院都不例外。文學院的論文，常常犯一個毛病，好像我是盤古開天以來，第一個研究這論題的人。在第一章緒論，理應針對同行、海內外學者相關的研究成果作個述評，而知其得失優劣，以便作借鏡取捨。也許你天分高，也許你態度認真，但若不關心別人研究些什麼，獲得哪些結論，提出哪些創見，凸顯哪些心得，那寫出來的成果會不會英雄所見略同？當然有可能！中南民族大學王兆鵬教授攻讀博士班的時候，曾進行一項實驗：他非常喜愛李清照的詞，心有所得，打算撰寫論文。1989 年以前，中國大陸學者，包括指導教授唐圭璋所發表過的李清照論著，都故意不看，而寫了四篇關於李清照詞研究的論文。他越寫越得意，覺得已完成曠世之傑作。放在抽屜裡面，暫時不去投稿。回過頭來，再反向去讀別人的專著，看別人的論文。結果非常沮喪，他赫然發現：自認為創見、發明、心得、獨到的見解，人家老早說過了、發表了。如果你還去投稿，學界會有兩種看法：第一，你抄襲別人的著作，剽竊別人觀點，不注明出處。即使澄清自己是獨立研究，將不會有人相信。第二，如果相信你的人格，沒有剽竊，那也難逃學術研究孤陋寡聞的指控。做學問能夠獨學無友，孤陋寡聞嗎？這兩罪必有一罰。王兆鵬教授的親身經歷告訴我們，做研究之前，一定要進行文獻查閱、述評的工作。

　　賈伯斯（Steve Jobs, 1955-2011）有一句經典名言，談到有關創意。他說：「創意有兩個關鍵詞，借用與連結。」創意的先決條件，是必須「先知道別人做些什麼」。已經知道別人做些什麼，了解其中的利弊得失，優劣高下，才能夠去借用參考。《禮記·學記》稱：「學，然後知不足。」知不足，然後能自反；能自反，然後能增益其所不能。才能借用他人的觀點、優點、長處、心得，連結到我們的研究上來。如果一無所知，就無法借用連結，就難有觸發、創造、發明。高強校長所提到的，各個院系都一樣的：「遇到新的文獻出現，所載內容和目前所進行者類似，就必須調整研究方向。」其中提示，猶如暮鼓晨鐘，發人深省。

　　論文大綱的擬定，必須與時俱進。所謂與時俱進，即何炳松所云「舊聞隨新證而改觀」，高強校長所謂隨時「調整研究方向」；大綱擬定與

論文撰寫，可謂虛實相生，共始共終。在蒐集資料時，就閱讀所得，擬定幾個關鍵詞，再將關鍵詞萃取綴合，就成為整體概念。等到正式撰寫時，有可能跟閱讀思考觀點不一樣，就該隨時調整、更動。甚至在論文完成以後，進行整體觀照，把全書全文論點審慎推敲，就會發現題目是不是定得太大，或者太小；或者內容偏向疏離、論述出入沒有聚焦主題。將來書稿完成後，章節項目的標題，就是高度濃縮的敘事，就是當下的寫作大綱。大綱是與時俱進，可以隨時調整的。跟隨研究情況，適度修飾調整。尤其警策的亮點，應隨時加入寫作大綱。

假設發現最近所想的比較正確，比較詳盡，比較有創意，比較有賣點，甚至於是很好的亮點，那為什麼不翻轉昨天的設定呢？前日的大綱寫成那樣，最近書看多了，想得更深入了，何妨就推翻前面的意見，來支撐今天的主張。《金剛經》有一句話：「因無所住而生其心」，可以當作擬定寫作大綱的共同原則，文字濃縮，就是「無住生心」。住，就是堅持己見，不要太固執、執著。《論語·子罕》載孔子之言，強調「毋意、毋必、毋固、毋我」，提示不宜臆測、不宜絕對、不宜固執、不宜自我，跟《金剛經》所開示，可以相互發明。因為大綱之擬定，只是閱讀思考時某個暫定觀念，何必太堅持？既有新的證據發現，就必須從善如流，因應調整，無需堅持不改。如果執著堅持，不就等於刻舟求劍嗎？《金剛經》說：「若見諸相非相，即見如來！」願共勉之。

大綱的擬定，幾乎是跟論文寫作共始共終，共存共榮。甚至於撰寫完成之後，由於再檢驗數遍，可以再調整大綱。即便到出書之前，也可以再依寫定的最新內容，去調整大綱、修改題目。如果題目文字不理想，就修改題目，務求和內容有絕妙呼應。內容寫些什麼，必須呈現在標題上。故曰：標題，就是濃縮的敘事。章節寫些什麼，濃縮起來，就是標題文字。內容的寬窄多寡，要跟題目的大小相呼應，有如相體裁衣，這樣才合適。萬一不合，建議調整論文題目，最是簡單不過。

如果題目與內容有所出入，就得適度修改：其一，題目太大，當初打算探討的問題，視野比較開闊，素材比較豐富，後來因為種種原因，縮小範圍，那就得修改題目，以求大小適中。其二，當初野心不大，只想小題

大作，後來接受指導教授建議，或是因應某種機緣觸發，擴大研究範圍和領域，於是論文大開大闔，規模宏偉，篇幅重大。相形之下，回顧題目仍然那麼小巧玲瓏，如果堅持不改題目，就得調整內容。否則，就成了大人穿童裝，憋扭可笑，不倫不類。假如題目太小，又想維持不變，不妨忍痛割愛，把多出來的內容刪掉，以符合題目的涵蓋面。如果原本題目很大，完成的文稿，只有題目的四分之三，那就得增添論點，備列佐證。以便題文與篇章相呼應。一部專書如此，一篇論文亦然。

陶淵明〈歸去來兮辭〉稱：「悟已往之不諫，知來者之可追。實迷途其未遠，覺今是而昨非。」對於出處行藏的轉變，有極清楚的告白。鈴木敏文（1932～）創辦 7-11，爲日本新經營之神，提倡「朝令夕改學」。曾說：「拋開經驗污染，才能有新的思考」；又云：「大家認爲不行的地方，才有機會和價值。」論文大綱的擬定，幾與論文寫作共存共榮、共始共終，陶淵明和鈴木敏文的提撕，很值得我們三復斯言。

總之，論文大綱之擬定，必須與時俱進，不妨隨俗嬋娟；隨翻他籍，隨改舊聞。所謂「覺今是而昨非」，「應無所住而生其心」。朝令而夕改，又有何不可？[10] 因此，大綱之擬定，浮動隨宜，幾與論文寫作共始終。

---

[10] 7-11創辦人鈴木敏文，爲日本新經營之神，提倡「朝令夕改學」。曾言：「拋開經驗污染，才能有新的思考。」「大家認爲不行的地方，才有機會和價值。」（見2008年《商業週刊》）

第六章　緒論撰寫之要領與偏失

　　學術文章之緒論，猶如小說之引子，戲曲之楔子，相聲之墊話，是經過設計的開場白，作用在引發讀者的關注與興味。同時，作為後文的伏筆，全書各章節的張本，猶如古典詩文起承轉合的「起」。若持鳳頭、豬肚、豹尾六字法（詳下），比況學術論文寫作，則緒論之作用，期待能如鳳頭一般，閃亮登場，悅目吸睛，增強第一印象。

　　清劉熙載《藝概·經義概》云：「起、承、轉、合四字，起者，起下也，連合亦起在內；合者，合上也，連起亦合在內；中間用承用轉，皆兼顧起合也。」[1] 緒論一章，為論著之開場，起於篇前，與本書各章節之間，在組識架構上，自有承、轉、合（闔）之兼顧貫串關係。論文，亦文章作法之一，其中之起、承、轉、合，正如《文心雕龍·章句》所云：「外文綺交，內義脈注。」即《藝概》所謂起下合上，承轉兼顧起合。

　　元代陶宗儀《南村輟耕錄》稱：「作樂府亦有法，曰鳳頭、豬肚、豹尾六字是也。大致起要美麗，中要浩蕩，結要響亮。尤貴在首尾貫穿，意思清新。」[2] 創作樂府詩如此，撰寫論文，亦道通為一。緒論位居論著之冠冕，行文宜俊美精采，吸引目光，像鳳頭般漂亮，生動吸睛，令人愛賞，此陶宗儀所謂「起要美麗」。而且，緒論與結論，亦應「首尾貫穿，意思清新」。外文綺交，內義脈注，樂府詩寫作與章句經營，並無不同。

1　清劉熙載著，徐中玉、蕭華榮校點：《劉熙載論藝六種》（成都：巴蜀書社，1990）。卷六，〈藝概·經義概〉，頁168。
2　明陶宗儀：《南村輟耕錄》（北京：中華書局，1959、1997），卷八〈作今樂府法〉，頁103。

一、緒論寫作的要領與層面

《孝經》首章，稱爲「開宗明義」，揭示《孝經》的綱領，開示《孝經》的宗旨，堪作文章寫作之範式。文章如何起手，才算好的開始？這涉及到開頭的性質、功能，和作用。清曹宮《文法心傳》把文章開頭，稱爲「前面」，定位爲「題之來路」。而且，列出許多異名同實的指稱，如：

> 前面者，題之來路也。又曰題脈，如地理之來脈也。又曰題源，如水之來源也。又曰題根，如樹之有根也。又曰題母，如子之有母也。又曰題腦，如頭之有腦也。又曰題髓，如骨之有髓也。又曰題珠，如龍之有珠也。又曰題線，如繡之引線也。而總之曰：「前面」。一題到手，必思前面如何說下。[3]

對於文章的開宗明義，爲「題之來路」，通俗易懂。於是就近取譬，條列出「題脈、題源、題根、題母、題腦、題髓、題珠、題線」八種指稱，而總稱爲「前面」。述說「題之來路」，選用根脈、母源，腦髓、珠線八字，皆形象性語言，具體可感，有助於望文生義。緒論，作爲論文寫作，雖然千頭萬緒，三言兩語很難說明如何開頭。不過，觀曹宮《文法心傳》之比況，或多或少不無啓發意義。

東漢許愼《說文解字》稱：「緒，絲耑也。」清段玉裁《注》：「耑者，艸木初生之題也；因爲凡首之稱。抽絲者，得緒而可引。」[4]緒，本義爲絲端、絲頭，俗云頭緒者是。治絲，必先理出頭緒，故緒字，有開端、開頭之義，如言端緒者是。緒言、緒論、引言，今指學術論著之前言，置於篇首、開頭，用來概述全書主旨，或介紹寫作意圖。置於卷首，清曹宮

---

3 清曹宮：《文法心傳》，卷上〈文章八面・前面〉，王水照編：《歷代文話》（上海：復旦大學出版社，2007），第六冊，頁5315。
4 漢許愼著，清段玉裁注：《說文解字注》（臺北：洪葉文化公司，1998）。卷十三上，系部，「緒」字，頁1，總頁650。

《文法心傳》指為「題之來路」，所謂「一題到手，必思前面如何說下。」

　　緒言，又指已發而未盡之言論。《莊子・漁父》稱：「先生有緒言而去」。唐成玄英《疏》云：「緒言，餘論也。」言未畢，有不盡之言，謂之緒言。《昭明文選》劉孝標〈重答劉秣陵詔書〉亦云：「緒言餘論，蘊而莫傳。」或同音通假，誤作「序言」、「序章」、「序論」，其本字皆當作「端緒」之緒。由此觀之，開端、篇首、前言、引論、舉凡已發而未盡、含蘊而莫傳者，皆是緒言之指義。

　　就開端、篇首、前言而言，每一本專著之卷首，每一篇論文的前頭，都有一篇開卷語。通常叫做緒論，又稱為序章、引言、緒言、導言、前言、弁言，相當於一書之張本，研究之企圖，有根、脈之作用，腦、髓之價值，珠、線之要領。位置雖然擺在論著的最前端，就寫作之心路歷程而言，序章居於壓軸地位。就整個學術論文的主體工程來說，這部分之文章撰寫應該在最後。就傳媒效應言之，好比精彩預告。就引論、已發而未盡、蘊而莫傳諸意言之，避就留餘，引而不發，自是緒論之行文風格。

　　〈天下〉篇，是《莊子》內、外、雜篇的序文；〈太史公自序〉，為司馬遷《史記》一百三十篇的序文。杜預〈春秋序〉，之於《春秋經傳集解》；劉勰〈序志〉，之於《文心雕龍》，皆是一書之導言，可作專著之序章。就撰寫程序來說，必定是整部論著大致峻工了，作意之敘說、指趣之概括、別裁之發明、特識之凸顯、企圖之究竟，才能娓娓道來，如數家珍。假如序文完成於草創之初，書稿未完成之時，何以能具體指陳若是？

　　緒論，肩負引導、指示、預告、提撕、說服、行銷之作用。作者先確認問題意識，已隱然成竹在胸。論文各章節均已次第完成之後，其中之重點、精華、方向、特色、心得，已呼之欲出。於是著作之表裡、精粗、詳略、重輕、異同、得失、短長、心得，如在指掌之中。據此而寫成緒論或導言，讀其文而著作可知。

二、緒論的功能與撰寫時機

　　論著（文）的第一章，用「緒論」，或「導言」兩個字，比較切合章節之屬性。因為，第一章的任務，主要在引導讀者，快速而正確進入論文的世界。為接引讀者，引人入勝，導言、緒論確為不可或缺的章節。一篇報告、論文，是為了解決問題而作，這是問題意識。本論文已經解決哪些問題？已經突破何種困難？回首來時路，對於各章節之重點、精華、方向、特色、創發，細心提煉歸納，次第萃取揭示，用蜻蜓點水式的陳述，給讀者一個提點和大凡。讀者鳥瞰提點，掌握大凡，於是略知著作之表裡、精粗、詳略、重輕，以及異同、得失、短長、心得。

　　緒論至少肩負四種功能：一，引導進入：本論文的企圖心何在？這部論著的方向、重點、亮點、特色、方法、價值是什麼？引導認知，甚有必要。二，發蹤指示：蕭何長於「發蹤指示」，劉邦以為「功第一」。[5]投入研究，發現問題蹤跡，指示追尋探究，絕對攸關成敗。三，鳥瞰觀照：為引導指示，而重新審視：鳥瞰資料、方法之運用，觀照創見、突破之體現，可以助人利己。四，檢驗構想：原初的研究構想，成為論文大綱，只是研究之藍圖。一旦探討結束，與研究構想的期待是否一致？需要微調嗎？藉由緒論撰寫，可作反思。

　　論文進行過程中，往往因為諸多主客觀因素，而促使研究結果與預期不相一致。整個著作的表裡精粗，必須等待全文完稿，才能知曉。如果剛開始就寫緒論，那這預告、提示，十之八九都會失準。論著開宗明義，就錯誤引導，混亂指示，這應該極力避免。《禮記‧學記》稱：「學不躐等」，論文撰寫自有其內在理路，若躐等亂序，自是忌諱。《孟子‧離婁下》：「原泉混混，不舍晝夜，盈科而後進。」盈科而後進，當以泉水為師。

5　高帝曰：「夫獵，追殺獸兔者，狗也；而發蹤指示獸處者，人也。今諸君徒能得走獸耳，功，狗也。至如蕭何，發蹤指示，功，人也。」語見漢司馬遷著，日本瀧川資言考證：《史記會注考證》（臺北：萬卷樓圖書公司，1993），卷五十三〈蕭相國世家〉，頁6，總頁795。

　　話說回來，緒論雖然是最後才寫，但開始撰寫各章的時候，每章的重點、精華、方向、特色、心得，幾乎多已心知肚明，最少也十不離七八。知道歸知道，行文時應該留有餘地，稍作提示即可，不必急於在第一章緒論就發揮太多。等到全文完稿，再做宏觀的勾勒，條理的前導，核心的指示，明確的預告，以及精準的提點。此時，不妨一併檢驗：緒論之避就留餘，與全書之觀點論調，是否可以前呼後應，脈絡一貫？

　　由此觀之，如果全文（書）尚未完成，緒論就搶先撰寫，將無從進行勾勒，無法作為前導。又能如何指示？如何提點？程序紊亂，自是論文的大忌。《禮記・大學》稱：「知所先後，則近道矣！」斯言有理。

三、緒論寫作的層面與方法

　　參觀博物館時，有導覽；參加旅行團時，有導遊。研讀學術著作時，有緒論、序章，是帶領讀者進入論文主題的引導性文字。就功能而言，與導覽、導遊，可以類比。作為學術論文，率先閃亮登場的，是緒論，重在理出頭緒。序列在首在前，敘說「題之來路」，因稱前言、弁言、序章。帶風向，領思路，進行精彩預告，故稱引言、導言、導論。

　　緒論，像儀杖排場，容易窺見格局大小；又像先鋒部隊，可以領略軍容強弱、士氣高低。緒論，是讀者的第一類接觸。讀者初來乍到，難免先入為主。緒論導言，就是帶領讀者進入作者心路的絕佳導覽，論文主題的優質導遊。

　　理想的導覽導遊，能在有限的空間，極短的時間內，進行重點、亮點、核心、關鍵、風格、特色的引導和觀覽。讓讀者對於論著，能有具體而微的概略認知，粗枝大葉的掌握。

　　緒論，肩負引導、指示、預告、提撕、說服、行銷之作用。緒論至少肩負四種功能：一，引導進入。二，發蹤指示。三，鳥瞰觀照。四，檢驗構想。

　　基於上述認知，緒論寫作大抵有六個面向：（一）問題意識；（二）文

獻述評；（三）探討範圍；（四）研究方法；（五）價值預估；（六）困難解決。分論如下：

（一）問題意識

　　問題意識，就初心本意而言，稱爲研究動機；就構想言，可稱爲問題之提出。指學術研究的原始動能，起心動念的推手，是解決問題的動力，貫徹始終的指南。我們爲什麼要寫論文？主要在解決疑問，提出看法。是什麼機緣？什麼誘因？怎樣的風雲際會？怎樣的雄心壯志？導致今天想探討這個課題。這好比把背景和現況、宿緣和因果作個有機的連接，適當的鋪陳。本書第二章〈從研究構想到理想之論文選題〉，[6]已論述甚詳，不贅。

　　以「問題意識」，來取代研究動機、問題提出，是我一貫的主張。因爲，問題意識從文獻述評得出，學界相關研究成果之優劣得失、高下偏全已充分掌握。換言之，敵情觀念非常明朗具體，在知彼知己的情況下，學界相關研究成果的精粗、高下、淺深，是非、有無、偏全，已瞭如指掌；於是本課題如何重人之所輕，詳人之所略，異人之所同，忽人之所謹，問題意識就比較顯豁堅定。問題意識是理性知性的，不容編造、不許亂談。若稱爲「研究動機」，較可能杜撰情境、附會因緣。若稱爲「問題提出」，則解決疑難，即其潛臺詞。然而，卻不說破，留存言外之意。作爲學術語言，未免模糊空泛，不夠精確。

　　成功大學醫學院有三位教授，翻譯一本書叫做《研究的藝術》（The Craft of Research）。這本譯作，提到「導言」有三項要素，其一爲構成脈絡的背景（contextualizing background），它在讀者與作者之間，建立了有關作者所提出議題的共同理解。[7]這個概念，和「研究動機」相通。研

6　張高評：〈研究構想與學界成果述評——從問題意識到理想選題的心路歷程（一、二、三）〉，原刊《國文天地》第36卷第2、3、4期（總第422、423、424期），2020年7月～9月，頁103～10；頁88～92；頁110～～114。

7　Wayne C. Booth，Gregory G.Colomb，Joseph M.Williams著，陳美霞、徐畢卿、許甘霖譯：《研究的藝術》（The Craft of Research）（臺北：巨流圖書公司，2010）。14，〈導言與結論〉，頁250～251。

究背景有兩個：第一，對於這個研究課題，過往有沒有基礎研究的經驗，這是自我告白。如果有，曾寫過一兩篇文章，意猶未盡，所以接力續作，這就很有說服力。另一個是他人的心得、成果，我受教過、研讀過，觸發許多想法，導出若干領會，想要百尺竿頭更進一步探論，這也是研究背景。導言的寫作，構成脈絡背景的，若比較優劣，前者自勝於後者。

（二）文獻述評

　　針對學界相關之研究成果，進行「述評」，乃論文寫作不容忽視的前置作業。所謂「文獻述評」，可以分爲「述」與「評」兩大部分。「述」，敘述簡要，即可。「評」，涉及評價案斷，當審愼評論其優劣得失，作爲補充發展之左券；宜強調其創新成果，作爲持續探討之借鑑。無論「述」或「評」，對象皆指具有代表性，值得述評之重要文獻。

　　「述」，類聚群分，就重點、核心、關鍵、特色，綜述相關研究之成果，文字儘可能言簡意賅，不支不蔓。「評」，指評判論文之優劣、高下、是非、得失。這是學界研究成果檢討的焦點，循是以推，很容易因學界成果之有無、異同、詳略、深淺、精粗、偏全；論文價值之是非、異同、優劣、得失，進一步凸出問題意識，生發研究動機。套用元代趙汸說《春秋》，論孔子「筆削以行權」之言：「以其所書，推見其所不書；以其所不書，推見其所書」；[8] 所書、所不書，互發其蘊，互顯其義，而論著之問題意識遂呼之欲出。

　　文獻述評，又稱爲研究成果檢討，明指當下以前，海內外學界有關本研究之學術成果述評。一般研究計畫、學位論文、升等專著，進行「成果述評」時，「述」與「評」之比重，往往失衡：大多重「述」而輕「評」，詳「述」而略「評」。文字篇幅，亦「述」多而「評」少。影響所及，有二：其一，只見分散的個別細述，相關成果優劣得失之大凡，卻未有著墨。其二，漠視「述評」爲先期學術工程之意義，擺落治學歷程之檢驗。

8　元趙汸：《春秋屬辭》（臺北：大通書局，1970，《通志堂經解》本），卷8〈假筆削以行權第二〉，頁1，總頁14801。

換言之，介紹文獻，敘述論著，只爲敷衍、交代、應付，隨俗附和而已。
文獻述評的主要用意，在藉此生發問題意識、進而獲取理想選題，或者判
定研究課題是否可行。今跳脫此一學術檢驗，逃避心路歷程之洗禮，其缺
失遺憾，誠如《莊子‧天下》所謂：「不見天地之純，古人之大體。」

　　通觀圖書館典藏，及網路流傳的研究論著，大抵分爲三個等級：最
上者，能見人所未見，而發人所未發，屬於成果獨到，研究創新之論著。
所謂「創前未有，開後無窮」者是。爲數不多，最爲難能可貴。退而求其
次，若能補強未備，充實不足；拓展規模，開發遺妍者，學術貢獻亦有可
觀。等而下之者，爲粗製濫造，無所用心；陳陳相因，濫竽充數者。文獻
述評之目的，係針對學界既有之成果，品評高下，釐定精粗，以便作爲研
究之觸發與借鑑。基於上述認知：「文獻述評」之撰寫要領有二：其一，
「述」：擇精選要，進行分類綜述。其二，「評」：彰顯是非得失，品評
優劣高下。論說如下：

　　其一，「述」，當擇精選要，進行分類綜述。相關領域，鄰近課題所
發表之成果，是否可取？宜審慎評估。首先，經過研讀比較，遴選上文所
言第一、第二級之論著（可稱爲「重要文獻」，可免混淆），作爲擇精選
要的成果代表。其次，將入選之論著，進行分門別類。最後，再據門類，
撰寫綜合論述。分類綜述，容易看出研究表現之前瞻、風格、脈絡，以及
趨勢；研究成果經由類比、對比，其中之優劣得失，亦呼之欲出。另外，
依重輕詳略之原則，「述」相較於「評」，良非核心關鍵。故表述每則論
著，宜求簡要，以不超過四句（60個字左右）爲原則，不必詞費。

　　其二，「評」：彰顯是非得失，品評優劣高下，這才是「文獻述評」
寫作的「重中之重」。首先，研讀代表性之研究成果，比較不同論著之短
長是非，高下得失。優劣之評價確定，即可作爲研究者進退取捨之準據，
所謂「彼此相形，而得失見；前後相絜，而是非昭」，[9]此本說《春秋》書
法，何妨移作論著之品評！月旦人物，品評論著，應該持平客觀，實事求

9　清姜炳璋：《讀左補義》（臺北：文海出版社，1968），卷首〈綱領下‧屬辭比事〉，頁
8，總頁106。

是。何況，面對學界先進，同行前輩？「理直而氣和，義正而辭婉」二語，為散文家陳之藩教授所提倡，不妨作為品評學術論著之箴言與座右銘。

　　入圍述評之論著，大抵經由學‧問、思、辨，汰滓存精得來，有一定之代表性，堪稱本課題之重要文獻。必也如此，文獻述評之最主要目的，在由此而生發問題意識，進而獲得理想選題，方有可能落實。因此，我主張用「文獻述評」，來替代「文獻回顧」、及「研究現況（狀）」、或成果檢討。筆者《論文選題與研究創新》專著，第三章〈論文選題的試金石：文獻評鑑〉，有較詳盡的論說。[10]

　　文獻評述的幅員十分廣大，中國大陸、臺灣、香港、日本、韓國，乃至歐美漢學界，所作之相關論著，都是成果檢討、文獻評述的對象。成果文獻一一研讀之後，檢討他們的優點、缺點各在哪裡；創見、不足各在何處；乃至於錯失、爭議所在，都必須要瞭解掌握。如果別人寫得比較膚淺，我有信心可以寫得比較深入；別人寫得比較狹隘，我有信心可以寫得比較寬廣；前人對某問題有很多爭議，莫衷一是，我有辦法平息爭議，提出堅實可靠的論證。檢討別人的研究成果，就是為了進一步提供自己研究作借鏡參考。重要之文獻述評如此，方有意義與作用。論文寫作，在〈緒論〉一章，堪稱重中之重，必須用心賣力撰寫，故詳說細論如此。

（三）探討範圍

　　學術研究的探討範圍，有廣狹之分，也有偏全之別，更有跨學科、跨領域、跨文化之差異。是歷時性考察，還是共時性探討？是基礎研究，還是進階詮釋？是專家研究，還是群體考察？是分期流變研究，還是某期的因革討論？確定選擇哪一類，就會有或大或小，或深或淺的文獻範圍，和探討層次。

　　研究範圍的大小、多寡、深淺、廣狹，理當斟酌研究者的位階、學養、能力、時間、空間，再決定課題的規模。資深教授論文和副教授位階

---

[10] 張高評：《論文選題與研究創新》（臺北：里仁書局，2013），第三章〈論文選題的試金石：文獻評鑑〉，頁59～123。

不同，助理教授和研究生學養、能力也都有差別。時間充裕與否，研究所在為都會或偏鄉？為域外，或本土？都可能影響研究範圍、學術領域的選定。在訂定論文題目，安排研究方向的同時，學術研究的探討範圍，也應該一併確認。

（四）研究方法

研究方法，對於論文寫作、成果提出，影響極大，甚至可以決定論著之成敗得失。笛卡爾（Rene Descartes, 1596-1650）曾說：「要認識真理，必須運用正確的方法。」徒法不能以自行，而方法學運用之妙，正存乎其人其心。

就論文寫作的歷程而言，方法學必須時時講究運用，從課題的設想假定，到考察演繹，到舉證推理，到歸納總結，從而提出研究發現，獲得學術成果。其中，固然使用許多工具利器，也運用若干方法、策略，調整一些研究視角，確定某些詮釋系統；甚至援引參照特定理論模型，具體進行分析、綜合、歸納、演繹、分類、比較。[11]

要解決問題，就必須樂用方法、善用方法、常用方法，以及用對方法。治學懂得方法，有助於解決疑難，提昇研究之成效。

（五）價值預估

研究價值的預估，指本論文的研究意義，課題的學術貢獻。大抵就精粗、深淺、詳略、異同、有無、得失、優劣、廣狹各層面，與同行作比較、相競爭、相參照得來。所謂研究價值、學術貢獻，是以當下的學術現況為基準，持本研究課題與同行、前輩之成果相互較量，得出的預期評估。科技部專題研究計畫申請書，其中有：「對於學術研究、國家發展及其他應用方面預期之貢獻」一欄位，即指本研究的價值預估。

相互比較，再經審慎評估，若得出精、深、詳、異、廣、全，新創、突破、超勝之研究成果，則謂之有價值、有意義。這是衡量論文水平

---

[11] 參考顏崑陽：〈中文學門的研究如何撰寫多年期計畫〉，國科會《人文社會科學簡訊》8卷3期（2007年6月），頁77～83。

的指標之一，更是驅動論文寫作的內在誘因。自我評估本論文寫作有價值，有意義，所以就會一鼓作氣，全力以赴，以求使命必達。

學術研究曠日廢時，論文寫作經年累月，所以能奮戰不懈，持之以恆者，全在研究價值的掘發，課題意義的提出。研究動機、問題意識，好比春華，令人期待；價值的掘發，貢獻的提出，如同秋實，則是進一步的完成、貫徹，與收穫。

（六）困難解決

陳美霞、徐畢卿、許甘霖譯：《研究的藝術》（The Craft of Research），談及導言寫作，有三項要素：(1)構成脈絡的背景（contextualizing background）；（2）有關難題的陳述（statement）；（3）對難題的回應（response）。[12]構成脈絡的背景，已詳前述。科技部專題研究計畫申請書，有「預計可能遭遇之困難及解決途徑」，即相當於難題的陳述、難題的回應。[13]

首先，是有關難題的陳述。雖未開始撰寫，應該評估：執行本課題，在研究歷程中，將會遇到哪些困難。其一，文本文獻的資料，攸關結論的獲取，容不容易取得？研究的善本孤本，可能庋藏在日本、韓國，可能典藏在北京、上海。研究出土文獻，譬如清華大學藏戰國竹簡，尚未出齊，竹簡又不開放觀覽。如果文獻資料取得困難，如何解決？假設無法解決，那麼選題再好，價值再高，也不得不宣告放棄。

其二，對難題的回應：文獻資料雖然遠在日本、法國、英國，除了空間阻隔，自有管道和信心，可以翻閱到文本，這就解決了難題。譬如執行研究計畫，申請移地研究，出國現地訪書等等。假設研究涉及專業，如《春秋》《左傳》，牽涉到天文學、曆法學；研究說話術，運用《鬼谷子》、說服術；研究楚辭九歌，旁通到楚文化、神話學；研究道教煉丹

---

[12] Wayne C. Booth，Gregory G. Colomb，Joseph M. Williams著，Wayne C. Booth，Gregory G. Colomb，Joseph M. Williams著，陳美霞、徐畢卿、許甘霖譯：《研究的藝術》（*The Craft of Research*），〈導言與結論〉，頁225～263。

[13] 張高評：《論文選題與研究創新》，第十章〈執行專題計畫：推動研究選題〉，頁543～545。

術，牽涉到《道藏》、醫藥化學；研究墨子學說，牽涉到光影學、幾何學；研究唐傳奇小說，牽涉到史傳敘事模式；研究蘇軾貶謫時期詩、詞、文、賦，牽涉到佛禪、老莊、道教、儒學，以及文學的破體與出位。諸如此類難題，能否面對處理？如何妥善解決？是自力救濟，尋求突破？還是請教良師，旁聽課程，藉進修之精進，獲得解決？都須有明確的回應。

總之，導言緒論的寫作，撰寫研究價值的預估，著重論文的研究意義，課題的學術貢獻。順帶略及，可能遭遇之困難及解決途徑，亦當預作評估，設想解決方案。

《左傳》君子曰：「不備不虞，不可以師。」（隱公五年）《禮記·中庸》云：「凡事豫則立，不豫則廢。」論文寫作，其理亦然！

四、緒論寫作的偏向與誤會

緒論寫作，對於初學入門來說，往往由於經驗不足，或認知偏差，容易重心失衡，所言不合論文規範。關鍵在於「緒論」的「緒」字，如何理解？本文伊始，曾引《說文解字》及相關典籍，得「緒」之訓解，有「開端、篇首、前言、引論、已發而未盡、含蘊而莫傳」諸義。釋疑辨惑，請循其本，此中自有真解。前文談卷頭語撰寫，亦言及「題脈、題源、題根、題母、題腦、題髓、題珠、題線」八種「前面」之指稱意涵，亦值得關注。

以「開端、篇首、前言」，作為緒論的淺層涵義，為「一題到手，必思前面如何說下」之課題。看作論文目次的第一篇，這容易了解。「開端、篇首」的作法，在破解題目字面之意義，其功能猶如八股文的「破題」，也大概明白。至於緒論更深層的意蘊，為「引論」、為「已發而未盡」、為「含蘊而莫傳」，則或茫然無所知。

「引」、「未盡」、「蘊而莫傳」三組詞彙，可稱為緒論寫作之關鍵字。引，引導觸發後文之詳盡論述。未盡，不可好話說盡，要避就留餘，留給後面章節申說發揮。「含蘊而莫傳」，蘊藏精華，簡要敘述即可，不

可說盡，有如伏筆，如草蛇灰線，無須發揮，不勞論證。簡言之，「引而未發，避就留餘」八字訣，即是緒論一章撰寫的要領。韓愈〈雉帶箭〉所謂「將軍欲以巧伏人，盤馬彎弓惜不發」，差堪比擬。又好比觀賞影片之精彩預告，即是點到為止。行文掌握這個要領，「緒論」的屬性已明，於是偏向可以導正，誤會可以澄清。

至於緒論與題目、全文之關係，清曹宮《文法心傳》之揭示，周全而賅備，清晰而切實。尤其列舉「題脈、題源、題根、題母、題腦、題髓、題珠、題線」諸名目，亦甚有意味。題目，為研究論文之凝練與濃縮；而緒論、引論，置於「前面」，擺明本章所言，指向有四：一，就發始言，為母、為源。二，就架構言，為根、為脈。三，就功能言，為腦、為髓。四，就照應言，為珠、為線。緒論寫作，不妨一併考量如上之指涉。

筆者審理研究計畫、升等論著、學位論文，發現緒論之寫作，迷思和誤區大抵有四：（一）錯亂章法，率先撰稿；（二）研究動機，杜撰造情；（三）文獻述評，顛倒重輕詳略；（四）研究方法，誤為步驟進度。分別論說如下，姑作防患：

（一）率先撰稿，錯亂章法

戲劇的最後一齣，稱為大軸。大軸前一齣，稱為壓軸。大軸、壓軸，借以比喻質量高、表演最精彩、最引人注目的節目或事件。摘要與緒論，堪稱論文寫作的壓軸工程。確切一點說，摘要，猶戲劇演出的最後一齣。緒論，則為倒數第二齣。被稱為壓軸者，須追求精彩、要引人注目。換言之，緒論既列為壓軸，就不可一馬當先，率先撰稿。否則，不但章法錯亂，將導致空言、漫語、亂談。

無論寫作大綱之擬定，或是論文目次之排序，緒論，永遠被設定為第一章。但，這是論著完稿之後，呈現在眼前之面目。換言之，目次所見章節的排序，不必然就是撰稿先後的次第。緒論寫作涉及問題意識、文獻述評、探討範圍、研究方法、價值預估、困難解決六個面向。一部著作的各個章節，必須逐一完稿殺青，上述六個面向，才有可能具體指陳，貼切論

述。就算問題意識已清晰，研究文獻已到位，詮釋方法已確認，一切似乎胸有成竹，也不可以率性作爲，貿然超前撰寫緒論。

因爲論著之重要章節，尚未動工撰寫，如果貿然率先撰稿，則從研究構想出發，將理念落實爲各章節之文字，其間既有隔閡，所得自有落差。於是捕風捉影者有之，徒託空言者有之，言不及義者有之。待論文指標議題執行，重要章節完成，試與緒論所言進行比對，前後齟齬者、甚至自相矛盾者，必不在少。《禮記・大學》：「知所先後，則近道矣。」知所先後一語，堪稱緒論撰寫之警語與指南。

（二）研究動機，杜撰造情

緒論中談到研究緣起，有些論著喜歡冠上「研究動機」，或「問題提出」等標題。標題使用「研究動機」，論述重心似在「動機」，不在「研究」。於是思維空間較自由、寬泛，可以出於知性，也可以發乎感性，充其量只在交代研究活動之機緣而已。既以主觀引導發言，遂無法以客觀檢驗虛實眞僞。所以，因文造情者有之，虛構杜撰者有之，皆不符學術語言之規範。

緒論之撰寫，開宗明義之標題，有使用「問題提出」者，曾引領風潮，流行一時。「問題提出」，當是問題意識之雛形，已凸顯「問題」二字，作爲探論之聚焦。與「研究動機」之疏離研究相比較，「問題提出」似較優勝。不過，所謂「問題提出」，語意亦渾沌含糊，未能確定指實。「問題」之指涉爲何？如何「提出」？「提出」之後，又如之何？對於初學入門者，一時恐怕不好掌握。

今主張使用「問題意識」之標題，作爲緒論寫作之開宗明義。至於如何認知「問題意識」？研究進程如何？已詳本書第二章〈從研究構想到理想之論文選題〉，不贅。

（三）文獻述評，顛倒重輕詳略

緒論，爲論文的第一章，大抵簡述問題意識、文獻述評、探討範圍、研究方法、價值預估、困難解決六個面向。以博士論文而言，緒論章

總字數，宜作嚴格管控，大約以 6000 字左右為原則，上限以 8000 字為宜。不過，一般多遠遠超過這個標準。上述六個緒論的面向，最不容易掌控的，莫過於文獻述評。曾經口試博士論文，有寫 20000 字的，甚至有多達 40000 餘字的。這些超標的緒論，在處理「文獻述評」時，大抵未明本末、不辨精粗、無分優劣，進而罔顧重輕、顛倒詳略。寫作不得要領，放浪無歸若是，故有此缺失。

　　學術論文寫作的初心，在於補充、發展前人研究的業績。因此，學界同行相關領域的研究成果，必須掌握；其原委虛實，務必嫻熟，於是才設置「文獻述評」，以發揮其效用。「文獻述評」的撰寫，須先掌握林林總總的研究成果，然後明察本末、探索源流、辨別精粗、析分優劣，經由抉擇裁汰，最終梳理出原創、精進、殊勝、優越之代表作。「文獻述評」，即以這些「重要書目」為對象，進行分類之綜述，重點之介紹，詳盡之品評。原則上，評述文獻，以評為主，當重點詳說其創發拓展；述，則當輕言略述成果之觀點與結論。述評重要文獻，每件以 6～8 句為原則，每句 10 個字左右。如此規範，篇幅可以精簡許多。

　　相關之研究書目，有人云亦云、陳陳相因者，顯然純受他人影響，未有主見，這是末流，價值較低。這類文章，述評可以從闕。另外，內容粗製濫造，凡俗低劣，難登大雅之堂者，當然拒絕往來。其他，是非、疑似之間，狂言怪說，亦當擱置屏棄。如此一來，可作述評之論著，相對的減省許多。然後重要之研究文獻，富於創始、新異、推拓、超勝之精彩著作，就可以擇精語詳進行述評，以便作為本論著補充與發展之憑藉。篩選文獻，猶如月旦人物，須具備別裁心識，自是另類之學術眼光。

（四）研究方法，誤作步驟進度

　　「研究方法、進行步驟及執行進度」，為科技部「專題研究計畫」申請書規範下的欄目。有些計畫或論文，將「研究方法」、「進行步驟」、「執行進度」平列，三者顯然屬性不同，功能各異，此固不待辨而自明。不過，仍然有人粗心不察，將「研究方法」，看作是「進行步驟」、「執行進度」，顯然是天大的誤會，不能不辨。

　　材料排比和論點陳述，是學術論文的兩大要素。材料如何取得？全文如何組識？文本如何進行詮釋？論點舖陳如何能順理成章、圓滿周到？這些，都涉及方法學的問題。顏崑陽更以為：研究計畫之方法學，整體而言，應該包括主體之理解、詮釋境域的揭示。[14] 在專著之緒論中，談論方法學，不妨借鏡參考。

　　至於研究方法，涉及六大層面：如何設計課題？如何選擇對象？如何進行操作？如何得出結論？運用哪些方法？採行哪些策略？[15] 緒論寫作中，「研究方法」一節，必須針對上述問題多作說明，最好具體呈現。一般論著，耳熟能詳，操作最多的，大抵是「運用哪些方法」一項。如比較、統計、假設、分析、綜合、歸納、演繹、文獻考證、二重證據、抒情傳統、敘事傳統、印刷傳媒等，都是常用的方法。它如接受美學、結構主義、心理批評、原型批評、現象學、詮釋學、信息論、系統論、控制論等西方學說，不一而足，亦間有採行。

　　新方法運用於文學研究，南京大學程千帆先生建議：「新奇，要落實到對作品的深入理解與開拓上。不然，它就代替不了舊的。」[16] 新的方法，要能發掘出新的內容，或者對舊方法有所補充。否則，何必喜新厭舊，挾洋炫奇！總之，方法無論新舊，學理不分西東，凡是能解決疑難、提出新創結論的，都是好方法。[17]

14 顏崑陽：〈中文學門的研究如何撰寫多年期計畫〉，國科會《人文社會科學簡訊》8卷3期，頁79～80。
15 參考張高評：《論文選題與研究創新》，第十章〈執行專題計畫：推動研究選題〉，頁537～543。
16 張伯偉：「訪程千帆先生」，〈程千帆先生的詩學研究〉，莫礪鋒主編：《程千帆全集》第15卷，頁282。
17 張高評：《論文選題與研究創新》，第六章〈研究方法之講求〉，頁247～323。又，張高評：〈研究方法與學術創新〉（一～四），《古典文學知識》（總第164～169期），2012年9月～2013年7月。頁22～29；頁13～19；頁22～29；頁14～18。

第七章　章節之調控與大綱之擬定

　　清章學誠說歷史編纂學，將「史家銓次群言」，比擬爲工師度材，建爲巨室；名醫炮炙，製成方劑。史家處理文獻材料，而成一部史著，其功當不異於工師與名醫：

　　　　工師之爲巨室，度材比於燮理陰陽；名醫之製方劑，炮炙通乎鬼神造化。史家銓次群言，亦若是焉已爾。是故文獻未集，則搜羅咨訪不易爲功。……及其紛然雜陳，則貴決擇去取。[1]

　　學術論文安排措置文獻，與銓次群言，燮理陰陽，調製方劑，自有相通相融之處。研究文獻既已匯集，章學誠提示：「及其紛然雜陳，則貴決擇去取。」文獻之「決擇去取」，自然影響到「章節之調控」與「大綱之擬定」。

　　素材的分配，文獻的安排，必須通盤考量，全方位斟酌。大抵發揮系統思維，進行宏觀調控，才能上下勻稱，不遺不漏；參差錯落，前後咸宜。日本遍照金剛《文鏡祕府論・論體》稱：

　　　　然文無定方，思容通變，下可易之於上，前得迴之於後。（若語在句末，得易之於句首；或在前言，可移於後句也。）研尋吟詠，足以安之；守而不逡，則多不合矣。[2]

1　清章學誠：《方志略例》，一〈與陳觀民工部論史學〉，《章氏遺書》，卷14（臺北：漢聲出版社，1973），頁280。
2　〔日〕遍照金剛著，盧盛江校考：《文鏡祕府論彙校彙考》（北京：中華書局，2015）。下冊，南卷〈論體〉，頁1393。

　　下上、前後，位次可以互易；句末、句首；前言、後句，可以移易，
此之謂文無定方。然「前後措注，各有所當」，[3] 此即是方苞所謂古文義
法。指涉所及，不止字句，亦包括項目章節。就論文寫作而言，自是歸本
於問題意識之宏觀調控，良非自由任意，無所為而為。

　　清毛宗崗〈讀《三國志》法〉稱：「《三國》一書，有添絲補錦，移
針勻繡之妙。」可作文獻取捨措置，章節前後安排之參考。近似遍照金剛
《文鏡祕府論・論體》所言，前後輝映，可以相互發明。如云：

> 　　凡敘事之法，此篇所闕者，補之于彼篇；上卷所多者，
> 勻之於下卷。不但使前文不拖沓，而亦使後文不寂寞；不但
> 使前事無遺漏，而又使後事增渲染，此史家妙品也。[4]

　　紛然雜陳之文獻，臨文下筆之際，如何「決擇去取」？筆者以為：宏
觀調控，統籌分配，可作為原則。上下之間，多少勻稱；彼此之際，闕此
補彼。如此調控、分配，於是文章不拖沓、不寂寞、無遺漏、增渲染。此
一宏觀調控，統籌分配之道，值得論文寫作借鏡。

　　宏觀調控，統籌分配之法，《三國志演義》於劉備、曹操、孫權三國
主要人物，安排登場之章回，已作參差錯綜之設計。如：

> 　　劉備、曹操，於第一回出名，而孫權則于第七回方出
> 名。曹氏之定許都，在第十一回；孫氏之定江東，在第十二
> 回；而劉氏之取西川，則在第六十回後。假令今人作稗官，
> 欲平空擬一三國之事，勢必劈頭便敘三人，三人便各據一
> 國。有如是之繞乎其前，出乎其後，多方以盤旋乎其左右者
> 哉？[5]

3　清方苞：《方望溪先生全集・望溪先生文集》（臺北：臺灣商務印書館，1979，《四部叢
　刊》初編），卷2〈讀史・又書〈貨殖傳〉後〉，頁20，總頁40。
4　清毛宗崗：〈讀《三國志》（《演義》）法〉，會評本《三國演義》（北京：北京大學出
　版社，1986），卷首，頁16。
5　清毛宗崗：〈讀《三國志》（《演義》）法〉，卷首，頁7。

　　《三國志演義》，演述魏、蜀、吳三國鼎立故事。章回情節之設計，並非「劈頭便敘三人，三人便各據一國。」劉備、曹操，於第一回登場；孫權，則遲至第七回方出名。魏之定都，在第十一回；吳之定都，在第十二回；蜀漢之取西川，已在第六十回後。繞前出後，盤旋左右，參差錯落如此，跳脫慣性思維之外，故蔚爲小說名著。

一、中日傳統典籍論文章之布局

　　擬定論文的大綱，有其程序與步驟。要領在發揮系統思維，綜觀鳥瞰，擬想結果，看到未來，與章回小說設計人物情節，有異曲同工之妙。核心論旨，必須設宅置位，才能條理表述；問題意識，必須務總綱領，才能言之有序。中心思想、創見精華，有必要設章分節，立項列目，經由附辭會義，娓娓道出。

　　《孟子·告子上》稱：「先立乎其大者，則其小者弗能奪也。」問題意識清楚、核心論旨明白，等同成竹在胸，知止有定，設章分節有所據依，是所謂先立乎其大者。章節既據此設立，則「眾理雖繁，群言雖多」，亦不至於乖違紛亂。據全文之結構，作總體之設計。再針對文獻材料，進行合適而充實的安排。此之謂布置，或佈局。擬定章節，參考布置或佈局之概念，確有必要。

　　日本僧人遍照金剛（774〜835），名空海，著有《文鏡秘府論》六卷。南卷有〈定位〉一篇，言文章布置、佈局之理。以爲「凡制于文，先布其位，猶夫行陳之有次，階梯之有依也。」《文鏡秘府論》所提層次、依託之「布位」概念，對於論文大綱之擬定，甚至章節項目之安排，自有參考價值。如：

　　　　先看將作之文，體有大小；又看所爲之事，理或多少。體大而理多者，定制宜弘；體小而理少者，置辭必局。須以此義，用意準之，隨所作文，量爲定限。既已定限，次乃分

位，位之所據，義別爲科。（雖主一事爲文，皆須次第陳
敘，就理分配，義別成科。）[6]

　　文章如何「定位」、佈局？端視規模與內容而定。《文鏡秘府論》
勾勒出考量的面向，步驟次序有四：其一，「須以此義，用意准之，隨所
作文，量爲定限。」意在筆先，成竹在胸，亦方苞說義法，所謂「義以爲
經，而法緯之」之論。其二，「就理分配，義別成科」，以義理異同，作
爲此疆彼界的分類標準。其三，就「體有大小，理或多少」，作爲衡量的
準則。其四，「體大而理多者，定制宜弘；體小而理少者，置辭必局。」
規模的弘大或偏狹，取決於體製的大小，事理的多少。論文大綱的擬定，
設章分節的考量，事例論說的比重，乃至於實際寫作論文時，亦多如《文
鏡秘府論・定位》所云「皆須次第陳敘，就理分配，義別成科。」要之，
位之所據，義別成科；就理分配，次第陳敘，即是遍照金剛定位布局
之法。

　　就論文寫作而言，所謂布置，或佈局，係運用系統思維，進行宏觀
之調控。主要在統括首尾整體，對章節項目，進行適宜之安排措置。宋姜
夔《白石道人詩說》：「作大篇，尤當布置；首尾勻停，腰腹肥滿。」[7]
大篇，指宏篇鉅製，內容宜充實豐富，姜夔所謂「腰腹肥滿」。而首尾終
始，文字宜精簡勻稱，詳參本書第六章〈緒論〉，第十二章〈結論〉。元
代陶宗儀《南村輟耕錄》所云「鳳頭、豹尾、豬肚」六字法，[8]與《白石詩說》
十分接近，皆章節比重調配勻稱之說。蓋就系統思維，綜觀鳥瞰而言之。

　　宋范溫《潛溪詩眼》稱：「山谷言文章，必謹布置。……杜子美〈贈
韋見素〉詩，前賢錄爲壓卷，蓋布置最得正體。如官府、甲第、廳堂、

6　〔日〕遍照金剛著，盧盛江校考：《文鏡祕府論彙校彙考》，下冊，南卷〈定位〉，頁
　　1401。
7　清何文煥編：《歷代詩話》（北京：人民文學出版社，1982）。宋姜夔《白石道人詩
　　說》，頁680。
8　明陶宗儀：《南村輟耕錄》（北京：中華書局，1959、1997），卷八〈作今樂府法〉，頁
　　103。

房室，各有定處，不可亂也。」[9] 以爲「布置得體」之道，在於「各有定處」。要而言之，此即梁劉勰《文心雕龍》〈章句〉篇所謂：「設情有宅，置言有位。」〈附會〉篇稱：「附辭會義，務總綱領。」[10] 方苞〈又書〈貨殖傳〉後〉所謂「前後措注，又各有所當如此，是之謂『言有序』。」[11]

清劉熙載：《藝概‧經義概》則云：「昔人論佈局，有原、反、正、推四法。原以引題端，反以作題勢，正以還題位，推以闡題蘊。」[12] 原、反、正、推之佈局安排，猶言起、承、轉、合之四法。大至全書，小至章節，以及大綱之擬定，「引題端、作題勢、還題位、闡題蘊」諸布局、佈置，可謂無所不在，無時不在。

劉師培《漢魏六朝專家文研究》〈論謀篇之術〉稱：「文章構成，須歷命意、謀篇、用筆、選詞、鍊句五級。必先樹意以定篇，始可安章而宅句。若術不素定，而委心逐辭，異端叢至，駢贅必多。」[13]「必先樹意以定篇，始可安章而宅句」二語，說言與意之先後與互動，與《文心雕龍》〈附會〉、〈風骨〉、〈章句〉所言，方苞說「義法」，多可以相互發明。詹瑛：《文心雕龍義證》稱：「大而一篇之中各章之後先，小而一句之中各字之次第，皆有天然之秩序。」[14] 後先、次第，自有其內在之理路與秩序。所謂文章布局、定位，不過順應理路秩序而爲之。而論文大綱之擬定，實即文章布局之理性規劃而已。

論文的寫作大綱，猶如建築工程的設計藍圖，針對建案，設想計慮；因應主客觀條件，量身訂製；通過系統思維，作方方面面的精算，然後可以施爲寫作。又如宋代文同畫竹，「必先得成竹於胸中。執筆熟視，乃見

[9] 宋范溫：《潛溪詩眼》，〈山谷言詩法〉，郭紹虞編：《宋詩話輯佚》（哈佛燕京學社出版，1937；臺北：文泉閣出版社，1972重印），頁399～400。
[10] 梁劉勰著，范文瀾注：《文心雕龍注》（北京：人民文學出版社，1958、2014）。卷七〈章句第三十四〉，頁570。卷九〈附會第四十三〉，頁651。
[11] 清方苞：《望溪先生文集》，卷2〈又書〈貨殖傳〉後〉，頁20，總頁40。
[12] 清劉熙載著，徐中玉、蕭華榮校點：《劉熙載論藝六種》（成都：巴蜀書社，1990），《藝概》卷六，〈經義概〉，頁168。
[13] 劉師培講述：《漢魏六朝專家文研究》（臺北：臺灣中華書局，1976），四〈論謀篇之術〉，頁14。
[14] 劉勰著，詹瑛義證：《文心雕龍義證》（上海：上海古籍出版社，1989），頁1261，引《校釋》。

其所欲畫者；振筆直遂，以追其所思。」[15] 繪畫尚未落筆，當先有布局與發想；中經臨筆之審視可否，逐漸構圖成形。觀者但見振筆疾書，一揮而就，實則「先得成竹於胸中」；吾人所見振筆直遂，只不過「追其所思」，表現為具體形象而已。論文大綱之於論文寫作，性質與過程皆與成竹在胸相近，可以類比。

筆者著有《論文選題與研究創新》一書，強調「遵循程序，方能踏實築夢」。此一概念，無論大綱擬定，或論文寫作，都必須確實遵守：

> 從萌生研究念頭，到進行文獻述評，到提煉問題意識，到確定理想選題，其間有其既定之步驟，必須遵循程序，方能踏實築夢。謀定而後動，即其不二之教戰守則。[16]

寫論文、寫報告跟寫一般的作文不同，必須有比較長時間的暖身運動，也就是所謂前置作業。從萌生研究念頭，到生發問題意識，這是研究的初步。《禮記・中庸》強調行事、言談，要講究「前定」，要先確定核心是什麼，緊接著第一段、第二段、第三段重點寫些什麼，程序步驟都得先行確定，作文才有方向。清方苞說義法，宣稱：「義以為經，而法緯之」，意在筆先，成竹在胸，法隨義起，義定而後法成。堪稱作文章、寫論文的金玉良言。

學術研究，成果追求創新獨造。論文寫作追隨之，對於素材、方法、觀點、視角各方面，亦多有所講究，如：

> 素材之生新、方法之講求、觀點之轉換、視角之開拓，為研究獨到之要領，學術創新之層面。多方盡心致力，可以有功。（張高評《論文選題與研究創新》）

---

[15] 蘇軾著，孔凡禮點校：《蘇軾文集》（北京：中華書局，1986），卷十一，〈文與可畫篔簹谷偃竹記〉，頁365～366。

[16] 張高評：《論文選題與研究創新》（臺北：里仁書局，2013）。

研究成果怎樣才能夠獨到創新？我在《論文選題與研究創新》專書中，提出三點建議：一、研究的文本素材必須要陌生而且新鮮，也就是沒有人做過。二、研究方法要十分講究，他人用過的視角和方法，最好避開。嘗試用新的研究方法，調整新的研究視角，就能夠產生新的成果。三、觀點轉換，他人從正面探討，我們不妨從旁面、側面、反面研究，觀點不一樣，研究成果就會跟人家不同。[17]

學術研究，從素材、方法、觀點、視角各方面，追求補充、拓展、創新、獨到，此一慘淡經營之歷程，於論點布局與大綱設計之際，宜作適度之凸顯，如實之呈現。

二、論點布局與寫作大綱之設計

論文大綱之擬定，原則上與論文寫作共始終。初始，研究者掌握文獻佐證，勾勒出研究方向，指引出研究重點，草擬出寫作大綱。繼之，則參酌寫作大綱，逐章逐節開展論題；其間，或因文獻解讀，而改變初衷；或為交相辯證，而生發異議；或緣見聞廣狹，而改易規模；或悟昨非今是，而更動章節項目。待寫作告一段落，又可能因為時間、涉獵、學養、方法、才能所限，無法完成原初規劃，於是又得改弦更張，修飾大綱。

寫作論文之前，假定有關前置作業已完成，當然就已經讀了很多圖書、思考了很多問題，還有已做若干的取捨斟酌；更重要的是，業已形成問題意識。如果還沒熟讀文本，相關論文也沒看幾篇，就貿然草擬寫作大綱，這肯定是嚮壁虛造，無的放矢。沒有前置作業的準備，就算寫作大綱勉強拼湊出來，也大多是空中樓閣，不切實際。寫作大綱就如同設計藍圖。設計藍圖畫出來以後，建築工程師不必到現場，只要把設計圖交給工地主任，就可以按圖施工。何況寫作大綱是自己設計的藍圖，作者本人施作。假設你已讀過很多書，思考過很多問題，跟老師討論過好幾遍，然後

---

[17] 有關視角的開拓，可以參考拙作，發表在《書目季刊》41卷、42卷、45卷的論文。南京鳳凰出版社《古典文學知識》，從2010年第149期開始，連載相關論文十幾期，更值得閱讀。

形成許多具體的概念。這時，才可以著手擬定寫作大綱。

　　擬定寫作大綱，最應關注之層面有四，論說如下：

（一）研究之點線面體，即是論文之章節項目

　　論文之項目、節、章、篇，與之相對應的，即是研究之點、線、面、體。劉勰《文心雕龍・章句》稱：「篇之彪炳，章無疵也；章之明靡，句無玷也；句之清英，字不妄也。振本而末從，知一而萬畢矣。」文章之字、句・章、篇之概念，相當於數學之點、線、面、體。彼此關係，誠如劉勰所言：「振本而末從，知一而萬畢。」知乎此，則對論文大綱之擬定，自有啓益。

　　引文，為論文的最小單位，等於數學上點線的概念。舉例徵引文獻，是為了印證某個概念，或佐助某個觀點。列舉五個以上的引文，作為論點的徵信，類聚群分，就成了項目、節次。再類聚群分，持續如此推衍拓廣，進行「就理分配，次第陳敘」般之定位布局，於是篇章之規模逐漸顯現。《文心雕龍》〈附會〉所謂：「附辭會義，務總綱領。」確是論文設章分節之指南針。

　　引用文獻，主要是為了印證，取信於學界。譬如擬研究「蘇軾黃州時期的道家思想」，〈赤壁賦〉「客亦知乎水與月乎」一段，談變與不變必然徵引，這是發想的基石，是論文寫作最基本的單位。蘇東坡的辭賦有20幾篇：這些辭賦都有道家思想嗎？除了〈赤壁賦〉的最後一段可作佐證外，是否還有其他？若只有兩三篇，就不足以湊足一章或一篇。所以，研究蘇東坡貶黃時期的老莊思想，不能只談辭賦，必須擴大文類，將詩、詞、文與賦一起考量，作為文本研究來討論。文獻自點而線，由面而體的蒐集法，像海底撈針。若只選擇其一，而排除其餘，可能徒勞無功，我比較不贊成。

　　蒐羅研究之文本，我主張先通讀詩，詞、文、賦、詩話、筆記之文獻，可以同時關注儒、釋、道、道四家之學，在蘇軾各期作品中呈現的樣貌和頻率。蘇軾對四家學術受容之大凡，可以概見。如此，最後可能只抉擇佛禪一家，然同時也掌握了有關儒學、老莊、道教文獻之梗概。何況，

三教會通，自中唐已然。到了宋代，很多觀念已融合一處，難分彼此。同時關注，可以一舉四得。預存研究課題，治學工夫，猶如攻略天下；朱元璋之「高築牆、廣積糧、緩稱王」，[18] 可爲座右銘。

　　論文寫作必須明訂研究範圍，而明定的範圍，必須經由持續不斷的檢驗，或修正、或擴充，或者縮小。不到最後，不能拍板定案。於是，研讀梳理蘇軾黃州時期的詩、詞、文、賦，從這些研究文本分出若干大項，從若干大項目再進行歸納，變成論文中的一節；匯集了兩三節，就變成論文的一章；集合了五、六章，就變成了自成系統的一部專書。有幾分證據，就講幾分話；所以，文本的佐證得優先到位。若文本文獻缺乏不足，證據薄弱，就當擱置，以免空言亂談。

　　《王直方詩話》教人作詩，有所謂「作詩如做雜劇」。我想，寫論文也和戲劇搬演一樣。戲劇演出之前，演員早已知道上台的次序。上台以後，要站在什麼位置，要說哪些話，還沒有上台之前都已確定了。一流的表演，絕對不容許臨時起意，即興演出。[19] 論文寫作也是如此，論文還沒有開始寫，文獻徵引打算擺在哪個位置，大抵已經確定了。畢竟，所謂「定位」、「佈局」，就是超前佈署。某個文獻詮釋解讀哪個問題，在還沒有寫作之前，大致都已經衡量過了。如果文獻不足，就該再補強一些。擬定大綱，千萬不可憑空設想，嚮壁虛造。因爲閉門造車，往往出不合轍。一旦缺乏文獻佐證，空言無據，論文撰寫勢必擱淺，就像巧婦難爲無米之炊。

　　論文的章、節、項、目，有點像數學的體、面、線、點。集合很多的點，會變成一條線；集合很多條線，會變成一個面；集合很多面，就會變成一個體。如果先有這個觀念，擬定大綱的時候，就要問：憑什麼擬定這個章節項目？所擬定的每一個小項，用來佐證的資料有幾則？如果說不出來，那寫作大綱就不能成立。一般來說，用來佐證項目的文獻，每一章

---

[18] 清張廷玉、萬斯同、王鴻緒等纂修：《明史》（臺北：藝文印書館，1958，《二十五史》本），卷一三六，〈朱升傳〉。

[19] 張高評：《宋詩之新變與代雄》（臺北：洪葉文化事業公司，1995），柒，〈雜劇藝術對宋詩之啓示〉，頁376～393。

最好要有二十幾條。為什麼？因為初始研讀文獻，可能看走眼，會誤判。還沒開始研究，認知還不是很精確。若初始打算引用的原始文獻、文本資料，總共有二十幾條，就算眼光再不高明，經過篩選，有一半錯誤，還有十條正確可以使用。有正確的十條文獻可供徵引，就可以開展議題。如果那二十條文獻都極正確呢？那更好，就可以挑精揀肥，選擇最經典的、最能夠闡發標題的、最具代表性的，進行徵引。如此操作，將有助論證之可信度。

如果文獻零星，不成片段的，可以用來夾敘夾議。經典文獻加上吉光片羽，那就更有份量，更具說服力。只有這樣做，論文才寫得出來。如果缺乏佐證，無徵不信，如何撰寫論文？《禮記‧中庸》云：「無徵不信，不信民弗從。」斯言有理。

（二）章節項目，當如常山之蛇，首尾呼應

章、節、項、目看似各立山頭，其實，彼此之間，就像常山之蛇，宛轉回環，首尾呼應，觸及其一，通體皆靈。宋陳善《捫蝨新話》以八陣圖、常山蛇勢，比況作文之道：

> 桓溫見《八陣圖》曰：「此常山蛇勢也！擊其首，則尾應；擊其尾，則首應。擊其中，則首尾俱應。」予謂：「此非特兵法，亦文章法也。文章亦要宛轉回復，首尾相應，乃為盡善。」[20]

持兵法比擬文法，宋代筆記、詩話多見。黃庭堅論文示後學，主張「須曲折三致意，乃可成章。」[21] 陳善指出：「此亦常山蛇勢」。自桓溫

---

[20] 宋陳善：《捫蝨新話》，下集卷二，〈文章要宛轉回復，首尾俱應，如常山蛇勢〉。見宋俞鼎孫、俞經編：《儒學警悟》（香港：龍門書店，1967年），卷三十七，頁6，總頁204。

[21] 宋胡仔纂集，廖德明校點：《苕溪漁隱叢話》（北京：人民文學出版社，1962、1981），前集卷第四十七，山谷上，頁320。宋何汶《竹莊詩話》卷一、宋王直方《王直方詩話》亦引之。

指〈八陣圖〉爲「常山蛇勢」，由於比況生動，於是唐杜牧作詩附和之，黃庭堅說詩，宋王直方、胡仔、陳善、何汶之詩話筆記，前後援引之，咸以爲「此非特兵法，亦文章法也。」兵法謀略所談的常山蛇陣，即是文章作法的聯絡照應。論文寫作強調緒論、結論，以及中幅各章節間，皆需「宛轉回復，首尾俱應」，理無二致。尤其是博士論文，論文寫作時間通常兩三年，後面的論點，和前面寫的往往互有出入，甚至自相矛盾。所以，有必要瞻前顧後，回環往復，輾轉反思，交相論證，如常山蛇、八陣圖。

假如前後論點不一，通常後端比較精確，所謂後出轉精。但，也不必然如此。總之，前後的論點如果不一致，經由確認，就要回頭去修改調整，所謂「過者勿憚改」。務必使前後論點貫通無礙，不致偏差出入。因爲同是一篇文章，或者是同一本書，所有脈絡關鍵，應該要轉相挹注，環環相扣。文獻徵引，是論文的基本單位，每條引文隸屬於某個項目，記得扣緊項目的標題，詳加申論闡發。如果無法闡發申論，甚至扞格難入，那就表示定位偏差了，佈局錯亂了。換句話說，這條引文不該出現在這個項目之下，甚至不屬於這個章節。否則，何以不能闡發項目的義蘊？

標題，是意涵高度濃縮的敘事文字。因此，論文寫作之道，以扣緊項目標題，進行義蘊的發揮爲首要。其次，項目隸屬某一節次下，節次的文字標題，代表某一個意蘊指向，也必須轉相挹注，環環相扣。換言之，所有引文，都必須扣緊每章、每節・每項目的標題，加以申論。譬如現在正在撰寫第五章第三節，既然這一節從屬於第五章，闡說發論就得扣緊這個專章的主題。能這樣連結，這條引文就有很多層面的話可說，而且是首尾呼應。從最基本的引文，到項目、節次、章篇，都像萬水朝宗，都能如「常山之蛇，首尾呼應」；論文中的脈絡關鍵，也都能「轉相挹注，環環相扣」，論文的結構就緊湊密栗，不致於結構脫節，章節鬆散。再強調一次：如果引文不能夠扣緊項、目、節、章，似乎格格不入，這就表示引文的位次不對，不應該出現在這個項目底下。既然定位錯置，解決之道有二，或者搬家，或者刪除，這就是論文寫作的結構檢驗。總之，首尾呼應，內外諧和，是設章、分節、立項的基本要求。

（三）議題設定宜有側重，文獻徵引避免雷同

　　項目、章節之安排，宜運用系統思維，進行宏觀調控：或移位、或合併、或分離、或增刪，蓋萬變不離其宗，一切回歸文本之理與義。日本遍照金剛《文境秘府論》〈定位〉所謂：「就理分配，義別成科」，可作為或分或合之定則。

　　就整體規劃而言，項、目、章、節的安排，應該要運用系統思維，就局部和整體，結構和功能，進行宏觀調控。撰寫論文，要有一個比重原則。不管是寫一篇論文，或是寫一本專書，不能某一節內容特別臃腫，字數特別多；也不能哪一章特別萎縮，字數特別不足。以二十萬字的學位論文或專書來說，緒論、結論之外，大概正文有六章，每一章應該三萬字左右。如果字數有出入，不要超過加減二千為原則。譬如某一章是三萬字，多一點，不要超過三萬二千字；少一點，不能低於兩萬八千字。這樣，最多和最少的篇章，就相差四千字了，所以字數不可相差太懸殊。

　　撰寫報告，或學位論文時，也不必太自我設限。收集資料時，如果對某個議題認識比較深入，了解比較透徹，概念非常明朗，收羅的文獻就比較豐富、精確。如果某一章資料豐富，佐證堅強，那就放手去寫，先不要管字數多少。等寫出來以後，發現不合比例原則，再來調控。怎麼調？應該進行系統思維，整體觀照。首先確認：整部論文題目的核心論述是什麼？其次，再看每一章、每一節的徵引文獻，是不是確實發揮題目的內涵？如果發現某一章材料特別多，可以有三種處理方式：第一，高度濃縮，精益求精。不過，這個很辛苦，一般人都不願意，因為都已經寫出來了，何苦瘦身？第二，移位搬家，支援別章，或者跟其他章節合併。如果論點太薄弱，不能獨撐大局，不能獨立成章，就得依附其他章節，或者乾脆刪除作廢。第三，類聚群分，析為兩章。平常一個章節三萬字，結果這章五萬多。那就表示本章理念內容豐富，概念不單純，不妨嘗試分為兩章。析分出來的新章節，也許證據比較薄弱、論點比較不足，那就再集思廣益，蒐集更多資料，來增加說服性。經過統整，進行文獻移位補強，可以獲得改善。這樣，論點順理成章，就可以一分為二。所以，論文大綱不

是憑空想像就好，要在寫出來以後，進一步做整體系統性的宏觀調控。

　　總之，前面所說的濃縮、移位、分離、合併、增刪，都遵循一個原則，就是以文本解讀爲基礎。沒有文本文獻，人文學科就無所謂研究。徵引的文獻，全文（書）最好只出現一次，顯示針對切實，無可取代。在不同的章節，切忌重複引用。除非，從不同側面、殊異視角詮釋，足以相得益彰；否則，不得犯重。每一章節既然有所側重，議題設定就不能太過雷同。

（四）假設與求證相互制約，可以避免武斷

　　假設，是一種重要的創造活動。擬定大綱，是假設性的學術工程。因爲撰寫還未開始，還不知道實際情形如何，還不知道困難在哪裡。但是論文寫作大綱的擬定，非進行假設不可。因爲有了假設，研究才會有方向，所以不妨大膽假設。這是一種演繹式的論文大綱擬定法，跟前文所言偏向歸納式的方法，大有不同。顧頡剛研究古史，提出「古史的層累」說；[22]日本京都學派內藤湖南、宮崎市定，探討中國歷史分期，提出「唐宋變革」論、「宋代近世」說，[23]也是未經論證的命題，故稱「內藤假說」。自然科學探索不可知的天文、宇宙、生命起源，也往往運用假設。因此，大膽假設，配合小心求證，自然也是論文大綱擬定方法之一。殷海光說：

　　　　「假設」，是一種重要的創造活動，與想像不可分。「大膽假設」，是向前開闢新境界的探求；「小心求證」，是約制大膽開闢，以便獲致可靠果實的一種程序。我們與其武斷，不如小心。[24]

　　假設，不妨大膽；求證，一定小心。如果搜求證據，發現論點不能成

---

[22] 顧頡剛〈與錢玄同先生論古史書〉，《古史辨》，《民國叢書》（上海：上海書店，1992，影印1933年樸社版），第四編，冊65，頁95。
[23] 參考王水照：《鱗爪文輯》（陝西人民出版社，2008），〈重提「內藤命題」〉，頁173～178。
[24] 殷海光：《思想與方法》，〈論大膽假設，小心求證〉，頁158。

立，就要推翻假設，放棄命題。千萬不能執著己見，知錯不改，明知假設不能成立，仍盲目執行。其實，大膽假設，猶如導航或指南，可作茫茫學海中的指引，可以引導方向、觸發思考，有助於蒐集資料、選擇素材、擬定論文大綱。如果文獻佐證發現假設不切實際，不符合全面客觀之信證，那就要毅然決然放棄假設，這才是小心求證的眞諦。「大膽假設」和「小心求證」，又好比物理學上的離心力與向心力，彼此牽扯，相互制衡。大膽假設往往天馬行空，自由馳騁、不可思議、匪夷所思，好比脫韁的野馬，離心的雲霄飛車。「小心謹愼」，則是制約大膽的假設，猶物理學上之向心力，制衡自由任意，膽大武斷，回歸到規矩繩墨、小心而保守的軌道上來。唐代名醫孫思邈（581-682）說：「膽欲大而心欲小，智欲圓而行欲方。《詩》曰：『如臨深淵，如履薄冰』，謂小心也。『赳赳武夫，公侯干城』，謂大膽也。」，[25] 此雖說醫術，可移爲治學。

　　總之，「大膽假設」，是向前開闢新境界。「小心求證」，是約制大膽開闢，以便獲致可靠果實的一種程序。兩者交相制約，有助於眞理的發現，及創新之開拓。

三、大綱擬定，可作研究進程，可見別識心裁

　　何炳松《歷史研究法》〈著作〉篇，十分重視綱領、綱要。以爲可以「使覽者如振衣得領，張網挈綱。」若從讀者接受之視角言之，論文大綱之於讀者之接受反應，又何嘗不然？何炳松云：

　　　　明定範圍，提示綱領，然後分述詳情，表明特點。務使覽者如振衣得領，張網挈綱。……不特當研究之際，須將題目在胸，即至著作之時，亦應毋忘綱要。學問之道，綱領爲

---

25 唐劉肅：《大唐新語》卷十，〈隱逸第二十三〉引孫思邈曰。周勛初主編：《唐人軼事彙編》（上海：上海古籍出版社，1995年），卷六，〈孫思邈〉，頁302引《大唐新語》、《太平廣記》二一八。漢程網・國學寶典，WWW.HTTPCN.COM

先，研究進程，此爲關鍵。若書無綱領，則縱有心裁別識，亦將如用武無地之英雄。[26]

　　無論「研究之際」，「著作之時」，須「題目在胸」，應「毋忘綱要」。因此，「學問之道，綱領爲先。研究進程，此爲關鍵。」「若書無綱領，則縱有心裁別識，亦將如用武無地之英雄。」上述話語，移以稱述大綱擬定，以及論文寫作，亦十分貼切。《文心雕龍》〈附會〉論文章，所謂「附辭會義，務總綱領。」即此之謂。

　　寫作的範圍，就是研究的領域。首先，開始擬定大綱，就必須明確劃定。如果範圍還沒圈定，大綱的規模就很難勾勒出來。到底要研究一本書，或十部書？要進行斷代研究、通代研究，還是流變研究？是專家考論，還是群體探究？論文規模之大小，取決於選題範圍之寬窄。如果範圍尚未決定，如何草擬寫作大綱？譬如打算研究蘇東坡詩，這是範圍。但蘇東坡詩2700多首，各期風格不同，究竟打算研究杭州、黃州、惠州、儋州哪一期？如果是貶官黃州時期，就得掌握這時期的詩篇數量。蘇東坡在黃州，不只作詩，還寫古文，寫賦，填詞，這些要不要參考借鏡？所以範圍要說清楚，講明白。就像一位工程師設計建築藍圖，必須要知道房子的地坪與建坪有多大，不能嚮壁虛造。如果面積很寬敞，空間卻設計狹窄；或者設計寬敞，實際地坪卻不夠廣大，這等於閉門造車，出不合轍。

　　其次，所謂寫作大綱，就是論文綱領，就是綱要，也就是作業要領。要提綱挈領，將來論文寫作才能夠分論詳說。唯有提綱挈領，研究的特色亮點才會凸顯出來。所謂特色不特色，是經過比較的。何謂特點？是不是發現新資料？有新觀點？還是應用新的研究方法？這些都要展示凸顯，呈現在每個標題上面。大綱標題，含金量極高，等於是高度濃縮的敘事，用簡要的文字體現出來。這裡面，有千言萬語，可以寫兩萬字、三萬字、甚至於更多。不要小看這幾行字，其中有無限的含義和蓬勃的生機。論文寫作的當下，需要成竹在胸。大綱擬定些什麼，在論文寫作的時候，

---

[26] 何炳松：《歷史研究法》，第九章〈著作〉，《何炳松文集》第四卷，頁64～65。

是要具體扣緊，切實呼應的。就好像建築的設計藍圖，樓閣如何美輪美奐，工程師是可以預見的，他看得到未來。建案既已精算，審核業已通過，建商就應該按圖施工，完成匠心理念。換言之，設計藍圖不是參考用的而已，施工建造必須如實的體現設計構想。

　　論文的研究方向是什麼？研究重點何在？在進行論文寫作時，應該念茲在茲。換言之，不可疏離論文大綱的重要內涵，和主體方向。這好比房屋橋樑工程施作時，設計理念的體現，應該無所不在。研究的過程中，隨時隨地要掌握大綱。包括收集資料、構思、剪裁、解讀、詮釋，一切思考都必須要有解決問題的概念，這叫做問題意識。顯豁的問題意識，常在我心，才能夠醞釀形成論文大綱，拙著《論文選題與研究創新》這部書裡頭，有專章討論，可以參考。所以何炳松說：「學問之道，綱領為先。」做學問的方法，要先提綱契領。何炳松非常強調寫作大綱的重要性，以為「研究進程，此為關鍵」；甚至認為：「若書無綱領，則縱有心裁別識，亦將如用武無地之英雄。」同理可知，如果論文寫作大綱規劃不周，設計不當，聚焦不夠、體現不足、亮點不明，那作者的獨到心得、學術創見，將無所附麗，無處凸顯。語云：「萬山磅礡必有主峰，龍袞九章但挈一領」，寫作大綱似之。

　　工商企業界談規劃設計，經營管理，往往運用系統思維，進行宏觀掌握，強調洞察時勢，看見未來。其實優質的傳統文化中，系統思維已多所運用，如八卦、中醫、火藥、活字印刷、都江堰水利工程，都是顯例。所謂系統思維，指系統可分解為要素，要素集結起來構成系統。系統與要素，整體與局部的關係，是系統方法的基本點。系統思維著重從整體上掌握事物，關注事物的結構和功能。[27] 由此觀之，系統思維、宏觀掌握，對於擬定寫作大綱，進行論文寫作而言，是很重要的方法和策略，值得提倡和推廣。

　　由此可知，寫作大綱，就是問題意識的具體勾勒、如實體現，主體論述的思維亮點。同時，更是未來論文的重點、方向、特色的分列指陳。在

---

[27] 劉長林：《中國系統思維》（北京：中國社會科學出版社，1997），頁534～537、565。

收集資料、推敲問題的時候，甚至在撰寫論文的當下，都必須隨時隨地掌握，不可疏忽遺忘。誠如何炳松所言：「若書無綱領，則縱有心裁別識，亦將如用武無地之英雄。」信然！

第八章　資料之取捨與議題之開展

　　議題的開展，是跟文獻取捨共始終的。從原典文獻的鑑定、徵引，到學界成果的斟酌、可否、到立論的依違、述作，到探論的擇精語詳，在在面對抉擇與取捨。清代章學誠〈與陳觀民工部論史學〉云：「文獻未集，則搜羅咨訪不易為功。及其紛然雜陳，則貴決擇去取。」[1]誠哉斯言！

　　身處知識爆炸的時代，時時面對很多文獻，只要夠認真，夠努力，想要多少資料，都可以從網路上找得到。面對浩如煙海的文獻，怎樣做取捨，哪些要？哪些不要？趨避取捨之際，大抵是以問題意識為依歸。決擇去取，正是議題開展後的複雜學術工程。或取或捨，攸關眼界識見，更關連學養和裁斷。

一、方法論的三大任務

　　無論治學或寫作，都必須講究方法論。方法正確，可以愛日省力，效率昭著。假如方法偏差，甚或昧於方法，將會事倍功半，陷於迷思。勞思光提示治學的方法論有三大任務，論文寫作尤當在意：

　　　　確定語詞之義界，考察命題之真偽，達成推理之明確，為方法論之三大任務。[2]

　　第一任務，確定語詞之義界，名列方法論的首要任務。臺灣大學文學院前院長侯健，翻譯《柏拉圖理想國》，在〈譯者序〉中，談到「蘇格拉

---

[1] 清章學誠：《方志略例》，一〈與陳觀民工部論史學〉，《章氏遺書》（臺北：漢聲出版社，1973），卷14，頁280。
[2] 勞思光：《思想方法五講》（香港：中文大學出版社，1998），第二、第三講，頁11～32。

底的堅持」：發言者所用的一般名詞，一定要「先加嚴格的界說」，猶如
孔子的正名，[3]這就是「確定語詞之義界」。西方治學的特色，就是從這裏
起源的。他說：

> 柏拉圖理想國（Plato and Politeia Republics）中，採
> 對話體，行辯證法，蘇格拉底堅持：發言者一定要把所用
> 的一般名詞（general terms），也就是抽象觀念如是非、善
> 惡、專制、民主一類的字眼，先加嚴格的界說，或者說是如
> 孔子所要求的正名，俾能對這類名詞，在事先獲致共同的理
> 解，以免各說各話，葫蘆絲瓜，纏繞不休。他是絕不肯接受
> 詖辭遁辭的。這種抽絲剝繭，著眼大，而下手小的辯法，正
> 是西方治學的特色。[4]

　　發言，行文涉及抽象觀念，像是非、善惡、專制、民主等等；專業術
語，如風格、創意、筆削、興寄、印刷傳媒、傳播效應、屬辭比事、《春
秋》書法等等，都得「先加嚴格的界說」，事先獲得共識，就可以避免自
由解讀，各說各話。東方談思想，談哲學，深受西方影響；而西方哲學之
源頭活水，則是對話錄《理想國》。勞思光《思想方法五講》，大談方法
論，首提「確定語詞的義界」，不僅言之有據，而且理所當然。嚴羽《滄
浪詩話》開宗明義稱：「入門須正，立志須高」，很有啟示性。

　　討論問題，通常會牽涉到學術術語，譬如談到文學，會提到風格，就
要對風格兩個字做一個界定。風格是什麼？不同的文體，有不同的風格，
詩有詩的風格，詞有詞的風格，古文有古文的風格，小說有小說的風格，

---

[3]　子路曰：「衛君待子而為政，子將奚先？」子曰：「必也正名乎！」子路曰：「有是哉？
子之迂也！奚其正？」子曰：「野哉由也！君子於其所不知，蓋闕如也。名不正，則言不
順；言不順，則事不成；事不成，則禮樂不興；禮樂不興，則刑罰不中；刑罰不中，則民
無所措手足。故君子名之必可言也，言之必可行也。君子於其言，無所苟而已矣。」宋朱
熹：《四書章句集注》（北京：中華書局，1983、2012），《論語集注》卷七〈子路第
十三〉，頁142～143。

[4]　柏拉圖（Plato,427?-347?B.C.）著，侯健譯：《柏拉圖理想國》（臺北：聯經出版事業公
司，1979），〈譯者序〉，頁6。

就算同樣是詩歌，絕句、律詩、古詩、樂府，彼此風格也不一樣。另外，不同的作者，也會有不同的風格。就算同一個作者，青年、壯年、晚年的風格也不一樣。還有學派，不同學派有不同的風格，不同地域，也會有不同風格，譬如浙東、浙西、桐城、揚州。可見風格的指涉，包括文體、作者、學派、地理等等內涵。可以單指其一，也可能指涉多元。所以，到底所謂的風格指什麼？要先作一個界定，才不會引發認知爭議。此即所謂「著眼大，而下手小的辯法」。

　　確定語詞的義界，中文學界向來很忽略，研討會中經常被提出來檢討。討論學術，態度如此含糊，的確要不得！假如想研究某某人的文學風格，如果連「風格」語詞的義界，作者都搞不清楚，那舉例說明會精確嗎？舉例面向會沒有遺漏嗎？舉例說明有所遺漏，那章節安排會完備無缺嗎？這都是有關係的。確定語詞之義界，是小問題，大關鍵，千萬不可等閒視之。所以首先要對涉及到的語詞，作一個界定。譬如研究《春秋》書法，「屬辭比事」既是詮釋解讀的一大利器，就要對「屬辭」和「比事」，分別作界定。屬辭比事連在一起，又是什麼意思？要弄個一清二楚。

　　因此說，方法論的第一大任務，就是確定語詞的義界。這是「著眼大，而下手小」的辯法，不弄清楚，底下的舉例、論證、推拓都會有問題。「正名」很重要，誠如孔子所云：「名不正，則言不順；言不順，則事不成。」在研討會上產生的爭議，只是論文中疏忽了「正名」的程序，造成彼此的想法不一致，生紛歧，有落差。譬如何謂宋詩特色？涉及專業，當明加界定。專攻唐詩的，先入為主，認知就不一樣：若拿唐詩的概念看待宋詩，往往就很不對盤。宋詩與唐詩，唐音與宋調，風格特色不同，就像杜甫詩和李白詩，風格特色很難一致。誠如孔子所言：「名不正，則言不順；言不順，則事不成」，確定語詞的義界，可以避免各說各話。所以討論問題之前，為文中之語詞，尤其是專業術語，下一個定義，進行「正名」，自是當務之急。

　　域外漢籍研究，視角不同，往往可以從周邊看中國。二十年以來，南京大學成立研究中心，發行學術刊物。何謂域外漢籍？張伯偉之說，十分清楚，已確定語詞之義界，如：

　　所謂「漢籍」，就是以漢字撰寫的文獻，而「域外」則指禹域（也就是中國）之外。所以，「域外漢籍」指的是存在於中國之外的二十世紀之前用漢文撰寫的各類典籍文獻。具體說來，包含以下三方面內容：一是歷史上域外文人用漢字書寫的文獻；二是中國典籍的域外刊本、抄本以及眾多域外人士對中國典籍的選本、注本或評本；三是流失在域外的中國古籍（包括殘卷）。作爲其主體，就是域外文人寫作的漢文獻。[5]

　　《禮記·經解》：「屬辭比事，《春秋》教也。」自《三傳》以下，多持「屬辭比事」詮釋解讀《春秋》經。何謂「屬辭比事」？王夫之、孫希旦；毛奇齡、姜炳璋；以及章學誠、鍾文烝、張應昌、日本竹添光鴻七家，解說較具代表性。筆者綜合諸家之見，確定「屬辭比事」之語詞義界：

　　　　屬辭比事，所以爲解讀《春秋》書法之津梁者，指載事之參伍懸遠者，當比次類及之；辭文之散滯橫梗者，宜統合連屬之。此事與彼事相提並論，此辭與彼辭相合而觀，或事同而辭異，或辭同而事異，於是考求其事、其辭，而予奪顯，褒貶見。易言之，持宏觀之視野，用系統之思維，類比對比相近相反之史事，連屬上下前後之文辭，合數十年積漸之時勢而通觀考索之，可以求得《春秋》不說破之「言外之意」，此之謂比事屬辭。[6]

　　方法論的第二任務，是考察命題的眞僞。設定的命題，不可以是個假議題，事實上不存在，不能成立，那論述將如浮沙建塔，徒勞無功。譬

5　張伯偉：〈新材料·新問題·新方法——域外漢籍研究的回顧與前瞻〉，《古代文學前沿與評論》第一輯，頁55～70。《中國研究生》2009年第12期。
6　張高評：《比事屬辭與古文義法—方苞「經術兼文章」考論》，第三章〈比事屬辭與無傳而著〉，頁78～79。

如深信《左傳》爲東漢劉歆所僞作，那麼，持以印證傳世文獻，就會左支右絀，不能圓融通達。像《左傳》所載天文學文獻，如日食、彗星、流星雨、地震之精確，若非身經目歷，無由推想。[7]戰國出土文獻無數，作爲二重證據，多以《左傳》爲上古史可資徵信之「信史」，可以知之。徵存文獻，當先確定眞僞；若作者爲僞，時代爲僞，內容爲僞，則當揚棄不用，以免影響推論的合理，命題的眞確。

論著引用的文獻，到底可靠不可靠？有所謂的古書眞僞的考辨，這在清朝乾嘉以來到近代學者，都做了不少的考據功夫。如清姚際恆《古今僞書考》、梁啓超《古書眞僞及其年代》、張心澂《僞書通考》、鄭良樹《續僞書通考》，都值得參考利用。哪些書確定是僞書？哪些書確定是後人所編造的？必須要瞭解清楚。否則，將影響成果的信度。譬如研究漢代的學術，卻採用六朝唐代以後編纂而成的書。不但缺乏說服力，而且時代錯亂。所以，引用文獻本身，要確定眞實、無誤、可信、可靠。

考辨功夫，不必爲了某個課題，專程投入研究，大可發揮「借用與連結」的功能。譬如研究《史記》，哪些是褚少孫補的篇章，哪些是司馬遷、司馬談寫的？難道爲了要研究《史記》，特地研究一遍嗎？不必，因爲這些研究成果，論文已發表，成果已出版，網路不難找到，圖書館也能翻查出。只要認眞，多花時間，可以借鏡別人的研究成果，用簡單扼要的四句話寫出來，後面加上註釋，引用的文獻眞僞，就解決了。

方法論的第三任務，要達成推理的明確。三十年來，在臺灣各大學的課程設計上，邏輯學開授並不普遍。邏輯的推演，有助於論辯正確，不致出錯。既然學校沒開這個課，只好自力救濟，自己研讀一些邏輯學、理則學的書，自有助於推理的明白、正確。完成一部專著，一本博士論文，通常曠日廢時，前後時間拖得很長，少則三、四年，多則八、九年。首尾間隔如此遼闊，斷斷續續寫作，很有可能衍生前後論點紛歧、觀點不一的問題。達成推理的明確，是一種溫馨的提示。

7　孫關龍：《《春秋》科學考》（深圳：海天出版社，2015），第二章〈開創系統的天象記錄〉，日食、隕石、流星雨、彗星之記載，頁21～45。

　　寫一篇論文，一般的同學大概花一個月左右，寫一本碩士學位論文，可能要花一年兩年甚至於更多到五年、六年。文科的博士論文，因爲兼職關係，日升月恒，往往長達八、九年。從起手寫到完工，曠日廢時，時間拉得很長，所以對問題的看法可能前後不一，甚至相反相左，認知之深淺，以及成熟度也不同。研究伊始，比較生疏，論點可能較有問題；積漸力久，由生疏而嫻熟，有些疑惑就迎刃而解了。前後論點不一致，甚至於自相矛盾，這很自然，並不意外。怎麼辦呢？其實，這不難處理。

　　一篇論文完成以後，在腦筋最清楚的時候（通常是一大早睡醒之後），把論文從頭到尾看上一遍、兩遍、三遍，就會發現前後齟齬不一的地方，到底哪個比較對呢？依常情判斷，後面推論的可能比較正確。最近才完成的篇章，因爲業已投入很多心力，接觸很多問題，掌握很多文獻，寫出來的論點應該比較成熟可靠。一本書、一篇文章，在完成以後，論點信據得做後續的檢驗，自己化身爲第三者，從嚴審查，看看裡面有沒有破綻，有沒有缺陷，有沒有矛盾。如此施爲，呈現出的論文，推理可望比較正確。

二、材料取捨和文獻篩選

（一）徵引材料，當關注眞僞、主從、重輕、生熟、精粗、得失

　　有關材料眞僞的鑑定，已見上述，不贅。接下來第二步，要判斷所用材料是主要還是次要。如果是主要的，最好做個記號。材料蒐集，琳瑯滿目，更要做足功夫。譬如重要的材料，研讀後特別給 A 的編號，如 A1、A2、A3。覺得還不錯，有參考價值，就編號 B。這樣，就很容易分出主次。重要的文本和佐證，爾後必須重點強調，深入剖析，詳盡討論。至於次要的，聊備一說的，添枝加葉的，甚至可有可無的，不妨輕描淡寫，簡略交代就行。每個資料並非一樣重要，沒必要等量齊觀。有些論文顯然抄襲，缺乏獨到創見，可以屏棄不用。所以，當下就要分別主從、權衡重輕，判定優劣，這涉及到學術眼光。《文心雕龍・知音》稱：「凡操千曲

而後曉聲；觀千劍而後識器。」吾於文獻判讀、材料取捨，亦云。

　　研究經驗告訴我們，經過博觀厚積，就可以評斷哪個有創見，哪個論說精闢完整。看得多，想得多，比較得多，自然養就判斷力。至於斟酌生熟，對於材料取捨，尤其重要。生，是陌生；熟，即熟悉，眼熟、耳熟，就是人云亦云，欠缺新創。可貴的是陌生罕見，奇崛獨特、有新鮮感的材料，這是必須積極掌握的。材料耳熟能詳，表示論點未超越認知範圍之外，猶如孫悟空的本領，未能跳脫如來佛的手掌心。材料眼熟、似曾相識，不是同行寫過，就是自己讀過，或者是學界發表過。材料未經人用過則新，立意未經人說過則新；唯有新穎獨特，才具備參考價值，借鏡意義。

　　釐清精粗，更是篩選材料、決定徵引與否的試金石。材料是精緻還是粗糙，只要經過比較，就能夠見出真章。有的精緻細膩，鞭辟入裏；有的粗枝大葉、空洞無物。考察每篇論文的優劣得失，鑑別論文的精粗高下，是徵引文獻的首發工程。很少有論文是十全十美的，除非是大師的著作。論文既然刊載在學報期刊，原則上都通過嚴審嚴評，都應有其心得和發明。研讀過程，貴在集思廣益，薈萃眾長，以取法他人的優長為手段，為階梯，而以能迸發創見，洗剝出心得、增益其所不能作目標，則為學日益，積健為雄。換言之，以參考文獻作為發想的起始，研究的墊腳石；而不以學界成果作為研究之終點，則學術開拓的空間極大。致力於重要、陌生問題之發掘；盡心於粗疏處、漏失處癥結之改善，則容易萌生另類的學術生長點，較有獨到創新的論著。

　　這些真偽、主賓、重輕、生熟、精粗、得失，是我們看到材料時，要還是不要，參取得多少的一種當下判斷。由於文本的類別不一，論題的屬性殊異，研究者的期待值不同，終極追求的層次亦判然有別。故徵引材料的取捨斟酌，並不一律。不過，異中求同，自有共識：材料品質要經過篩選，論文水平要經過鑑別。汰滓存精，擇優借鏡，這應該是共通的原則。千萬不可隨機取樣，更不宜師心自用，輕率的將材料等量齊觀，將所見資料通通採用。到頭來精粗不分，魚目混珠，這表示欠缺權衡與斟酌之能力。在還沒有著手撰寫論文之前，判讀取捨材料，就必須要下這些功夫。如此，才有利於論題的佐證和發明。

　　總之，材料之取捨與徵引，當鑑定眞僞、分別主從，權衡重輕、斟酌生熟、釐析精粗、考察得失，而以有利於議題之佐證與發明爲依歸。

（二）前後、詳略、晦明與取捨刪改

　　長江之水，後浪推著前浪；學術傳承，後進追隨前賢。就學術論著言，但看作品優劣，不在乎先賢後生。江山代有才人出，焉知來者不如今。兩漢經學家講究家法、師法，盲目遵從信奉。兩宋經學家則創意詮釋，新奇解讀。其於「先儒之說」之依違取捨，頗有識見，值得參考。如元程端學治《春秋本義》之自白：

> 　　先儒之說，不敢妄加去取，必究其指歸而取其所長：二家說同，則取其前說；前略後詳，前晦後明，則取其後說。其或大段甚當，而一二句害理者，可刪則刪之；一二字害理者，可改則改之。[8]

　　程端學（1278～1334），元朝《春秋》學家，著有《春秋本義》一書。其〈春秋本義通論〉論《春秋》學材料之去取刪改，對論文寫作頗有啓示。首提：「先儒之說，不敢妄加去取」。什麼叫做「先儒之說」？寫報告、寫論文時，同行、老師、前輩比我們早一個月、或早幾年發表論著，都可以視同「先儒之說」。研讀「先儒之說」，不可隨便任意去取。一定弄清楚這篇論著的核心主軸，重要歸向，抉擇去取才會精準恰當。我們擷取優點、長處，揚棄缺失短處。嚴格說來，每一部著作都有缺失，不要只看到缺失，而要發掘優點、長處，所謂「必究其指歸，而取其所長」。

　　對於前說後說近似者，程端學提出取捨的原則是：「二家說同，則取其前說」，這個提示很重要。兩家說法很相似，究竟哪一篇是原創？就現代人來說，大抵應考察論文發表，專著出版時間的先後。論文著作發表

8　元程端學：《春秋本義》（臺北：臺灣商務印書館，1983，文淵閣《四庫全書》本）。卷首〈春秋本義通論〉，頁3，冊160，總頁33。

在前，就是所謂的前說，較有可能是孤明先發的前賢「原創」。論著發表在後的，有可能是「隨人說短長」的因襲；當然也有可能是踵事增華、後來居上的傑作。就算後來居上，「前說」的披荊斬棘，自我作古，開創之功也不容抹煞。學術探討講究「接著講」，追求百尺竿頭更進一步。「登高必自卑，行遠必自邇」，所以具備創意的「前說」，自是後說立論的基準，踵事增華的座標。

學術研究講究「接著講」，所以「後說」有時也有可取之處。程端學指出：「前略後詳，前晦後明，則取其後說」。如果早先出版的書、或者論文，論述闡說比較簡略；之後發表的、出版的寫得比較詳盡清楚，擇優取詳，就可參取後生的說法，這叫做「前修未密，後出轉精」。如果先前發表的論文著作寫得隱晦不明，含糊其詞，正提供後來者若干開發之空間。新近之論著比較透徹詳盡、清楚明朗，顯示有所補充發展。擇優而從，自然就選取後者。

至於大段落可取，局部字句可議，程端學亦提出刪改商榷之道：「其或大段甚當，而一二句害理者，可刪則刪之；一二字害理者，可改則改之」，就害理而言，猶大醇與小疵，或刪或改，可以兩全其美。引用一段文章作討論，可能一百個字以上，我們不能未加剪裁，動輒援引一大段。有一兩句說得沒道理，無助於自圓其說，不該把它刪除，應在論說時進行指瑕或點撥。因為任何論點不可能十全十美、毫無瑕疵。也許講了十個觀點，有七八個講得非常好，就選取講得好的觀點，其他不好的，指點瑕疵為上策，擱置為中策，刪略不談則屬下策。

至於「一二字害理者，可改則改之」，所謂改，不止文字修飾而已，更重要的，應該是觀點調整，提出異議。如果先賢論說偏頗「害理」，應該提出補正修訂，使之更加完善妥貼，此之謂匡謬補闕。端正視聽，貢獻不小，甚至可以視同筆補造化。

（三）實事求是，有所為，有所不為

文章之道，與待人接物相通：態度決定高度，格局影響結局。實事求是，莫作調人，行事應該有其風格：或有所為，或有所不為，進退取捨，

都該有個原則。清張自超，以宗法朱熹《春秋》學自命，大抵以不苟同、不苟異；有所爲，有所不爲作爲標榜。其言曰：

> 經旨先儒講解切當者，不再發明。其前人不合之説，後人已有辨者，不再辨。或雖不合，而於大義無關者，亦不置論。……又合諸儒之説，參互斟酌，去其非者，存其是者，未敢以臆斷也。其於朱子，則已言者引其言，未言者推其意。間有非朱子之意，或朱子曾言之而鄙見微有不然者，亦未敢阿私而曲殉之也。[9]

　　張自超（1654-1718），爲清朝康熙間經學家，著有《春秋宗朱辨義》一書。方苞《春秋》學的老師，正是張自超。方苞《春秋》學的著作，有很多受到張自超的啓發。張自超《春秋宗朱辨義》〈總論〉，對先儒講解《春秋》經旨，提出去取從違的原則，論點很高明，富於啓發性。首先，鄭重聲明：「經旨先儒講解切當者，不再發明。」這值得我們參考：經旨解讀，「先儒講解切當」，幾成定論者，可以「不再發明」。意謂：《春秋》經的微言大義，六朝、唐宋以來，清朝以前儒者，如果都講得非常恰當，已經沒有爭議，幾成定論了，那我可以不再費心去發明。前人已經講得顛撲不破，學術界都公認這個說法了，就不必再多費口舌了。這樣，可以節省時間，專心去處理以下的事情。第一，「其前人不合之說，後人已有辨者，不再辨。」前人跟後人說法不一致，後人已經做了十分清楚的辨正了，那我也不再闡說。有所爲，有所不爲，是文獻取捨的正確態度，論文寫作亦然。

　　寫作論文時，有些問題，學術界已經談爛了，成了老生常談，就不值得再畫蛇添足，重複前說。張自超這兩段話，可作論文寫作之參考。張自超接著說：「或雖不合，而於大義無關者，亦不置論。」雖然前後論點

---

[9] 清張自超：《春秋宗朱辨義》（臺北：臺灣商務印書館，1983，文淵閣《四庫全書》），〈總論〉，冊178，頁1，總頁2。

都不相容，但跟我要談的《春秋》微言大義主軸沒有關係，我也不予置論。那什麼是他要談的呢？「又合諸儒之說，參互斟酌，去其非者，存其是者，未敢以臆斷也。」我的論點跟前人的論點，有相通的地方，於是將我的論點跟前輩的論點，相互參考斟酌。有些判定不對的，就勇於割愛拋棄；認為正確無誤的，就善加保存留置，這就是所謂去非存是。「去非存是」這四個字很重要，依違取捨之方法千言萬端，實事求是，未敢臆斷，要不離「去非存是」四字而已。

張自超自我標榜學派旅向，為「《春秋》宗朱」，故以朱熹《春秋》學為宗主：「其於朱子，則已言者引其言，未言者推其意。間有非朱子之意，或朱子曾言之而鄙見微有不然者，亦未敢阿私而曲之也。」不妨把這裡說的「朱子」，看成是同行前賢，或者是你的指導教授。因為張自超雖然推崇朱子，但偶爾有一些批評朱子的觀點；或者朱熹雖然說過，但張自超卻不贊成，不苟同。張自超「未敢阿私而曲之」一語，即亞里斯多德（Aristotle, B. C. 384~322）所謂「吾愛吾師，吾更愛真理」（Plato is dear to me , but dearer still is truth）之治學精神。

如果朱子說錯了，張自超就提出自己的看法：「已言者引其言，未言者推其意」，論著所以可貴，在能「接著講」；何謂「接著講」？上述二語，可作確詁。張自超《春秋》學，致力發明朱熹《春秋》學之指義；吾人撰寫論文，亦盡心闡揚前人學術的盲點誤區。前人雖已言，或語焉不詳，或虛浮皮相，或陋略粗淺，則當引而申之，精益求精。前人或思不及此，或顧此失彼，或故意隱去，或無心疏失。一旦發現有如是的疏漏，於是當仁不讓，樂為作者推尋其義蘊，發掘其隱微，此真有功於學術。

學術論文寫作，誠非易事。已言已知者，固難於突破闡揚；而未言未知者，則難在開啟發掘。學術研究之困境，陳垣曾有論說：

　　論文之難，在最好因人所已知，告其所未知。若人人皆知，則無須再說；若人人不知，則又太偏僻太專門，人看之無味也。前者之失在顯，後者之失在隱。必須隱而顯，或顯

而隱，乃成佳作。[10]

「因人所已知，告其所未知」，這是以「先驗」爲基準，就人之已言，進一步引申其言說；就人之未言，推闡其意蘊。馮友蘭談新儒學，強調「接著講」，擱置「照著講」；陳之藩說詩與科學，也都著重承先啓後，繼往開來，標榜「接著講」的拓展推進，揚棄「照著講」的依樣葫蘆，了無創發。[11]看來，陳援庵（垣，1880-1971）在馮友蘭、陳之藩之前，早有先見與提示，可見英雄所見略同。陳垣認爲：「人人皆知，則無須再說」，此即張自超所云「先儒講解切當者，不再發明」。陳垣提示論文選題和闡釋，最好是「隱而顯，顯而隱」：人人不知的課題，應該發掘隱微，解構專業；人人皆知的課題，則不妨轉換視角，調整方法，廣徵文獻，深探精髓，如此「隱而顯，顯而隱」，才可望成爲佳構。

三、問題探討與論述分段

文章分段，是現代的觀念，古代文章是不分段落的。不過，分段的概念老早就有了。「章」這個字，從音十，於六書屬會意。本意指音樂演奏告一個段落，即是一章。引伸作爲文學術語，指意脈貫串，自成一個完足系統的文字，就叫一章，或一段。爲便利閱讀接受，論文必須講究分段，這涉及到主幹、思路、層次、論證諸問題的探討和處理。筆者以爲，原則大抵是這樣的：

　　探論問題，行文主幹宜顯著，思路宜清晰，層次宜分明，論證宜確鑿。問題較重大、複雜者，可以多分幾段論述。

[10] 陳垣：《陳垣來往書信集》，余英時爲柳存仁《和風堂新文集》作〈序〉文，引用之，以說現代學術論著。
[11] 馮友蘭：《新理學》，〈緒論〉，《馮友蘭學術論春自選集》（北京：北京師範學院出版社，1992），頁13。陳之藩：《陳之藩文集》（臺北：天下文化，2008），第三冊《時空之海》，〈序·談愛因斯坦致羅斯福的一封信〉，頁9。

　　爲求理路清晰，論文寫作最好用一個段落討論一個問題。若一個段落討論好幾個問題，應該儘量避免。否則，錯綜複雜，自己都搞不清楚，讀者自然也看不明白。我認爲，一個段落大概維持在五六百個字最佳。千萬不要動輒一兩千字，還不分段，研讀將漸失專注力，耐性也會彈性疲乏，覺得接受吃力。論文本是理性知性文字，抽象概念，不時進行推衍。爲讀者設想，輕鬆愉快的閱讀，將有助於論點的理解與接受。一個段落，討論一個主要問題，這就是行文的原則。

　　每一章節，當然要討論很多問題，爲了眉目清晰，有條不紊，可以在還沒有下筆之前，先安排好行文的先後順序。這一節首先打算講些什麼，要引用哪條文獻；論述闡說之後，準備說些什麼，都得先有個腹稿，定個主張。《中庸》說：「言前定，則不跲，事前定，則不困。」值得作爲座右銘。總之，千言萬語，總有個話語重心，當有個探討的主幹。這重心與主幹，就是設章分段的主要規準。

　　就論文寫作而言，永遠都是遵循主幹線在發展，主幹線通常會涉及很多支線。好比去臺北，高速公路就是幹線；下了高速公路，走進省道、鄉道，那就是支線。如果要前往臺北，上了高速公路，不支不蔓，走在主幹線上，直奔目的地，最爲快速。一旦三番兩次下交流道買文旦，又去關子嶺泡溫泉，請問什麼時候到臺北？可見岔開出去，就漸行漸遠了。不是說完全不可以離開主幹線，假如車子快沒有油了，當然可以下交流道加油。但是務必記得：儘快回到高速公路，還是可以如期到達目的地。每一章節，都是遵循主幹線的論點在發揮，相關的枝節不妨視而不見，或者不必然立即處理。這樣，可以避免喧賓奪主，或放浪無歸。

　　我的碩士論文，研究《黃梨洲及其史學》，第四章談到黃宗羲對清代浙東史學的影響。寫了六位浙東學派的史學家，譬如全祖望、萬斯同、章學誠……等等。其中章學誠是大家，似乎應該重點論述，詳盡申說。的確，章學誠的資料很豐富，學術界發表的論文很多。是否可以把這一節中的一小項，寫成兩萬字？當然不容許！根據比例原則，假如一章頂多三萬字，那一節中的一項，恐怕最多只能佔二千字。這部論文的重點主軸在研究黃宗羲，黃宗羲對浙東史學影響十分深遠重大。儘管章學誠史學很重

要，但他只是浙東史學家六人中的一位，所以篇幅就不能佔太多，不然就喧賓奪主，主幹線就模糊了。

所以，遵守比重原則，是控制論文寫作不致失焦的方法之一。因爲字數多，耗費無數筆墨，表示主幹、重點之所在，所以必須強調。論文的主幹線要多寫，其他涉及到的，只能斟酌損益，少寫爲妙。必須隨時檢點字數，控制篇幅。如果認爲章學誠很重要，可以等待寫完碩士論文以後，再當成主幹研究，繼續研究。論文的主幹線，就是重點強調的觀點。論文的特色、創見、發明，要用主幹線去表達，要用更多的章節去彰顯。主幹線顯著，思路自然就清晰了。如果行文率性任意，主幹線模糊不清，想到什麼就寫什麼，勢必雜亂無章，缺乏條理，那無異治絲益紛。思路既已雜亂，寫作論文亦將事倍功半。

論文的主幹線，猶如座標，必須先行確定。接著，論文打算分幾個層次論述，也要早作定奪。所有資料都已掌握，還沒下筆之前，將要用來佐證的文獻，打算闡說的論點，十之七八超前部署，瞭然於胸了。所以，應該有辦法分出大小、內外、淺深、遠近、高下諸層次，進而層次分明、有條不紊的開展議題。就時間空間言，論文可以從古久、遠處談起，一直到近代近處；可以從源從正，談到流派與新變。如此，則層次分明。同理，可以從大系統，談到小局面；從外廓談到內核，從淺而易見談到深不可測，從平庸低下談到高明卓越。反之，亦然。論文寫作當循序漸進，層層推拓，不可造次，不宜躐等，不應錯綜混雜。否則，容易語失倫次，將造成認知混亂，不利於傳播與接受。

人文學科的研究，很重視文獻佐證。所以撰寫論文，探論問題時，掌握確切不移，堅實可信的證據，可成爲能破能立的利器。有幾分證據，就說幾分話；如果只有三、四分證據，就不能說五、六分話，這是胡適之實證主義的堅持。證據必須確鑿可靠，才能提供有利的佐證，而有助於獨到見解的成立，新創學說的信服。所謂正確可靠的證據，大抵來自量豐而質優的原典文獻。原典文獻的掌握，是人文研究的礎石，數量眾多的信據，重要性、典型性、代表性的佐證，展示了鐵案如山，不可移易的眞理，令人深信與悅服。所以探論問題，有確鑿的信據，就較容易導出令人悅服的

論證。人文研究是仰賴文獻佐證的，結論如何令人相信？證據一條一條的排開，原典文獻，先後次第羅列。論證經過檢驗，一一堅實牢靠，產生的結論就可信，就可以成立。

前文說過：一個段落，詮釋一個議題，這樣乾淨俐落，眉目清晰，這是原則。假如議題討論較重大、較複雜、較深奧、影響較深遠，可以考慮多分幾段來論述。可以在還沒下筆之前，步驟次序，就先規劃好。處理錯綜複雜，盤根錯節的問題，先理出頭緒，看出眼目，突出關鍵，覷定要害，於是可以據此分段，依此論述。層層推拓，綱舉目張；盈科而後進，順理而成章。換言之，既分之後，仍然切合「一個段落，一個議題」的原則。議題的次第開展，是論文寫作的必然步驟；而段落劃分得宜，最有助於理念的傳達，創見的提出。

最後，附帶說明「引文」的或刪或節問題，因為這跟文獻取捨有密切關係。某章節或為闡述原典，或為辨識疑惑，或為提出事證，或為裁判得失，就得引經據典，作為獨立引文，以便申說討論。如果原文很長，多達一、兩百個字，甚至更多，如徵引《左傳》敘事、《史記》紀傳、杜甫七古、韓愈古文、宋詞長調，或者小說戲曲，如何刪節，才不致於過繁或太簡？這確實需要講究。徵引文獻，最好要切實針對。因為引文是為了佐證，要讓證據更具說服力，所以，切實針對是唯一考量。「文字冗長，不妨刪繁就簡」，這個原則很重要。

首先，確定論文探討的議題；其次，將準引文作個段落區分，再進行亮點重點凸顯；最後就議題指向與徵引文獻作一緊密連結，看看兩者是否切實針對。如果準引文可以區分為三段，於是保留這個部分，其他前後部分刪掉。第一次引用時，議題指向屬意中間這段，那麼前段後段可以刪節掉；全文全書第二次引用同一文獻時，也許要的是最後一段，那文獻前面的一、二段也用刪節號刪除。因為三次的側重面不同，分別用來闡發論證不同的議題，當然是可以的。同一段文獻，千萬不要複製：從頭到尾一而再、再而三的出現與引用。一方面顯得文獻搜集不足，佐證無力；一方面文獻未能刪繁就簡，給人治學缺乏嚴謹，態度疏忽的印象。

所以，文字冗長，不妨刪繁就簡，歸於至當。取捨去留之際，還有

一個要領必須遵守：那就是「刪節汰存之間，當不失原著本意」。刪節文獻，主要爲了徵引、討論、佐證，甚至說服。文獻篇幅過長，連篇累牘，若不經必要刪節，議題探討將散漫無歸，嚴重失焦。所以，刪節文獻是出於不得已的權宜之計。既是權宜變通，當然不能捨本逐末，罔顧文獻原意。因此，刪節汰存之間，一定要格外愼重。如果刪節以後，意思走樣了，與原來意思剛好相反，淪爲造假、誤讀，那是絕對要避免的。弄巧成拙，引喻失義，畫虎不成反類犬，學術論文不該出現這種怪現象，所以要特別注意小心。

第九章　文獻之運用與詮釋之方法

　　學術論文時常引經據典，語氣正經莊重，態度嚴肅認眞，其中更有許多潛規則，初學入門往往摸不著頭緒。一般教授也不明說，似乎隨人體會，冷暖自知。文無定法，文成而法成；寫作論文，必然的規範雖無，但總有一些原理原則，可以即器以求道，便於乘筏以登岸。

　　分門別類的文獻資料，在問題意識的作用下，組成學術論文的網絡。再經過規劃設計，詮釋解讀，就成了支撐主題概念、中心思想的利器和尖兵。誠如劉躍進所云：「研究文獻學不是目的，而只是一種方法，一條途徑。」[1]缺乏建築材料的支撐，蓋不出一棟大樓；文獻材料殘缺不全，同樣建構不出紮實而創新的論文。王運熙、尙永亮治學，不約而同，講究實事求是，值得關注：

> 　　王（運熙）先生給我最大的啓發，就是一種徵實求是的精神，永遠以材料說話，有多少材料說多少話。對於文獻要找到最合理的解釋，每篇論文都是實事求是、樸樸實實地提出新見解。[2]
> 　　所謂實證，就是憑材料、證據說話，就是借實事以求是，通過對材料的搜集、梳理、分析，以探尋歷史的眞相，發現事物間的內在聯繫和發展規律。[3]

1　劉躍進：〈中國古典文學研究四十年〉，《深圳大學學報（人文社會科學版）》2019年1期，頁120～127。
2　吳承學：〈寫論文就像打官司，要能提出自己的觀點；只有學術沒有思想出不了大師〉，《古代文學考研》2019年11月29日，《翻譯教學與研究》。
3　尙永亮：〈方法與創新──以文學研究爲中心，湖北大學文學院《中文論壇》2017年第1輯，總第5輯。

　　有多少材料，就說多少話；全憑材料、證據說話，這就是「實事求是」的徵實精神。「實證」主義，與「求是」精神，可作爲本章討論文獻運用，與詮釋方法的原理原則。

　　馬丁・海德格（Martin Heidegger，1889～1976）說：「理解，是人的存在方式。」因此，只要有語言文字，就有文本閱讀與理解的問題。由此看來，詮釋學絕不是西方學術的專利。就中國文化而言，如《左傳》以歷史敘事解釋《春秋》經、《孟子》首倡「知人論世」說，都運用歷史解釋；《孟子》創建「以意逆志」說，是一種詩學心理解釋。[4]瞭解文本與詮釋之關係，對於論文寫作，自有啓益。

　　就文本的理解與解釋的論述看來，考察歷代經學、史學、玄學、佛學、禪學、理學、詩學的傳世文獻，大抵可以掌握中國古代闡釋學的大凡。四川大學周裕鍇，對於傳世文獻的詮釋理論，曾進行發掘、闡釋、建構、評價，著成《中國古代詮釋學研究》一書。諸如先秦諸子之論道辯名，兩漢諸儒之宗經正緯、魏晉名士之談玄辨理、隋唐高僧之譯經講義、兩宋文人之談禪說詩、元明才子之批詩評文、清代學者之探微索隱，都一一作專章之詮釋。[5]研究傳統學術，撰寫文、史、哲領域之論文，多方借鏡參考，自有助益。

一、文獻徵引，講究策略

　　首先，學術論文的特色之一，在討論是非優劣、探索源流高下。爲求論說堅強，論據厚實可信，令人心悅誠服，所以必須大量、多方、擇精的徵引文獻。其主要原則、基本要領如下：

（一）先有導語，次列文獻，再進行闡釋

　　論文寫作開始，還沒發展到引文，必須先有一些引導的話，叫做導語

---

[4]　周光慶：《中國古典解釋學導論》（北京：中華書局，2002），第五章〈中國古典解釋學的歷史解釋〉，頁304～344。第六章〈中國古典解釋學的心理解釋〉，頁345～360。
[5]　周裕鍇：《中國古代詮釋學研究》（上海：上海人民出版社，2003）。頁6～407。

（或稱導言）。如果開門見山就徵引文獻，猶天外飛來一筆，唐突冒昧，讀者入門無從，將會拒絕閱讀論文。所以，為了緩衝熱身，往往先來一段開場白，作為引導的話語。小說寫作，此為常技。清毛宗崗有〈讀《三國志》法〉曾言：

> 　　將有一段正文在後，必先有一段閑文以為之引；將有一段大文在後，必先有一小文以為之端。……『魯人將有事于上帝，必先有事于泮宮』，文章之妙，正復類是。[6]

正文之前，必先有一段閑文作為引言；換言之，「閑文」為「正文」之引。大文在後，必先有一段小文為之開端。換言之，「小文」為「大文」之端。《三國志演義》具此筆法，毛宗崗以為有「將雪見霰，將雨聞雷」之妙。探討問題，闡發正論之前，必先來一段導言、緒言、引言、弁言、前言，作為導引，如音樂之有前奏，堪稱順理成章。

引用文獻的策略和方法，王兆鵬教授曾提示：「先有導語，次列文獻，再進行闡釋」，以為乃引用文獻之基本格式。（王兆鵬手稿）清孫琮評點歐陽脩〈與郭秀才〉，亦有類似之說。以為作文之道，「必有一番話頭引起於前，然後好入自己議論」：

> 　　古人作文，必有一番話頭引起於前，然後好入自己議論。……然古人話頭有正用之者，……有反用之者，……有正反互用而淺深出之者，……。急須拈出，為用古人話頭者作指點。[7]

「一番話頭引起於前」，或正用之，或反用之，或正反互用之，其作

---

[6] 羅貫中原著，毛宗崗改本，陳曦鍾、宋祥瑞、魯玉川輯校：《三國演義》會評本（北京：北京大學出版社，1986），〈讀《三國志》法〉，頁13～14。

[7] 《山曉閣選宋大家歐陽廬陵全集》卷1。洪本健編：《歐陽脩資料彙編》（北京：中華書局，1995），四，清代〈孫琮‧與郭秀才書〉，頁七〇〇引。

用在指點引導。先有如此之鋪墊、烘托、指引，再入「自己議論」，遂覺水到渠成，怡然理順。引用文獻的策略和方法，王兆鵬教授所言，與毛宗崗、孫琮之說不謀而合。這些見解都很重要，可作爲論文寫作時文獻運用及詮釋的綱領。

導語（言），有其作用，原則上是發揮介紹的功能。引導的話要顧及兩方面：一，要鎖定標題的意思，預作一個鋪墊，尋求一個開展，這是導言的前半段要寫的。如果是第一節的導語，那就針對該節的標題，切實說幾句話。讓讀者知道，以下論文打算介紹什麼觀念，要討論什麼問題。二、眼光不妨瞄準下方即將引用的文獻，用籠統概括的方式，作若隱若現的提示。用引導的方法具體而微的告訴讀者，接下來要講些什麼。三言兩語就帶出引文，不可講得太詳盡，要留有餘地，讓下文去發揮。一篇論文水準的好壞，或深淺；專業，或普通，只要看引文之後，如何開展議題，判定論文品質，大概可以十不離八。初學入門的研究生有待突破的，就是文獻如何闡釋的方法。一方面，要闡發引文的精華；再方面，要解釋說明引文的內涵；三方面，要扣緊引文和標題的關係。其他，還有千絲萬縷的潛規則，擇要述說如下：

（二）以觀點帶文獻，不宜以文獻帶觀點

引用文獻，首先注意三大基本格式：一、先有一段導言，不必太長，讓讀者很快進入論文世界；二、徵引文獻，順理成章呼應導言；三、文獻闡釋，實事求是探索引文之價值。引用文獻是主體，前有鋪陳張本，後有呼應申說。簡言之，其基本格式，先有導語，中列文獻，後有闡釋，誠如王兆鵬所言。導語、文獻和闡釋之間，如何作有機的組合，王兆鵬提示金玉良言：「以觀點帶文獻，不宜以文獻帶觀點」（手稿）提綱挈領，言簡意賅，值得三復斯言。所謂以觀點帶文獻，指以問題意識驅遣文獻，駕馭資料。對於文獻之運用及詮釋，尤其重要。

身處當今知識爆炸的時代，網路無遠弗屆，只要勤快上網，不管臺灣、大陸，甚至於日、韓、歐、美，都可以找到豐富而多元的文獻，所以文獻不虞匱乏。這是現代人作學問的優勢，也是一大困境。那麼多資訊，

要怎麼篩選？如何徵引？如何取捨？因為資料看多了，往往容易被資料綁架。但見引用張三、李四、王五、趙六的論述，卻沒有太多自己的主張和闡說。論文寫作，應該凸出自己的話語權，不可以從頭到尾，自己很少發表意見，只當別人的代言人、傳聲筒。其實，論文還沒著手撰寫，所擬寫作大綱，已經呈現各章節的觀點了。既然萬事具備、只差動筆，那就應該用問題意識來駕馭文獻。就如同蘇東坡所言，文章的「意」好比金錢：只要有錢，就可以購買東西；把握指義，就容易駕馭素材文獻。

郭預衡撰寫《中國散文史》，追求「以觀點統帥材料、用材料證實觀點」的境界。用他的話說，就是「從漢語散文的實際出發，而不要從文學概論的定義出發。」[8]王汎森談學術研究，再三叮嚀學子：「別把目光停留在材料上」；「必須將視角拉高，想想這些材料代表甚麼意義？而非一股腦地鑽進去研究『裡頭』的東西。」[9]能入能出，以觀點帶文獻，郭、王二先生所言，值得三復斯言。同理，寫作論文，也「別把理論弄成一個筐，什麼都往裡頭裝。」[10]先入為主，穿鑿附會，非治學之道；空設觀點，綁架文獻，追奇蹈虛，當然不可行。

（三）建立問題意識，有利於論點之提煉，思考之深入

有了問題意識作為指引，所有研究素材、二手資料都會紛至沓來，充當我觀點的佐證和補充。我引用甲乙，卻不引用丙丁，因為丙丁的觀點不可取，見解太淺陋。為什麼甲乙的觀點引用比較多？也許甲的觀點，孤明先發，屬於前瞻論題；乙的見解，有餘不盡，值得「接著講」，可以引申發揮，取捨判斷之際，自見問題意識。問題意識的發用，就是以觀點帶出文獻，不是以文獻綁架觀點。

以觀點帶出文獻，可以助我抉進一層，談的更廣，論的更深，說的更博。所以論文的主體觀念、問題意識是三軍主帥，而文獻資料是賓從士

8　王寧：〈郭預衡先生的幸運與不幸〉，《隨筆》2020年第4期。
9　王汎森：〈研究學問的一些心得、反省〉，本文摘自微信公眾號《近現代史研究資訊》2019年10月5日推文。
10　陳平原：〈談博士論文寫作〉，《中華讀書報》2003年3月12月。

卒。宋明理學常言：「吾心有主，然後可以應天地萬物之變。」撰寫論文，能以觀點帶出文獻，則資料隨我取捨，觀點由我定奪，所謂著作論文的話語權，自然恢恢然有餘裕。用觀點帶出文獻，文獻可充當觀點的佐證，提供論點的助力，讓論點有顛覆不破的價值，有令人心服口服的效力。

　　文獻徵引的意義，本不在炫博，而是貴精不貴多。崇尚發明幽微，而不屑於堆砌雜湊。以問題意識為將帥，驅遣文獻，駕馭資料，於是文獻的優劣高下、精粗、偏全，經由觀點的權衡，昭然若揭。如果引用的資料不足以印證闡明觀點，不能凸顯出思維的亮點，無從強化論證的效力，那就有如孔子所言：「雖多，亦奚以為？」因此，要用觀點帶出文獻，不應該以文獻牽引觀點。以文獻牽引觀點，就是被文獻綁架，追隨別人後面，人云亦云。猶如矮人看戲，隨人說短長。

　　如果欠缺問題意識，面對文獻取捨，就會六神無主，無所適從。優劣精粗，高下偏全，是經過比較得出的；心中欠缺問題意識，別識心裁就無從產生。看一篇，愛一篇，似乎每篇論點都有道理，都很高明。於是取而用之，那只得當他人的代言，或應聲蟲了。所謂論文，就是要討論出是非對錯、優劣短長，就是要有自我的主張、創見、心得、話語權。這一切，都得靠文獻支撐、佐證、闡發，才能讓觀點更加突出，更加有說服力。所以不應該以文獻牽引觀點，應該以觀點帶出文獻。

　　投入學術研究，從事論文寫作，當務之急，就是建立問題意識，形成目標導向，作為驅遣文獻，駕馭資料的判準和依歸。「建立問題意識，有利於論點之提煉，思考之深入；有助於提出問題、把握問題、回應問題。」鄧小南的提示，筆者《論文選題與研究創新》一書，已有專章論述，[11] 讀者可以參看。

---

11 鄧小南：《祖宗之法—北宋前期政治述略》（北京：三聯書店，2006），頁3。張高評：《論文選題與研究創新》（臺北：里仁書局，2013），第四章〈問題意識與選題指向：學術研究的推進器〉，頁125～171。

二、文獻徵引及其詮釋方法

論文寫作，必須徵引文獻，一則言之有據，可用以取信讀者；再則備列事證，可用以建立自我主張；三則揭示問題文獻，提供批駁討論空間，作為建立論點之起始。無論基於何種原因，徵引文獻成為寫作論文不可或缺的重要標幟。關鍵文獻既已羅列徵引，接下來的文獻解讀，將是論文寫作系列學術工程的主軸與核心，其成敗攸關論文之得失優劣。

綜觀文、史、哲學術論文之寫作，文獻解讀詮釋之法大抵有六：一、綜述大意；二、凸顯警策；三、考辨源流；四、觸類發明；五、共時觀照；六、釋疑正誤，皆當為之發微闡幽，詳盡明確。文獻解讀的精確切實，詮釋的合宜得體，是跟論文水準優劣高下有關係的，這認知有必要重點申說。導言已經鋪墊，開始論述問題，接著就引用一段又一段的文獻，如何解讀詮釋一段又一段的引文？首先，詮釋必須精確切實，不能顧左右而言他。詮釋解讀到底恰當不恰當？得體不得體？解讀得恰當適切，那水準就高，就是優質論文。否則，論文就平凡，就低下。徵引文獻之後，如何開展議論？如何就題申說？詳說如下：

（一）文獻詮釋之方法與注史體例之借鏡

其一，開門見山，綜述大意

這是最常見，較容易、很基本的方法。綜述大意，文字通常不必太多，要言簡意賅，不支不蔓。如果研究詩、詞、古文、辭賦，千萬不可只作白話翻譯，因為是綜合論述，不是語譯詩文。學術論文，屬於一種限制式閱讀，是給專家學者看的，並不是一般通俗讀物。既然是同行，個個學養專精，翻譯解釋就免了吧！

所謂綜述大意，就是歸納概念，介紹重心。結合問題意識，判讀文獻素材。其方法大略有四：可以統括冗長敘事，可以理清混沌概念，可以凸出核心問題，可以提示關鍵話語，這是文獻解讀的第一步。針對原典文獻，進行大意之綜述，文字宜求精簡，切合實際。

其二，凸顯警策，強調焦點

論文寫作繁稱博引，令人目不暇給。在琳瑯滿目的徵引文獻中，讀者初來乍到，還來不及進入狀況，往往眼花撩亂。經典的警策、問題的焦點在哪裡？有必要及時掌握。潛藏的精華是哪幾句？為何引用這段文字？因為這段話是問題的重心，是思維的亮點，有可貴處，有可取處。為便於閱讀，同時有助於此後之問題討論與議題開展，有必要在闡釋解讀文獻時，凸顯警策，強調焦點。猶如在觸手紛綸的文字世界中，找到一個座標；在汪洋的學海中，出現一座燈塔，提供一個指引。掌握了警策與焦點，等於找到了策略和工具，就可以舉重若輕，執簡御繁，有利於全篇論文之寫作與申說。

其三，追本溯源，考察因革損益

譬如文獻徵引到蘇軾題畫詩，可以溯源到杜甫詠畫，進行較論；徵引蘇軾詠牡丹，可以上究李白、白居易牡丹詩、唐宋牡丹詩作較論。徵引蘇軾海棠詩，可以上究晚唐薛濤所作，下探南宋楊萬里等海棠之詠。引述涉及以文為詩，原則上應該和韓愈、歐陽脩、蘇軾的創作相較論。蘇軾多才多藝，能詩、工詞、善賦，如果徵引文獻提到本色、當行課題，論其源流因革，除述及以詩為詞外，又可以追溯到六朝詠物詩、初唐之帝京篇、韓愈、歐陽脩、周邦彥之以文為詩、以賦為詩、以賦為詞。也許，蘇東坡的詩風，影響清代同光體詩人的作詩風格，不妨作上探下究的流變考察。

這樣的文獻解讀，就是立體論說，不是扁平敘述。如果只是直接正面解讀文獻，用線性思維說明問題，目無餘子，就是扁平敘述。不僅單調乏味，而且浮光掠影，流於皮相。最好往上追溯源頭，往下探究影響流變，這就是章學誠所謂的「辨章學術，考竟源流」。[12]

其四，觸類旁通，創造發明

關鍵問題，應該舉一反三，生發無限。譬如研究王昭君，王安石的〈明妃曲〉，在宋代造成很大的唱和風潮，因為詩人都想寫出新奇而有創

---

[12] 清章學誠著，葉瑛校注：《文史通義校注》（北京：中華書局，1985、2008），《校讎通義》卷二，〈焦竑誤校漢志第十二〉，頁1009。

意的作品。從王安石的〈明妃曲〉，可以聯想到整個宋代，甚至於元代、明代、清代；不僅詩作很多，戲曲也不少。能這樣詮釋解讀，讀者當下就分享到豐盛的知識饗宴，這就是立體論述。進而上究下探，於是知道歷代詠昭君的詩篇 800 多首，王安石〈明妃曲〉寫得最好，前後比較就突顯出來了。

又譬如研究陶淵明詩文，就其影響接受而觸類旁通，就會聯想到蘇軾系列和陶詩，和陶〈歸去來兮辭〉，以及蘇門、南宋文人的同題共作。掌握脈絡系統，交相比較，容易得出優劣得失，而有助於創造發明。總之，詮釋文獻講究觸類旁通，匯集類似的個案、主題、風格在一起，對一個論題進行立體論述，較容易有心得創見。

其五，共時觀照，同儕相形

同期共時，不一定要同時代，前後期都算。再以蘇軾為例，他的老師有歐陽脩，平輩有王安石，學生輩有黃庭堅，可以把同一時期人物，作一個比較；可以把研究的對象，放在一個時代進行綜合考察。觀看在某個時期，諸家詩人的集體意識是什麼？文學表現或學術成就有無共相？一代學術的定位，或者個人學術價值的判斷，是要經過比較才得出的。譬如元祐以前，梅堯臣、王安石、歐陽脩對宋詩特色形成都有貢獻。但是就作品質量比重來講，以蘇軾、黃庭堅的貢獻最大。因此，文學史論宋詩，以蘇、黃為代表。

所以詮釋文獻，不妨共時觀照，把同時期的相關群體，進行比較論述。研究過程中，觸及面廣大、深遠；論文完成以後，知識的面向就隨之擴大開展了，新的學術生長點也找到了；學問心得的累積，不知不覺就深厚了。扁平述說，彷彿小國寡民的天地，永遠在小世界裡轉轉轉，淺學小知，是轉不出名堂來的。

其六，解疑釋惑，匡謬正誤

這看起來像是消極作為，其實不然，筆補造化處，無異於再造乾坤。徵引文獻中，如果發現前人的偏失、學術的懸案、世俗的誤會、大家的疑惑，那就得解釋疑惑之所在，為之撥迷霧而覩青天。繩愆矯枉，匡謬指瑕，功同再造，具有端正視聽，一新耳目的功能。

　　詮釋文獻苟能如此，可以避免誤導眾生，貽誤後人，學術貢獻自然重大。釋疑正誤，猶如端正視聽，正是替讀者設想，爲眞理守護。所引文獻有疑問處，爲之解釋；錯誤處，爲之訂正。學術研究的神聖使命，莫過於此。

　　晉代陳壽（233～297）纂修《三國志》，內容精潔，惟失之簡略，故詔令裴松之（372～451）作注。裴松之收集諸家史料，多達二百四十餘種以上，較《三國志》原書多出三倍，彌補《三國志》記載之不足。若類比論文寫作，《三國志》相當於原典文獻，經由裴松之的詮釋解讀，遂成別識心裁之學術著作；與原著相互輝映處，性質猶如傳之解經。依據《四庫全書總目》提要，裴松之《三國志注》之注史體例，可析爲六類：

　　　　所注雜引諸書，亦時下己意。綜其大致，約有六端：一曰引諸家之論，以辨是非。一曰參諸書之說，以核譌異。一曰傳所有之事，詳其委曲。一曰傳所無之事，補其闕佚。一曰傳所有之人，詳其生平。一曰傳所無之人，附以同類。[13]

　　裴松之《三國志注》，解說《三國志》的體例，《四庫全書總目》歸納梳理出六種，可視爲詮釋解讀文獻的方法。其中所謂辨是非、核譌異、詳委曲、補闕佚、詳生平、附同類，皆是文獻詮釋的方法。不妨參考借鏡，詳盡的去論述，確定的去解說，深入的去闡發，自可成爲研究的賣點，增強論說的可信度。

（二）比事屬辭，脈注綺交，成就立體論說

　　除了借鏡歷史編纂學，如裴松之《三國志注》之文獻解說外，經學家解讀《春秋》之策略，也不妨宗法參酌。比事屬辭，本爲詮釋《春秋》書法的策略，巧妙轉換爲論文寫作，可作爲詮釋文獻之方法。《春秋》之或

---

[13] 清紀昀等主纂：《四庫全書總目》（臺北：藝文印書館，1974）。卷四十五，史部正史類一，《三國志》提要，頁31，總頁973。

筆或削，衍化爲比事屬辭之書法，如何借鏡，可作詮釋文獻之資源？下文稍加舉例論說。至於專論，可參考本書外編：相關學科之借鑑，第二章，〈《春秋》筆削、歷史編纂與敘事傳統〉。至於原委本末，可以參閱筆者專著《屬辭比事與《春秋》詮釋學》。[14]

　　比事，原指排比史事；作爲學術論文，則是羅列文獻，提供信據。屬辭，是連綴上下前後之文辭，以顯示脈絡，而凸顯指義。孔子作《春秋》，固因事而屬辭；吾人撰寫論文，亦因徵引文獻、臚陳信據，環繞問題意識而綴文修辭，而表現亮點，導出心得。譬如蘇軾貶謫惠州時，有〈和陶桃花源并引〉詩文，主張漁人所見，乃避世桃源，並非世外仙境。試排比蘇軾貶謫時期所作題畫詩、和陶詩、佛禪題跋、讀《壇經》、讀《大藏經》，以及〈酒隱賦〉諸文獻，多可見嚮往仇池之山川清遠之懷想，皆可充實蘇軾「心造桃源」之論說。[15]研讀陸游《劍南詩稿》，載存許多讀書詩以及記夢詩，能否藉文獻之徵信與詮釋，而考索放翁其人之理想與現實？此一問題意識若成立，則因事屬辭，順理可以成章。

　　關於解讀素材，詮釋文獻，上文提出六種方法，外加「比事屬辭」之《春秋》詮釋法。如果能交相運用，排比其事證，連綴其辭文，聚焦於問題意識，而發揮主體概念之精微，則文獻詮解八面玲瓏，不至於單薄而扁平。文獻解讀之精確切實，詮釋之合宜得體，攸關論文水準之優劣高下，亦由此可見一斑。

三、原始素材與二手資料的相得益彰

（一）善用二手資料，權作研究的起點

　　畢生鑽研古代學術的老學碩儒，禮敬原典文獻，比之採銅於山，以

---

[14] 張高評：《屬辭比事與《春秋》詮釋學》（臺北：新文豐出版公司，2019），第二章、第九章、第十章，頁35～93，頁465～502，頁503～585。

[15] 張高評：〈宋代樂土意識與人間桃源〉，香港浸會大學文學院、臺灣師大文學院陳登武、吳有能編：《誰的烏托邦？500年來的反思與辯證》（臺北：國立臺灣師範大學出版中心，2017），頁59～100。

爲無可取代，形成文獻運用的一種迷思。但是中西兼採的新史學家，胸襟更開放，眼界更會通。新史學家固然同意「史料以原始爲佳」；而且，研究時亦參酌二手文獻，所謂「孳生史料之精者，亦可備研究歷史者之要刪」。如何炳松所言：

> 史料以原始爲佳。……唯孳生史料之精者，亦可備研究歷史者之要刪。試言其利，蓋有四端：……示後人以取材之地，其利一也。……省後人考證工夫，其利二也。……能爲後人斷定往事，其利三也。能省後人編著工夫，其利四也。[16]

有關文獻運用，學術界流傳一種說法，有人奉爲金科玉律，我則以爲似是而非：多用原典素材，不用轉手資料，禁用二手文獻。迷信原典文獻，不屑參考他人研究成果，這未免傲慢與偏見，不符學術規範。若將上述觀點稍作調整，作一轉語：原典文獻，宜多徵引；二手資料不能不用，但儘可能少用。如果放眼所及，盡是二手資料，將嚴重排擠作者在論文中的話語權。犯了失語症，流於他人的代言。所以，對待二手資料的態度，是善用，持與原典文獻相輔相成，相得益彰。

因爲，二手資料本有觸發、增益之功能。二手資料絕對不是學術禁臠，關鍵在如何善用。史料文獻之價值，媲美採銅於山，自然以原始爲佳。原典素材，就是一手文獻；滋生史料，等於二手資料，也就是近人的研究成果。近人研究成果，如果寫得經典，十分精闢獨到，很有創見心得，是可以考慮選用的。把精彩可取的二手資料，當作研究之起點，致力「接著講」的創造開拓，善加參考利用，自有觸發借鑑之功，並非一無可取。

學術研究強調「借用與連結」，二手文獻、近人成果，正是促成「站

---

[16] 何炳松：《何炳松文集》（北京：商務印書館，1997），第四卷，《歷史研究法》，第二章〈博採〉，頁16～17。

在巨人肩膀上」的觸發能量。應該審慎選用，而不是完全拒絕往來。否則，「不知有漢，無論魏晉」，豈不犯了學術自閉症？歷史學者何炳松所謂「孳生史料之精者，亦可備研究歷史者之要刪」，所稱「孳生史料」，即是二手文獻、學界成果，選擇其中「精者」，斷無不可用之理。

至於所稱原始史料有四利：一、示出處；二、省考證；三、斷往事；四、省編著，推而至於經學、義理、文學之原典文獻，大抵都具備相似的功能。第一手資料的可貴，可以想見。不過，不能因此就抹煞二手文獻具有開拓創發之功。反之，如果原典文獻已經開發，亦有若干研究成果，研究者自不能置若罔聞，無視其成果之存在。

一些研究生及部份學者，迷信原典文獻的神聖，不屑徵引相關研究之二手資料，其傲慢與偏見，幾與故步自封者等倫。復旦大學歷史系李劍鳴鐵口直斷：「完全憑藉第一手文獻，是不可能做研究的」；「治學要創新，研究要避免重複，就必須很好地利用第二手文獻。」[17] 良心警語，如獅子吼，又如海潮音，值得深思。

（二）完全憑藉原典文獻，不可能做研究

原典文獻，是信據的來源，論說的根本，研究的礎石。二手文獻，從原典文獻開枝散葉而來，所謂「孳生史料」、二手資料，何炳松以為精良者具備四利，善加使用，可以長善救失，觸發無限。一手原典和二手文獻，應該相輔相成，不能偏廢。李劍鳴之言，值得參考：

> 完全憑藉第一手文獻，是不可能做研究的。如果不充分而合理地利用第二手文獻，所取得的成果，在學術上肯定要大打折扣。因此，利用第一手文獻和利用第二手文獻，在研究中是相輔相成，不可或缺的兩個環節。倘若偏廢一端，就會嚴重影響工作的成效。[18]

---

[17] 李劍鳴：《歷史學家的修養和技藝》（上海：三聯書店，2007）。第六章〈繼承與創新〉，二，「第二手文獻的利用」，頁211～218。

[18] 同上注，頁211。

　　做學術研究，盡可能使用原始文獻。因爲原始資料如實存眞，保留較多的本色和原味，能客觀如實反應當時的信息。二手文獻由原始資料衍生，經過加工再製，不免流失許多原汁原味。何況添枝加葉，有可能師心自用，對於文獻的眞實信度漸行漸遠，這些現象確實存在。所以，就論文寫作而言，原典文獻永遠是宗主，而二手資料只能是賓從。作文不可以喧賓奪主，論文寫作又豈能太重轉手而忽略原典？就算原始文獻徵引，也要愼選版本善本；否則，原始資料經過輾轉傳播，也難免魯魚亥豕，漸失本眞。所以《莊子》濠梁之辯，有「請循其本」之說；《三傳》解釋《春秋》，漸失其眞，所以宋儒治《春秋》，呼籲以經治經，「求聖人之義於聖人手筆之書」，就是回歸第一手文獻。

　　原典文獻天成自然，如實存眞；未經雕琢，不失本色，當然值得寶貴珍視。唐寫本、宋版書所以珍貴，出土文獻作爲二重證據之所以重要，理由在此。版本學、校讎學、文獻學、考據學特別寶重一手資料，也是看中它的本來面目。其中道理並不高深，老學宿儒尤其耳熟能詳。「書讀百遍，其意自見」，這是就原典文獻來說的；「只可意會，不可言傳」，蓋就獨學無友，錯失觀摩切磋而言之。所以，信奉第一手文獻可資利用，而排除轉手資料之觸發激盪，如此偏執枯窘，肯定有其侷限和不足。學界心知肚明，只缺暢快指陳，和盤托出而已。「完全憑藉第一手文獻，是不可能做研究的！」這句話猶暮鼓晨鐘，發人深思，值得大書特書。

　　有些學者過度迷信一手資料的權威神聖，做學術研究絕不越雷池一步，獨抱「原典」究終始，大有中唐啖助、趙匡新《春秋》學派的氣勢。影響所及，不僅身體力行，指導研究生撰寫論文，也嚴格要求：只徵引原典文獻，不必參考二手資料，遑論借鏡學界他人的研究成果。躲在原典文獻的象牙之塔內，自得其樂，跟外在學界幾乎「老死不相往來」。外面學界同行有什麼獨創的心得，他不想知道，也無從借鏡；學界討論哪些熱門話題，提出哪些前瞻論點，他缺乏關心注意，也就不會響應或投入，一心一意只廝守原典，成了今之古人。把廝守原典文獻，當作身處桃花源，「遂與外人間隔」，以至於「不知有漢，無論魏晉」。居今之世，網路資訊發達，知識爆炸，圖書訊息無遠弗屆。人外有人，天外有天，焉知學界

同行沒有相關成果值得參考？沒有心得創見可以觸發？所以，二手文獻值不值得徵引參考，有重新討論定位的必要。

我看過不少博士論文，第一次閱讀時，驚嘆新一代的國學大師出現了，註釋從頭到尾都是原典，並未引用任何二手資料。這太驚悚了！因為連教授大師都不可能這樣。如果研究生都是憑藉第一手材料，那請問指導教授跟你討論論文的時候，所提供的意見算不算二手材料？當然算！就算老師尚未寫成書，就智慧財產來說，也必須在註釋中寫明是老師的創見心得。進一步追問：指導教授憑藉經驗和心得，指導論文。不管教授的經驗是得自他人，或自己過往的研究成果，而創見心得當然是教授的。你接受了老師的指點教導，這些經驗與心得，就研究生而言，是不是二手資料？當然是。沒有這些二手資料的觸動、誘導、啟發，如何能寫成碩士、博士論文？沒有二手資料的觸發、激盪、反思、借鏡，是做不好學問的。由此觀之，第一手文獻和第二手文獻的利用，應該是相輔相成、不可或缺的兩個環節。

李劍鳴《歷史學家的修養和技藝》這本書，有專章專節談到二手文獻的利用，非常精彩可取。歷史學界研究清史，申請到好幾億的經費。研究成果提出之後，發現學者專家居然都不看二手資料，就能夠得出結論，真是不可思議。研究生也常犯一個誤會，老師經常強調原典文獻，卻忘了告訴學生：二手資料是用來激盪觸發的。馮友蘭講新理學，強調他所談理學所以「新」，是「接著講」，不是「照著講」。照著講，是人云亦云，依樣畫葫蘆；接著講，是推陳出新，傳承之外又有開拓。賈伯斯名言：「創新有兩個關鍵詞：借用與連結。」對同行開發的研究成果一無所知，如何「補苴罅漏，張皇幽眇」？不銜接前人的研發心得，又何從而借用，以連結到本研究課題來？曾經有人問我，論文徵引很多人的文獻，表達自己觀點的空間還在嗎？我說問得好！如果把別人的研究成果當作自我研究的起點，而不是終點，就還存留很大的揮灑空間。假如覺得別人的著作寫得太好，於是奉為經典，不敢造次，就是把參考二手資料當作研究的終點、完結。於是乎不得不抄，就再也不會去思考此中論點的不足，是否還存在什麼偏差了。

　　任何人寫論文，甚至於院士、國學大師，仔細推敲琢磨，也總會有不足的地方。作學術研究，遵照規範，首先要作個成果回顧，對文獻做個檢討，進行述評，知道這個領域、這個題目，有哪些人寫過論文專書，各自的優點、長處是什麼？缺點、不足是什麼？沒有解決的問題是什麼？一切都已掌握以後，才能夠針對詳略、異同、重輕、偏全，作百尺竿頭、更進一步的探討。經過一番長善救失，增益其所不能，才算是你的創見心得，才算是你的亮點和賣點。不宜重複別人說過的話，切忌複製別人的創見心得，不應照著別人提出的論點再講一遍。照著講，講得再好，還是別人的論點，不是自己的主張。所以提倡妙用二手文獻，不是鼓勵大家「照著講」，當文抄公，原地踏步；而是提倡「接著講」，把他人的心得成果當作思考的起點，觸發的跳板，發揮賈伯斯所謂「借用與連結」的精神，盡心致力轉化爲創新開拓。

　　醫學、工程、農業、商學、管理的學術論文，每年都要核算引用率，推崇每一專業領域中高引用率的論文。社會學院、人文學院、藝術學院相繼跟進，都企圖從學術同儕的徵引係數，推估學術影響度，風潮所至，不得不然。論文引用率，是否能如實呈現論文的優劣？人文藝術學院系所論文影響係數，適不適合進行量化？這是另一個問題。不過，掌管學術研究的部門，高調推廣論文引用率，揭示一個論文寫作的規範問題：徵引他人成果、二手資料，就是制式的規範。自古以來，文人相輕，彼此同行論文，往往不互相引用。學術是公器，意氣用事如此，夫復何言？

　　清葉燮（1627-1703）論詩，很重視承先啓後、繼往開來：「夫惟前者啓之，而後者承之而益之；前者創之，而後者因之而廣大之。」文學江山代有才人出，各領風騷數百年者，要皆如此。學術研究何嘗不然？若視前者爲原典文獻，後者爲學界研究心得，於是原始素材與二手資料之價值意義，乃昭然若揭。總之，「後人無前人，何以有其端緒？前人無後人，何以竟其引申乎？」[19]葉燮《原詩》之說，可以息爭止訟，值得三復斯言。

---

[19] 清・葉燮著，蔣寅箋注：《原詩箋注》（上海：上海古籍出版社，2014），〈內篇下〉三之二，頁2181。

四、徵引文獻的具體規律

徵引文獻，修辭學稱爲引用，是訴諸權威的一種修辭方式。作者提供經典的、重要的、權威的、有代表性的材料，企圖建立堅實的鐵案，展示說服的成效。嚴耕望以爲徵引文獻宜注意以下規則：

> （治史）幾條具體規律：（1）不要忽略反面證據；（2）引用史料要將上下文看清楚，不要斷章取義；（3）盡可能引用原始或接近原始史料，少用後期改編過的史料；（4）轉引史料，必須檢查原書。[20]

嚴耕望（1916-1996），是唐代交通史的專家。行有餘力，寫了一本《治史經驗談》，提出歷史研究的四則具體規律：其一，不要忽略反面證據。蒐集資料時，發現意見跟我不同，論點跟我唱反調的，就故意丟棄，等同毀屍滅跡，這是治學的大忌。換句話說，文獻去異存同，等於還沒研究，結論就出來了。正面的意見、觀點類似的，當然要蒐集；觀點不一致的，頗有出入的，甚至相反相對的，更不能忽略。如果故意忽略，視同湮滅證據，那提出的論點一定是偏頗不全的。因爲反面意見視若無睹，沒有徵引，缺乏陳述，提出的論點沒有正反並陳，不見折衷諸家。就如一言堂，患了偏聽、偏看，當然是偏而不全的。學術研究，是一場理性知性的探索之旅，不宜有過多的愛憎好惡，不宜有過早的預設立場。否則，將會左右全方位的認知，影響精確的判斷。反面的資料可能是一面照妖鏡，有助於現出原形，了解眞相。所以，不能不同時蒐集運用。論點何以相反？是問題重點。什麼原因？應當解說清楚。

其二，引用文獻要將上下文看清楚，不可斷章取義。初學者容易犯下列毛病，全文旨意尚未看清楚，就擷取其中的片段進行論說。這個片

---

[20] 嚴耕望：《治史經驗談》，《治史三書》之一（上海：上海人民出版社，2008），頁29～41。

段，也許只見肯定的主張；前面一大段，說的可能是否定的意見；或者透過批評別人的意見，突出自己的主張。只擷取片段，而不及其餘，這是引用文獻材料的大忌。以偏概全，斷章取義，勢將偏離眞實，都是不可爲訓的。《淮南子・氾論訓》說：「東面而望，不見西牆。南面而視，不睹北方」，一偏之見所以不可行，斷章取義所以不可取，以此。《禮記・經解》：「屬辭比事，《春秋》教也。」屬辭，即連綴上下前後之辭文。憑藉屬辭，自可以見義。所以，徵引文獻，解讀文獻，上下文一定要看清楚。不能掉字、漏句，要看全、看透；切忌看偏或看錯。

其三，盡可能引用原始的文獻，或者接近原始的文獻，少用後期改編過的史料或文獻。這恐不能一概而論！譬如古書經過今人的精校精注，的確是後期改編過的書，但是古籍精校精注，若成於專家學者，經知名的出版社印行，有口皆碑，亦值得信賴。譬如中華書局、上海古籍出版社、商務印書館、鳳凰出版社出版物，都是有品牌的。精校精注就算是後人改編過的，也自有其權威性、可靠性。

不過，後期改編過的文獻，尤其是成於眾手的大部頭叢書，在徵引使用上，就要格外審愼小心。如《宋詩話全編》、《明詩話全編》、《宋人詩話外編》。前二書厚重，各多達十巨冊，成於眾手。大抵梳理詩話、筆記、文集、日記、語錄中，有關討論文學的材料，匯聚成書。較諸原典文獻，多存在偏而不全之缺失。作爲資料翻檢，了解諸家詩學梗概是可以的；但是撰寫論文從而徵信援引，仍以回歸原始材料爲宜。如〈蘇軾詩話〉、〈黃庭堅詩話〉，所輯錄文獻並不齊全。若欲徵引援用，仍應回歸蘇軾、黃庭堅《文集》、《詩集》、筆記、題跋之原典文獻爲宜。

《宋人詩話外編》，專就宋人筆記論詩材料，勾勒成書，彙爲二冊，頗便翻檢參閱。可能受限於編輯體例，或作者認知，若干知名而重要的詩學評論，多闕而弗錄。如《宋景文公筆記》，未錄「自成一家」語；《陵陽室中語》，未錄韓駒詩學主張；俞成《螢雪叢說》，不錄「活法」說；要皆漏失嚴重。讀者想全面掌握宋人筆記論詩文獻，「請循其本」，當回歸原始，可以徵引大象出版社《全宋筆記》102 冊。若徵引《全宋筆記》，校對版本，既得其徵信，又取其齊全。

　　其四，轉引史料，必須檢查原書。古人徵引文獻，有可能記憶有誤，未查核原書；也可能任意刪取，以成全己意；也可能書缺有間，輾轉傳鈔；也可能執著譯本，引喻失義；也可能心術不正，故意斷章取義。為求全璧，為求復原，為求訪佚，為求徵信，為求校正，都必須檢查本初原著，核實善本原書。某一條文獻或素材，起初得自輾轉引用，如果屬於關鍵引文，或重要論據，為檢驗真理，當然必須查考原典，核實原書。如果打算移作引文，致力深刻與廣泛之討論，進而能破能立，提煉出論點，萃取出精華，更應該選用善本全本，一一核實原著，還其本來面目。不宜造次，不可偷懶，當實事求是，還原素材、文獻、史料。

第十章　亮點之凸顯與論說之闡釋

　　古代畫學有所謂「傳神寫照」、「畫龍點睛」、「得其意思」者，本爲刻畫藝術形象之手法。影響所及，文學美學談形象塑造，多作爲類比。今說論文寫作，亦可移換爲重點之突出，以及亮點之凸顯。

　　《世說新語　巧藝》載：顧愷之（約348〜405）畫人物，「或數年不點目精。人問其故，顧云：『四體妍蚩，本無關於妙處。傳神寫照，正在阿堵中。」[1]眼睛，爲靈魂之窗，顧愷之畫人物之亮點重點，傳神處著眼於眼睛。唐張彥遠（815〜907）《歷代名畫記》稱：梁代畫家張僧繇，畫龍「不點眼睛」。一旦點睛，即破壁飛去上天。[2]傳神寫照、畫龍點睛二說，都強調眼睛，作爲畫人和畫龍之亮點與重點。繪畫如此，作文亦然。

　　顧愷之「傳神寫照」，張彥遠「畫龍點睛」之說，於繪畫、文學影響深遠。蘇軾（1036〜1101）闡發之，因作〈傳神記〉，稱傳神處，當如優孟衣冠：優孟喬裝打扮成孫叔敖，不必舉體皆似，但「得其意思所在而已」。[3]所謂「得其意思」，則是著眼於個性特徵之掌握。精言要語，〈傳神記〉之奧秘與精髓，揭示無遺。顧愷之、張彥遠、蘇軾三家之說，可資借鏡，作爲論文撰寫時，闡釋論說，與凸顯亮點之參考。

　　曾國藩〈復陳右銘太守書〉云：「萬山磅礴，必有主峰；龍袞九章，但挈一領。」這給論文寫作一個重要的啓示：論說闡釋時，必須注意亮點的凸顯。千言萬語，關鍵論述是什麼？連篇累牘，睿智的觀點在哪裡？都

---

[1]　南朝宋劉義慶著，楊勇校箋：《世說新語校箋》（臺北：正文書局，2000），下卷〈巧藝第二十一〉，頁646。

[2]　唐張彥遠：《歷代名畫記》卷七，〈梁張僧繇〉。見于安瀾編：《畫史叢書》（臺北：文史哲出版社，1974、1994），第一冊，頁90，總頁94。

[3]　宋蘇軾〈傳神記〉云：「傳神之難在於目。顧虎頭云：『傳神寫照，都在阿堵中，其次在顴頰。』……凡人意思各有所在，或在眉目，或在鼻口。虎頭云：『頰上加三毛，覺精采殊勝。』則此人意思，蓋在須頰間也。優孟學孫叔敖，抵掌談笑，至使人謂死者復生。此豈能舉體皆似耶？亦得其意思所在而已。」孔凡禮點校本：《蘇軾文集》（北京：中華書局，1986），卷十二，頁400〜401。

必須聚焦揭示，詳盡發揮，重點強調。就像繪畫磅礴之萬山，必然凸顯主峰之傲岸兀立；整理華貴之龍衮，妙在能提挈衣領為首要重點。所以，主峰、挈領是問題關鍵。因此，推衍到論文寫作，章節論述時，當區分重輕，不必等量齊觀；文獻徵引，講究主次，不必一視同仁。

一、亮點之凸顯與本末重輕之安排

《禮記‧大學》稱：「物有本末，事有終始。知所先後，則近道矣。」舉凡重要的章節、核心的議題、睿智的發現、獨到的見解，都是一篇論文或一本專著的命脈，價值之所在。寫作大綱，既經推敲斟酌，重輕先後，早已確定，似乎不可躐等越次，其實不然！筆者以為，就「本立而道生」言，固本務實才是學術工程施工的 SOP。所以，在論文寫作大綱擬定之後，筆者以為，論文寫作的先後順序，總以提綱挈領，烘托主峰為主要原則。至於學術工程施工的先後順序，大抵可以依照本末重輕，而定先後順序。

論文寫作本末先後之原則，大抵如下：

（一）重要章節、核心議題、睿智發現、獨到見解，可以優先撰寫

為了突出議題內容，一篇論文的精華所在，就必須設計亮點。論文內容到底要討論什麼重點？可能有什麼創見？會有什麼獨到心得？這是問題意識規劃的亮點，一篇論文的警策。何謂亮點？是行家、指導教授、同行，看了後眼睛為之一亮的尤物。舉凡論文寫作中，「重要之章節、核心之議題、睿智之發現、獨到之見解」，都是。杜甫〈前出塞〉詩：「挽弓當挽強，用箭當用長。射人先射馬，擒賊先擒王。」標榜挽強弓、用長劍之利器，有助於完成「先射馬」、「先擒王」的戰略目標。戰場實況，挽弓用劍，此起彼落；射人射馬，眼花撩亂。制勝之道，端視謀略之高下：目的在射人，卻以「先射馬」為手段；馬殪而人倒，一舉而兩得。戰爭目標在克敵致果，擒捉其將帥君王，則群龍無首，萬軍乏主，不敗何待？「射人先射馬，擒賊先擒王」二語，提供論文寫作無限啟發。

　　寫作大綱擬定出來了，由於邏輯推衍，論證開拓關係，重要章節可能安排在第四、第五、第六章；核心議題，可能安排在後面章節；睿智發現、獨到見解，也不見得位在前面篇幅。如果按照大綱之先後順序撰寫的話，重要章節在後頭，存在一個大缺失：限於進度和時間，很有可能語焉不詳，敷衍應急。或者，「強弩之極，矢不能穿魯縞」，精神體力再而衰，三而竭，也是一大隱憂。果真如此，導致論文表現乏善可陳，那就未免可惜了。這時，杜甫所提「射人先射馬，擒賊先擒王」的策略運用，值得參考借鏡。所以，重要章節，不妨優先撰寫；核心議題，不妨優先探討；睿智發現，不妨優先表述。如果某一章，自己預測可以提出獨到見解，那這一章不妨優先處理，哪怕是第六、第七章，或者更後面的重要章節，也不妨優先撰稿，先馳得點。為什麼？因為優先撰寫，時間比較從容、工夫比較細緻，照應比較週到。既然是重要章節、核心議題、睿智發現、獨到見解，當然值得花很多時間去琢磨，應該花很多時間去斟酌、推敲、挖掘、發揮。這樣，慢工出細活，這篇論文才會寫得精彩。

　　「知所先後」，牽涉到排序、位次、排行，本指《春秋》書法之褒貶、爵位的尊卑、史事的重輕、行文的主從。《春秋》敘戰，首惡罪魁先書，弒君誅心先書，此以褒貶為先後。《左傳》敘諸侯爭長、敘宮室火災，則尊貴先書，此以尊卑為先後。[4]事有輕重、小大、本末、緩急，重大而根本者，當優先緊急處理。行文有主從，亦因本末重輕而有緩急先後之因應，亦通權達變所宜有。換言之，或先或後，除自然倫理外，有其文化學上之意義。若以後為前為中，或以前以中殿後，則顛倒乾坤，錯亂位次，若有所為而為，又何嘗不可。

　　以論文寫作而言，「重要之章節、核心之議題、睿智之發現、獨到之見解」，其事重大急切，可以不顧寫作大綱之表定次序，而優先撰稿探討。這種權宜措施，是符合整體利益的。從企業經營管理的視角看來，

---

[4]　「《春秋》辨理，一字見義，五石六鷁，以詳略成文；雉門兩觀，以先後顯旨；其婉章志晦，諒以邃矣。《尚書》則覽文如詭，而尋理即暢；《春秋》則觀辭立曉，而訪義方隱，此聖文之殊致，表裏之異體者也。」梁劉勰著，范文瀾注：《文心雕龍注》（北京：人民文學出版社，1958、2014）。卷一，《宗經第三》，頁22。

「知所先後」，就是績效執行的要領。研究者面對寫作大綱，必須完成的章節就是這麼多；猶如公司的 CEO，每天必須解決若大大小小的若干問題。處理問題時，不妨依重輕急緩作個先後排序，以重要、鉅大、特色、吸睛的亮點，優先、從容、妥善、圓滿的處理，將是一種值得參考的規劃。

一般人撰寫論文，大抵依照擬定的寫作大綱，循序漸進，次第完成，這是慣性思維的做法。這無關對或錯的問題，而是好與不好的抉擇。二十年前，我參加一場碩士論文口試。學生報告完畢以後，我問他：「這篇論文，你是不是先寫第一章？寫完第二章，緊接寫第三、第四、第五、第六章？是不是按照先後順序這樣寫？」他回答：「是，你怎麼知道？」我說：「因為你論文的第四、第五章是重要議題，卻寫得草率粗淺，極不理想。第四章還差強人意，第五章就很雜亂，看來像急就章。是不是急著畢業，只好草草結束？」其實，這篇論文研究宋代讀書詩，選題很有價值，學生也很用功，只是論文寫作順序規劃失當，造成虎頭蛇尾，鬱而不發。糟蹋了一個好題目，也辜負了一篇好論文。

所以，我認為：既然是重要章節、核心議題，當然應該先行撰寫。至於第二章，談背景問題，留到結論寫完之後，再來寫第二章學術背景。學術背景寫完之後，再寫緒論（詳本書第六章〈緒論寫作之要領與偏失〉）。因為，優先撰寫的章節，可以投入較充裕的時間作探討。另外，像核心的議題，睿智的發現，獨到的見解等等創發心得，要能「成一家之言」，都有待作堅實的佐證，以及嚴謹的推理。唯有優先處理，時間從容，研究成果才較可能趨於理想。因此，不必拘泥於寫作草綱所擬之先後次序。論文草綱指引寫作的方向而已，不必然就是緩急先後之規範順序。如果專章專節概念已經明朗，文獻彙整已然齊備，自然可以選擇優先撰寫。果真參考前述的建言，未依規劃好的章節次第論說探究，記得在全文或全書完稿之後，必須進行一番統整修飾。諸如承上啟下，聯絡照應之類。相較於完成一篇篇優質論著，這些後續工程，只是小事一樁。

總而言之，重要之章節、核心之議題、睿智之發現、獨到之見解，是可以優先撰寫的。因為必須投入充裕的時間探討，不必拘泥於寫作大綱之先後次序。專章專題概念已明朗，文獻彙整已齊備，就可以優先撰寫。

（二）文獻徵引，必須精心篩選、建立警策、凸顯亮點

文獻之徵引，必須經過精心篩選，這是符合亮點凸顯的寫作要求的。文獻徵引，絕不是萍水相逢，隨機取樣。研讀文獻與精挑細選，有如「眾裏尋他千百度」一般，絕對不能一見鍾情。所以，被徵引入圍的文獻，絕非偶然，大部分是必然的。因此，不是看到，就加以引用。偶然在網上看到與研究論題相似的，就隨手引用，幾乎不顧精粗、優劣、是非、得失。徵引文獻，未經過精心篩選，客觀檢驗，品質是靠不住的！

篩選的工夫，可以看出眼光和學養。不怎麼樣的論文，如果再三引用，甚至當作經典，代表眼光淺陋，所見不廣。從引用的文獻，佐證的引文，徵引的近人研究成果，可以看出徵引是否有亮點：「或擇其精華，或採其典型，或取其重點，或扼其關鍵」，是只就近人研究成果的亮點而言。這些精華、典型、重點、關鍵，應該對於論文寫作有所觸發。所謂精華，指論點比較精闢，成果比較完善，與其他相關論文著作比較得來的。典型，指這個研究領域，心得卓越，見解獨到，可作為研讀的榜樣，探討的極致。課題研發的規矩準繩，堪作示範，此即所謂典型。如研究《春秋》學，沈玉成《春秋左傳學史》、趙伯雄《春秋學史》，是典型論著；研究《史記》敘事學，則可永雪《史記文學成就論説》、張新科《史記與中國文學》，自是典型。又如研究唐宋詩紛爭、唐宋詩異同，繆鉞《詩詞散論》、錢鍾書《談藝錄》，就是經典、典型。

任何一篇論文或專著，在正常狀況下，論題都會有個聚焦，探討的課題也都有個核心，這些信息可從「關鍵詞」找到。論文或專著之精華聚焦、核心論述，就是我們借鏡參考的重點和亮點。論文寫作的「借用與連結」，往往在此。至於關鍵，也許是一個概念、一個術語、或者是研究的方法、探討的視野。誠如陸機〈文賦〉所言：「立片言而居要，實一篇之警策。」這「居要」的「片言」，就是關鍵話語、就是一篇警策、文章亮點。文獻之徵引引用，參考借鏡，若能多多利用重點與關鍵作觸發，將有助於成果之發表與特出。

總之，文獻之徵引，必須經過精心篩選：或擇其精華，或採其典型，

或取其重點，或扼其關鍵。然後如陸機〈文賦〉所云：「立片言而居要，乃一篇之警策」，如此而後有亮點。

二、文本意義之論說闡釋及其層面分析

解釋學（Hermeneutics），又稱詮釋學、闡釋學，是關於文本解釋的理論。在中世紀，主要是對於《聖經》的解釋。十九世紀，才擴展到解釋文本意義和文化意義。由於意義經常有許多歧義，須透過理解詮釋，方能把握全部涵意。詮釋學，即是探究如何形成理解，及如何實踐理解之科學理論。[5]本書借用其意涵，以之處理文獻徵引後之論說闡釋，希望有助於文本的解釋與理解。

論說闡釋，能進行層面分析，自是學者之能事。如中國古代文學的傳播學研究，王兆鵬概括為六大層面：一，追問傳播主體；二，追問傳播環境；三，追問傳播方式；四，追問傳播內容；五，追問傳播物件；六，追問傳播效果。[6]從主體、環境、方式、內容、物件、效果，進行主客、表裏、內容、技巧之解讀，以及層面分析，堪稱面面俱到。試與西方傳播接受學相較，[7]雖趨向不同，亦值得參考借鏡。

論文寫作過程，千頭萬緒，文本意義究竟如何形成理解？如何實踐理解？論說闡釋進行步驟如何？有何要領與意義？今以成果之創新為終極追求，提出四個層面之實際運作：

（一）立體論說，指縱向之歷時性探索，以及橫向之共時性研究

論文寫作，不宜扁平敘述，要立體論說，值得再三強調。什麼是立體論說？是指縱向的歷時性探討，再加上橫向的共時性研究。史學家陳寅恪（1890～1969）研究韓愈，主張往上追溯六朝辭賦的唯美文學，往下探究

5　維基百科，自由的百科全書：「解釋學」。
6　王兆鵬：《宋代文學傳播探原》（武漢：武漢大學出版社，2013），〈緒論・文學傳播研究的層面〉，頁3～14。
7　董天策：《傳播學導論》（成都：四川大學出版社，2002），第一篇〈總論：信息交流〉，頁15～119。

歐陽脩諸家的儒學。[8]換言之，研究主軸在唐代，若進行立體論說，則當如陳寅恪所言，上究六朝，下探兩宋，把問題放在歷史的洪流中去檢視。

嚴耕望《治史經驗談》，亦勉勵學子：「集中心力與時間，作『面』的研究，不要作孤立『點』的研究。」[9]面的研究，既屬於歷時性，亦牽涉到共時性。假設探討的問題在唐代，唐代之前有六朝、兩漢、先秦、春秋戰國，這個問題，應該上溯到春秋戰國、兩漢、魏晉南北朝，這叫歷時性的探索。譬如陳子昂、杜甫、元結、白居易詩論，提到「比興寄託」（簡稱興寄），就得上溯到《詩經》、〈離騷〉、〈橘頌〉。談唐代傳奇小說之敘事藝術，就得追溯《春秋》、《左傳》、《史記》之歷史敘事與文學敘事；乃至於《山海經》、六朝志怪、《世說新語》志人之小說、唐代史傳變文。

當然還有一種情況，是往下探究。譬如唐代之後，有宋元明清，問題可以往下探究流變。譬如屈原〈九歌〉，化俗爲雅，而成楚辭特色之一。六朝士人模仿漢樂府，唐代詩人取法〈竹枝詞〉，唐宋文人取材燕樂，宋代詩人改造兒歌，以鄙俗方言行業語入詩，多形成雅俗相濟，蔚爲文學之風尚。自杜甫以敘事歌行演述安史之亂，於是「詩史」成立。[10]歷宋、元、明、清，尤其明末清初，詩史意識流行，於是浙東浙西異說，諸家詩學詩話亦不同調。[11]

又譬如研究明代詩歌與詩學，不能只執著於「詩必盛唐」、「宋人詩只有一首可讀」之說；當上究蘇軾、黃庭堅詩歌之創意造語、自成一家；下探清初150年之宋詩學、桐城詩學，乃至於晚清同光體詩人之論說，如此，方有可能「辨章學術，考鏡源流」，客觀公正論斷學術。若能大體掌握，在縱向的探討之後，自然就把探究的對象放在整個歷史的洪流中，

8　陳寅恪：《金明館叢稿初編》（北京：三聯書店，2001），〈論韓愈〉，頁319～332。
9　嚴耕望：《治史三書》（桂林：廣西人民出版社，2008），《治史經驗談》，一，〈原則性的基本方法〉，頁15～17。
10　孟啓：《本事詩‧高逸第三》：「杜逢祿山之難，流離隴蜀，畢陳於詩，推見至隱，殆無遺事。故當時號爲『詩史』」。丁福保編：《歷代詩話續編》（北京：中華書局，1983），頁15。
11　龔鵬程：《詩史本色與妙悟》（臺北。臺灣學生書局，1986），第二章〈論詩史〉，頁19～91。

考察所探討的人物或學說，究竟佔有什麼樣的地位。是表現傑出？還是平庸凡俗？從因革損益，源流正變去審視，就容易做定位，這叫做縱向的探索。

　　還有一種方法，叫做橫向共時性的研究。譬如研究杜甫，必須要連同李白一起瞭解。當然，參與安史之亂前後的詩人或文人，也要有所掌握。杜甫詩體現什麼課題，就注意相關材料。且看同時代詩人，像李白、王維、高適、岑參等人，好像沒有像杜甫那樣「一飯未嘗忘君」，其他詩人也沒有像杜甫這樣許身愛國。經過橫向比較之後，杜甫忠君愛國的形象才會凸顯出來。又譬如杜甫為杜預第十三代孫，《春秋》書法乃其家學。故除了「詩是吾家事」之外，《春秋》學亦杜氏家學。於是安史之亂前後所作敘事歌行，所謂「詩史」者，多體現《春秋》書法之發用。[12] 相形之下，別人沒有，但杜甫表現那樣的強烈明顯，這叫做橫向共時性的研究。

　　譬如題畫詩研究，知道杜甫寫過二十四首詠畫詩，就拿李白詠畫六首做比較。當年李白到長安時，唐代的山水畫還沒有很繁榮，因此比較沒有機會看到名畫。杜甫比李白晚了十幾年來到長安，那時盛唐正流行山水畫，所以就比較有機會見到山水佳作，包括水墨山水、彩色山水。杜甫看到的名畫多，自然有感而發，加以歌詠。所以杜甫因為風雲際會，適當其時，運其椽筆妙思，遂蔚為詠畫題畫文學之開山，[13] 對北宋蘇軾、黃庭堅的詠畫，及以後元明清的題畫詩，有很大的開啓作用。這樣論斷，就是橫向共時性的研究。如果要探討題畫詩，往上追溯，六朝時候有詠屏風，再往上可以追溯到屈原的天問、九歌所詠，關於楚國神話的壁畫，這就是歷時性縱向的探討。

　　像這樣歷時性、共時性的探討，自然觸發增長很多，這即是立體的論說，與扁平敘述不可同日而語。研究的觸角可以無限延伸，將會接觸很多領域，對於積累豐富知識，將來作深入研究，十分有用。事實上，一般人

---

[12] 張高評：〈杜甫詩史、敘事傳統與《春秋》書法〉，香港浸會大學《人文中國學報》第28期（2019年6月），頁91～130。

[13] 張高評：《唐宋題畫詩及其流韻》（臺北：萬卷樓圖書公司，2016），第二章〈杜甫題畫詩與詩學典範〉，頁7～40。

都講求速效，很少這樣做。譬如研究蘇東坡，也許把蘇東坡在元祐前後切上一塊，不去管蘇東坡作品跟誰有關，也不管文學思想受誰的影響。研究蘇東坡的詩歌，根本不管蘇東坡的詞、古文、辭賦；蘇東坡嫻熟書、畫，濡染禪宗、老莊，也都不聞不問。這種研究，單科獨進，扁平貧乏，就算成果提出，專業學養成長也十分有限。學術生長點，希望呈等比級數的跳躍，那將絕無可能。

可見，操作起來很簡便的，論點往往就很扁平。盡心致立於立體的論說，同時關注歷時性和共時性的闡述。論文必須如此撰寫呈現，學術價值判斷方有據依，人物地位評騭方具說服力。歷時性的比較，把問題放在歷史的洪流裡面，就容易進行定位，也不難看出高下優劣。或者跟同時代人作橫向比較，有無、多寡、精粗、深淺，以及創見、特色，都比較容易得出。優劣、是非、高下、長短，是比較出來的。如何比較？歷時性的上究下探，共時性的度長量短，就是立體論說的方法。

嚴耕望治學，強調「面」的研究，避免作孤立「點」的探討，值得借鏡。換言之，一方面盡心於縱向之歷時性探索，再方面，又致力於橫向之共時性研究。論文必如此撰寫呈現，學術價值判斷方有據依，人物地位評騭方具說服力。如此，即所謂立體之論說。

（二）論文詮釋，講究論斷是非、評定優劣、長善救失、闡發幽微

撰寫論文，貴在突出主體意識，展現自信，提出自己的論點，避免重複別人的話語。所謂論文，必須表現學術邏輯，展現思辨工夫，論述是非對錯，品評優劣得失。論文寫作，無論自述主張，探討問題，或徵引文獻、建立學說，大多以見解新創，心得獨到為追求目標。不滿足於「照著講」，盡心致立於「接著講」。換言之，論文寫作之心路歷程，既要求「能破」，更追求「能立」。面對學術問題的是非對錯，必須有自己的論斷和依據；對於個別問題的優劣短長，應該有一套評定的標準。對於某個問題的探討，學界成果已大致可取，假如能精益求精，後來居上，做到「長善」，那就是「接著講」，有所發明。假如學界論點出現缺失，你有辦法「補苴罅漏，張皇幽眇」，自然功在士林。這就是「救失」，從消極

面去繩愆糾謬，可以端正視聽，從此杜絕誤導，也是一大貢獻。

　　學術研究，有時可以關注「重人之所輕，而忽人之所謹」；學術眼光也可以投注「最小可覺差異」，銳利的視角，有利於「闡發幽微」。如果能做到「微者顯」，而「幽者闡」，自是論文寫作之能事。如果論文寫作不是這樣，而是如「矮人看戲何曾見，都是隨人說短長！」那就斷無可取。矮人看戲，實無所見；但人云亦云，隨聲附和而已。若胸無主張如此，而寫作論文，可以休矣！因此，論文寫作之可貴處，在於表達是非、優劣、異同、短長之意見，發揮幽微的真理。如果不勇於表達己見，就算說了話，聲音微弱，缺乏自信，論文如此就已不入流。接到兩三萬字的單篇論文，五分鐘之內，大概不難看出上中下等級。一篇論著在徵引文獻，或引述別人論點之後，如果已經無話可說，表示認知不夠深入，還停留在表層膚面，尚未深淘鑽探。因為欠缺觸發，所以無從旁通，無緣思議，就不可能有發明創造。所以，論文開展，要講究是非、優劣。對或不對，可取或不可取，要做明智的判斷。

　　「長善救失」出自《禮記・學記》，指成就優長，救助缺失，這是教育的真諦。「長善救失」的精神是：同行著作寫得非常好，不要吝嗇稱讚。但是好在哪裡？貢獻在何處？要想辦法說出來，作出論斷。當然，論點之取捨可否，必然牽涉到學養和見識。如果像方苞所言：「大醇而不收，甚駁而妄取」，則取捨依違，違背學術常理：醇美優秀的論點，不知取法參考；駁雜粗劣的言說，卻視同拱璧，妄取亂引。如此草率粗疏，形同《莊子・則陽》所謂鹵莽滅裂。「行家一出手，便知有沒有！」大醇與甚駁，學術價值天差地別。若應收而不收，不當取而妄取，對於論文的開展和創獲，自是一大危機。

　　事實上，沒有一篇論文是十全十美的，同行論文若有不足、缺失，對於其中「積疑之義，未安之詁」，可以提出批評，但要注意行文態度：語調委婉平和，誠心商量切磋，如此，對方較會欣然接受。散文家陳之藩所謂「義正辭婉，理直氣和」，堪稱批評的座右銘。他人論文有什麼缺點、不足，我應該想辦法去補強或匡正，使之更加完整美好，此之謂匡謬補闕。一旦能夠在不疑處有疑，挖掘開發出來，就是貢獻。否則，只一味歌

頌別人的優點，存在的缺點卻不思改善，這叫故步自封，抱殘守缺。

學術論文的句法，通常是判斷句，說一不二，切忌模稜兩可，不可躊躇猶夷，這都是不符合學術規範的。評定是非可否，裁斷優劣高下，要多寫判斷句式，少做情緒發言。好惡、愛憎就是情緒，學術論文不可表現喜怒哀樂愛惡欲的七情。學位論文的感謝詞，獨立於卷前，另當別論。論文其他各章節，敘事句之外，都得寫判斷句：是、不是；對、錯；好、壞；優點、缺點；長處、短處，要用知性、理性的語言書寫，切忌作情緒發言。

（三）前賢見解，可作思考之起點觸發，權作研究之基石與跳板

就學術論文而言，老師、前輩的論點，應是思考的起點，絕非研究的終線。學界的研究成果，且作思考問題的觸發，不宜直接當作終點或結論。如果認為老師、前賢講得精彩，簡直前無古人，舉世無雙，除了歌頌，還能說什麼？那論文還寫得下去嗎？實則不然。老師說得雖好，應該還有未能盡善盡美的地方；前輩的論點儘管高明，有沒有一些尚未發現的盲點？或者，這個論點好像有爭議，我能不能平息爭議？疑難的論點，似乎大家都避開，我可不可以嘗試解決看看？論文寫作，當培養旺盛的企圖心，建立明確的問題意識，掌握瞭解研究現況；至於前賢之見解，視為解決問題的思考起點跟觸發即可。

有了前賢的開拓，披荊斬棘，我們可以少走很多嘗試錯誤的路，可以專心深入進行開拓。要具備這樣事半功倍的成效，必須有一個大前提：一定要把前人的見解、心得、創見，權作思考的起點和觸發。《禮記·學記》稱：「知不足，然後能自反也」；知曉欠缺不足，才可能用心於論點的「致廣大而盡精微」。這就是賈伯斯談創新，強調「借用和連結」的道理。能夠這樣，徵引使用別人的著作，意義就非常的深遠重大。因為，這是研究的基礎、鋪墊，和跳板。對待前人研究成果，能用這種態度看待，抄襲剽竊或多或少可以杜絕。如果認為別人寫得很好，那等於看作是研究的終極，那只好贊歎有加，徵引以報。如果徵引又沒有註明出處，就容易變成抄襲剽竊，這就違反學術倫理，事態就嚴重了。

賈伯斯（Steve Jobs, 1955～2011）稱：創新有兩個關鍵字，就是「借

用」與「連結」。但前提是：「你得知道別人做了什麼。」[14] 論文寫作徵引前賢之見解，就是「知道別人做了什麼」的媒介。二手文獻引用，應該理性對待：學界之成說，可作思考之起點與觸發，以及研究之基石與跳板。如此看待，既不抱殘守缺，又不視爲終點極致，自我追求百尺竿頭更進一步，這才是正確態度。總之，「善用二手資料，權作研究之起點，有助新創發明。」[15]

（四）學術研究之卓越創新，貴能「接著講」，忌諱「照著講」

　　賈伯斯說創新有兩個關鍵字，借用和連結。蘋果電腦有今天的發展，賈伯斯的創意值得借鏡。要借用前人的研究成果，連結到自己的研究上來，當然要知道別人研究成果做些什麼。且看蘋果電腦好像很偉大，但是組成電腦的許多零件，都是來自不同廠牌的創意，或來自韓國三星，或源於臺灣 HTC，或華碩。零組件晶片，更仰賴臺積電。蘋果電腦擅長發揮創意思維，將原本各自獨立的元素，進行新奇組合，所以蘋果手機可以經常發表新產品，這就是賈伯斯名言：「借用與連結」的具體實踐。我們做學術研究，貴在發表創新見解，獨到心得，不可能無所依傍，憑空就能虛造。希臘科學家阿幾米德曾說：「給我一個支點，我就可以撐起整個地球！」可見，無所依傍，沒有支點，很難成就一番功業。

　　同行前輩的研究成果，就是學術的支點。學術研究貴在「接著講」，所強調的，也就是善用這個支點。就創造力的九大策略而言，初始的發想，也都有其支點：如改造、取代、合併、擴大、縮小、轉換、排除、顛倒、重拾。假如找不到合適的支點，就無從運作，也就無所謂創造與發明。[16] 學術研究與論文寫作亦然：前賢的見解，學界的疑難，無論是非、優劣、精粗、異同、短長、積疑、未安，都是吾人研究的起點，也是觸發

---

14 〔美〕賈伯斯：〈求知若飢、虛心若愚〉，〈賈伯斯的10句經典名言〉，《天下雜誌》2011年10月6日。天下網路部。

15 張高評：《論文選題與研究創新》（臺北：里仁書局，2013），第三章〈論文選題的試金石：文獻評鑑〉，頁91～109。

16 〔美〕史提夫·瑞夫金(Steve Rivkin)、佛拉瑟·西戴爾（Fraser Seitel），甄立豪譯：《有意義的創造力：如何把點子轉化成明日的創意》（*How to Transform Your Ideas into Tomorrow'Innovation*）（臺北：梅霖文化公司，2004），頁57～205。

的支點。要完成「撐起地球」這種大事功，沒有支點，無所依傍，就絕無可能！如果學術研究想「翻進一層，精益求精」，想開展闡發，卓越創新，就不能不尋覓研究的支點。借用學界研究成果，無住生心，進行觸發、深掘、開拓、翻轉，學術研究才可能進階到「接著講」的境界。

馮友蘭標榜新理學，曾說：「學術研究之卓越創新，貴在『接著講』，不在『照著講』。」[17] 這兩句話說得真好！賈伯斯所謂借用連結，就是「接著講」。接著講，就是有傳承、有開拓；有繼往，更有開來。接著講，就是前修未密，後出轉精，就是盈科後進，日新月異；就是再接再厲，奮進不已；就是發揚光大，止於至善。總之，研究講學，就像大隊接力賽，又像過河卒子，只能義無反顧，拼命向前。換言之，只有接著講，才能創造與發明。如果照著講，就可能是抄襲剽竊，會侵犯到著作權。以量尺來打個比方，如果你從零開始起跑，依循前人走過的路，照走一遍，雖然你很有才華，也很努力，不用披荊斬棘，開路築橋，就有平坦大道可走；不用冒險犯難，不必解決危機，但是往往缺乏意外收穫。時時因人成事，不勞而獲，看似功業彪炳，其實浪得虛名。

所以，學術研究「照著講」，一切觀點和見解，都涵蓋在前人研究成果之中，了無學術成就，遑論地位。將來學界撰寫研究綜述時，將不會提及，因為你只是照著講，乏善可陳。所以，「學術研究應該講求盈科而後進，翻進一層，盡心致力於新創發明」。水從山上流下來，一定要先填滿大大小小的坑洞，才能繼續往前流。學術研究也是如此，關鍵問題、核心概念、環節層面，就像一個又一個、大大小小的坑洞水窪，在沒有解決滿足之前，學術的水流是不會跳躍或躐等往前的。

總之，學術研究之卓越創新，貴能「接著講」，不在「照著講」。「接著講」，學術之薪傳絡繹不絕，始終無間。這才是學者精益求精、止於至善，盡心致力的王道。因此，學術研究應當即器求道，盈科後進，翻進一層，精益求精，盡心致力於新創發明。

---

[17] 馮友蘭：《新理學》，〈緒論〉，《馮友蘭學術論春自選集》（北京：北京師範學院出版社，1992），頁13。

第十一章　表裏精粗之商榷與脈注綺交之講究

　　為人處事，求方追圓，以規矩準繩作為據依，就不至於無成。研究講究方法，藉助策略，分享經驗。有了憑藉作為觸發，就容易青出於藍，後出轉精。甚至於致廣大，而盡精微。

　　宋朱熹《大學章句》，「格物致知」補義云：「一旦豁然貫通焉，則眾物之表裏精粗無不到，而吾心之全體大用無不明矣！」[1]今揭示論文寫作之心法，自內涵指義到外在辭文，從脈絡理路至章節架構，一一審慎檢視覆核。即是力行格物致知之道，期待研究論述「表裏精粗無不到」。

　　筆者為初學入門說法，指陳策略，提示要領，免除摸索之苦，遠離嘗試錯誤，多少希望達成這樣的目標。

一、文章之道與論文寫作

　　非常幸運，我在讀碩士和博士的時候，受教於兩位老師。一位是從國外拿到歷史學博士的周虎林教授，一位是榮獲國家文學博士的黃永武教授。這兩位老師，教學都很精彩。與眾不同的，是注重方法學的傳授。周教授開授史學方法，黃教授指點詩歌鑑賞方法。任何人掌握技術方法，運用工具之學，由於有門可入，有法可學，方便照樣操作，效果較容易立竿見影。受教於兩位老師的啟發與影響，我也一直講究研究方法。

　　論文，側重知性理性語言的表述，講究邏輯推衍，舉證論說。就文學之屬性而言，較接近論說文、或議論文。既然是辭章學的一環，論文寫作

---

[1] 宋朱熹：《四書章句集注》（北京：中華書局，1983、2012）。《大學章句》〈格物致知〉補義，頁7。

也就與文章作法相去不遠。漢王充《論衡》〈正說篇〉稱：「文字有意以立句，句有數以連章，章有體以成篇，篇則章句之大者也。謂篇有所法，是謂章句復有所法也。」[2] 文學的字、句、章、篇，猶數學的點、線、面、體，如何規劃與設計，其中自有方法與要領。日本遍照金剛（空海，774～835）《文鏡祕府論》〈論體〉說作文之道，述說較全面。可供論文寫作之標題擬定、背景撰寫、段落分立、章節離合等之參考與借鏡。如云：

> 凡作文之道，構思爲先，亟將用心，不可偏執。何者？篇章之內，事義甚弘，雖一言或通，而眾理須會。若得於此而失於彼，合於初而離於末，雖言之麗，固無所用之。故將發思之時，先須惟諸事物，合於此者。既得所求，然後定其體分。必使一篇之內，文義得成；一章之間，事理可結。通人用思，方得爲之。大略而論：建其首，則思下辭而可承；陳其末，則尋上義不相犯；舉其中，則先後須相附依，此其大指也。[3]

《文鏡祕府論》說作文之道，強調「構思爲先」；事義之會通，必須關注彼此、得失之間，以及初末、離合之際。論文寫作，亦運用系統思維，統籌分配：一切文獻徵引、詮釋解讀、創造發明，外文綺交，內義脈注，亦多聚焦於「問題意識」。《文鏡祕府論》再提示：「將發思之時，先須惟諸事物」，亦是系統思維，通盤考量的策略。簡言之，一篇之內，一章之間，必須「行不越思」。詳言之，作文之道：建首，則思下；陳末，則尋上；舉中，則先後相附依。前乎此者，《文心雕龍‧章句》已言：「原始要終，體必鱗次：啓行之辭，逆萌中篇之意；絕筆之言，追媵

---

[2] 漢王充著，北京大學歷史系注釋：《論衡注釋》（北京：中華書局，1979），第四冊，卷二十八〈正說篇〉，頁1589。

[3] 〔日〕遍照金剛著，盧盛江校考：《文鏡祕府論彙校彙考》（北京：中華書局，2006），南卷〈論體〉，頁1471。

前句之旨。故能外文綺交，內義脈注，跗萼相銜，首尾一體。」[4]就論文寫作而言，敘論，猶建首；結論，即陳末；其他第二、三、四、五……章，則爲舉中之正文。首、中、末之間，下辭上義必須首尾貫穿，行文與觀點應該相承而不相犯。詳本書各章所論，不贅。

　　作文之道，前茅、中權，必須關顧後勁；終篇，則當尋上、瞻前。此與彼，可否得失之間；始與終，離合依違之際，宜如常山之蛇，首尾相應。論文寫作亦然：啓行之辭，與中篇之意；絕筆之言，與前句之旨，當如迴龍顧主，百川朝海，聚焦於核心論題，與問題意識。這些概念，對於標題擬定、背景撰寫、段落分立、章節離合之處理，尤其是表裏精粗之商榷，與脈注綺交之講究，自有啓益。

二、標題與內容必須相互呼應

　　一篇論文，除了前言、結論，中間至少還有兩個部分，一個叫做章，一個就是節。一篇文章固然有章節，一本書更是由無數章節構成。一般而言，章節設定，都用文字敘事，作成標題。從此以往，各立山頭；楚河漢界，涇渭分明。

　　《文心雕龍・章句》稱：「外文綺交，內義脈注，跗萼相銜，首尾一體。」外在之文辭，綺麗交錯；內在之思想，脈絡貫注，此本指文學作品而言。然講究「外文綺交」，盡心「內義脈注」，論文寫作與文學創作，非但未有殊異，往往更加相通相融。

　　標題，由言簡意賅、典雅警醒的文字構成。清劉熙載《藝概・經義概》稱：作一篇文，「其用意俱要可以一言蔽之」，「擴之，則爲千萬言；約之，則爲一言，所謂主腦是也。」理想的標題文字，從全書之取名，到各章、節、項、目，大抵都應切合「一言以蔽之」之要求。由此一言，放之、擴之，則爲百、千、萬言；萬、千、百言，約之、收之，則成

4　梁劉勰著，范文瀾注：《文心雕龍注》（北京：人民文學出版社，1958、2014）。卷七，〈章句第三十四〉，頁570～571。

標題之「一言」。故優秀的標題文字，必須具備精準、肯切、簡約、警策、主腦之特質。因此，往往是核心、關鍵、重點和亮點之所在。美國前國務卿鮑威爾（Colin Luther Powell，1937～）曾說：「優秀的領導者，幾乎個個都擅長化繁爲簡。」優秀的論文寫作者，在處理文獻、推敲章節，甚至在設定標題的時候，也都能發揮「化繁爲簡」的工夫。

　　但有些人寫論文，並不設立標題，開門見山，就只寫「一」，接著揮灑幾千字；寫到過癮之後，再寫「二」，然後又舖陳幾千字。就這樣一、二、三、四下去，一直到文章結束。這種習慣未免輕率任意，不足爲訓。有時，一個單元連續有幾十頁，主題內容是什麼？作者既然諱莫如深，都不說破，讀者怎麼能目擊道存，即刻掌握？難不成要讀者尋尋覓覓？那未免辛苦。論文所以分章立節，主要是爲了清晰眉目，有助於望文而生義。標題文字，就是絕佳的指引。把概念寫成標題，幫助讀者快速進入論文的世界，這是作者當仁不讓的責任。大抵說來，製作標題要確實遵守一個原則：必須跟內容的多寡廣狹緊密呼應。有的標題指涉範圍比較大，比較龐雜，內容卻偏少；有的標題涵蓋面較小，內容卻溢出題外，這都得修改標題，以切合內涵。等而下之的，則是標題寫得漂亮花俏，華而不實，內容討論與標題內涵卻殊少相關，甚至牛頭不對馬嘴。最不可爲訓的是，作者連標題都沒有，只寫一、二、三、四……。很難想像，如果沒有標題文字作爲範疇，撰寫論文的時候，會不會跑題？會不會溢出題外？很有可能！會不會橫生枝節？會！因爲論述範圍沒有自我設定，既乏管控，又無聚焦，可能就隨心所欲，揮灑自如了。

　　身爲作者，自然知道自己的思路；但是讀者，怎麼能夠瞬間就追索出個中思維，看得出文章脈絡呢？論文開展，最怕跑題。用心於標題文字，有助於自我約束，聚焦於標題。不管某章某節要寫多少內容，這些內容都要在標題的涵蓋範圍之內。也許你會說，都還沒下筆，標題沒辦法設定很準確。當然！在撰寫完稿之後，記得回過頭來修改調整，就彼此一致了。內容跟標題不一致的時候，最簡而易行的，當然是修改標題。如果你堅持標題文字不可移易，就得增訂或刪節內容。如此一來，茲事體大。何況，削足適履，何異捨本逐末？小腳放大，又談何容易！杜牧曾以「丸之

走盤」，比擬兵謀之於行軍及閱讀接受：「丸之走盤，橫斜圓直，計於臨時，不可盡知，其必可知者，是知丸不能出於盤也。」[5]論文有標題文字，就好比丸之走盤，在既定範圍之內，可以橫斜圓直活動，但不能跳出盤外。論文寫作意到筆隨，就像圓丸跑盤，有其界限，有其制約，可以縱橫自得，但不宜跳出界外。上述細節要領，屬於消極的寫作原則。

標題文字，應當是論文內容的濃縮體現。因此，必須不支不蔓，言簡而意賅，這是基本要求。同時，更進一步，標題文字應該追求精華聚焦、亮點凸顯、關鍵強調。晉陸機〈文賦〉所謂：「立片言而居要，乃一篇之警策！」顧愷之論畫，所謂「畫龍點睛」，差堪比擬。歐陽脩為唐宋八大家之一，所作古文，足為後世典範。所作〈答吳秀才〉稱：「聖人之文雖不可及，然大抵道勝者文不難而自至也。」清孫琮《山曉閣選宋大家歐陽盧陵全集》卷一評云：「通篇只是一句：道足而文自生。持此立論，便已探驪得珠。」論文寫作之章節呼應，期待能夠脈注綺交，「通篇只是一句」，本立而道生，自是寫作的終極追求。

在全篇論文完成，一部專著寫就之際，通讀前後，進行潤色修飾之時，嘗試將研究心得、學術創見，進行篩選、提煉、萃取、拈出，藉標題文字作強調表述、亮點標榜，這是很有必要的！與其讓讀者揣摩尋繹論文的用心所在，不如作者現身說法，提示綱領，揭示創見心得，指出補充與開拓。

標題的製作，還有一個潛規則，務必遵守。既已約定成俗，就成了理所當然，撰寫論文時，必須參考借鏡。論者提出七點，如云：

　　求美的文字，論文標題之擬定，具體原則有七：（一）留有餘地，求低調。（二）刪繁就簡，求簡潔。（三）便於檢索，求特指。（四）修辭結構，求合理。（五）詳略得當，求通順。（六）結構相同（或相似），求工整。（七）

---

[5]　唐杜牧著：《樊川文集》（臺北：九思出版社，1979），卷十，〈注孫子序〉，頁152。

乾淨明晰，非重複。[6]

　　立足於美，更追求完美；追求美，但不苟求美。這是科技論文標題擬定的總原則，可以作為人文學科論文寫作的準則。畢竟，學術論文不等同於文學創作。所以說：求美，可以是個通則。第一則，所謂「留有餘地，求低調」，指某某研究，某某學，某某論，某某系統，某某規律等字樣，標題中要審慎使用。當然，係針對初學入門者的提醒。飽學碩儒，自我建構某某學、某某論，某某系統，某某規律，自是學界之期待，不在話下。除此之外，標題文字，如求簡潔、求特指、求合理、求通順、求工整、非重複，也都對症下藥，可以為訓。

三、相體裁衣與背景問題之撰寫

　　論文之第二章：背景問題之寫作，必須相體裁衣，特定針對。大可不必急於動筆。不妨等待主體論文次第完稿，結論、緒論分別寫就之後，留作壓軸撰寫。個中原因，說來話長。可參考本書〈緒論〉、〈結論〉、〈摘要〉各章所述。姑且長話短說如下：

　　　　專著的第二章，通常談學術背景。背景問題在成書時雖位居前頭，然論文實際操作時，據「知所先後」的原則，最宜全文作結之後，再行撰寫。易言之，請稍安勿躁，大可不必急於動筆。不妨待主題論文完稿，結論寫就，留作壓軸。換句話說，前面各章的撰寫順序，應該是這樣的：第一章導論，必須最後才寫。第二章背景交代，撰寫次序是倒數第二。為什麼要留在壓軸？第一，相體裁衣，特定針對。譬如研究蘇東坡的詞，可能第二章、第三章都還沒開始研究，背景問題裡面包括蘇東坡的詩、文、書法、繪畫、佛禪的素

6　唐小卿：〈學術論文標題黨，這個可以有〉，《科學網博客》，2019年12月23日。

養、老莊道家的修爲，要不要都寫進去？大多數人都通説並論，已溢出本課題之外。譬如以研究蘇東坡的詞爲例，不宜對蘇東坡的詩、文、書、畫，有太多著墨。除非以下各章節課題涉及破體，如以文爲詞、以詩爲詞諸破體爲文；或者觸及詩中有畫、以書道爲詩諸出位之思。否則背景談那麼多，不覺得空泛嗎？所以應該是第三、四、五、六章談完以後，再針對涉及的問題，在第二章交代背景，一一作呼應。

　　舉例來説，如果研究蘇東坡的詩，論著中有一章談到蘇東坡「以禪詩爲詩思」，「以禪爲詼」，其詩富於禪趣，化用禪宗公案等等。所以，在第二章撰寫背景問題時，當然得談蘇東坡和禪宗的關係。如果論文有一章談到蘇東坡跟莊子的關係，所謂以老莊爲詩，以老莊的思想入詩，那第二章背景問題，就必須談蘇東坡對莊子思想的接受，莊子思想對東坡遷謫時期生命安頓之意義。包括介紹蘇東坡自己寫了一本《廣成子解》，跟莊子有關的著作。如果論文中只談到詩中有畫，背景就不必談到老莊、禪宗。如果背景談老莊和禪宗，就嫌空泛，欠缺針對性了。所以背景這一章，主要是針對後面章節涉及的專題，預作背景之交代説明，這就叫相體裁衣，量身訂做。同樣研究蘇東坡，但側重詩、詞、文、賦各有不同，照理説背景問題，應該不太一樣，因爲探討的課題同中有異，不應該千篇一律。

　　背景寫作留作壓軸，既可以愛日省力，因勢制約；又有助於論文之不支不蔓，絕妙呼應。背景問題的處理，在論文寫作的先後順序上，作個權宜調整變通，這是切合論文寫作應有步驟的。留待全文重要章節都完成了，主體概念、重點亮點、核心創見都呈現了，這時再華亮轉身，閃亮登場，作畫龍點睛的提示，不偏不倚的指引。如此變通，特色在具有針對性，就後半幅章節探論之課題而發，可以達到愛日省力，因勢制約，比重均衡，結構緊湊的效果。

　　我們看一本書，當然依照一、二、三、四……章順序閱讀。但是作者當初撰寫的過程，不見得就是按照這樣的先後順序。孰先孰後？其中順序自有內在理路。第二章的背景問題，不管教授還是院士，都很難寫出創

見和心得，爲什麼？因爲背景問題都植基於前人的研究成果，不研讀不放心，不引用又很心虛。由於第二章是論文寫作的開始，距離畢業尚有很充裕的時間，所以就會盡情徵引，信筆發揮，而不講究割愛。果眞這樣做，那眞可惜，因爲你將枉費工夫！第二章就算寫十萬字，也很難有創見和心得。既然都是別人的見解，那又何必取用那麼多？再說，假設就寫那麼多，用五萬字、八萬字作爲第二章，那請問：以下論文重點的章節，能寫五萬字、八萬字嗎？當然不能！結果第二章特別龐雜臃腫，頭重腳輕，比重失衡。人云亦云抄一堆，應該有自己心得的部分，因爲時間心力空耗於前，受到擠壓，顧彼失此，反而寫得很萎縮、很簿弱、語焉不詳，這樣算論文嗎？當然不算！

我指導一位博士生，很自立自強，不要求老師協助，自己寫，不跟老師討論。有一天他打電話來說：第一章、第二章寫好了，他把論文寄來。我一看，嚇一跳！緒論寫了五萬字，在我看來，刪成五千字都嫌多。第二章也一樣，連篇累牘，簡直當作研究綜述。這，必須割愛，務必濃縮。我建議他：單獨抽出第二章，移去投稿，當作研究綜述。而緒論必須濃縮成五千字。如果我們把第二章的撰寫順序擺在論文快完成，倒數第二來寫，以時制量，因勢制約，就不會寫太多。因爲畢業在即，時間逼近，想要寫多，勢已不可能。撰稿伊始，時間很充裕，應該去研究重要、複雜、關鍵、核心的課題，沒必要先寫次要的背景問題。論文撰寫，宜權衡主從，斟酌重輕，商量比例。以主從與重輕，決定論文寫作之或後或前，此之謂「知所先後」。

一部專書或學位論文，若變通寫作先後順序，將第二章背景問題殿後，在全書重要章節都已次第完成後，再行撰寫，除因勢制約，省時省力外，就論文章節架構而言，更有不支不蔓，絕妙呼應之效果。因爲第三、四、五、六章都已經寫出來了，背景問題是針對三四五六章所談的問題，一一作呼應，彼此有針對性。譬如論文某章談東坡詩與佛禪的關係，也許談到宋代《大藏經》的雕印、佛禪入世、五家七宗的佛禪盛行情況，放在背景來談可能比較合適。如此安排，前後有絕妙呼應。又如論文研究杜甫敘事歌行與《春秋》書法之關係，杜甫三十歲時所作〈祭當陽君（杜預）

文〉，自是關鍵背景。敘列於背景章，呼應於後，相得益彰。又如論著探討《史記》與中國敘事傳統，探源述及《春秋》之經學敘事、《左傳》之歷史敘事與文學敘事，雖茲事體大，作爲背景交代，相對於正文探論《史記》之敘事傳統，只能撮言略寫。若不如此寫作，將失之重輕不分，詳略失序。論文章節安排，〈背景〉章當輕點略寫，留待專章重筆舖陳，唯恐不詳。著眼主從，權宜先後，行文可以不支不蔓，章節架構自是絕妙呼應。

四、閱讀接受與段落分立、章節離合

　　爲便於閱讀接受，宜妥善分割段落，不可連篇累牘，下筆不能自休。每一段文字，以意義渾成爲單元，以一意一段落爲依歸。每段字數，掌控在 400 字左右爲適宜。中唐詩人白居易、元稹，並稱元白。若交相比較，「白居易的詩更具感染力」。白居易詩之殊勝處，陳尙君以爲，正在「一詩一主旨」：

　　　　白居易的新樂府之所以寫得好，是因爲一詩一主旨，一首詩只一個宗旨；而元稹思維纏夾不清，一首詩裡，常常講兩三個、三四個不同的主旨，所以白居易的詩更具感染力。[7]

　　白居易新樂府的特色，爲「一詩一主旨，一首詩只一個宗旨」。一詩一主旨，則思路清晰，脈絡分明，便利讀者接受。論文寫作，雖千頭萬緒，觸手紛綸，安排章節段落時，若一段落一要意，一節一宗旨，一章一主軸，則可如《文心雕龍・總術》所謂「乘一總萬，舉要治繁」。[8]設若不然，如元稹所作新樂府，「一首詩裡，常常講兩三個、三四個不同的主旨」，則夾雜不純，糾纏不清，讀者一時摸不著頭緒，理不清思路，將不利於閱讀與接受。作詩如此，寫作論文又何嘗不然？

7　陳尙君：〈《陳寅恪文集》與近四十年學術轉型〉，《上海書評》2020年12月8日。
8　梁劉勰著，范文瀾注：《文心雕龍注》，卷九〈總術第四十四〉，頁657。

　　一篇論文或一部專書，究竟要分多少章節？這可不一定，完全要看論著的規模。如果是博士論文，章節當然要多一些；如果是碩士論文，章節當然就少些。假設只是研討會論文，章節又更少，字數大約在 15000～20000 字之間。至於期末學期報告，章節分合顯得單純許多。所以議題之繁簡、論述之難易、規模之大小，端視發表場合決定。如果設定的議題比較複雜，章節就會派生比較多。談的問題比較簡單，章節就會相對少，字數也不會太多。即便是文獻的多寡，篇幅的重輕，也影響到章節段落。文獻探討龐雜豐富與否，與涉及的章節多寡成正比。一篇論文，一部專著的重點和亮點，在於闡釋和發明。如果探討非常深入，文字就相對比較繁多；論述情節比較複雜，章節當然也會跟著多起來。反之，如果問題單純，就沒必要設定太多章節。否則，感覺瑣碎，未見其精要。

　　章節段落劃分，要根據單元的設計、議題的繁簡、文獻的多寡、闡發的淺深來確定。文獻掌握的多寡，取決於義理的繁簡、論述的規模。用來當作研究佐證的原始文獻，掌握非常豐富，論點的印證闡發就堅實牢靠，深具說服效果。若用來作為引文的文獻，有 100 則，每一則有 30 個字左右，那麼章節就會繁多。引用的文獻若只有十則，每一條二三十個字，那這篇文章字數就不會太多，不必在一章底下既分節、又分項。所以，掌握原典文獻的豐富與否，影響到議題之複雜或簡單，論述的規模大或小。因為，人文學的研究，主要是以原典文獻的掌握為主。另外，認知之深淺廣狹，也左右了篇幅的長短，章節的多寡。

　　為了便於閱讀接受，應該妥善分割段落，不可連篇累牘，下筆不能自休，否則將成輕鬆閱讀的禁忌。一般論文，大概多用 A4 的紙張列印。有些論文，上一頁連接下一頁，全是引文，未見詮釋解說。顧及論文將來出版，未雨綢繆，就要注意分段、引文的問題。A4 紙張列印的論文，從起始到最後，引文如果不分段落，黑壓壓一片，將導致注意力渙散，無心閱讀。所以為閱讀傳播設想，必須妥善分割段落，不可以連篇累牘，應該止於所當止。每段文字，只要意義告個段落，就可區分為一段，然後再寫下一段。總之，段落文字，以意義渾成為單元依歸。建議 400 字左右，成為一段，最為恰當。

　　一般印成專書，一頁大概有八、九百字，有些書排印比較密，大概1000多字。如果400個字左右爲一段，一面大概會出現兩段或三段，看起來較賞心悅目。假設一段超過1000字，就得排印成2-3頁。拖泥帶水，堆砌獺祭，閱讀成效欠佳，理解橫隔而支離。其實，立意渾然一體，就可成一段落；每段字數，宜管控在400字左右，這是段落分立的原則。一段一意，讀起來乾淨俐落。如果層面豐富，涉及廣博，論點複雜，再分立若干段落，按部就班，依序道來。條理分明，眉目清晰，自是一段一意的特色與效應。

　　章節之分合，與或筆或削，詳略互見間，存在辯證之關係。要之，皆《春秋》屬辭比事書法之衍化。《春秋》、《左傳》的屬辭比事書法，至司馬遷著《史記》，衍變爲「詳略互見」之敘事法。宋蘇洵最先提出《史記》敘事之妙，互見法實其一端。互見法的施行，在斟酌材料安排措注的位置，就主賓、重輕，而考量詳略、虛實、存闕。其特色爲此略則彼詳，彼略則此詳，詳略互見，可以避免前後犯重。就系統思維而言，有前呼後應、絕妙聯絡之效果。明毛宗崗〈讀《三國志》法〉，已揭示此一史家妙法之轉化，值得論文寫作章節分合之參考。如：

　　　　《三國》之書，有添絲補錦，移針勻繡之妙。凡敘事之法，此篇所闕乎者，補之于彼篇；上卷所多者，勻之于下卷。不但使前文不拖沓，而亦使後文不寂寞；不但使前事無遺漏，而又使後事增渲染，此史家妙品也。……前能留步以應後，後能回照以應前，令人讀之，眞一篇如一句。[9]

　　敘事之法，缺于此者，補之于彼；上卷多者，勻于下卷，是即裒多益寡之法。運用系統思維，宏觀調配，進行整體之規劃安排，毛宗崗發現《三國志》敘事有此妙法，稱之爲「添絲補錦，移針勻繡」之妙。且明言，

9　明羅貫中著，陳曦鐘、守祥瑞、魯玉川輯校：《三國演義》會評本（北京：北京大學出版社，1986）。卷首，清毛宗崗〈讀《三國志（演義）》法〉，頁18。

此法得自史家，當即《史記》詳略互見、存闕互見之妙法。觀其文學效應頗大：「不但使前文不拖沓，而亦使後文不寂寞」，此文章繁簡得宜，詳略切當之道。「不但使前事無遺漏，而又使後事增渲染」，此事件表述兼顧無遺，渲染與增輝有相互烘托之妙。如此行文敘事，「前能留步以應後，後能回照以應前」，前文既留有餘地，讓後文有極大之發揮空間；於是前後脈絡潛通，後文遂能迴環映照前文，形成絕妙之聯絡呼應。有如常山蛇陣照應自然，「眞一篇如一句」。

　　細考毛宗崗〈讀《三國志》法〉，揭示「敘事之法」之大原則，強調闕者補之，多者勻之。篇章或由此之彼，卷第或自上之下。前文後文，前事後事之間，眞能如是添補，如彼移勻，方稱妙品。所謂「敘事之法」，講究前後彼此之安排措置。法，即清方苞「義法」說所謂「言有序」；言有序，實包含「文」之安排位次，「事」之前後照應。方苞「義法」說以爲：行文之或前或後，敘事之或彼或此，在在多受「義」之制約與指揮。方苞〈書〈貨殖傳〉後〉所謂「義以爲經，而法緯之」，最爲明確可據。[10]所謂「義」，或指義，就論文寫作而言，即是問題意識，著述旨趣。

　　舉凡前文後文之安排，前事後事之措置，文章何以必如此撰寫，方不拖沓、不寂寞？敘事何以必須如此安排，方稱無遺漏、增渲染？在在多受一篇指趣之制約；「前能留步以應後，後能回照以應前」，亦在在脈注綺交於問題意識，一篇之指趣而已。論文寫作，如何區分章節，如何分割段落？毛宗崗所言「添絲補錦，移針勻繡」之妙法，頗值得借鏡參考。換言之，《易·謙卦》所云：「君子以裒多益寡，稱物平施」，可移爲論文寫作時，段落分合之原則。毛宗崗所謂「闕、補、多、勻」，除指事件之外，內容思想與章節篇幅，亦兼含並包。《史記》有詳略互見、存闕互見之法，緣於從筆削去取，推尋史義史觀，最可考察史識之高下優劣。

　　裒多益寡的策略與方法，是損有餘而補不足。一部專著，或一篇論文，分章之篇幅，立節之筆墨，多有一定之比重標準。換算爲字數，則最

---

[10] 紡織之工序，皆先織經（縱）線，後織緯（橫）線。爲文之道，亦先有指義，然後再由指義來取捨「事」、斟酌「文」。講究「事」之安排措置，「文」之修飾潤色，即是「法」之能事。世所謂未下筆，先有意；畫竹，必先成竹在胸，亦同此理。

長篇與最短篇之間，大抵以不超越二十分之一為原則。以文史論文為例，假設專著主要論述分為五章（緒論、結論除外），每章完成後，字數當然有多有少。譬如第三章先完成，總字數（含注釋）共 30000 字。那麼，接續完成之其他各章，都應該以 30000 字為篇幅之比重基準。篇幅大些的，字數上限為 31500 字左右；篇幅短小些的，字數下限約 28500 字左右。這樣，高低限間，已相差 3000 字，篇幅比重還不至於太失衡。如果篇幅控管失衡，就有可能某章 40000 字，而某章只有 20000 字，多寡之落差太大。章節段落分合出現問題，致有此現象。

　　一般而言，字數多，篇幅長，表示課題涉及廣博，內容錯綜複雜，可以考慮分立為兩個論題來處理。至於篇幅過於短小的，或者可以併入其他相關章節中，或者逕行割愛刪除，以免份量懸殊，比重失衡。當然，某章如太單薄、太懸殊，在擬定論文寫作大綱時，若曾審慎推敲，當下就應該立即處理。若錯失時機，待木已成舟，問題浮現，也不能不面對解決。

五、文獻佐證與章節之分合取捨

　　豐富的文獻佐證，是文史研究的礎石。如果掌握的原典文獻不多，是否就不值得研究？那倒不一定！佐證文獻雖不豐，但品質良好，論點精彩，佐證堅實有力，亦彌可珍貴。這時，不妨再做深入掘發、探討。也許，一句話可發揮五十個字，再去詮釋另一句話，又是一百多個字，這叫小題大作，務必淋漓盡致而後可。如果欠缺這種深淘刻抉的能力，沒有辦法進行深入一層的掘發，那麼這個章節就應該作廢。若原典文獻不能夠支撐章節的成立，又不忍割捨作廢，那麼看看是否可以移往其他章節，與之合併？當然，章節文字在容納合併之後，必須呼應相關內容，作必要之調整。

　　章節的呈現，應該跟研究構想出入不大。執行研究構想，過程觸手紛綸，為了執簡馭繁，最好以問題意識為指南針，發揮系統化思維，先完成研究構想或寫作大綱之擬定。撰寫論文，研究構想先發、寫作大綱先行。

正式開始寫碩士或博士論文，撰寫單篇論述，希望先養成這個習慣，不管指導教授有沒有要求。還沒開始寫論文的時候，用來佐證的原典文獻、資料必須要豐富，豐富到可以淘汰一半。假設僅剩一半，這一節還是可以成立。信據確鑿，資料必須要豐富到這個地步，這個章節才能綱舉目張，水到渠成。如果文獻佐證不足，成立章節就有兩個選擇：要不宣告廢棄，要不就歸併到其他章節。章節的呈現，必須呼應研究構想、寫作大綱，作系統思維、宏觀調控，因此整體結構應為有機的組合。最終，章節的呈現，跟研究構想、寫作大綱就會相去不遠，出入不大。

研究構想無法落實，通常有四大原因：時間、學養、方法、能力。首先，是撰稿時間，時間太迫促、太緊張、太短少，所以沒辦法完成。有些人想慢工出細活，想深掘廣論，一味求好心切，那麼時間不夠就完成不了。其次，是學養問題。題目太深奧、太複雜，目前只是一個碩士生，處理這個問題太難。或者你是博士生，其中問題涉及專業，目前的學養無法突破困境。其三，就是方法講究。方法是工具之學，不講究適當的方法，就像拿不到適當的鑰匙，開啟不了這道學術大門。其四，是能力強弱的問題。能力，包括天生的才華、智慧，以及後天的學術涵養和研究的企圖心。有這四個限制，研究構想有時候就無法落實，流於陳義過高，徒託空言。這時候，你不用遺憾，應該反求諸己，衡量自己的才華、能力、方法、學養、時間。一些比較難的章節，是不是就割愛不談？問題既然困難，為當下學養才能所不及，就刪略章節，聚焦致力於才能所及的精華吧！

何謂「刪略章節，聚焦致力於精華」？重點在「精華」這兩個字。考量時間、學養、方法、能力，不能再好大喜功，不能遂行初衷，要有所考量裁奪，作最明智的取捨選擇。如何抉擇？要有本末重輕的權衡：精華的、重要的、核心的章節，是不可以刪略的。探討這些章節，有助於提昇這篇論文的評價。由於時間、能力關係，或因為某種緣故就不寫了，等於柿子挑軟的吃，論文挑容易的做。那麼，寫出來的論點往往平凡無奇，人云亦云，那有什麼意義？重要、核心、關鍵的論題，儘可能保留，那是論文的亮點賣點，千萬不可刪除，一旦刪除不寫，就會傷及論文的命脈。論

文的學術價值，將因此而大打折扣。所以，有必要進行斟酌衡量。就算急
於畢業找工作，論文章節要作個取捨，也一定要保有精華成份、核心論
述、重要議題、經典價值。無論如何，在老師指導的協助下，應該可以完
成撰稿。不必再鉅細靡遺，不必要精粗雜揉！

　　一般而言，論文論著貴精不貴多！大家欽佩的，是論文寫得很精
緻，能發人所未發，言人所未言！不是寫得像磚塊一樣厚，多不見得就
好。因為，話說多了，就會出毛病。章節寫多了，問題、毛病會相對增
加。所以當你發現因為時間、學養、方法、能力的限制，當初構想不能夠
一一落實的時候，最該想到的，就是貴精不貴多。如果把精緻的、核心
的、重要的論題都完成了，那其他的不處理也沒關係。這樣取捨斟酌，還
有一大效益，就是預防劣幣驅除良幣，避免玉石俱焚。畢竟貪多務得，不
知取捨，如何能進行深思熟慮，完成照應八方的研究工程？論文成品的不
夠深入、精緻，流於浮泛空談，自是意料中事。論文寫作應該要有自主
性，章節多寡，可以自由選取，擇精語要。貴精不貴多，是永遠不變的
原則。

　　個別的章節固然自成天地，猶如第二章跟第三章都各成一個單元。
但彼此之間的信息，應該往來流動，相互發明。畢竟是一本書中的各章，
或者就是一篇文章的各節，彼此信息應該是交相論證，而且能夠彼此闡發
的。就像耳目鼻口，各有功能，皆能相通。能夠這樣理解規劃，全書或全
文才能成為一圓融自足的大千世界。注意到「交相論證，彼此發明」這八
個字，借鏡司馬遷《史記》歷史敘事中的「互見」的觀念。各章節之中，
理論上是一篇文章，或一本書中的各章節，所以應該能夠交相映襯，彼此
發明。如果不能，則章節設計可能出了問題：或許是結論的地方，也許在
各章闡發申說的節骨眼上。如果讀者看論文，看完第八章，好像跟第五章
無關；看第四章，好像跟第六章也沒關連，這樣血脈不通，不相往來，就
很不對勁。畢竟是一本書、一篇文章的各章節，應該力求具備「交相論
證，彼此發明」的互見功能才是。

第十二章　結論寫作的法門與禁忌

　　作詩講究起承轉合，論文注重收束結穴。林紓《畏廬論文・用收筆》云：「爲人重晚節，行文看結穴。文氣文勢趨到結穴，往往敝懈。」[1]結論寫作，有其約定成俗的範式，更有其策略與法門。通曉法門，有助於得津梁，登彼岸。知所避忌，然後寫作可免於誤入歧途，甚至於重蹈覆轍。

　　撰寫一部論著，曠日廢時，經歷前後數個寒暑，始告完成。然人之常情，「有善始者實繁，能克終者蓋寡」，誠如唐魏徵所言。又往往如《左傳》〈曹劌論戰〉所云：「一鼓作氣，再而衰，三而竭」。若不幸有此病失，將不利於結論之寫作。

　　故林紓提醒作者：「文氣文勢趨到結穴，往往敝懈。」破綻與懈怠，若出現在結論，論文寫作無異功虧一簣。《老子》稱：「夫惟病病，是以不病。」唯有知道破綻，然後能補強；惟恐心生懈怠，然後能戰戰兢兢，貫徹始終。

一、結論之意涵與功用

　　研究獲得結論，是學術探討最重要的價值之一。所獲結論，是從論文題目、研究企圖、問題意識、文本文獻、研究方法，交相闡發，往復論證，不斷推衍，提煉萃取得來。黃仁宇《萬曆十五年・自序》所謂：「結論，從材料中來。」[2]因此，脈絡上應前後貫穿，章節上宜環環相扣。所以，要求結構嚴謹，合乎邏輯，自不在話下。[3]結論宜如何寫作？簡言之，

---

[1]　林紓：《畏廬論文》(臺北：文津出版社，1978)，〈用筆八則・用收筆〉，頁57～58。
[2]　黃仁宇：《萬曆十五年》（北京：三聯書店，1997、2001），頁1。
[3]　蔡清田：《論文寫作的通關密碼：想畢業？讀這本！》（臺北：高等教育文化公司，2010），第六章〈論文寫作學術之旅「第五關」：結論與建議〉，頁205。

濃縮萃取,如實反映學術研究之心路歷程而已。

學術論文發表研究成果,自是文章寫作之一環。章法、結構、行文、論證,亦不越文章義法之藩籬。緒論如此,結論亦然。結論,猶起、承、轉、合之「合」(闔),又稱爲收結、結筆、收束、束筆。或謂之結穴,實借鏡堪輿學;或謂之豹尾,乃移植樂府詩學。稱關闔、稱收結、稱結穴、稱豹尾,皆富於形象之語彙,皆各有其側重點,與注目處。

論文之結論,猶如詩文結構章法之「兼顧起合」。清劉熙載〈藝概·經義概〉曾云:「起、承、轉、合四字,起者,起下也,連合亦起在內;合者,合上也,連起亦合在內。中間用承用轉,皆兼顧起合也。」[4]案:此處之「合」,取意近似開闔之「闔」。學術論文的結構,第一、二、三、四、五……各章節之間,亦存有「闔上」、「兼顧」之脈絡在,如同作詩行文之起承轉闔。詳參本書外編第四章〈論文寫作與學科借鏡(四)——修辭工夫與章法照應〉,不贅。

論文之結論,等同作詩行文之收結。宋呂祖謙《麗澤文說》稱:「結文字,須要精神,不要閑言語。」[5]須要與不要,正反並陳,可作爲論文寫作之金句指南。清曹雪芹《紅樓夢》第七十六回,敘中秋夜宴,諸人聯句酬和。妙玉見黛玉詩「冷月葬詩魂」,過於頹廢淒楚,故出面作詩遏止。且云:「如今收結,到底還該歸到本來面目上去。若只管丟了眞情眞事,且去搜奇撿怪,一則失了咱們的閨閣面目,二則也與題目無涉了。」[6]同理,學術論文之「收結」,亦要「歸到本來面目上去」。若「搜奇撿怪」、「與題目無涉」,即呂祖謙所謂之「閑言語」。

堪輿家謂地脈頓停處,即地氣所藏結,稱爲「結穴」,實龍脈所在。結穴,又稱結節,指龍脈所行的生旺之氣,聚集在一定位置上,形成風水中的龍穴。論文的歸結要點,比擬龍脈之結穴、結節,其作用在「審而穴

---

[4] 清劉熙載著,徐中玉、蕭華榮校點:《劉熙載論藝六種》(成都:巴蜀書社,1990)。卷六,〈藝概·經義概〉,頁168。

[5] 明唐順之:《荊川文編·文章雜論》,王水照《歷代文話》(上海:復旦大學出版社,2007),第二冊,頁1775徵引。

[6] 清曹雪芹:《紅樓夢》(臺北:里仁書局,2018),第七十六回,〈凸碧堂品笛感淒情,凹晶館聯詩悲寂寞〉,頁1842。

之，無不發福。」[7]龍脈之結穴，乃生旺之氣聚集之所。結論，爲論著頓停處，爲一書精華所聚集，全文創發之總結。推衍論證，總匯於此；精華亮點，聚焦於斯；讀者審而明之，可以發用而有得。

俗話說：「織衣織褲，貴在開頭；編筐編簍，重在收口。」一篇好文章，開頭要引人入勝，結尾要耐人尋味。論文之緒論、結論寫作，亦同工異曲。明陶宗儀《南村輟耕錄》論樂府詩，揭示「鳳頭、豬肚、豹尾」六字法，且謂「起要美麗，中要浩蕩，結要響亮。」[8]「鳳頭」，以比緒論，豹尾以喻結論。文章收結比況「豹尾」者，期待結尾之筆法雄勁瀟灑，猶如豹尾勁掃，簡潔明快，響亮有力，耐人咀嚼，回味無窮。[9]

宋呂祖謙《麗澤文說》稱：「結文字須要精神，不要閑言語。」此本談論古文，若拿來稱述論文寫作的結論，亦堪稱妥貼切當。論文寫作的結論，一言以蔽之：「須要精神，不要閑言語。」結，要響亮，要明快之故。

《左傳》敘齊崔杼弒其君，事件錯綜複雜，端緒繁多。其中最絕妙處，林紓《左傳擷華》〈崔杼弒君〉點評之，且以之提示行文結束之法。對於論文之「結論」寫作，頗富啓發意義。其言曰：

> 通篇皆用雋語，首尾如一。尤妙者，每敘一事，必有本人一言爲之安頓，作爲小小結束，故煩而不紊。凡事體蕪雜者，斷不能無小小結束之筆。[10]

《左傳》敘〈崔杼弒君〉一文，「每敘一事，必有安頓，作爲小小結束。」此值得行文之師法。單篇論文寫作，除注意首尾救應外，於收束處，宜對全文論述作一小結，所謂「必有安頓，作爲小小結束」。如此，可收「煩而不紊」之效。尤其是撰寫一部專著，千頭萬緒，觸手紛綸，大

7　清蔣平階　《秘傳水龍經・自然水法歌》：「湖蕩之處多有結穴，如波心蕩月，如雁落平沙，又如海鷗點水，審而穴之，無不發福。」參考漢語網www.chinesewords.org。
8　明陶宗儀：《南村輟耕錄》（北京：中華書局，1959、1997），卷八〈作今樂府法〉，頁103。
9　原文網址：https://kknews.cc/education/yvgqlj.html
10　林紓：《左傳擷華》（高雄：復文圖書出版社，1981），卷下〈崔杼弒君〉，頁149。

而章節，小而項目，乃至於細碎煩猥之論證，是林紓所謂「事體蕪雜者，斷不能無小小結束之筆」。無論大篇或小章，有安頓處、作結束語，自是行文「煩而不紊」之不二要領。

另外，林紓《左傳擷華》所謂「每敘一事，必有本人一言爲之安頓。」每敘，必有本人一言云云，論文寫作尤可借鏡運用。徵引原典之後，討論諸家之餘，爲訴諸主體性，凸顯獨斷別識，「必有本人一言」，爲之安頓作煞，作爲收筆結束。文章之道，可旁通論文寫作，此又一例。

二、結論寫作之要領與方法

詩文的「起合」，強調闔上、兼顧之脈絡。文章的「收結」，關注「歸到本來面目上去」，切忌「搜奇撿怪」，不可「與題目無涉」。風水學之「結穴」，聚焦於地脈頓停，生旺聚集；蘊藏精華，總結創發。作文六字法之「豹尾」，凸顯雄勁瀟灑，響亮有力，簡潔明快。「起合」、「收結」、「結穴」、「豹尾」之提示，於結論寫作，不妨參考借鏡。

今參考傳統文化之話語，如收闔、收結、結穴、結節、豹尾之倫，宗法其特色優長，異中求同，取其可以相互發明者。得此啓發，於是拈出結論寫作之要領，大端有五：（一）精華聚焦，亮點提示；（二），價值評量，回歸本來面目；（三）、脈注綺交，章節貫串呼應；（四），觸發激盪，觀點延伸；（五）響亮有力，簡潔明快。論述如下：

（一）精華聚焦，亮點提示

堪輿家談龍脈，必頓停於「結穴」，以爲乃生旺之氣聚集處。學者發表論著，必聚焦於結論。結論者，乃一書精華所蘊藏，全文創發之總結。故精華之聚焦，亮點之提示，爲結論撰寫之一大要領。

高度概括各節項爲小結，緊密歸納各章節而成結論。結論，當環繞著作之重點、核心、創發、新見，作言簡意賅之亮點凸顯。遣詞造句，宜求精緻而練達，概念表述應求具體化、邏輯化、條理化。

論著之精華，爲作者心血的結晶。爲便於傳播檢索，結論文字，必

須錘煉，進行精華聚焦，與亮點凸顯。各章已撰稿完畢，回首來時路，針對得意的創見，獨到的心得，偉大的發明，究竟補充何者？發展何處？必須善加提煉與萃取，成為重要概念；再把概念寫成關鍵詞、或關鍵句。最終，組織串接起來，就成為精華聚焦。

結論表述，必須選擇新穎的觀點，卓越的創見，非凡的心得，殊勝的特色，進行精華聚焦，與亮點提示。作聚焦、作提示，其措詞與設計，就必須言簡意賅，片言居要。陸機《文賦》所謂：「立片言而居要，乃一篇之警策。雖眾辭之有條，必待茲而效績。」[11]亮點設計，若警醒悚動，引人吸睛，即所謂「警策」。

論文寫作，千言萬語，觸手紛綸。結論一章，有必要凸顯亮點，作為一篇之警策。《文心雕龍·總術》所謂「乘一總萬，舉要治繁」，可作寫作之要領。針對論著之得意處、創見處、心得處、特色處聚焦精華，凸顯亮點。亮點警醒吸睛，精華具體而微，有利於傳播引述，有助於檢索利用。同時，論文內在理路之順逆可否，亦不妨一併檢驗。

（二）價值評量，回歸本來面目

回顧問題意識之形成，決定論文選題之當下，遠景規劃大多美好而利多。要皆自我期許，可以完成獨到、創獲的學術論著。待論文接近尾聲，撰寫結論時，正可以檢驗初心的依違，或宏願的順逆。

嘗試比較相關領域的研究版圖，與學界先進較短論長。試捫心自問：這樣的論文，學術界是否必要？我的學術座標在哪兒？研究價值在何處？優劣得失如何？成就貢獻又怎樣？對同行的觸發啟益，能量有多少？為自家未來之研究發展，是否又找到一個新的學術生長點？不妨作諸如此類的價值評估。

價值評量，當如鑑空而衡平，雖自我品評，亦不例外。梁啟超談史家四長之史德，謂「史家道德，應如鑑空衡平。是甚麼，照出來就是甚麼；

---

11 晉陸機著，張少康集釋：《文賦集釋》（北京：人民文學出版社，2002、2012），頁145。

有多重，秤出來就有多重。」[12] 主觀情緒必須鏟除淨盡，評量事物應該明察誠信，就像鏡子和天平一般。史家纂修史書，講究鑑空衡平之史德，吾人自我評量論著的優劣短長，文德亦當恪守不違。

《紅樓夢》敘妙玉說詩，有所謂：「如今收結，到底還該歸到本來面目上去。」標榜「本來面目」，則體現「眞情眞事」，謝絕「搜奇撿怪」，刪除「與題目無涉」者。論文之收結，得此啓示，也必須要「歸到本來面目上去」，回歸到緒論所言之初心本願上去，切忌「搜奇撿怪」，不可「與題目無涉」。

「本來面目」，爲佛禪典故，初指人之本心本性。《六祖壇經‧行由品》載：六祖慧能以禪心開示惠明，謂「不思善，不思惡，正與麼時，那個是明上座本來面目？」惠明當下即悟。[13] 後人借用「本來面目」佛典，指稱原來模樣，蓋望文生義，就語表膚面理解之，如蘇軾〈老人行〉：「一任秋霜換鬢毛，本來面目長如故。」[14] 回歸「本來面目」，移用於結論寫作，指客觀誠信之態度，實事求是之文字，導出的結論，是從材料中推衍得來的。評量研究成果之價值，理當如此。

結論所言，陳述研究之成就與貢獻，應該像鑑空衡平，如實存眞；又當如明鏡照人，妍媸盡現。一旦擺落實事實言，即是「丟了眞情眞事」，無異「搜奇撿怪」，與題目了無干涉。結論有虛浮誇大，當無作有者；有岔出議題，顧左右而言它者；有東山再起，另起爐灶者，皆溢出題外，非所宜言，嚴重失去緒論的本來面目。

（三）脈注綺交，章節貫串呼應

論文撰寫，除了諸多既定的規範外，與一般辭章寫作，並無太大的差異。梁劉勰《文心雕龍》論章句云：「啓行之辭，逆萌中篇之意；絕

---

[12] 梁啓超：《中國歷史研究法》（上海：上海古籍出版社，1998）。《中國歷史研究法補編》，第二章〈史家的四長〉，頁159。

[13] 《壇經》，最早有惠昕本，至契嵩本成型。六祖慧能口授，郭朋校釋：《壇經校釋》（北京：中華書局，1983），頁23。禪宗所講的本來面目，是指放下了自我中心的執著，心無所住、念無所繫。是放舍諸相之後的大解脫、大涅槃。

[14] 宋蘇軾著，清馮應榴輯注，黃任軻、朱懷春校點：《蘇軾詩集合注》（上海：上海古籍出版社，2001），卷四十七〈老人行〉，頁2350。

筆之言，追滕前句之旨；故能外文綺交，內義脈注，跗萼相銜，首尾一體。」[15] 啓行之辭、中篇之意、絕筆之言，三位一體，交相灌輸，就結構之聯絡照應而言，學術論著與一般辭章寫作，相通相融。

　　日本遍照金剛《文境秘府論》認爲：「作文之道，構思爲先，覷將用心，不可偏執。」必須觀照一言、衆理；彼此、得失；初末、離合等篇章之義理：「大略而論，建其首，則思下辭而可承；陳其末，則尋上義不相犯；舉其中，則先後須相附依，此其大指也。」[16] 開端，思下辭；結尾，尋上義；中幅，則看先後相附相依。換言之，下辭上義之間，終始先後之際，多相附相依，脈絡潛通。作文之道關注脈注綺交如此，值得論文寫作之借鏡參考。

　　《文心雕龍》揭示啓行、中篇、絕筆的互動關係，以爲「外文綺交，內義脈注。跗萼相銜，首尾一體。」花萼花房，內外一體，不可分割。顯示前後章節間，存在脈注綺交、首尾一體之縝密關係，提供結論寫作若干法門。換言之，爲便利闡說論證，探討課題，章節雖分爲前、中、後，但皆「外文綺交，內義脈注」，故彼此間卻是「跗萼相銜，首尾一體」。其中，「絕筆之言，追滕前句之旨」，對於論文總結，頗有畫龍點睛之提撕。結論之結，乃水到渠成，其來有自；猶如絕筆之言，蓋承接前、中、後各段的研究指趣而來，故曰「追滕」，作用在迎送前文之旨。

　　清劉熙載〈藝概·經義概〉曾云：「起、承、轉、合四字，起者，起下也，連合亦起在內；合者，合上也，連起亦合在內。中間用承用轉，皆兼顧起合也。」[17] 經義、制義之文，固然講究起、承、轉、合（闔），即作詩行文，亦切實力行者多。法雖分爲四，其實只是一法。誠如劉熙載《藝概》所云：「連合亦起在內」，「連起亦合在內」，「用承用轉，皆兼顧起合也」。結論與各章節之關係，當如起、承、轉、合之辯證，水乳

[15] 梁劉勰著，范文瀾注：《文心雕龍注》（北京：人民文學出版社，1958、2014）。卷七，〈章句第三十四〉，頁570～571。

[16] 〔日〕遍照金剛著，盧盛江校考：《文境秘府論彙校彙考》（北京，中華書局，2006），南卷〈論體〉，頁1471。

[17] 清劉熙載著，徐中玉、蕭華榮校點：《劉熙載論藝六種》（成都：巴蜀書社，1990）。卷六，〈藝概·經義概〉，頁168。

交融，彼此貫串；又如銅山西崩，洛鐘東應，前呼後應，相互影響。

　　白居易〈諷諭・新樂府並序〉云：「首句標其目，卒章顯其志，《詩》三百之義也。」[18] 緒論寫作，可以一言蔽之，曰「標其目」；結論之寫作，亦可一言以蔽之，曰「顯其志」。白居易之言，移作緒論與結論之提示，堪稱精切。文章之鋪墊渲染，皆爲結尾而發；論文之述說、舉證、標榜、闡述，一切考察探究，亦皆爲結論而存在。結論，是本課題研究之回顧匯總。所以，遣詞造句，應該迴龍顧主，前後呼應。

（四）觸發激盪，觀點延伸

　　除歸納心得，分別成爲各章節之小結外，相鄰、相對、相關章節之小結，脈絡自多貫穿，問題亦相交通。此《文心雕龍・章句》所謂「跗萼相銜，首尾一體」。其核心論述，詳略虛實之際，往往互發其蘊，互顯其義。經由觸發激盪有得，論點遂可以分類採錄，列爲總結。

　　結論崇尚簡約，最忌拖泥帶水。所以，研究發現不應再三重複。然各章節間，「用承用轉，皆兼顧起合」，故前後呼應，相互啓發，觀點可以藉此延伸，成果可以進一步提昇。何況，探論的問題，各章節側重不同。經過對比、類比之後，有可能生發更多議題，延伸更多觀點。異中求同，以少總多，亦可以作成結論。可見，結論之來源，固不限單一之章節。

　　畢恆達《教授爲什麼沒告訴我》一書，談如何撰寫學術論文。〈結論與建議〉章提到：「結論並不是把研究發現重覆說一遍，而是將研究結果再進一步的理論化」。[19] 劉勰《文心雕龍・總術》：「文場筆苑，有術有門。務先大體，鑒必窮源。乘一總萬，舉要治繁。」結論之寫作，宜落實「乘一總萬，舉要治繁」之功夫。將星羅棋布之研究發現，梳理歸納，進一步理論化，方是「務先大體」、「有術有門」之總術。

　　筆者著《印刷傳媒與宋詩特色》一書，論印本圖書作爲知識傳播之媒

---

[18] 唐白居易著，朱金城箋校：《白居易集箋校》（上海：上海古籍出版社，1988）。卷三〈諷諭三・新樂府并序〉，頁136。
[19] 畢恆達：《教授爲什麼沒告訴我？》（臺北：學富文化公司，2005、2006），〈整本論文的意義——結論與建議〉，頁119。

介，富有易成、難毀、節費、便藏諸利多，勢必影響兩宋士人之閱讀、接受，創作、論述。於是進一步推論：印本文化對於宋詩特色、詩分唐宋、唐宋變革、以及唐宋詩異同、唐宋詩之爭諸學術課題，多可以「傳媒效應」詮釋解讀之。[20] 推而廣之，移作宋代其他文學，以及經學復興、史學繁榮、理學昌盛之研究，自有啓示。發現新視角，提供新方法，有助於研究之多元選擇。

又如筆者〈書法、史學、敘事、古文與比事屬辭 —— 中國傳統敘事學之理論基礎〉一文，考察《春秋》《左傳》《史記》之敘事經典，而知書法、史學、敘事、古文，多薪傳比事屬辭之《春秋》教。由或筆或削，或書或不書之書法，進一步衍化，遂形成「有無、詳略、重輕、異同、顯晦、曲直、虛實」諸敘事模式。[21] 由此觀之，傳統敘事學著墨「敘」，多於關注「事」，與西方敘事學自有異同，可供研究中國傳統敘事學之理論參考。

（五）鏗鏘有力，簡潔明快

豹之習性，長於短跑，最快時速高達 110 公里。勇猛、迅捷、霸氣，即其形象特徵。豹尾之功能有三：維持平衡、表達情緒，更可作爲戰鬥武器。古代天子的屬車，將相的旌旗，多懸豹尾以爲飾物，威武勇猛的象徵意涵可見。古人或以「豹尾」比況文章收結，蓋期待結尾的筆法，有如豹尾的快掃，雄猛瀟灑，簡捷明快，堅勁有力。

明陶宗儀《南村輟耕錄》論樂府詩，揭示「鳳頭、豬肚、豹尾」六字法，且謂「起要美麗，中要浩蕩，結要響亮。」[22] 若借爲論文寫作，則「鳳頭」，可比緒論；「豹尾」，則喻結論。結論寫作，若能取義「豹尾」，以爲師法的標竿，則取法乎上，思過半矣！

---

[20] 張高評：《印刷傳媒與宋詩特色 —— 兼論圖書傳播與詩分唐宋》（臺北：里仁書局，2008），第十一章〈印刷傳媒之崛起與宋詩特色之形成〉，結論，頁574～577。又，參考封底「簡介」。

[21] 張高評：〈書法、史學、敘事、古文與比事屬辭 —— 中國傳統敘事學之理論基礎〉，香港中文大學《中國文化研究所學報》第64期（2017年1月），PP. 1～33。又，張高評：〈《春秋》筆削見義與傳統敘事學 —— 兼論《三國志》《三國志注》之筆削書法〉，山東大學《文史哲》學報，2022年第1期（總388期），頁111～125。

[22] 明陶宗儀：《南村輟耕錄》，卷八〈作今樂府法〉，頁103。

結，當如豹尾，取其迅猛、敏捷、響亮、明快，以及平衡作用。豹高速奔馳，所以能保持平衡者，尾巴作用最大。一篇論文，結構欲求圓合，結論必須照應開頭。能前響後應，猶如豹尾的功能，方能維持頭、尾、足、身的高度平衡。

三、結論寫作的禁忌與避忌

林紓《春覺齋論文》云：「文氣文勢趨到結穴，往往敝懈。」完成一部論著，往往長達 3～5 年，甚至更久；撰寫一篇論文，最快也得 10 天～半個月。故行文到了結論，猶強弩之末，已精疲力盡。於是因曠日廢時，而逐漸懈怠者有之；因心神懈怠，產生破綻者亦有之。

論著執行到結論，可能產生哪些異常？應該如何防範？結論或結語，為一書之終，一文之束，既然比況成豹尾，號稱收束之筆，所以字數不宜過多。同時，不宜再岔出議題，不宜再徵引文獻，不必再有注釋，不宜再另起爐竈。列明注釋，則字數增多、顯然自亂體例。其餘三則，病在位置不宜，園地非是。以上亂象，常見於初學者的結論中，應該防範與改善。臚列於此，姑作提醒。申說如下：

（一）字數不宜過多

結論，當如豹尾，迅猛、敏捷、響亮、明快。鏗鏘有力。簡潔精要，乃其寫作原則。詩歌語言，講究高度濃縮，以少勝多。文短句簡，則明快；理直氣壯，則有力。如果字數過多，就不是豹尾，而是拖尾拖沓了。

論文寫作，已經到了尾聲、結局、收束、關闔的地步，卻渾然忘記身在何處，居然岔出議題，仍然另起爐灶，竟然再徵引文獻，依舊再引伸推論，照樣再列明注釋。這些不合規範的亂象，往往導致結論字數過多，必須防範，應該改善。當然，有些情況是連篇累牘，文句拖沓渙散。這涉及修辭練句的工夫，更應設法改善。

黃永武先生〈談詩的密度〉云：「濃縮字面，使字字著實，無一虛設，如同百鍊精鋼」，如是，則密度大矣。濃縮字面的方式有二，一則字

數不增多，意義增多。一則字數減少，意義不減少。[23] 結論貴精簡練達，遒勁有力，故雖說詩，可移作論文寫作之借鏡參考。精簡練達有道：屏棄枝節，直取骨幹，擇精用宏，捨小就大，將可以有成。

結論文字，不宜過多過長，已如上述。以一部三十萬字之專著而言，大抵以 2000 為原則，3000 字乃上限。若是一篇 20000 字左右的單篇論文，則結論總字數，建議在 1000～1500 左右為宜。以此作為基準，過猶不及，皆失所宜。

（二）議題不宜岔出

《漢語大辭典》稱：結論，「是從前提推論出來的判斷，是三段論法結構中最後一部分，也叫斷案。」[24] 唯有大前提、小前提能夠成立，才能推衍出結論。學術論文的結論，必須從各章節之材料、論證，層層推拓得來。不可以無中生有，不允許橫生枝節，必須就大前提、小前提的表述勾稽梳理。唯有如此，方可謂「從前提推論出來的判斷」。

論文收尾作結時，不宜再有解說、闡發、論辨。若申說辯證出現在結論，無異亂了章法。起、承、轉、闔，雖分工而各司其職；鳳首、豹尾、豬肚，功能雖異而三位一體。申說論證，宜於結論之前各章節完成。換言之，苟有申說論證，當移往承轉處，措置於「豬肚」部位揮灑。行文至結論，申說辨證不該再出現，以免岔出議題，漸行而漸遠。

文章的收束，一般稱為結語，或結筆、束筆。如果是研究報告、學術論文或學位論文，追求嚴謹度、邏輯性，建議使用「結論」一詞。稱作結論，學術性比較濃；叫做結語，只是泛指結束的話。不過，有時使用結語，或可顯示謙虛客氣，也未嘗不可。

不管稱為結論或結語，都指一本書或一篇文章的總結收束。既然總結了、收場了，就得實事求是，針對研究之結果，聚焦心得與創獲，總結

---

23 黃永武：《中國詩學・設計篇》（臺北：巨流文化公司，2009），〈談詩的密度〉，頁100。
24 羅竹風主編：《漢語大辭典》（上海：漢語大辭典出版社，1992），第9冊，系部，「結論」條，頁811。

探索歷程，提交系列成績。縱然行有餘力，亦不該再岔出議題，再節外生枝，顧左右而言它。歧路羊亡如此，無益讀者之接受。

（三）文獻不可再徵引

詩、文、詞、賦的寫作，講究「曲終奏雅，卒章顯志」。論文寫作的結論，舉凡新穎的觀點，卓越的創見，非凡的心得，殊勝的特色，都必須進行精華聚焦，亮點提示。如此「奏雅」，可以凸顯本課題研究的意義與價值。

將結論類比結穴、結節，而收合、豹尾，結尾、收合諸詞，可以概括之。既是結尾、收合，所以結論中，不宜再徵引文獻。因為徵引文獻，就不得不探討論證，引申發揮。如此一來，就違犯了結、尾、收、合四字的章法規範，也悖離了結論寫作的真諦。

論文作結時，為何不能再徵引文獻？因為文獻徵引，依例必須解說、闡發、論辨。否則，文獻徵引雜處於結論之中，顯然扞格不入。由於文獻徵引之後，就得開放舞臺，提供揮灑。行文至結論，還另闢舞臺，不但限縮了演出，也不符合規範。解決之道，只要遷地為良，擇木而棲，自可安排於有用之地，施展伎倆。

（四）注釋不必再列明

注釋與學術論文，形影相隨，相得益彰。注釋，不僅是學術論文的附隨組織，兩者更存在不可分割的關係。引證論據必須要有注釋，考訂史實要有注釋，辨別史料要有注釋，批評異說、補充申解，都必須利用注釋，以便清楚和詳細說明根據來源。詳參本書第十四章〈論文注釋與學術規範〉。

學術論文寫作之道，既要讓正文眉目清晰，綱舉目張，避免累贅；又要求正文詳明周贍，不遺不漏。二者似乎矛盾，實際上可以平衡。如果善用注釋，就可以避免正文累贅，又能夠詳明周贍。[25] 注釋，除了注明出處

---

[25] 張高評：〈論文注釋與學術規範——學術論文為什麼要用心於注釋？〉，《國文天地》第32卷第10期（總第382期，2017年3月），頁59～70。

之外，主要功能，還在解釋、說明、袪疑、辨惑方面。論文寫作，分清本末主賓，而詳略、重輕隨之。善用注釋，將次要素材移往注釋，作爲輔助說明。如此，則見綱領本末，而論說之脈絡益見清晰。

論文寫作進行到結論，已至尾、結、收、合的地步，就盡可能不必再有注釋。因爲引證論據、考訂史實、辨別史料、批評異說、補充申解，牽涉到解釋、說明、袪疑、辨惑的歷程。文字難免拖沓，或多或少限縮了結論園地的空間。因此，這些思辨細節，老早應該在收、闔（合）、結、尾之前完成。行文已至結論，再出注釋以明之，不僅爲時已晚，顯然也不合時宜。除非，注釋只注明文獻出處，並不辨解疑惑，那就另當別論。

解決結論中的注釋文字，可以回顧前面各章節，有沒有可以安插之處？若有，則移往就位。若無，則不倫不類，刪汰可也。

（五）不應再另起爐灶

論文即將終結，就該畫上休止符，就該知所節制。《文心雕龍・章句》稱：「絕筆之言，追媵前句之旨。」《文境秘府論・論體》亦稱：「陳其末，則尋上義不相犯。」結論，總結前文所述所論，以不支不蔓爲宜。若題外生波，另起爐灶，開闢新的議題，無異半路殺出一個程咬金，格格不入，令人意外。

因某個概念，引發臨時起意，覺得論點寶貴，丟棄可惜。但寫入結論，等於節外生枝，另啓議題。不但貿然突兀，格格不入；衡情度理，也斷無如此章法。劉熙載〈藝概・經義概〉言：「合者，合上也，連起亦合在內。」結論而別闢乾坤，另起議題，猶如擱置起、承、轉三法，橫空特出，實在很不恰當。

結論寫作之際，若萌生眞知灼見，而與本研究課題相關者，則不妨斟酌前面各章節，移置安插到合適的歸宿之中。如果議題複雜，涉及廣大，所謂「道大難容」者，則可另撰一文揮灑之。否則，靈光一現之小知小慧，刪棄可也。

論文寫作，與文章之道相通。章節之安排措注，內容之舖陳辯證，順勢而來，有如峰巒起伏，江濤疊湧，大有不可遏抑之勢。爲免文章之磅礡

騰躍、放浪無歸，故須隱括大義，以約束之，分縮層次，而節制之，於是有收束之筆。聚焦創發，而凸顯亮點，猶深谿窮谷，可以凝聚氣勢；縱浦方塘，便於收納橫流。[26] 論文寫作，宗法文章之道，結論又何嘗不然！

---

[26] 參考羅君籌：《文章筆法辨析》（香港：上海印書館，1971），第十四章〈束筆〉，頁381～382。

第十三章　摘要提要與關鍵字的寫作策略

　　電影預告片，剪輯全片最精采的部分，讓觀眾決定是否要欣賞。摘要，就像論文的預告片，精彩重現，具體而微。論文發表之後，讀者能在網絡搜尋到的，摘要通常是第一或是唯一。看過摘要之後，才會決定是否閱讀全文。[1]

　　簡短、精彩、吸睛、引人入勝，這是論文摘要的特色與魅力。摘要致命之影響力，攸關論文的說服、行銷、傳播、接受。撰寫的策略與方法，影響成敗得失，事關重大。就論文而言，摘要之撰寫，亦「乘一總萬，舉要治繁」；然較諸結論，更加精益求精。

一、摘要之寫作策略

　　何謂摘要？美國國家標準定義：「一篇精確代表文獻內容簡短文字。」（ANSI Z39.14, 1979）大陸國家標準的定義，則為「一篇精確代表文獻內容簡短文字，不多加闡釋或評論，也不因撰寫摘要的人不同而有差異。」（CNS 13152, 1993）顯然，這都是圖書館學的摘要，以資訊性或指示性的成分居多，寫作往往假手於他人。學術論著摘要，出於作者自行撰寫，會當有別。

（一）摘要之性質

　　「摘要撰寫」，有中美國家標準可資參考。經濟部中央標準局，亦於 1993 年 1 月 28 日正式公告。將「摘要」定義為：「對某文獻作一簡短而正確之內容說明，不加註任何評論。同一摘要，無論由何人撰寫，其內

---

[1] Clarinda Cerejo：〈10個步驟幫助您的論文摘要更完美〉，www.editage.com.tw

容應無多大區別」。[2]摘要文字，多採敘述體，不加註、不評論。同是圖書館學的「摘要」，與一般研究論著的「摘要」，由作者撰稿，文字有精粗工拙，認知有偏全淺深，會當有別。不同人摘錄同一篇論文要點，不可能「無多大區別」。見仁見智，應屬自然。

　　中央標準局〈摘要標準〉又說：摘要撰寫最重要的部分，為撰寫內容的規定與撰寫方法。按照摘要的內容性質，摘要分成三種；人文學院之研究論文，屬於資料性摘要（Informative Abstract）。「摘要」之撰寫內容，應該包括研究目的、研究方法、研究結果、結論等等項目。學位論文的摘要，限一頁以內，且以 500 字為限。摘要，應以原著作內容來決定其篇幅云云。[3]以上，是官方文獻的無差別標準。不過，理、工、醫、農，與法、商、人文、社科學院之摘要，自有些微的個別差異。

　　與摘要有關的英文字有三種：ABSTRACT、SUMMARY、SYNOPSIS。ABSTRACT，較屬摘錄性質，在專業性資料庫中查詢時用之。SUMMARY，則有摘要或概要的意思，指全文較突出的發現或結論，經作者再度扼要陳述。SYNOPSIS，亦有概要及大意之意，指作者本人對全文作概略描述。[4]因此，學術研究之摘要，與英文所指之 SUMMARY 較為接近。

　　「摘要」（Summary），一般稱為 Abstract。就完成的論著來說，一定擺放在最前頭。但就論文寫作的學術工程而言，卻應該是壓軸收尾。宋黃庭堅曾言：「作詩正如作雜劇，初時佈置，臨了須打諢，方是出場。」[5]宋雜劇所謂「出場」，指結局，或收場而言。摘要，正是學術研究的收場，論文或專著之結局。

　　傳統戲曲的折子戲，最後一場戲稱為「大軸」。因為最有名、最優秀的、最大牌的演員，一般都在最後登場演出。所以，「大軸」或壓軸，

2　莊道明：〈摘要標準〉（Abstract Standard），《圖書館學與資訊科學大辭典》，1995年12月。國家教育研究院網站。

3　同上，莊道明：〈摘要標準〉（Abstract Standard），國家教育研究院網站。

4　馮丁樹：〈如何撰寫論文摘要〉，網址http://www.bime.ntu.edu.tw/~dsfon/specialtopics/writethesis.htm。

5　宋俞鼎孫、俞經編：《儒學警悟》（香港：龍門書店，1967），卷三十六，宋陳善：《捫蝨新話》，下集卷一，頁10，總頁201。

是最重要、最關鍵的戲目。[6]摘要之於論文寫作，也是最後登場，留到最後撰寫。最重要的成果貢獻、最關鍵的創發提示，也都於此和盤托出，擇精展示。

摘要，是論著的臨去秋波，作用猶如雜劇的「出場」，「要須留笑，退思有味」，才是結局，才算收場。[7]就論文而言，不妨作一轉語，所謂摘要，即是作者「呈現亮點警策」，讀者感覺「意味深長」的小品。摘要撰寫的要領，就是從著作者的立場，提供最具價值的創見心得、最具魅力的學術賣點，最能引發讀者興趣的亮點和論述。

讀者檢索論著，首先接觸的是「摘要」；閱讀全文，千言萬語，最先映入眼簾的，也是「摘要」。所以，摘要成為第一印象的媒介，其舉足輕重，可以想見。成功大學前校長高強，為管理學院教授，著有《論文研究與寫作》一書，對於「摘要與關鍵字」之撰作，有如下之提示：

> 一篇論文之題目、作者、摘要與關鍵字，可視為論文之門面。一般資料庫將之統稱為摘要（abstract），在撰寫時，尤其需要用心。[8]

摘要，置於專著或論文的首頁，猶開門見山，位居「門面」的位置，十分顯眼。讀者或檢索者的第一印象，就是摘要。摘要，意謂重要摘錄，《文心雕龍‧總術》所謂「乘一總萬，舉要治繁」，堪稱具體而微、名符其實的簡介。作者可以藉此行銷論文，廣為招徠，因此「撰寫時，尤其需要用心」。論著的優劣得失如何？是否符合期待視野？讀者想立即掌握，

6　參考網址：https://kknews.cc/culture/vzb3rbl.html。臺灣大學王安祈教授稱：「大腕是大角兒的意思。大角兒，指最好的演員，因為最大牌的演壓軸，壓軸比大軸重要。大角唱完壓軸，最後的大軸通常是群戲，熱鬧收場。而懂得品戲的看客，在壓軸演完就套車回家了。這是清末民初的情況，後來演出時間沒有那麼長，漸漸就以大牌的戲當最後一齣壓軸和大軸的意思就有點混淆了。」以上，為古典戲曲學家王安祈教授口述，謹此誌謝。

7　張高評：〈雜劇藝術對宋詩之啟示〉，引張元幹《蘆川歸來集》卷九，〈跋蘇詔君贈王道士詩後〉，載《宋詩之新變與代雄》（臺北：洪葉文化公司，1995），頁384～390。

8　高強：《論文研究與寫作》（臺中：滄海書局，2009），第七章〈論文摘要〉，頁114～115。

摘要是最佳的「望文生義」中介，絕美的「說服傳播」載體。

（二）提要寫作之原則

摘要，有時，可與提要混用。提要，典出唐韓愈〈進學解〉：「記事者必提其要，纂言者必鉤其玄。」提要鉤玄，指提取要點，鉤勒精妙。論文摘要的寫作，可以一言蔽之，即提要鉤玄而已矣。由此可見，摘要之寫作，與記事纂言同功。故有學者逕稱摘要為提要，中央研究院林慶彰可作代表。林教授說：

> 提要，顧名思義是舉出重要的地方。對一本書或一篇文章來說，是舉出它的重要論點，讓讀者在有限的時間內，取得最多的知識。[9]

提要，本是目錄學術語。遣詞用字，簡明扼要；藉以解釋文獻題意，介紹作者生平，揭示文獻內容，評價學術得失。古代有解題、敘錄、志、考諸名目。[10]清章學誠《校讎通義》所謂「辨章學術，考鏡源流」者，[11]正是撰寫之指標與焦點。如紀昀等主纂《四庫全書總目》提要，可作個中代表。作為論著之提要，「辨章學術，考鏡源流」，自是著墨之核心。

提要的撰寫，家自為說，不一其律：有參考劉向校書的原則，就圖書內容的角度出發，將工作歸納為八：如著錄書名與篇目、敘述讎校的原委、介紹著者生平與思想、說明書名的含義、著書的原委及其性質、辨別圖書的真偽、評論思想或史事的是非、敘述學術的源流、判定圖書的價值等。[12]亦有以為，提要內容應包括：書名卷數撰者、作者簡介、著述緣起、

---

[9] 林慶彰等：《讀書報告寫作指引》（臺北：萬卷樓圖書公司，2001），第六章〈撰寫提要的方法〉，頁131。
[10] 劉春銀：〈提要之編製：以《越南漢喃文獻目錄提要》暨《補遺》為例〉，《佛教圖書館館刊》第46期，96年12月，頁71～79。
[11] 清章學誠著，葉瑛校注：《文史通義校注》（北京：中華書局，1985、2008），《校讎通義》卷二，〈焦竑誤校《漢志》第十二〉，頁1009。
[12] 李蘇華：〈試論提要在文獻編目中的重要作用〉，《嘉應大學學報（社會科學）》，1998年4期，頁104。

書名解釋、內容簡介、學術源流、優劣得失、版本情況者。[13]

　　提要，或在敘述書名卷冊、板式行款、藏書印記、題記序跋、刻工書鋪、作者生平、書籍特色要旨及學術源流。沈津《美國哈佛大學哈佛燕京圖書館中文善本書志》（1999年2月），可以考見。提要的內容，除了敘述書名卷冊、板式行款外，作者生平、書籍特色要旨、學術淵源、典藏地及相關書籍資料，亦在關注之列。田濤主編《法蘭西學院漢學研究所藏漢籍善本書目提要》（2002年1月出版），可見一斑。[14]總之，諸家之說，雷同者多，殊異之處較少。取同捨異，可也。

　　一般而言，提要之內容，可以概括為版本資料、作者簡介、傳本演變、內容概述、內容篇目、內容評價、流傳版本及參考文獻八項。提要、摘要，或因文獻對象不同，導致提要與摘要之撰寫，內容有所殊異。也有可能因為背景、對象、二次文獻、原始文獻替代品、快速反映資訊、著眼點、主客體因素、語言表述方式、結構及功能區分，而有所異同。[15]

　　學者認為「摘要」即是「提要」，所以視「研究摘要」如同目錄學的「書籍提要」。論者以為：適當而精密濃縮書籍的實際內容，提供讀者了解其中的精華殊勝，固為二者之所同；然而，「書籍提要」提示版本之優劣，指導倫理之教化，此則「研究摘要」之所無。[16]所以，二者仍有微殊。

　　鉤勒文獻傳播，凸顯書籍特色，辨明學術源流，品評是非得失，判定論著價值，本是「提要」撰寫的取向和特色，更可作為論文「摘要」寫作的要領與指標。「提要」的功能，主要在萃取要點，提供閱覽之參考，其中有可供「摘要」取資利用者不少。摘要，聚焦於重點摘錄，旨在辨章學術，考鏡源流，便利讀者考辨之資助。兩者寫作立場雖然不相符合，但自有交集，故難免混用。

---

[13] 彭斐章：《目錄學教程》（北京：高等教育出版社，2004），引楊薇〈論傳統書目提要的建構與特徵〉，頁127～131。

[14] 馮曉庭：〈域外漢籍的檢索與利用〉，在林慶彰主編：《學術資料的檢索與利用》（臺北：萬卷樓，2003），頁27～36。

[15] 劉春銀：〈提要之編製：以《越南漢喃文獻目錄提要》暨《補遺》為例〉，《佛教圖書館館刊》第46期（2007年12月），頁71～79。

[16] 楊晉龍：〈提要摘要寫作〉「傳統書籍提要」，張高評主編：《實用中文講義》（臺北：三民書局，2010），下冊，頁244。

（三）摘要寫作之方法

　　所謂摘要，由提煉各章節的重點、精華、方向，萃取全文的優長、特色、心得而成。摘要之於學術論文，有如精華聚焦，應該發揮畫龍點睛的作用，才能引發期待。摘要的文字，宜精明簡要，切忌拖泥帶水。

　　摘要撰寫時，一般依研究目的、研究方法、研究結果、研究結論層層敘說。其功能頗多，如藉以選擇資料、迅速傳達新知、有助於檢索回溯性資料、可作為書目、評論、全文檢索之參考等等。[17] 摘要撰寫得當，可以利己利人，有助於傳播、閱讀，有利於接受、反應。

　　美國心理協會（AmericanPsychologicalAssociation）發行一種出版手冊（Publication Manual），所謂 APA 格式。規格一致的結果，帶來學界極大的方便。其中依文章性質，分別規定不同的摘要內容。實證性文章摘要，內容包括研究對象、研究方法、研究結果（含顯著水準）、及結論與建議。評論性文章或理論性文章摘要，內容則包括分析的主題、目的或架構、資料的來源、及最後的結論。[18] 大致各依學科屬性，調整某些項目。

　　中央研究院楊晉龍撰作〈提要摘要寫作〉一文，提示論著摘要的書寫，程序有七：（一）整體內容的再檢證；（二）創新表現的確認摘錄；（三）草擬摘要內容；（四）修飾草稿成定稿；（五）關鍵詞的選取；（六）排除存在的小瑕疵；（七）內容的整體檢查與確定。[19] 按部就班，循序漸進，可作摘要撰寫的指引與參考。同時，又談及摘要撰寫的取向，有所謂「三最」，言簡意賅，深入淺出，堪稱金針度人：

　　　　論著摘要的撰寫，就是從撰寫者的立場，考慮如何提供最具價值、最具吸引力，和最能引發讀者興趣的內容。其

---

[17] 楊晉龍：〈提要摘要寫作〉「以資料性摘要」為例，張高評主編：《實用中文講義》下冊，頁246～248。
[18] 格式的建立，不僅可以使初學者瞭解學術性文章應有的架構及內涵，論文閱讀者也可參照既定格式，按圖索驥，快速取得想要瞭解的內容，有助於學者之學術研究。參見林天祐：〈認識APA格式〉，《研究論文與報告撰寫手冊》（臺北市立教育大學，2002），頁116。
[19] 楊晉龍：〈提要摘要寫作〉，張高評主編：《實用中文講義》下冊，頁250～252。

次，則是考慮表現的內容，巧妙結合「學術傳播」與「學術行銷」，以二者作爲考慮重點。[20]

楊晉龍主張：摘要撰寫，必須凸顯三個「最」：就論著之內容，提煉最具價值、最具吸引力、最能引發興趣者，體現於摘要之中。理性感性兼顧並重，若能結合傳播與行銷，將更理想。至於如何可以達到？涉及從研究構想到問題意識，從理想選題到研究創新，表裏精粗的心路歷程，從中鉤勒萃取。如果不盡心致力於前述的務本工程，空言價值、吸引力、興趣，一味捨本逐末，成果如何能有價值？觀點如何能具有吸引力？論證如何能引發興趣？三最皆無，就談不上傳播，何況行銷？可見，傳播與行銷，只可錦上添花，不能雪中送炭。論文品質追求優秀，才是王道。

提要、摘要與關鍵詞的寫作，堪稱學術論文的附隨組織，實爲不可或缺的一部分。各有其規範與標準，必須宗法，不可擺落。規範，作爲一種學術共識，有助於作者論著的行銷，讀者檢閱的憑藉。然則，亦不必執著太過，若膠柱鼓瑟，則未免弄巧成拙。

宋蘇軾品評吳道子之繪畫：「出新意於法度之中，寄妙理於豪放之外。」[21] 參考蘇軾之說，執兩而用中，庶幾近之。

二、摘要、提要撰寫之八大指向

學術論文的摘要，一本專著的提要，字數多少，實有標準與規定。如何用精簡的文字，表達豐富而複雜的內容？《文心雕龍・總術》所謂「乘一總萬，舉要治繁」；《史通・敘事》所稱「略小而存大，舉重以明輕」，多可作爲摘要（提要）的指針，寫作的策略要領。另外，文字表述，不可虛浮誇大；內容介紹，切忌偏離不實，這是消極要求。

---

[20] 同上，頁250。

[21] 宋蘇軾著，孔凡禮點校：《蘇軾詩集》（北京：中華書局，1986），卷七十，〈書吳道子畫後〉，頁2210。

　　宋儒朱熹論《中庸》：「始言一理，中散為萬事，末復合為一理。」[22] 學術論文之寫作，要求嚴謹縝密，可以取法朱子「理一分殊」的規劃。朱子又推崇《中庸》：「放之則彌六合，卷之則退藏於密。」不妨類比論文寫作：聚焦問題意識，揮灑成論文各章節，由約之博，即所謂「放之則彌六合」。待論文完成初稿，接續撰寫摘要、提要，自博返約，其寫作要領，則是「卷之則退藏於密」。能放能收，始謂經典。

　　摘要的內容，包羅萬象，涉及廣泛。如問題意識、文本文獻、研究方法、探討結果等等皆是。首先，摘要如簡介，麻雀雖小，五臟俱全。其次，寫作之策略，與古文義法相當，或詳或略，或重或輕，有所筆削去取，多有緣故。換言之，論著內容最具價值、最具吸引力、最能引發興趣者，文字亦以較詳、較重之筆呼應之。亮點關鍵之凸顯，心得創見之提示，從中可見。其他，只能以輕筆略寫交代，甚至可以不著一字，闕而弗論。

　　摘要撰寫的內涵，本是研究心路歷程的最佳寫照。取捨依違，權衡調控，大抵聚焦於論著的主腦、核心、關鍵、亮點、重點方面。摘要寫作有所針對，猶相體裁衣，量身訂做。應該切實指陳，不可空泛游離，虛浮誇大。除此之外，舉凡歷史背景、前言導論、老舊資訊、推衍細節、未來構想、原始數據，以及與本文不相關的見解，都必須刪削剔除。

　　如何以有限的篇幅，具體而微，正確而有效的表達著述理念、體現別裁心識？何況，還要同時完成「學術傳播」、「學術行銷」的目的。筆者以為，一篇（本）學術論著，從文獻運用到研究方法，自亮點心得至創見發明，從創見發明到學術貢獻，涉及頗為廣泛，問題相對複雜。細而分之，必須包含八大層面，相應的寫作策略，依序亦有八：1，問題的意識；2，文本的取捨；3，範圍的選定；4，方法的揭示；5，精華的聚焦；6，心得的萃取 7，貢獻的凸顯；8，發明的強調。

　　摘要、提要的撰寫策略，在重點提煉，精華萃取。其預期成效，可

---

[22] 宋朱熹：《四書章句集注》（北京：中華書局，1983、2012）。《中庸章句》〈序〉，頁17。

一言以蔽之,曰納須彌於芥子之中。必須包括上述八個層面,才算具體而微,以少總多。今分別舉例闡說如下:

(一)問題的意識

問題意識,或稱為問題的提出,或叫做寫作的緣起,或喚作研究的動機,三十年來流行一陣子。相形之下,意涵指涉多較空泛;精確明朗度,遠遠不如「問題意識」一詞。所以,學界已漸漸捨棄不用。

問題意識,是學術研究的推進器,論文寫作的領航者,研究者上下求索的指南針,是進退取捨的基準點,更是選題優劣可否的風向球。核心論述的闡發與聚焦,固然圍繞著問題意識;研究成果的亮點重點,也多一一脈注綺交於問題意識。[23] 所以,摘要寫作的首務,必須凸顯問題意識。可以讓讀者快速進入狀況,有助於對論文的確切認知。

(二)文本的取捨

文獻佐證,為人文學研究的基礎。黃仁宇《萬曆十五年》,談大歷史觀,〈序〉云:「結論,從材料中來。」所以,摘要的撰寫,以揭示作者信據的文本文獻為首務。不同的文本文獻,將導出不同的結論。[24] 文本文獻之版本取決若不可靠,勢將影響研究成果的可信度,與說服力。

文獻徵引的取決,總以善本名刊為主。如以經學為探討課題,阮元校勘的《十三經注疏》本,自然為主要的研究與徵引文本。近來北京大學出版社、新文豐出版公司,針對阮元校勘的《十三經注疏》,進行點校整理,重版難免手民之誤,可信度當不如舊刊本。又如文史哲學界援引《春秋》經文、《左傳》傳文,自當以《春秋左傳注疏》為首要,為基準文獻。日本安井衡《左傳輯釋》、竹添光鴻《左氏會箋》、楊伯峻《春秋左傳注》,則次之。其他今注、新譯、讀本、文選之類,大抵不宜。

---

23 張高評:〈研究構想與學界成果述評──從問題意識到理想選題的心路歷程(三)〉,《國文天地》第36卷第4期(總第424期),2020年9月,頁110。

24 所謂文本(text),或譯作本文,為結構主義批評術語。指一個包含意義,且「向解釋開放」的代碼,具有多層次結構的能指系統。作品的意義,只在提供一個具有能指功能(即包含意義)、可供解釋的客體。見王耀輝:《文學文本解讀》(武漢:華中師範大學出版社,2000),〈導言:文本與文本的解讀〉,頁10~11。

　　當然，近代精校精注，古籍整理的成果，亦可斟酌參考。如以《史記》爲研究課題，徵引文獻，除依三家注《史記》、瀧川資言《史記會注考證》外，中華書局《二十五史》點校本、亦可信據。研究中國史學評論，研究文本的徵引，上海古籍出版社印行清浦起龍釋《史通通釋》（1978 年）；北京中華書局出版葉瑛《文史通義校注》（1985 年），雖爲點校本，然多可信賴。中華書局《論衡注釋》，校勘、標點、分段、注釋、說明，由北京大學歷史系整理完成，版本亦值得信賴。

　　諸子學的文本，自戰國諸子，至宋明理學諸家，北京中華書局自1982 年起，出版新編《諸子集成》四十種。2009 年，又推出《新編諸子集成續編》。或校或注，多出自名家斷句、分段、標點，爲哲學史、思想史的資料，古籍整理的成果，值得信據。宋元以降，筆記小說漸多，如上海師大古籍所編，朱易安、傅璇琮等主編的《全宋筆記》十輯 102 冊，歷時十九年，共收筆記 477 種。每篇有點校說明，版本源流、校勘概況，故其書的文本大致可以信據。

　　集部的書，歷代大家名家的詩集、文集、詞集、辭賦、小說，若經專家用心點校，整理成果，而後重版印行，遂可誦讀。唯《全宋詩》、《全宋文》、《全宋賦》、《宋詩話全編》、《明詩話全編》、《歷代文話》、《宋代文話全編》等，卷帙龐大，成於眾手，未暇校勘，是以文本不可輕信。若擬徵引文本作爲研究佐證，則當順指以得月，回歸原典，查核古籍善本，始可信據。詩話、詞話、文話、曲話、小說話，若比勘版本，出於精校，甚至於精注者，亦時有所見，當可信賴。

　　由此看來，徵引原典文獻，固不必非古本、鈔本、善本、孤本不可。至於網路文獻，取其檢索便利而已，錯漏羨奪，隨處可見，故不可信據以爲徵引之文本。若欲徵引闡說，必須查詢原書，回歸原典而後可。

（三）範圍的選定

　　研究一個課題，規模有大小，範圍有遠近；研究文本的選定，也就有難易、多寡、寬窄、博約之分。可因研究性質不同，而作殊異的抉擇。

　　課堂報告、研討會論文，研究範圍，以難易、大小適中爲宜。涉及的

領域，以當下研究能夠掌控之文本爲主。至於專題研究計畫，尤其是多年期、跨學科研究計畫，跨國際、跨文化研究計畫等，則領域加廣，探索益深，研究範圍隨之增寬加大。文本範圍，可能隨研究進程，而有所變異。

推而至於撰寫碩士、博士學位論文、副教授、教授之升等論文，則堂廡更廣，規模更大。撰寫摘要、提要，或圖書出版簡介，文本範圍之界定，相對的益加廣大深遠。總之，研究範圍的宏廣或狹隘，與學術研究的規模等級，旗鼓相當，與時上下。

（四）方法的揭示

解決問題，必須樂用方法、善用方法、常用方法，以及用對方法。研究方法無論新舊，只要有助於成果的深刻，能發掘生新的創見，增益學術的心得，進而讓成果能獲得補充和發展，都是理想的研究方法。

學術研究，是持續性詮釋解讀的歷程。所以，藉以詮釋解讀的方法很重要。方法，是工具之學。工欲善其事，必先利其器。運用不同的方法，就會導出殊異的結論。這，攸關困惑能否突破？研究有無亮點？心得有無創發？成果有無貢獻？方法選取正確，詮釋順理得體，就有開拓創發之功。因此，摘要寫作中，必須強調使用的研究方法。

（五）精華的聚焦

聚焦精華，凸顯亮點，猶畫龍點睛、傳神寫照，乃摘要寫作要領之一。誠如晉陸機〈文賦〉所稱：「立片言而居要，乃一篇之警策。雖眾辭之有條，必待茲而效績。」一本專著，一篇論文，必有核心論述、關鍵聚焦、特色亮點。不妨取精用宏，濃縮內容，修飾文句，「立片言而居要」，於摘要中作醒目的提示，且以之爲警策。《文心雕龍·附會》所謂「彌綸一篇，使雜而不越者也。」精華聚焦，亮點凸顯之謂。

古人爲經史專著作序，一書的摘要往往於此可見。如司馬遷〈太公史自序〉，稱發憤著述、《史記》典範《春秋》。杜預〈春秋序〉，提《左傳》釋經，隨義而發者四，爲例之情有五。著書立說，「立片言而居要」，尤其富於點睛之效。顧炎武說古人作史，「不待論斷，而於序事之

中即見其指。」魯迅《漢文學史綱要》稱《史記》，爲「史家之絕唱，無韻之離騷。」錢鍾書《管錐編》說文體分類學，曰「名家名篇，往往破體，而文體亦因以恢宏焉。」摘要聚焦於精華，立片言而居要如此，值得宗法借鏡。

（六）心得的萃取

心得，可能是學術創新的雛型，也許是研究發明的胎始。不過，這種學術自得，在摘要提出的當下，只是個人的設想，自我的直覺。一切尚處於曖而不明，鬱而未發階段。由於未經邏輯推衍，有待學理論證，最終是否能夠成立？不得而知。不過，何妨在摘要中，略述探討心得、勾勒治學藍圖？

像內藤湖南提出「唐宋變革」論，後人推衍成爲「宋代近世」說、「宋清千年一脈」論，對於研究唐型文化、宋型文化，尤其是宋代學術，啓迪良多。又如顧頡剛發表「古史層累」說，如今已成探索古史傳說、研究民俗、小說、戲曲之參考理論。

不過，原初內藤湖南、顧頡剛提出如是之心得時，尚未經邏輯推衍，實有待學理論證。但是，若有此學術敏感度，何妨將靈光乍現的自信，提供他日的詳細論證？總之，心得也者，較偏向於感性自得，與前項所述「精華」之創見，確經論證者不同。

（七）貢獻的凸顯

發表學術論文，主要爲了處理疑難，解決問題。相較於學界既有成果，應當百尺竿頭更進一步，盡心於創造發明，致力於「接著講」。所謂「接著講」，就是補充和發展，係針對學界既有之成果而言。議題的補充和創發，結論的翻轉和拓展，正可以提供摘要之標榜。

一篇優質的論文，對相關的議題，宜有所補充；於既有的成果，亦應有所發展。否則，因循苟且，陳陳相因，一味「照著講」，將違背學術研究的初衷、意義和價值。因此，論文或專著之學術貢獻，應具體呈現，如實凸顯。論著之價值、貢獻、亮點，讀者透過摘要，即能一目了然，瞬間掌握。

（八）發明的強調

《莊子・天下》稱：「內聖外王之道，暗而不明，鬱而不發。」此發明一詞之原始出典。宋文瑩《玉清詩話》卷三稱：發明，如《詩經》之〈大序〉、〈小序〉，指扼要評述全書要旨的文字，猶言摘要，乃文之一體。《漢語大辭典》釋「發明」，有發現、披露、揭示、印證、建樹、傳揚，以及創造新事物或方法諸涵意。

近現代始有專利發明的概念，舉凡獨特的、創造的、開發的、革新的、進步性的概念，多可稱為發明。就學術論著而言，補充和發展，是學術創新的兩大指標。有關論著「發明之強調」，摘要撰寫之內容指涉，應該參考上述指標。如此，可以提高論著檢索的「或然率」和「利用率」，有助於優質學術之傳播。

一般而言，摘要內容的寫作，至少應包含研究目的、方法、結果等三大指標。前文所列寫作策略的八個選項，除了方法的揭示外，問題的意識，即是研究目的。研究結果，最為重要，故細分為精華的聚焦、心得的萃取、貢獻的凸顯、發明的強調。「結論，從材料中來！」顧及人文學術的特殊屬性，摘要撰寫，再增加文本的取捨、範圍的選定兩個項目。

總而言之，「略小而存大，舉重以明輕」，是摘要寫作的方向；「乘一總萬，舉要治繁」，是摘要寫作的策略。「放之則彌六合，卷之則退藏於密」；博與約，是論著與摘要的互動關係。簡明、完備、精確、敘述、連貫、易讀，就是摘要寫作的理想特色。[25]

摘要提要，是論文內容的高度濃縮，是研究成果的畫龍點睛。創見心得，經由提綱挈領的簡介，有助於亮點聚焦，與賣點行銷。因此，撰寫的要領，在納須彌山於芥茉子之中。有如壺中天地，空間雖小而應有盡有。

摘要撰寫的篇幅，經濟部中央標準局規定：「研究報告及專論，摘要

---

[25] 理想的摘要設定，應該包括哪些特色？美國心理學會（American Psychological Association，簡稱APA），發行的出版手冊，提出五大指標：「精確」（accurate）、「完備」（self-contained）、「簡潔明確」（concise and specific）、「非評論性」（non-evaluative）、「連貫性」及「易讀性」（coherent and readable）。引自徐南麗：〈摘要撰寫〉，《榮總護理》12卷4期（1995），頁362～364。

宜少於 250 字。長篇論著，如技術報告、學位論文，其摘要以一頁以內，
且以500字為限。摘要，應以原著作內容來決定其篇幅」。[26] 既然是公告，
就是一種規範，應該落實遵守。

　　摘要篇幅，規模小者，在 250 字以內。堂廡大者，在 500 字左右。宜
短不宜長，像麻雀，雖小而五臟俱全；如雜劇，雖短而退思有味。篇幅短
小，利便於網路檢索；追思有味，有助於理念行銷，亮點接受。

　　摘要提要的寫作策略，大抵有八大方面的考量：如問題意識、文本取
捨、範圍選定、方法揭示、精華聚焦、心得萃取、貢獻凸顯、以及發明的
強調等，已如前文所述。若平均分配，每則 60 個字左右。若面面俱到，
上限也不過 500 個字，足可完全表達上述八大策略的選項，這是最大的寬
限。當然，有些亮點重項，值得凸顯強調，字數可以佔用多一些。其他項
目，就相對的減少一些些。

三、關鍵字寫作的要領

　　網路時代，知識大爆炸。面對信息的豐富多元，資料的層出不窮，紛
綸雜亂之中，如何便利搜尋研究資訊？如何快速取得學界成果？成為研究
者的當務之急。以人文學科而言，一本學術專著最少 10 萬字，一篇研究
論文最少 10000 字，實際往往更多。如何在極短時間之內，獲取正確、急
需、感興趣、有價值的信息？關鍵字的設定，頓成焦點所在。如果關鍵字
設定精確，選擇不誤，一切就可以迎刃而解。

　　《老子》第三十六章：「將欲奪之，必固與之。」設身處地，將心比
心，提供精簡而短捷的摘要、提要，滿足學界的檢索需求，同時順勢自我
行銷，當然是利人利己的美事。不過，摘要只有短短 250～500 字，因涉
及專業論述，讀者取捨可否的當下，恐怕難以立即選擇、接受。於是進一
步貼心服務，將摘要提要之精華，再壓縮、再淬煉、再聚焦、再凸顯，即
成關鍵字（詞）的設定。

---

[26] 莊道明：〈摘要標準〉，《圖書館學與資訊科學大辭典》，1995年12月。

（一）關鍵字設定的用意與訣竅

關鍵字（Keyword），又稱關鍵詞（Keywords）。指網路搜尋索引時，所使用的詞彙。就學術研究而言，其設定的用意，主要在為論文作一分類，提供檢索的利用，順勢作為精華的行銷。就讀者而言，掌握關鍵字，就可以按圖索驥，順藤摸瓜，因便利快捷，而事半功倍。

關鍵字的設定，牽涉到傳播和接受兩方面。論文和作者，是傳播者。所傳播的，必須是創造的、新異的、精華的、重要的，才算符合期待，才能引發興味與關注。設定的關鍵字，從理性知性出發，由內容提煉，自亮點聚焦，絕對不能偏離題外，遑論徒託空言。

就接受反應而言，關鍵字的行銷，考量目標族群的受容，對一般廣告或產品，都很重要。不過，學術論文有其專業屬性，目標設定學術社群，讀者不會來自三教九流。消費者的邏輯思考，雖值得參考，但不妨列為次要。學界論文的關鍵字，以切合實際為優先考量。依據文章的內容，實事求是，可以「取法乎上」的理念，來設定關鍵詞。

（二）關鍵字寫作的四大要領

論文寫作的主體工程完成後，接續的工作，是撰寫摘要。待摘要完成，若還有未盡事宜，那就是設定「關鍵字」了。關鍵字雖然不過 5 個詞組，頂多 20 個字；然而學者往往忽之。

「鍵」字，就語源而言，有三個意義：1，指車轄，管住車輪，使不脫離車軸。2，指鑰匙，肩負門戶開關的任務。3，關鍵二字連用，泛指門閂，為管控門戶出入的鑰匙。所以，事物最緊要的部分，就叫關鍵。關鍵字，畫定探討領域，指點主題指向，確認研究方法，凸顯補充和發展。關鍵字提供這些資訊，把握論文最緊要的鑰匙，就可以開啟學術研究的門戶，進而登堂入室。

關鍵字，作為摘要的附隨組織，更具體而微，成為微觀中的積體奈米（nanometer，簡稱 nm）。論文摘要，其傳播效應、行銷意義，研究者莫不知而重之。但是，論文的作者對待關鍵字，卻不盡如此！或許就那麼幾組詞彙，佔用空間不起眼；也許是論文已完成在即，得意收心。學者輕忽

者有之，等閒視之者有之，往往不用心設定關鍵字。

　　影響所及，慘澹研究一個課題，辛苦寫了一篇論文，只因為關鍵字設定不妥當，研究成果在學術論文的海洋中載浮載沈，可能從此走向漂流、甚至淪沒的命運。好不容易完成一篇論文，自己得意，也確有創見。但他人上網搜尋資料庫，這篇大作，卻遍尋不著。其中原因，泰半起於關鍵字設定：也許不夠用心，隨意敷衍；或者是未得要領，致隔靴搔癢，不合期待。

　　關鍵字的作用，因應網路時代，為利己利人，便利搜尋而設。精簡而切實的資訊，由作者提供。高強教授著《論文研究與寫作》，第七章〈論文摘要〉，旁及關鍵字。提綱挈領，揭示關鍵詞寫作的大方向：

　　　　關鍵字之用意，主要在為論文作一分類，提供檢索之用。……關鍵字的決定，當然要依據文章之內容。……選定關鍵字之原則，不外乎文章之主題（subject），所採用之方法（methodology），應用領域（application）等等。[27]

　　工欲善其事，必先利其器。關鍵字設定，提供便利檢索，貴在精準切實，符合讀者的期待視野。如此說來，關鍵字等同是學海撈針的利器，叢林迷航的指針。甚至，可以引發相關研究的契機。如果關鍵字設定不當，就無法提供座標或參數，搜尋者將遍尋不著。所謂設定，也就徒勞無功。關鍵字的設定，高強論寫作原則，揭示主題、方法、領域三大面向，作為選擇、設定的指引。金針度人，善莫大焉。分別闡釋如下：

（1）主題選項

　　問題意識，是生發論文選題的根源，關鍵字應優先列入，一也。課題探討，必然有一主軸，即是本研究的核心與聚焦，可作主題選項，二也。研究論文的題目，是研究內容壓縮、萃取、凝聚、凸顯的亮點。所以，無論主題、副題，甚至篇章標題的詞彙，都可以考慮作為選項，三也。

---

[27] 高強：《論文研究與寫作》，第七章〈論文摘要・關鍵詞〉，頁130～131。

　　主題作爲關鍵字，領域的大小寬窄，必須審愼斟酌考量。以本研究課題範圍爲基準，總以適中爲要。若以古典文學、先秦諸子、中古史學、宋明理學、明清小說等爲關鍵字，則領域寬泛，聚焦不足。若作爲關鍵字搜尋，所得一定五花八門，不符合期待。同理，也不宜太過狹隘，限縮到特例與個案。領域瑣細局促如此，勢必因小而失大。

　　另外，主題領域的名目，已成學界的共識者爲佳。若作者自我作古，杜撰某個主題術語，作爲斯學的提倡，佳則佳矣，恐一時檢索不得，難免徒費。因爲，孤明先發，學界尚不知有此領域。所以，一廂情願，設定陌生主題的關鍵字，將不利於檢索。

（2）研究方法

　　研究方法，作爲關鍵字，是理所當然的重要選項。作者進行學術研究時，選用何種研究方法，往往影響成果的創發或新見。研究方法的選用，足以左右論文品質的良窳。相對於其他選擇，研究方法作爲關鍵字，顯然已成學界的共識，所以是最常見的選項之一。

　　研究方法作爲關鍵字，以有針對性、實效性者爲佳。研究過程中，實際操作某個方法，作爲詮釋解讀的利基；對於成果推出，確實發揮一定的助長效用。同時，可以藉此推廣，凡成爲相關研究觸發與利器者，可作爲首選。反之，方法或失之籠統，或失之狹隘者，皆不適合列入。

（3）探討領域

　　探討領域，是論文涵蓋的疆界，研究涉及的莊園。領域有大有小，端視論文的規模而定。研究規模小者，關鍵字設定的領域不可大。否則，將有大而無當的缺失。研究規模宏大者，關鍵字的設定，不宜過窄。否則，不賅不徧，舉小而遺大，亦未足以反映研究實況。

　　課堂的讀書報告，規模較小，相關領域較窄，關鍵字設定隨之，目擊而道存可也。學術研討會論文、專題研究計畫，題目規模略大，研究範圍較寬，探討問題較深較廣，領域涉及亦稍稍增多。碩士、博士學位論文，副教授、教授升等論著，格局多壯闊，規模較宏偉，探討領域最爲寬廣。因此，關鍵字的設置，關於領域的確定，當與探討的規模不相上下。

關鍵字（詞）的設定，十分重要。論者以為：「關係到論著被檢索的『或然率』和『利用率』。這與『學術傳播』的關係非常密切，千萬不可等閒視之。」[28] 誠哉斯言！就人文學科而言，關鍵字的設定，可從標題、摘要、正文萃取、提煉之，再擇精取要，已詳述如上。

（4）排序先後

關鍵字次第排開，先後的排序，有無意義？孰先、孰後，有無原則可供遵循？筆者以為：宜就主題、方法、領域三個面向，斟酌本研究的主軸、核心，所得成果的創新、重要性，作為先後的排序標準。數量不宜過多，一般以 5 個左右為基準。篇幅重大的，最多 6 個；篇幅短小的，3 個也無妨。關鍵字的存有，專為提供便捷檢索而設，能精確指引為上。或多或少，不是問題。

核心或知名的學報、期刊，論文審查嚴謹挑剔，自是常態。如果關鍵字設定不當，或付之闕如，有可能被「判定作者不懂做研究，或是不用心。幾個不好之印象加在一起，就會造成一篇投稿論文的退稿。」[29] 可見，關鍵字的設定，雖是小問題，但有可能影響論文的接受與否決。所以，自是一大關鍵。

---

[28] 楊晉龍：〈提要摘要寫作〉，張高評主編：《實用中文講義》，頁252。
[29] 高強：《論文研究與寫作》，第七章〈論文摘要・關鍵詞〉，頁133。

第十四章　論文注釋與學術規範──學術論文爲什麼要用心於注釋？

　　注釋的核心意義，主要在標示發明權所在，已形成學術研究的一種規範。因此，若只有專論，而欠缺注釋，將不被承認爲學術研究。學術論文爲什麼要用心於注釋？職此之故。

　　注釋，是學術論文有機組成的一部分，不可或缺，不能偏廢。作爲學術規範，注釋跟論文的關係，堪稱脣齒相依，相得益彰。換言之，是否爲嚴謹的學術論文，在體例形式上，取決於有無注釋。論者稱：

　　　　論文作爲現代學術研究的主要呈現方式，只有包含了注釋，才具有「科學性」。……它使得學術研究在方法和史料上，都具有可驗證性和可重複性。這是現代學術研究重要的基礎，注釋爲這種重複驗證提供了可能。[1]

　　學術研究的呈現方式，主要包含了注釋。有了注釋，就容易判分主客、重輕之所在，以及依違、取捨的標準。有了注釋，史料的來源，可以驗證；方法的運用，可以重複，「注釋爲這種重複驗證提供了可能」。所以說：注釋，是「現代學術研究重要的基礎」。

　　有了注釋，著作者的別識心裁，藉此可以凸顯；學界相關的研究成就，藉此得以呈現。抑有進者，相對於前輩創獲，本論文有否補充其不足？是否有所開發與拓展？有了注釋作爲對照，極容易顯現原形，較便於確切掌握。學術論文所以具有科學性，以有注釋故。

---

[1] 仇鹿鳴：〈學術史回顧的寫法：兼談論文寫作中的形式規範和實質規範〉，2019年4月30日講授，《近現代史研究資訊》，2020年1月3日。

一、注釋的作用：明述作之本旨，見去取之從來

　　注釋必須含有兩個概念，第一是「注」，指註明出處；第二是「釋」，就是解釋疑惑。就學術規範而言，當稱為注釋、注解，俗或易注為註。若稱注腳，則指涉太過狹隘；若稱為附注，則顯然出於誤會。學術論文處理論題相關的文獻資料，如果只是關切到「注」，而忽略了「釋」，就會影響論題開展的條理化跟周詳性。注釋的功能，不只是論文格式的恪守而已，同時還肩負觀點的表述，識見的別裁創發，舉凡文獻的進退取捨，多息息相關。

　　根據清章學誠《文史通義》〈史注〉的說法：注釋開始於《史記》的〈太史公自序〉，所謂「明述作之本旨，見去取之從來」。[2] 這兩句話，就是注釋最原始、最基本，也是最重要的功能。在〈太史公自序〉中，司馬遷自敘《史記》的「述作本旨」，大抵有太史職責、父命續作、宣揚漢威、發憤著述四者，近似論文寫作中的研究動機、問題意識。全書旨趣，則別見於〈報任安書〉，所謂「究天人之際，通古今之變，成一家之言」。〈太史公自序〉稱：「紬史記石室金匱之書」；「罔羅天下放失舊聞，王跡所興，原始察終，見盛觀衰。論考之行事，略推三代，錄秦漢，上記軒轅，下至于茲」；「厥協六經義傳，整齊百家雜語」；「以拾遺補闕，成一家之言」；凡此，皆《史記》之資材，觀〈自序〉可以「見去取之從來」。

　　就論文寫作而言，見去取之從來，即指文獻的取捨，揭示資料的出處。寫論文，自己作注釋，最便於現身說法，交代清楚。自我寫作的心路歷程，必須呈現出來。如果不現身說法，外人瞬間不好掌握，所以先秦兩漢著書立說，多有一篇序。就寫作歷程而言，序必定寫於成書之後，所以秦漢時代，序都放在一本書的最終。像《莊子》的〈天下篇〉，《史記》的〈太史公自序〉；至於調到前頭，是簡帛變為書卷以後的事。序，無論殿後或居前，反正都是自注的一種。自注，是自己替自己的著作寫注釋。

2　清章學誠著，葉瑛校注：《文史通義校注》（北京：中華書局，1985、2008），內篇三〈史注〉，頁238。

章學誠說得很清楚：自注，不但可以杜絕抄襲剽竊，更可以檢驗作者三種學養：

> 　　私門著述，苟飾浮名，或剽竊成書，或因陋就簡，使其術稍黠，皆可愚一時之耳目，而著作之道益衰。誠得自注以標所去取，則聞見之廣狹，功力之疏密，心術之誠僞，灼然可見於開卷之頃。而風氣可以漸復於質古，是又爲益之尤大者也。[3]

抄襲剽竊他人的創獲發現，自有「著作」以來，無時無之。爲了虛浮的名位，不惜以剽竊愚弄天下之耳目。看來「誠得自注以標所去取」，則「聞見之廣狹、功力之疏密、心術之誠僞，灼然可見於開卷之初」。可見，自注不失爲尅制抄襲剽掠的良方。開卷的頃刻，從注釋的標明去取從違，從中就可以考索作者的聞見、功力與心術。只要閱讀自注，作者學養的深厚淺薄，識見眼光的高低廣狹，展卷可知。自注，更可以看出學問功力、用心態度。

以《史記》的自注爲例，不但出現在〈太史公自序〉，也偶爾顯示於「太史公曰」或正文中。如〈留侯世家〉言：「非天下所以興亡，故不著」；〈蕭相國世家〉稱：「非萬世功不著」；於〈汲黯列傳〉謂：「非關社稷之計不著」。[4] 從司馬遷對文獻的筆削去取，可以領略《史記》「述作之本旨」。「太史公」補述實地勘驗、父老傳說，故《史記》聞見，不止金匱石室之書而已。〈淮陰侯列傳〉爲韓信平反冤獄，「太史公曰」，稱韓信開國之功，可比周公、召公；案諸〈魯世家〉、〈燕世家〉，而知周公召公於姬周開國，爲第一等功勳，《史記》以互見法表現微辭隱義，

3　清章學誠著，葉瑛校注：《文史通義校注》，卷三，內篇三，〈史注〉，頁239。
4　張高評：《比事屬辭與古文義法——方苞「經術兼文章」考論》（臺北：新文豐出版公司，2016），第八章〈方苞古文義法與《史記評語》——比事屬辭與敘事藝術〉，第三節，一，「筆削取捨，衍爲詳略互見」，頁398～407。

有如此者。[5]由此觀之，《史記》敘事功力之精密，可以想見。〈太史公自序〉回應上大夫壺遂問：「孔子何爲而作《春秋》哉？」徵引其師董仲舒《春秋繁露‧俞序》稱引孔子曰：「我欲載之空言，不如見之於行事之密切著明也。」《史記》於宣漢、過秦，乃至於諷武帝伐匈奴，封泰山，譏誅戮功臣、稱漢法不公，多用「據事直書，是非自見」之《春秋》書法。顧炎武所謂「于序事中寓論斷」，[6]則謗書之說無稽，而心術誠信，號稱良史、實錄，於此可見一斑。

　　就論文的自注觀之，作者功力到底是粗疏？還是精密？寫作的心術是眞誠？還是虛僞？閱讀注釋，就可以看得很清楚。心術的誠僞，對論文寫作很重要。國內外層出不窮的抄襲事件，主要焦點，多在徵引文獻有無「注明出處」這個小細節、大關鍵上。無論明引，或暗用，他人的研究成果，都得加個注釋，注明出處，以示文有所本，兼含禮敬感謝之意。否則，就是心術不正，存心剽竊抄襲他人成果。2011年，德國的國防部長下台，純粹是論文的抄襲事件，只因沒有注明出處。緊接著，德國的教育部長也跟著下台，也是沒有注明出處，論文涉嫌抄襲。注釋，眞是小問題，大關鍵。

　　臺灣一些大學發生抄襲事件，鬧得沸沸揚揚，不管是碩士、博士，或升等論文，抄襲別人成果，通常容易被原作者發現。發現有抄襲嫌疑被檢舉之後，審查重點往往在徵引他人研究成果，有無表明來源，注明出處。明引或暗用別人辛苦所得的文獻、創見或心得，如果沒有寫明來源，加上注釋，等於視同自己的著作，這就觸犯了學術倫理的禁忌。因此，要特別強調：論文有沒有注釋，或者注釋注解周到或草率，會影響論文的品質。甚至嚴重一點，會變成論文是抄襲？還是獨到見解？爭議的焦點，都在注釋；小問題大關鍵，就在注釋。作者心術的誠僞，注釋可作爲試金石，測

5　張高評：〈《史記‧淮陰侯列傳》與《春秋》書法〉，香港嶺南大學《嶺南學報》復刊第九輯（2018年11月），頁15～38。
6　清顧炎武著，清‧黃汝成集釋，欒保群、呂宗力校點：《日知錄集釋》（上海：上海古籍出版社，2006），卷26〈史記於序事中寓論斷〉：「古人作史，有不待論斷而於序事之中即見其指，唯太史公能之。」頁1429。

謊器。注釋，又稱爲註腳，或腳注，歷史學家王爾敏曾說：

> 有專論而無註腳，必定不被承認其爲學術研究。……凡
> 引證論據，考訂史實、辨別史料、批評異說、補充申解，俱
> 必須利用註腳，清楚而詳細說明根據來源。[7]

　　王爾敏《史學方法・註腳》曾稱：「有專論而無註腳（注釋），必定
不被承認其爲學術研究。」學生刊物，報章雜誌發表的文章，通常不用寫
注釋。其中的創見心得、高明看法，到底是作者自己的心血？還是得自他
人的啓發？或者直接因襲別人的論點？因爲不必交待來源，注明出處，所
以就很難判定，到底是作者智慧結晶？還是得自別人創獲？報章雜誌，因
爲並不要求一定要寫注釋，所以，學術性、客觀性、公平性就弱了一些。
嚴格說來，升等評職稱，如果呈交報刊雜誌文章，是不能算數的。只因爲
沒有注解（注腳），究竟是新創？或是因襲？不容易判定，所以必定不被
承認爲學術研究。嚴謹的學術論文，如果沒有注釋，一切論點主張，就視
同作者的心得見解。果眞是別人的論點，卻不作注釋，或沒有寫明，依著
作權而言，等於視爲己有，這就觸犯了所謂學術倫理的問題。

　　勞思光說：確定語詞的意界，考察命題的眞僞，達成推理明確，是方
法論的三大任務。[8]這些語詞、命題、推理，除了作者原創自得外，只要說
法、主張、論點，是得自別人心血智慧，不是自己的獨到創見，那就務必
把來源依據寫入注釋。如果因襲別人的說法，或者借鏡他人成果，參考別
人心得，都必須老老實實寫進注釋裡面。甚至於別人孤明先發的創見，並
非全部引用，只是有所觸發，也得懷抱感恩之心，報本返始，把它寫進注
釋。人家可能提了一點一些，卻很受啓迪，據此可以引伸發揮，也必須飲
水思源，對原創者心存感謝。

---

[7] 王爾敏：《史學方法》（臺北：東華書局，1977、1983），第四章第七節〈註腳〉，頁
288。
[8] 勞思光：《思想方法五講》（香港：中文大學出版社，1998），第二、第三講，頁11～
32。

我的學術專攻是《春秋》、《左傳》，很多顛撲不破的觀念，實際是從錢鍾書《管錐編》得來的。如果光看我的著作，可能看不出傳承的痕跡，看不到觸發推演的心路歷程。但是，我還是很老實的在注釋中交代，很感謝錢鍾書在《管錐編》裡，有這樣、那樣簡短的啟示，指出一條光明的道路，讓我找到一個美好的學術生長點。在明確的指引之下，我得以成長，繼續發揚光大。科學家對於前人的研究成果，通常都要特別提出，以便感謝一番：如果沒有前輩的披荊斬棘，將不會有今天的研究和實驗。我們人文研究不然！好像感謝別人，就表示自己不行，覺得被比下去，感到很羞愧。有這種想法，真是要不得！包括得自指導教授、上課老師、演講啟發，都必須誠實的對待。也許你會想：如果提出的話，會不會淪為缺乏創見？應該不至於！

因為學術研究必須站在前人的基礎上，把前人的研究成果當作探索的起點，而不是當作終點。既然是起點、初步，提到對方，他只是先發投手，賽局輸贏，還要看後續的成績表現。如果將來論文完成後，開拓發明很多，對本課題發揚光大不少，明眼人一對照，就會肯定你的補充和發展，不會覺得你逃不出別人的手掌心。只要把別人的研究成果，當作我們研究的起點、支點、跳板，不要把它當作終極、典範，就會往前邁進。學術就是一場接力賽，把學術園地當作舞台，注明所本，感恩所自，好比自報家門。徒弟向師父學習，功夫有沒有青出於藍？成就有沒有後來居上？招數使盡，便見真章。論文寫作亦然：無論明引或暗用他人研究成果，內在理路，章法行當，自然顯露出身家數。言有所本，說有所據，卻故意湮滅，無心指明，此與數典忘祖何異？縱然不注不釋，亦難欺於天地之間。

二、論文注釋，具備六大功能

學術研究涉及引證論據，注釋的功能以及用途，特別能夠彰顯出來。引證論據必須要有注釋，考訂史實要有注釋，辨別史料要有注釋，批評異說、補充申解，都必須利用注釋，清楚和詳細地說明根據來源。這裡

採用的是史學界比較嚴謹的規範，只要看臺灣中央研究院《歷史語言研究所集刊》，這種比較指標性的刊物，注釋通常會有這樣的功能。

　　中央研究院院士嚴耕望，寫了一本《治史經驗談》。其中談到論文為了避免正文的累贅，又為了詳明週贍，可以自做注文，這和文章作法有關係。討論問題的時候，通常會有主幹線，主幹行文如果涉及到旁支，牽連到相關、次要、枝節、瑣碎的問題，大可不必通通放在正文討論。否則，就主客混淆、重輕不分、本末取捨無別，讀起來就會一團混亂。有些人的著作讀起來雜亂無章，概念不清楚，條理欠分明，可能就是這個原因。如果把要討論的資料無論主從、重輕、本末、精粗、是非、優劣，都一概等量齊觀，了無軒輊。一律放在正文裡面去論述，其中並無取捨，遑論別擇。論文寫作如此，不足為訓。

　　學術論文寫作之道，一方面要讓正文眉目清晰，綱舉目張，避免累贅，一方面又要求正文詳明週贍，不遺不漏。看起來有點矛盾！實際上可以兩全其美，不至於顧此失彼。如果正文之外，再加開一個展示的舞臺，善加利用注釋，就可以避免正文累贅，又能夠詳明週贍。文章取材，貴有別擇，論文寫作亦然：論文資材，當然有主從、重輕、本末、是非、優劣之差別。不過，經由篩選得來，作為論文闡述發揮、討論佐證，能破能立的材料，都是挑選主軸、重要；抉擇本源、精華；取用中正、優秀的文獻資料，才進入論述場域。至於搜集研讀所及，就本討論課題而言，雖是次要相關的、是輕微末節的，是相反相對的，但卻有參考觸發價值的，就把它移往注釋，作為輔助說明。討論某個專題論點，學界論文已有觸及，然品質粗糙，觀點錯謬，水平拙劣。為不抹煞先發之功，開拓之勞，亦於注釋記上一筆。其論著是否粗糙、非是、拙劣，且徵信於注釋，留待後人公論。嚴耕望談注釋之講究，甚有必要：

　　　　論文為避免正文累贅，而又欲詳明周贍，因此，自作注文，是很有必要的。[9]

9　嚴耕望：《治史經驗談》，六、〈引用材料與注釋方式〉，輯入《治史三書》（上海：上海人民出版社，2008），頁77。

　　就論文正文而言，既要詳明周贍，又要避免累贅，趨避之際，如何取得平衡協調？善用注釋之功能，是解決之道。其中涉及主從、重輕、詳略之規劃與安排。筆者近年研究《春秋》書法、古文義法，梳理清代章學誠《文史通義》之「《春秋》教」；[10] 借鏡轉化為論文寫作，對於注釋之功能，遂有如下之體會：注釋與正文搭配，攸關論文寫作時，主從、重輕、詳略之規劃，以及異同、正誤、因革之安排。既有助於行文之清晰，又便利讀者之考索。

　　北京大學中文系本科生，必須撰寫畢業論文。原系主任溫儒敏曾經號召學者撰寫《中文學科論文寫作訓練》。其中談到注釋的功用有二：其一，補充內容；其二，注明資料出處。同時強調：注釋，是論文的一部分：

　　　　有些內容，必須在論文正文之外加以說明，這就涉及到論文中的注釋問題了。注釋，是文章的有機組成部分之一，而不是文章之外的項目。[11]

　　注釋，有注明出處的，即是「注」。有補充內容的，相當於「釋」。正文之外還要加以說明的，就叫「注釋」。在處理資料，發表觀點時，通常遵循從主、從重、從本、從精的原則。其他素材，一方面從輕發落，一方面又不離不棄，於是有注釋一體，「在論文正文之外加以說明」。像前文所云：引證論據、考訂史實、辨別史料、批評異說、補充申解等等。若不說明，讀者就不清楚，甚至於產生誤會。既然有此顧慮，就必須要進行注釋。所以，注釋是文章的有機組成部分，是不可或缺的元素，並不是論文以外的東西。注釋，不是可有可無的，也不是附帶陪襯的。這個認知很重要！說它有舉足輕重的功能，應該不為過。

---

[10] 張高評：《比事屬辭與古文義法 —— 方苞「經術兼文章」考論》，第七章〈比事屬辭與方苞論古文義法〉，頁332-364。又，張高評：〈比事屬辭與章學誠之《春秋》教：史學、敘事、古文辭與《春秋》書法〉，《中山人文學報》第36期（2014年1月），頁31～71。

[11] 溫儒敏主編：《中文學科論文寫作訓練》，（北京：北京大學出版社，2003、2006），任鷹〈結語：畢業論文寫作的格式規範及所應注意的幾個問題〉，頁651。

　　注釋，既是論文必要的部分，不可缺少。那麼，在撰寫論文時，就應該參考選取一種敘事手法。像桐城派的古文義法，或《左傳》、《史記》的敘事手法，都很講究主次、本末、詳略、重輕、異同的分野，這就值得借鏡。[12] 寫作論文，每一段都有一個主訴求，主幹線。主要的，我們放在正文討論；至於次要的，必須加以交代的，必須特別說明的，就移往注釋。這樣主次、重輕、本末分明，楚河漢界，論文脈絡就很清楚。安排在正文裡面的材料，必須詳細論說，豐富地佐證，極力的鋪陳；放在注釋中的，只要交代出處，或簡略說明，亦可以針對來龍去脈說個清楚。於是，材料在正文場域，可以重點強調，暢所欲言；移往注釋的，只能輕描淡寫，不需要太費心、太耗力。

　　還有一點，既已投入研究，當然閱讀很多二手資料，相關的研究成果。自己的論點、主張，已寫進論文的正文場域中，和自己的論點相近、相關、相似的文獻，如何處理較好？建議移作注釋，簡介內容、注明出處、話說從頭，表示學界英雄所見略同，可以相得益彰。假設跟你的主張相反、相對、矛盾的，如果丟棄不顧，或視若無睹，無異毀屍滅跡，湮滅不利證據。兩全其美之策，在於保留在注釋裡面作交代。這樣的話，正反並陳、本末兼賅，主從分明，輕重有序，文章看起來條理分明，讀起來順暢通達。

　　《史記》有一篇〈老莊申韓列傳〉，裡面提到老子是位隱士，究竟是何許人也？讀者惑之。司馬遷列出四位候選人：第一位是老子，第二位叫李耳，第三位名老聃，第四位稱做老萊子。不妨改編司馬遷的〈老子傳〉，用論文加以表述：假設司馬遷主張老子就是李耳，那麼在正文裡面就直說老子姓李名耳，傳記較詳，文字較重。另外三位候選人，司馬遷認爲不是人選，就移往注釋裡面交代。於是老子這個人，除了李耳以外，還有老子、老聃、老萊子三個人選，都正反並陳。贊成的，放在正文中，作主要論述與凸顯。其餘，皆欄入注釋中作交代。正文只留存主要、重心、贊成、關鍵的論述。

──────────

[12] 張高評：〈書法、史學、敘事、古文與比事屬辭──中國傳統敘事學之理論基礎〉，香港中文大學《中國文化研究所學報》第64期（2017年1月），頁1～33。

　　至於我不主張的、反對的、不同意的，也不湮滅證據，把它移往注釋之中。萬一我主張錯誤，取捨偏差，學者還可以從注釋文獻，尋出破綻，進一步提出反駁，引發討論確認。利用注釋的功能，可以一舉完成正反並陳、主從異位的論述，此之謂面面俱到。而且，從主從分區異位，可見作者的別識心裁。有此規劃設計，有助於大家參與學術討論。有了注釋跟正文搭配，就能把紛歧的意見分區呈現：我肯定的放在正文，不以為然的、不贊同的放在注釋。這樣就很清楚。讀者有興趣就查閱注釋，沒興趣就只看正文。看與不看，都提供兩便。

　　研究生寫論文往往夾泥沙俱下，主客不分、精粗雜揉、重輕失序，導致眉目不清，焦點模糊，雜亂無章，不知所云。我通常建議；何不把次要、相關、輕微、末節的論述，遷地為良，搬到注釋去。這樣。將有助於主客分明，重輕有序。這樣做，學生通常會同意。因為論文字數沒有減少。如果我大筆一揮，說這個不妥，通通刪掉，學生就會老大不願意。因為當初蒐羅很久，先前寫得很辛苦、有些還得來不易。如果有些材料、某些論述移動位置，搬遷到注釋裡去，注釋的文字也算在論文的總字數內，苦心沒有白費，所以學生通常欣然贊成。分離注釋與正文為二，即是桐城古文義法所謂「安排措注」，不得不然。

　　注釋，顧名思義，可分為「注」與「釋」。作者學養的深淺，可以從注釋看出來。一篇論文，或是一本著作，可以在五分鐘之內斷定上中下的等級。大概看四個地方：第一，看注釋方式；第二，看徵引文獻；第三，看前面的摘要；第四，看後面的結論。從注釋方式，如何判定論文優劣？注釋不是只有「注」明出處而已，不容忽略的，還有解疑釋惑，說明分析的「釋」。明明叫做注釋，很多人只作「注」，並無「釋」。如果提出論點不作注釋，表示那是自我的發現，自家的思考所得。除外，學術探討還涉及相關成果之取捨依違，將安置於何處作交代？

　　綜要而論，筆者以為注釋有六大功能：或注明出處，或清晰脈絡，或解釋異說，或備列佐證，或交代取捨，或辨析疑惑。誠如章學誠所言，從注釋中可以看出作者「聞見之廣狹、功力之疏密、心術之誠偽」，已見上述，不贅。

三、注釋發揮功能，可與正文相得益彰

　　論文寫作，注明徵引文獻的出處，最爲基本，值得審愼經營。發揮注釋的其他功能，對論文的條理化和說服性是有幫助的。所謂條理化，是指主要論點放在正文，次要、枝節的，移往注釋。這樣處理，提出的的論點不再只有一面之詞。支持的主張，擺在正文內發揮；不同的意見，則放在注釋裡面做交代。這樣正反並陳，不是更有說服力嗎？何況，注明出處，原有報本返始，感謝前賢啓蒙之意。

　　嚴耕望《治史經驗談》稱：「自作注文，是很有必要的。」凡是足以妨礙正文「詳明周贍」的，可以移作注釋；可能造成「正文累贅」的，也應該闌入注釋。[13] 換言之，注釋的內容，原本是要置放於正文中論述的。由於「詳明周贍」，追求論證確鑿，自是正文論述的本色。但是，詳明周贍容易衍生尾大不掉。爲了避免弄巧成拙，行文拖泥帶水，造成「累贅」，不妨將材料移往注釋，如此可以兩全其美。可見，注釋和正文，脣齒相依，猶幕前幕後，必須統籌協調，分工合作。

　　學術論文、讀書報告的學術規範和撰寫指引，林慶彰最爲關注。二三十年來，已出版二本相關論著。其中，《讀書報告寫作指引》一書，提到「論文的附注」，條列附注有五大作用，金針度人，值得參考借鏡：

　　　　附注與論文本身，可說是脣齒相依，缺一不可。附注至少有下列作用：（1）提示出處，並陳述資料的權威性；（2）指引讀者參考相關資料；（3）補充說明正文中的論點；（4）糾正前人資料的錯誤；（5）向提供意見或提供資料者表達感謝之意。[14]

---

13 嚴耕望：《治史三書》（上海：上海人民出版社，2008）。《治史經驗談》，六，〈引用材料與注釋方式〉，（二）注釋方式，頁77。
14 林慶彰、劉春銀：《讀書報告寫作指引》（臺北：萬卷樓圖書公司，2002），第十章第三節《論文的附注》，頁215。

　　林慶彰提示：注釋有五大作用，其一，提示出處，並陳述資料的權威性：注明資料來源處，可以強調其不可替代性。其二，指引參考：研究文獻，除直接、重要、經典外，尚有間接、次要、一般的論著。列舉指引於注釋之中，既可見作者聞見的廣博，對讀者入門亦有接引觸發之功。其三，補充論點：正文中的論點，大抵為核心論述，主幹闡發；多刪繁就簡，歸於精要。於是語焉不詳者，於注釋中可以暢所欲言；隱括文意者，於注釋中可以徵信原典；會通諸家者，於注釋中大可臚舉諸家之說。舉凡補充說明，都可藉注釋完成。其四，糾正錯誤：學術論著的主體，在藉能破能立，建構作者的創見和心得。匡謬正誤，糾正前人缺失的「破」，是達到「能立」的過程和手段。如果直接相關的錯誤重大，當然擺在正文批駁討論；否則，移往注釋，指出瑕不掩瑜的缺失即可。其五，感謝前賢：一部（篇）論著完成，歷經許多人協助。除指導教授外，相關學者師友，應該銘謝。相關單位如圖書館、研究中心、經費贊助單位，都可於注釋中表達謝意。假設論文沒有「注釋」的體例，上述五種狀況，放入正文中，就顯得突兀不相容，很難安插處理。有了注釋，就重輕有序，主客分明了。

　　舉凡論著中，得之於人者，必須要作注釋；不是自鑄偉詞者，也必須下注釋。何謂「得之於人」？這個論點、說法、概念、原始創意，得自老師、一本書、一場演講，都必須心存感恩的作注。做人必須要老老實實，做學問跟做人一樣，也要誠信不欺，這就是心術的真誠。自己功力疏、聞見窄、學養淺，沒有關係，也不違法。但如果心術不正，得之於人者未作注釋，就可能違反學術倫理，就有抄襲剽竊的嫌疑。到底有無抄襲剽竊？關鍵在注釋的精粗有無。國內與國外層出不窮、違反學術倫理的抄襲事件，絕大部分都是跟注釋有關。撰寫論文應該用心於注釋，千萬不可敷衍了事，不可等閒視之。

　　注釋的注，有人寫成「注」，有人寫作「註」。案：清段玉裁《說文解字注》稱：「注，灌也。《大雅》曰：『挹彼注茲』，引伸為傳注、為六書轉注。注之云者，引之有所適也。故釋經以明其義曰注。」漢、唐、宋人經注之字，皆作「注」，無有作「註」者。明人始改注為註，良非古

義。唯《康熙字典》引《毛詩・序疏》云：「註者，著也。言爲之解說，使其義著明也。」此當是後起之義訓。總之，作爲訓釋之字，宋以前多作「注」，明以後始兼用「註」。今則多用「注」，罕用「註」字。

注釋與正文，共同構成學術論文的整體、系統。猶《穆天子傳》中的宇宙，穆天子與西王母東西分治，各司其職，各有分工，皆有貢獻。[15] 若純就注釋之功能而言，約而總之，大概有六：其一，注明出處：前文已經談的很多，此不再贅言。其二，清晰脈絡：注釋與正文，分疆治理，讓學術論文主次分明，條理清晰，脈絡分明。因爲學術資料的處理安排，已經把次要的、異議的、考辨的、枝節的，或者是讀者感到疑惑的，通通放在注釋裡面呈現，讓正文聚焦核心主軸，保持比較流暢的主幹通路。其三，解釋異說：論文寫作從問題意識帶出核心論述、焦點議題，面對琳瑯滿目的原典文獻或二手資料，取捨從違之際，以問題意識爲檢驗基準，檢取相同、相近、相關之論述作爲奧援，可以彼此觸發，相得益彰。相異、相左，甚至相反的論述，則不妨移於注釋中解說。如此，可使論述更加周詳不偏。

其四，備列佐證：孤證不能成立，必列相關佐證；主觀直覺、自由心證，不能成立，信據必搜羅齊備，學界相關成果宜竭澤而漁，鐵案如山，佐證豐富，然後立說論證信而有徵。原典文獻、二手資料，連篇累牘；論文寫作時，正文務求詳明周贍，避免繁瑣累贅，他者與我者之取捨，如何能兼容並顧？如果撮舉大義，提取精華敘於正文之中，文獻資料則闌入注釋，可以兩全其美。其五，交代取捨：問題意識的發用，決定了文獻的取捨從違。或選取依從，或割捨不用，當有其準則。文獻去取之標準，可於注釋中強調表述。其六，辨析疑惑：疑問困惑，若與研討之課題直接相關，當於正文中辨明解析。或者關係雖遠，間接類及，亦可於注釋說明。又或議題疑惑龐雜，涉及廣泛；正文敘明其一，而略言其餘；又或正文論述過於精簡概括，留存若干疑問，爲消除疑慮，可於注釋中辨析補強。

---

[15] 顧實編：《穆天子傳西征講疏》（臺北：臺灣商務印書館，1976）。卷三，古文：乙丑，天子觴西王母于瑤池之上。西王母爲天子謠曰云云，天子答之曰：「予歸東土，和治諸夏」云云。西王母又爲天子吟曰：「徂彼西土，爰居其野」云云。頁156～159。

　　注釋和正文的關係，是互相搭配，相得益彰的，這跟匡謬正誤也有關係。難得的創見、獨到的心得、正確的說法、肯定的論點，放在正文裡詳加論述。這樣，可以使我們的主張，前後一致，不至於自相矛盾。讀者觀看閱讀，也脈絡清晰，條理分明。如果不贊成、不以為然的，可以移往注釋，讀者全面研讀論文，將會知道正反並陳，持論客觀，不偏不頗。無論肯定，或反對；我者，或他者，都列舉討論。只是相異相左之觀點放在注釋，有個對應而已。

　　注釋也觀照因革：因是沿襲，革是改變。探討學術問題，無一不涉及因革損益，史學有源流正變，經學、思想、文學都有因革損益。前人的論點，後人接續談論，就有因襲薪傳。因襲太多，開拓便少，創意就不足。如果繼承之餘，又兼顧開拓，那就有創發開拓之功。論文寫作若有創發開拓之功，則適合放在正文強調；因襲太多，缺乏創見的，可以聊備一格，但只能安放在注釋裡面。這樣，主從分治，區隔重輕，對於論文表述的清晰，是有幫助的。對於讀者的考索，也很便利。

　　至於辨章學術，考竟源流，注釋的此一功能，追根究底，其實是《史記》「互見」法的變通運用，所謂此詳彼略，此重彼輕。若再上推窮究，則是「屬辭比事」《春秋》教的發用。史料不妨散布，辭文可以斷裂；讀者排比之，連屬之，運用系統思維則有助於解讀。如果學術論文，能夠留心注釋寫作，吾人研讀其中論述，將可見綱舉目張、條理分明，有脈絡、有層次；主客異區，涇渭分明；取捨軒輊，一目瞭然。上海古籍出版社前總編趙昌平教授（1945～2018）稱：「論文寫作與文章義法相通。」從謀篇安章到選字練句，固然相近；而注釋與正文之主從、重輕、本末、詳略，最可見與文章義法相通相融。

四、斷定有無抄襲，問題關鍵取決於注釋

　　章學誠史學，稱美撰述，標榜著作。《文史通義》〈亳州志人物表例議上〉云：「既為著作，自命專家，則列傳去取必有別識心裁，成其家

言。」[16] 撰寫學術論文，近似歷史編纂學；在屬性上，更追求撰述與著作的標準。所以，章學誠所謂「別識心裁，成其家言」，在論文寫作方面，自是理想的標竿。

章氏既標榜著作，又強調「史德」：「能具史識者，必知史德。德者何？謂著書者之心術也。」[17]《文史通義》又撰〈史注〉一文，有所謂「誠得自注以標所去取，則聞見之廣狹，功力之疏密，心術之誠僞，灼然可見於開卷之頃。」已具論於前。其中，「心術之誠僞」，探討著作者的心態，有必要特別強調一下：

（一）所謂「違反學術倫理」，指論文的抄襲剽竊

心術，就是學術良心。治學態度是否獨立自主，不投機取巧？寫作心態，是否真誠務實，不抄襲剽竊？在論文寫作方面，得通過種種的測試。某些論點，明明別人談過，注釋中卻隻字不提；論點得自別人的啓發，卻都不加以注釋。如果一再地援引別人的觀點和原創，卻不作注釋，這就違反了學術倫理，淪爲抄襲剽竊的嫌疑。

所謂「抄襲剽竊」，《著作權法》中已作相關規定。不過，著作權法並沒有使用「抄襲」一詞。著作上所謂「抄襲」，應指著作權法所稱的「重製權」，[18] 或「改作權」。[19] 換言之，凡是侵害到著作權人的「重製權」、或「改作權」者，就觸犯了抄襲剽竊的罪嫌，這是十分嚴厲的指控。教育部公告的法規，使用較人性化的話語，稱爲「違反學術倫理」。說白一些，就是犯了「抄襲剽竊」的嫌疑。

依據《著作權法》第十條之一規定：「依本法取得之著作權，其保

---

[16] 清章學誠著，葉瑛校注：《文史通義校注》，卷七，外篇二〈亳州志人物表例議上〉，頁801。

[17] 清章學誠著，葉瑛校注：《文史通義校注》，卷三，內篇三〈史德〉，頁219。

[18] 著作財產權，第一款，著作財產權之種類，第二十二條：「著作人除本法另有規定外，專有重製其著作之權利。」參考蕭雄淋《新著作權法逐條釋義》（一）（臺北：五南圖書出版公司，1996初版、2001修正二版），第二十二條〈「重製權」〉。頁244～250。

[19] 第二十八條：「著作人專有將其著作改作成衍生著作，或編輯成編輯著作之權利。」蕭雄淋《新著作權法逐條釋義》（一）。（臺北：五南圖書出版公司，1996年初版、2001年修正二版），第二十八條〈改作及編輯權〉，頁271～275。

護僅及於該著作之表達，而不及於其所表達之思想、程序、製程、系統、操作方法、概念、原理、發現。」司法機關亦認為：「按所謂著作『抄襲』，其侵害著作權人之權利，主要以重製權、改作權為核心。」[20] 所以，未經授權而就「表達」的「重製」或「改作」，可能會構成著作權的侵害。[21] 以上，是有關著作權法的基本概念。

　　簡言之，就《著作權法》而言，未經授權，就主動「重製」或「改作」他人著作，等同於「抄襲剽竊」的行為，即所謂「違反學術倫理」。教育部〈專科以上學校學術倫理案件處理原則〉第三條，對於違反學術倫理的情形，內容表述採取列舉式。如：

> 學生或教師之學術成果有下列情形之一者，違反學術倫理：
> 1. 造假：虛構不存在之申請資料、研究資料或研究成果。
> 2. 變造：不實變更申請資料、研究資料或研究成果。
> 3. 抄襲：援用他人之申請資料、研究資料或研究成果未註明出處。註明出處不當，情節重大者，以抄襲論。
> 4. 由他人代寫。
> 5. 未經註明而重複出版公開發行。
> 6. 大幅引用自己已發表之著作，未適當引註。
> 7. 以翻譯代替論著，並未適當註明。[22]

　　教育部列舉「違反學術倫理」（抄襲剽竊）的情形，類型有七。其中，攸關論文「注釋」的，多達五項，居然超過半數。如所謂未註明出處、註明出處不當、未經註明而重複出版、著作未適當引註、翻譯未適當註明等等。所謂「抄襲剽竊」，在《著作權法》上的意義，指不法重製他

---

[20] 智慧財產法院之刑事判決，詳97年度刑智上易字第00027號。參考章忠信：〈司法機關對於抄襲之要件及判斷〉，98年04月03日。service@copyrightnote.org。

[21] 章忠信：〈「抄襲」有無明確的定義？〉，《法學法律網》，《法學文摘》，2003年1月18日。《學術倫理與智慧財產權》，著作權筆記。

[22] 教育部：〈專科以上學校學術倫理案件處理原則〉，第三條。民國106年05月31日公告。發文字號：教育部臺教高（五）字第1060059470號函。

人受著作權保護的著作。[23]可見，疏忽了注釋這一小環節，可能就構成「違反學術倫理」的事實。有無抄襲剽竊？問題關鍵取決於是否注釋。初學入門者，是萬萬沒有想到的！

大陸公布施行的《著作權法》規定：論文寫作時，「所引用部分，不能構成引用人作品的主要部分或實質部分。」假如論文的主要部分或實質內容，被「重製」或「改作」，對方就成了抄襲剽竊的嫌犯。輾轉引用、巧取豪奪，固然是抄襲。就論文的組織架構來說，結構重複利用，創意再三套搬，也都是抄襲。如：

> 一篇文章的整體結構，如果和另一篇文章的結構雷同；後者又沒有區別于原作、高於原作、獨立於原作。那後者就是結構引用過度，就是抄襲。[24]

將原作與抄襲之作交相比較，假設「後者又沒有區別于原作、高於原作、獨立於原作」；近似處、雷同度如此之高，那就是抄襲剽竊，違反學術倫理，觸犯學術研究的大忌。纂輯圖書，顧炎武比況爲鑄錢。上乘者，采銅於山。其次，則買舊錢充鑄。[25]徵引文獻，當回歸原典，猶如「采山之銅」。其次，則援用成說，猶如買舊錢充鑄。最下者，則好逸惡勞，巧取豪奪，轉引他人成說，據爲己有，竊盜智慧財產。治學欠缺嚴謹如此，不可爲訓。

所謂「引用（quotation）」，與「抄襲」之間，初看相似，其實不同。「吾心有主，然後可以應天地萬物之變」，乃論文寫作之眞言。所以，引用他人著作，主要作爲自我參證、註釋或評論之用。自始至終，皆以自己著作爲主，他人著作爲輔：

23　〈「抄襲」他人著作如何認定〉，國立東華大學智慧財產事區。
24　轉引仲介文獻，還容易引起斷章取義、以訛傳訛。參考文獻轉引的途徑：從文摘刊物中轉引、從網路資源中轉引。參考楊靜：〈論文寫作中的抄襲與剽竊〉，百度《原創力文檔》。
25　清顧炎武著，清黃汝成集釋，欒保群等校點：《日知錄集釋》全校本（上海：上海古籍出版社，2006），卷首，〈又與人書十〉，頁1。

　　「引用」，是在利用人本身有著作的前提下，基於參證、註釋‧評論等目的，在自己著作中使用他人著作的一部或全部才屬之。此外，兩者間為主從關係，必須以自己著作為主，被利用的他人著作僅是作為輔佐而已。[26]

　　闡述觀點，詮釋議題之餘，或為佐證，或為釋疑，或為補缺，或為匡謬；總之，為了「辨章學術，考竟源流」，乃不得不徵引相關文獻，援用他人著作，以之解說，以之論辨。恪守主從分際，不容喧賓奪主，不使主客易位，章學誠稱美之撰述，標榜之著作，大抵如此。

（二）提防抄襲剽竊，注釋可作配套的形式規範

　　「引用」文獻，有其學術規範與研究意義，與「抄襲」成說，不可同日而語，已如上述。所以，徵引文獻，必須好自為之，以免誤會或受害。其中關鍵，正在「注釋」的安排和設計上。本節標題：「斷定有無抄襲剽竊？問題關鍵取決於注釋」理當三復斯言。徵引文獻，既是「作為現代學術研究的主要呈現方式」，而「注釋」可以防制抄襲，正是配套的形式規範。論者稱：

　　　　注釋作為一種形式規範，所要約束與防止的，就是或隱或顯的抄襲，也包括對他人觀點的掠美。……抄襲的形式，也包括重複別人的措辭或者名句、轉述別人的觀點、表述別人的思路的時候沒有恰當地指明出處。所謂「偷意」的現象，也是一種抄襲。[27]

　　掠美他人的觀點、重拾別人的措辭、轉述別人的觀點、複製別人的

---

[26] 〈學術論文的「引用」與「抄襲」之間，到底要如何區別〉，經濟部智慧財產局「校園著作權百寶箱」。

[27] 仇鹿鳴：〈學術史回顧的寫法：兼談論文寫作中的形式規範和實質規範〉，2019年4月30日講授，《近現代史研究資訊》，2020年，1月3日。原文網址：https://kknews.cc/education/amk3jmv.html。

思路，都是或隱或顯的抄襲剽竊。晚唐釋皎然著《詩式》，提出「作詩有三偷」：以爲偷語，最下；偷意，其次。偷勢，最上。[28] 偷語，暗用前人的語詞。偷意，陰襲古人的構思。偷勢，巧取前輩的意境。以今觀之，偷語、偷意、偷勢，偷取對象雖有不同，大抵都是變相的抄襲，並無高下之分。就論文寫作而言，無論語詞、構思的抄襲，或核心論旨的剽竊，都算「違反學術倫理」。

標列注釋，就學術論文規範而言，是爲了「明述作之本旨，見去取之從來」。在自己的著作中，如果出現「借用別人的思想或表達方式」，卻未作注釋，未指明出處，這就構成了抄襲。《MLA 論文寫作手冊》稱：「所謂剽竊或抄襲，是指在自己的著作中，使用他人的觀念或說法，而未注明出處。」[29] 換言之，論文涉嫌抄襲剽竊，取決於是否「注明出處」。未注明出處，等於冒充他人，盜用智慧，這種錯誤行爲，就是剽竊或抄襲。所以，「注明出處」，雖是小問題，卻是大關鍵。

注，指注明出處。釋，謂釋疑辯惑，或解釋歧義，或闡釋異說。自我的申說論證，安放於各章各節的正文中。參考學界同行的相關見解，移往注釋中表述。楚河漢界，開卷瞭然，不相淆亂，何來剽掠？論文寫作如果沒有註明出處，將被認定是自家的見解與心得。如果實際上不是，就有剽竊的嫌疑。講究注釋規範，將我者與他者作楚河漢界之區劃，將有助於抄襲剽竊之防範。

舉凡就論文涉嫌抄襲的，簡言之，大多緣於「注釋」問題。說得專業些，就是「述」與「作」二者，沒能作清楚區隔。複述他人的論點時，真該作個注釋！沒有處理好，就等於挑戰學術倫理。或許抄襲別人的著作，自覺心虛，出處就不註明。於是主客、人我混同，明引、暗用難分，這就違反了學術倫理。畢竟，注釋作爲研究論文的附隨組織，是一種學術規

---

28 張伯偉編撰：《全唐五代詩格校考》（西安：陝西人民教育出版社，1996），唐釋皎然：《詩式》，〈三不同：語、意、勢〉，頁216。

29 參考〔美〕約瑟夫・吉鮑爾迪著，王健文譯校：《MLA論文寫作手冊》（*MLA Handbook for Write of Research Papers*）（臺北：書林出版公司，2010第七版）。第二章，〈抄襲〉，2.1「剽竊的定義」：剽竊行爲犯了兩項錯誤：第一，是偷竊行爲。第二，這是詐欺。頁54～55。

範，必須切實遵守。「注釋」對於學術研究，有不可取代的核心價值。復旦大學仇鹿鳴的體會，堪稱精湛：

> 注釋的核心，是標明發明權所在。承認某項工作是由誰首先完成的，誰最早提出了某個觀點。只有確立了這一坐標系，才有可能說明在前人工作的基礎上，我做出了什麼樣的貢獻；我對於前人觀點有什麼樣的闡發、批評和糾正，甚至完全推翻了前人的觀點。[30]

注釋最基本的功能，不只是「見去取之從來」而已！報本返始，感恩先發之人，是其一。標示發明權所在，確立一個坐標系，是其二。此後相關議題之成果，有無補充、發展？有何批評、糾正？有何闡發、推翻？多可據先發座標為基準，進行考察、對照，是其三。注釋之於學術研究，豈可小覷哉？

論文徵引文獻，無論明引，或者暗用，一旦違反學術倫理成立，就成了終生的遺憾。所以，注釋的有無，看似小問題，卻是大關鍵。有人因此學位不保，有人因此丟掉烏紗帽，變成人生的污點，一輩子的惡夢。因此，撰寫論文應該老老實實、循規蹈矩的加注作釋。做學問應從謹小慎微做起，千萬不要因為注釋沒能處理好，成為壓死駱駝的最後一根稻草。所以注釋的有無，牽涉到心術的誠偽。事關重大，不可輕忽大意。

五、注釋的學術價值

注釋，標示作者的發明權所在，不只是學術論文不可或缺的體式而已，更是檢驗學風旅向、學術良知的試金石。學術論文的價值，往往因注釋功能的充分發揮，而獲得顯著提昇。所以，學術研究，必須盡心致力於

---

[30] 仇鹿鳴：〈學術史回顧的寫法：兼談論文寫作中的形式規範和實質規範〉，2019年4月30日講授，《近現代史研究資訊》，2020年1月3日。原文網址：https://kknews.cc/education/amk3jmv.html。

注釋的撰寫。復旦大學李劍鳴說：

> 注釋不僅是論著學術性的標誌，而且也是反映學風和學
> 術道德的重要指標。……充分發揮注釋的功能，可以提升論
> 著的學術價值。因此，無論初學者，還是成名學者，都不可
> 忽略注釋問題。[31]

　　注釋不只是論著學術性的標誌，而且也是反應學風與學術道德的重要指標。李劍鳴有一篇論文，批評研究清史的學者，論述明明得之於別人，卻不注明出處，好像那些創見心得都是作者自己的，其實不然。但是因爲沒有注釋說明，所以在這本書中曾有批評，認爲學風敗壞，學術道德有瑕疵。他主張，充分發揮注釋的功能，可以提昇論著的學術價值。由此可見，無論是初學者或成名學者，都不可以忽視注釋的問題。「入門須正，立志須高」，初學者要養成良好習慣，以後才不會觸忌犯諱。就算資深學者，也應該注重注釋問題，不可等閒視之。

　　對學術的繼承與創新來說，注釋是一種有效的保障。議題有所開創，不妨放在正文暢談；有所因襲借鏡，則移往注釋場域指明。誠如李劍鳴所言：「如果用注釋標出前人的觀點，作者自己的見解就自然顯現出來了。」也許有人會說：論說詮釋，動輒注明他人的論點，是否就犯了觀點失語症？變成了代言人？這攸關聲量的重輕小大，要避免喧賓奪主，就得謹守主客之分際。應該把別人的成果，當作研究的起點，那就得發揚光大。把有所創發的部分寫到正文裡面，暢所欲言；薪傳別人論點，則移放注釋之中。如此一來，主客分流，述作異域，讀者對照、比較，作者的創見心得不就顯現出來了嗎？如果在別人的基礎上，還能夠更進一步，還能夠發明創造，甚至後來居上，青出於藍，那是研究的終極追求。

　　論文，一定有得自別人啓發之處。全盤接受別人的論點，只有因襲，沒有創發，那不叫研究。創新，是繼承別人的優長外，更見開創自家

---

31 李劍鳴：《歷史學家的修養和技藝》（上海：上海三聯書店，2007），第十一章〈體例與
　規範‧標注的方式〉，頁389。

特色。不管是繼承還是創新，注釋都是有效的保障。研究某個課題，學術界目前有哪些經典論著？有哪些創見發現？有哪些高明的見解？都安排在注釋中呈現出來。不管是贊成的，或是反對的；是正面的，或反面的，學術史相關而重大的訊息，都可以藉注釋表露無遺。由此可見，注釋的功能不可小看，除與正文彼此發明，相得益彰外，還可作為學術研究的指引。理想的注釋，是文獻學的總匯，目錄版本學的節本，專題研究書目的指南，特定議題探索的大凡。

在注釋與正文場域的對照中，主從、異同、正誤、因革，以及述作、優劣、得失，都次第呈現。故曰：「注釋還可以為進一步的研究指引門徑。」綜上所述，筆者以為：注釋之學術價值大抵有七，揭示如下：

> 作者學養之深淺、聞見之廣狹、取捨之原委、眼光之高下、功力之疏密、心術之誠偽、學風之趨向，皆灼然可見於注釋之中。註釋之慘淡經營，誠有助於論文之條理化與說服力。

學術論文的注釋，從「標所去取」的趨向，可以看出作者的別裁特識。「學養之深淺，聞見之廣狹」，固然可從徵引文獻，解讀問題看出。從注釋對文獻的取捨從違，亦不難理解作者「眼光之高下，功力之疏密」。甚至於學術良心是真誠不欺，還是剽竊造偽，也容易從注釋之明引或暗用中看出。有了注釋，可以提供讀者進行對照。先於作者發表的論文著作，叫做前賢；正在寫論文的人，就是後進。前賢後進之間作比較，問題論述究竟誰精緻？誰粗糙？層面的廣闊、狹隘，品質的優秀，或普通？但看注釋，都可以看出來。

關於原創和因襲之辯證，這本是文學、藝術創作論的問題。其實，文化傳承、產品開發、論文寫作，也都觸及這類課題。簡言之，這是述與作、因襲與變革、模擬與創造、繼承與開拓的問題。文章寫作與學術研究，要求「接著講」，禁忌「照著講」。興起、變革、補充、發展、創造、開拓，就是「接著講」；而稱述、因襲、模擬、繼承，甚至於偷意、偷勢，就是「照著講」。《禮記‧樂記》云：「作者之謂聖，述者之謂

明」，聖優於明，而作勝過述。《論語・述而》談到孔子自言：「述而不作」，可見述和作是不同的。述，就是演練前人的論點，就是因襲、繼承、稱述，《禮記・樂記》所謂繼志繼聲。就論文寫作而言，別人有優點、長處、創見，當然值得學習繼承；但不宜沈醉停格在別人的論點上。要針對別人提出的觀點，進一步深入思考，廣博觸發，精緻論述，如此創造發明，才叫「作」。

　　《禮記・樂記》稱：「作者之謂聖，述者之謂明」，可見「述」與「作」是有優劣之別的，程千帆先生探討劉知幾《史通・模擬篇》，提出「離合」的判斷標準：「但以今作與古作，或己作與他作相較，而第其心貌之離合。合多離少，則曰模擬；合少離多，則曰創造。」[32]離，指疏離；合，指符合。今古比較，人我比較，以離合之多少，斷定模擬或創造，可作文學價值檢驗的準則。創造就是作，模擬等於述。不管是研究經學、史學、思想、小說、文學、戲劇，源流正變，因革損益之際，普遍存在這種狀況。講白一點，前人後人、自己與他人經過比較，如果熟悉感強烈，就接近模擬。假設陌生化洋溢，就是變革的多，創造開拓成份大。

　　前人的論點非常不錯，當然應當學習。但是嫻熟成果，盤據發表空間，影從附和，無所不在，論點跟人家相似、相近、相關、相同的太多，生疏遠離的很少，這就是述多於作，創造性很少，論文就缺乏價值。一篇論文或一本著作，論點不可能都得之自己的創發，如果見解和他人相關、相近的部分比較少，疏離的多，這叫做創造，稱爲「作」。論文或專著，到底是述還是作？從注釋是容易看出來的。因爲「述」大多擺在注釋，「作」則安排在正文。舉凡高明的創獲、核心的論旨、難得的發現、獨到的見解，盡可能放在正文中論述闡發。凡是需要引證、考訂、辨惑、補充、歧異、指引、匡正的，都轉移位置，放入注釋之中。或者爲了維持正文的詳明周贍，避免繁碎累贅；或是爲了交代取捨，備列佐證，都可以擺放在注釋中，安插在注釋裏。

　　馮友蘭提倡新理學，是就宋明理學接著講，不是照著講。照著講，是

---

[32] 程千帆《文論十箋》下輯，〈模擬（論模擬與創造）〉，莫礪鋒編：《程千帆全集》（石家莊：河北教育出版社，2001），第六卷，頁227。

述；接著講，是作。照著講，是模擬；接著講，是創造。學術研究像接力
賽，前賢同行探討到甚麼地步，我們後生應該要百尺竿頭更進一步。雖然
只是碩士生、博士生，學養可能有待加強。但只要追求「接著講」若干創
見心得，比起全部「照著講」，當然其價值不可同日而語。注釋的貢獻，
可以是小兵立大功，注釋處理的優劣得失，是決定學術論文「接著講」還
是「照著講」的關鍵，豈可等閒視之？

　　注釋和正文，猶如集體作戰，不必強分主戰場、或次戰場；也不必
分前線戰鬥，或後方補給，必須協調分工，團結合作。又好比戲劇製演，
幕前舞台演出固然是成敗優劣的關鍵，但是幕後團隊的支援補給，也必然
影響演出的品質。相形之下，注釋絕對不是論文的附屬品，不會是可有可
無的點綴物。注釋在學術論文寫作中的角色，看似小問題，卻是大關鍵，
已如上述。作戰如果缺了後方補給，演出少了幕後英雄，戰果可能功虧一
簣，演出自然荒腔走板。所以，為了名實相符，應該正名為「注釋」，不
可以稱為「附注」。好好善用注釋與正文的分工合作，相得益彰，提出創
新的觀點和獨到的見解。

　　違反學術倫理的事件，層出不窮，除涉嫌造假，心術不正外，其他疑
似抄襲剽竊的個案，大多與疏忽注釋功能，或未發揮注釋作用有關。從臺
灣的助理教授升等案、市議員學位抄襲案，到德國國防部長、教育部長下
臺案，墨西哥總統涉嫌案，此中有一共通焦點，即學界成果與作者論說，
混同無別。未嘗將二者分疆分治，更未將他人觀點移置注釋。既未標注出
處來源，又未說明去取從違，於是混淆人我，皆視同己作。細案深考，比
對勘查，雷同者過多，巧合者不少，於是罪證確鑿，百口莫辯。換言之，
切合者眾，疏離者寡，即是模擬、因襲。「照著講」多於「接著講」，非
剽竊抄襲而何？由此觀之，若不講究注釋寫作的藝術，容易淪為抄襲剽竊
的嫌疑。甚至於誤蹈法網而不自知，不可不審慎，不可不警戒。

　　至於注釋的格式問題，建議採用中央研究院《中國文哲研究集刊》注
釋的體例。《集刊》體例分工很細：引用專書、引用論文、引用報紙，各
有格式。還有，再次徵引、第三次徵引時；是論文，或是專著，也都有些
不同。上網檢索可得，不贅。

第十五章　結　論

　　文藝學借重科學的信息論，用於圖書之傳播、閱讀、接受、反應，而有所謂「反饋」之說。[1]傳播，指信息或知識雙向互動交流之過程。知識信息透過媒介傳播，形成傳播行為。專著、論文，即傳播媒介；閱聽大眾，為信息之接受者。信息之傳達與接受間，產生正反饋與負反饋，是所謂傳播效果。[2]此一理論，可以移用，借為論文作者與讀者雙向交流之參考。

一、論文之撰寫與閱讀，必須知所先後

　　專著一旦出版，論文一旦刊登，就會生發傳播、閱讀、接受等系列之連鎖反應。信息論所謂正反饋與負反饋，即指讀者兩極化之回應或評價。審查學術著作，內行人閱讀研究論文，有幾個地方，一定先睹為快。照優先順序：第一，看摘要；第二，看結論；第三，看緒論（前言）。明乎此，吾人撰寫論文知所先後，將有利於傳播與行銷。

　　作者的學術敏感度，研究企圖心，但觀緒論與結論，即可以即器以求道。論文的選題指向、問題意識、文獻掌握、研究方法，以及成果評估、貢獻預測，可從緒論（前言）導覽看出。此《文心雕龍・章句》所謂「啓行之辭，逆萌中篇之意」。緒論作為一篇之冠冕，發蹤指示之功獨大，導覽簡報的作用次之。至於作為全書的伏筆、張本，亦不容忽視。緒論必須

---

[1] 陳遼：〈信息和文藝〉，詳王春元、錢中文主編：《文學理論方法論研究》（長沙：湖南文藝出版社，1987），頁162、179。

[2] 董天策：《傳播學導論》（成都：四川大學出版社，2004），第四章第二節〈媒介的性質〉，頁70～71。丹尼斯・麥魁爾（Denis Mc Quail）、史文・溫達爾（Sven Windahl）合著，楊志弘、莫季雍譯：《傳播模式》*Communication Models for the Study of Mass Communications*（臺北：正中書局，1996，二版），頁16～17。參考張高評：《苕溪漁隱叢話與宋代詩學典範——兼論詩話刊行及其傳媒效應》（臺北：新文豐出版公司，2012），第二章第二節，一、〈傳播與接受〉，頁45～47。

用心經營，以此。

　　至於創獲、發明、心得，則體現於結論之中。結論，篇幅短，文字少，方便瞬間掌握，及時知曉。摘要（含關鍵字），則精益求精，濃縮緒論結論之芳華，萃取結論緒論的精髓，覽者讀之，可以「望表而知裏，捫毛而辨骨」。故論文的寫作，自當用心於摘要，盡力於結論，方可稱為「知所先後」。

　　如果一篇論文，缺了緒論、結論，或可就摘要所揭示，檢驗全文的談論。因摘要與全文的關係密切，誠如朱熹《中庸章句・序》所云：「放之，則彌六合；卷之，則退藏於密。」摘要，即全文「退藏於密」的結晶，乃具體而微的精髓。所以，摘要寫作，必須務本踏實；是非妍媸，如實傳真。假如表裏不一，虛實異調，那麼，論著的評價就會大打折扣。

　　可見，古人所稱「鳳頭、豬肚、豹尾」六字法，鳳頭與豹尾部分，贏得讀者關注最多。摘要、結論、緒論看過之後，讀者行有餘力，才輪到關注目次章節與全文內容的對應。其次，才是文獻徵引與詮釋解讀；至於注釋與正文的辯證關係，往往作為壓軸檢驗。以上所言先後順序，大抵即是行家審閱論著（文）的次第。

　　一本專著，在摘要、結論、緒論之後，接續的觀覽對象，最有可能是目次，亦即全書的寫作大綱。摘要所提示，緒論所陳說，結論所總括，三者與大綱內容應該一致，前後論說應不矛盾衝突。例證對應學理，標題文字與探論範疇裏外如一，設章分節立項符合比重原則。諸如此類，自是檢驗考察的重點。

二、論文的主體論述，追求豐富、精彩、創發、開拓

　　緒論以下各章節，篇幅幾佔全文五分之四，實即明陶宗儀《南村輟耕錄》所謂「豬肚」之部分。意指論著的具體內容，當追求豐富、精彩、創發、開拓。夷考其實，這部分之所以堅實、透闢，水到渠成，引人入勝，就一部完成的論著看來，似即「摘要」的演繹、申說、舉例、論證。又似

「結論」的大前提、小前提，故「放之，則彌六合」如此。

　　論著各章節的內涵，諸如文獻的運用、詮釋的方法、資料的取捨、議題的開展、亮點的凸顯、論說的闡釋、章節的推敲、脈注綺交的講究等等，即陶宗儀譬況為「豬肚」的部分，實三段論式的大前提、小前提。大小環節的演繹，是否順理成章？有無偏差乖謬？內外考證的論述，是否言之成理？正確無誤？林林總總，都應該接受讀者的考察與檢驗。

　　至於章節比重的考量，文獻徵引之後的詮釋解讀，資料的取捨，議題的開展，亮點的凸顯，論說的闡釋，章節的推敲。脈注綺交的講究，以上課題，已詳本書第七章、第八章、第九章、第十章、第十一章之中。讀者接受或反饋，都在這些節骨眼上。各章論述具在，翻查可見。

　　本書內篇第十四章，為〈論文注釋與學術規範──學術論文為什麼要用心於注釋？〉，闡述注釋與論文寫作的相輔相成關係。在方法學、史料學上，注釋，具有可驗證性和可重複性，乃現代學術研究的主要呈現方式。王爾敏說：「有專論而無註腳，必定不被承認其為學術研究。」仇鹿鳴謂：「注釋的核心，是標明發明權所在。」李劍鳴稱：「注釋不僅是論著學術性的標誌，也是反映學風和學術道德的重要指標。」注釋對於論文寫作的重要，由此可見。

　　論文寫作，為文章寫作的一環。主從、重輕、本末、精粗、是非、優劣，不可等量齊觀，為便於論說詮釋之脈絡分明，故有注釋的體例。論文寫作，近似歷史編纂學。論文之有注釋，猶史書之有史注。與正文搭配，攸關論文寫作時，主從、重輕、詳略、異同之規劃，以及真偽、是非、本末、源流之安排。主客因分流，而脈絡清晰，條理分明。既有助於行文之流暢，更便利讀者之考索。

　　論文既要詳明周贍，又要避免正文累贅，這得靠注釋的輔助。注釋作為學術論文的一種規範，其功能大抵有七：注明出處、清晰脈絡、解釋異說、備列佐證、交代取捨、辨析疑惑、匡謬正誤。誠如章學誠所言，作者「聞見之廣狹、功力之疏密、心術之誠偽」，多可以從注釋中看出。另外，作者學養之深淺、取捨之原委、眼光之高下、學風之旆向，亦灼然可見於注釋之中。註釋積極經營，誠有助於論文的條理化與說服力。

　　舉凡高明的創獲、核心的論旨、難得的發現、獨到的見解，盡可能放在正文中論述闡發。那些需要引證、考訂、辨惑、補充、歧異、指引、匡正的，都轉移地盤，喬遷位置，擺放在注釋中，安插在注釋裏。如果學術論文，能夠留心注釋寫作，將可見綱舉目張、條理分明，有脈絡、有層次；主客異區，涇渭分明；取捨軒輊，一目瞭然。注釋的功能，若能善加發揮，正可與正文相得益彰。同時，斷定有無抄襲剽竊？問題關鍵取決於注釋。誠如《文史通義・史注》所謂：「心術之誠偽，灼然可見於開卷之頃。」為了提防抄襲剽竊，注釋堪稱配套的形式規範。

　　文章寫作與學術研究，要求「接著講」，禁忌「照著講」。興起、變革、補充、發展、創造、開拓，就是「接著講」；若只是稱述、因襲、模擬、繼承，甚至於偷意、偷勢，就是「照著講」。接著講的，安排在正文申說；照著講的，移放到注釋中交代。涇渭分明如此，論文寫作，既是賞心樂事，將可望賓主盡歡。注釋之於論文寫作，看似小問題，其實是大關鍵，故不殫其煩，書重辭複如此。

外篇

相關學科之借鑑

第一章　創意發想與理想選題

　　學術研究，追求獨到創新。貴在能發人所未發，言人所未言。所以，研究發想是否追求創意，關係論文選題的良窳，更影響到研究成果之優劣得失，以及學術水準之高下利鈍。語云：「所有成功的故事，開始於一個偉大的想法」；這偉大的想法，十之八九，指的就是創意的發想。

　　創造發明，是科技產品的生命，更是文學藝術作品的靈魂。探究科技產品的創意發想，可以提供新創發明諸多啓示，如英國戴森爵士（Sir James Dyson, 1947～），發明無袋吸塵器（無扇片電風扇）；瑞士工程師麥斯楚（George de Mestral），模仿鬼針草而發明魔鬼氈（Velcro）；因鸚鵡螺的啓發，美國建造了第一艘核子潛艇；電影的蒙太奇藝術（Montage），從建築學的裝配構成轉換而來。同理，如果我們提煉文學、藝術中的獨特創意，當有助於推陳出新、自成一家。種種研究案例顯示：創意，不僅是產品研發的利器，更是經營管理、規劃設計的導航器；而且，更是文藝創作、談吐思辨、教學研究的指南針。

　　創意，學名叫做創造性思維、創造思考能力；簡稱創造思維，或創意思維（Creative Thinking），簡稱創造力、創意。工商管理學院，很注重創意經營、創意管理。由於臺灣中小企業繁榮發達，企業主不見得有企業管理的學養。於是企管系的教授現身說法，金針度人，舉例說明、系統介紹經營管理的創意個案，或譯介歐美日本的創意理念。往往深入淺出，引人入勝。由於文字淺顯易懂，很適合初學入門之參考。規劃遠景，設

計未來，需要創意發想，就如同經營管理、文藝創作一般。[1]「創意就是財富！」這句話對企業之經營管理，工程之規劃設計而言，尤為至理名言。

人亦有言：「科技源於人性，創意來自人文」；人文學科中，文學藝術之追求創意，體現創意，更是無所不在，無時不在。研讀中國文學史，有一個口頭禪，所謂「漢賦、唐詩、宋詞、元曲、明清小說」，就文學的源流正變、因革損益而言，每一種都代表著推陳出新、獨到創獲的成就。其實，何止如此，自《詩經》、楚辭以下，舉凡卓越之作家，優秀的文學藝術作品，無一不是創意大師，沒有不是新創代雄的傑作的。無論王國維《宋元戲曲史》所謂「一代有一代之文學」，或是趙翼所云：「江山代有才人出，各領風騷數百年」；[2] 某一代文學之所以有特色，才人所以能各領風騷，殊途同歸，百慮一致，都趨向於創意思維的發用。文體不分詩、文、賦、詞、小說、戲曲，人不分古今、西東、朝野、雅俗，舉凡流芳百世、傳世不朽之文學或藝術，起心動念，無不根源於創意發想。

創意發想，原指從無到有、獨到新創而言。基本上需揚棄慣性思維，跳脫專業聯想障礙。其特色為超越傳統、妙脫蹊徑；為不可思議、匪夷所思；[3] 為謝絕標準化、公式化，為不雷同、不盲從。其顯而易見之表現，為思維形式之反常性、思維空間之開放性、思維成果之獨創性。其觀照視野，能從多角度、多側面、水平式、全方位去考察問題，避免局限於

---

[1] 有關創意發想，可參考傅偉勳：《從創造的詮釋學到大乘佛學──「哲學與宗教」四集》（臺北：東大圖書公司，1990）。劉長林：《中國系統思維》（北京：中國社會科學出版社，1990）。傅偉勳：《學問的生命與生命的學問》（臺北：正中書局，1994）。王國安：《換個創新腦》（臺北：帝國文化出版社，2004）。〔美〕·邁克爾·米哈爾科（Michaael Michalko）：《創新精神：創造性天才的秘密》Cracking Creativity: The Secreats of Creative Genius（北京：新華出版社，2004）。〔美〕史提夫·瑞夫金（Steve Riukin）、佛拉瑟·西戴爾（Fraser Seitel）著，甄立豪譯：《有意義的創造力》Idea wise（臺北：梅霖文化公司，2004）。〔美〕強納森（Frams Johansson）著，劉眞如譯：《梅迪奇效應》（臺北：商周出版，2005）。〔美〕溫德（Jerry Wind）、庫魯克（Colin Crook）著，蕭幼麟譯：《超凡的思維力量》The Power of Impossible Thinking（臺北：台灣培生教育出版公司，2005）。〔日〕大前研一著，謝育容譯：《創新者的思考》（臺北：商周出版社，2006）。張高評：《創意造語與宋詩特色》（臺北：新豐出版公司，2008）。張高評主編：《文學藝術與創意研發研究論文集》（臺北：里仁書局，2011）。

[2] 清趙翼著，李學穎、曹光甫校點：《甌北集》（上海：上海古籍出版社，1997），卷二十八〈論詩〉四首之二，頁630。

[3] 田運主編：《思維辭典》（杭州：浙江教育出版社，1996），〈創造思維〉，頁207～208。

單一的、垂直的、慣性的思維。[4]上述有關創意之界說，得自經營管理學之歸納，亦適用於規劃設計，談吐思辨，當然用來詮釋文學作品與作家，藝術品與藝術家，往往相悅可解。

一、論文寫作從取材詮釋到成果，其憧憬期許與創意發想相當

發想，就是起心動念，原始初衷。理論上是論文寫作的源頭活水，也是支撐論文寫作，從取材、解讀、詮釋，到心得、成果的一股能量與動力。宋嚴羽《滄浪詩話》開宗明義即言：「入門須正，立志須高」，論文寫作取法乎上，追求新創與獨到，將來成果提出，雖不切中，當不致太懸遠。研讀古今碩儒之治學語錄，詩評家對名篇佳作之提示，多不約而同，聚焦於創意發想。研究與寫作，以創發獨到為終極追求，即嚴羽「入門須正，立志須高」之提示。

宋初胡瑗對神宗問，以為儒者之學，有體、有用、有文。[5]宋學標榜明體達用，實即內聖外王之憧憬和期許，胡安定之創意發想極肯綮、極宏偉。清初顧炎武著《日知錄》，高懸著書指標：「其必古人之所未及就，後世之所不可無，而後為之」，[6]有此準的，故言之有物，充實而有光輝。趙翼《甌北詩話》論詩，追求「詩家能新」。且稱：「意未經人說過，則新。書未經人用過，則新。」〈讀杜詩〉則云：「不創前所未有，焉傳後無窮？」[7]一心憧憬「不經人道，古所未有」之詩語與詩思。胡瑗、顧炎

---

4 匪夷所思，不可思議，本為禪學術語，今借以指創意發想。如把一粒阿司匹林（Aspirin）泡在花瓶裡的水中，瓶裡插的鮮花會更新鮮，更耐久。見董橋：《董橋散文》（杭州：浙江文藝出版社，1996），〈柳條皮與水楊酸〉，頁123。
5 清黃宗羲原著，清全祖望補修，陳金生、梁運華點校：《宋元學案》（北京：中華書局，1986、2007），卷一〈安定學案〉，頁25。
6 清顧炎武著，清黃汝成集釋：《日知錄集釋》全校本（上海：上海古籍出版社，2006），卷十九〈著書之難〉，頁1084。
7 清趙翼：《甌北詩話》卷五，收入郭紹虞編：《清詩話續編》，頁1202。參考張高評：《清初詩話與宋詩宋調》（臺北：萬卷樓出版公司，2017），第四章〈趙翼《甌北詩話》論蘇、黃與宋詩〉，第三節，二，「詩家能新」，頁152～155。

武、趙翼之文思或詩思，起心動念，多暗合創意發想之自覺。胡、顧、趙
三家，皆可作論文寫作取法乎上的老師。

　　乾隆年間狀元金德瑛（1701～1762），其詩骨堅意警，不主故常。曾
評價陶潛、王維、韓愈、王安石四家桃源詩，以爲摩詰以下，「承前人之
後，故以變化爭勝。使拘拘陳跡，則古有名篇，後可擱筆，何庸多贅？」
提示承前而變化之，可以爭勝。且言：「苟無新意，不必重作。」[8]這是何
等期許與氣魄，唯有變化，足以爭勝；《南齊書·文學傳論》所謂「若無
新變，不能代雄」；至於趙翼〈論詩〉云：「江山代有才人出，各領風騷
數百年」，亦以新變自得爲動能，以創新獨到爲指標。推而至於一代有一
代之文學，一家有一家之文學者，亦皆有其創意發想。舉凡絕美之好詩妙
文流傳不朽者，大多出於匪夷所思，不可思議之創意發想。

　　創意，是一種「高山仰止，景行行止」的終極追求。如果能夠抱著
「雖不能至，然心嚮往之」的憧憬，則取法乎上，成績不至於太平凡。文
史學界的大家名家，著作論說所以卓越不凡者，多盡心於取材，致力於信
證。如顧炎武《日知錄》，一年才撰得十餘則，蓋泛觀博覽，取材原典，
猶古人鑄錢，採銅於山，其取材難能而可貴如此，成果可以預期，必是
「古人之所未及就」。錢穆不滿康有爲《新學僞經考》的立論，爲了駁斥
其牴牾，於是先編著《劉向歆父子年譜》，著其實事，疏通證明。「實
事既列，虛說自消。」[9]程千帆強調，學術論文貴在創新；創新之道，在掌
握第一手資料：「我寧可從某些具體對象入手，然後從中概括出某項可
能成立的規律來；而不願從已有的概念出發，將研究對象套入現成的模
式。」[10]起心動念從原始文獻入手，也是採銅於山、「書未經人用過」的
概念。鄧廣銘治宋史，堅信「史學即是史料學」，所以撰寫文章，「都是

8　清陸以湉：《冷廬雜識》（北京：中華書局，1984），卷7〈金總憲論詩〉，引金德瑛之
　　說，頁399。
9　錢穆：《兩漢經學今古文平議》（北京：商務印書館，2001、2003），〈劉向歆父子年
　　譜·自序〉，頁7。
10　〈程千帆學記·閑堂自述〉，鞏本棟編：《程千帆沈祖棻學記》，（貴陽：貴州人民出版
　　社，1997）。上輯，頁10。參考同上，〈關於學術研究的目的、方法及其他〉，頁116～
　　125。〈貴在創新──關於學術論文寫作的問答〉，頁125～134。

因爲加意地對於有關史料作了充分的鑑別、審查，和由此及彼的考證，然後才使研討的問題得出了較新的成果。」（《自選集・自序》）王運熙治古典文學，首先注意的，是「佔有充分的材料」；「材料不足，證據不夠時，不輕易下斷論。」（《王運熙卷・自序》）研究伊始，正確的治學態度，就決定了論文的高度；創新的格局，也影響了論文的結局。

　　講究研究方法，致力顧炎武所謂「古人之所未及就」，盡心趙翼所倡「意未經人說過」，進行創意詮釋，有助於提昇論文品質，成果容易獨到創新。方法，是一種工具之學，像望遠鏡、顯微鏡一般，讓我們看得更遠，探得更深，說得更清楚。如果研究的初衷，期許自己寫好這篇論文，就不得不講究研究方法，因爲「工欲善其事，必先利其器」；方法，就是研究的利器。像比較研究法，可以較成功的得出源流正變、因革損益，甚至優劣得失、精粗深淺。如王國維、陳寅恪，運用比較法研究上古史、中古史，所得成就，可作典範。程千帆著有《文論十箋》、《古詩考索》、《被開拓的詩世界》、《儉腹抄》等書，也是針對主題、題材、形象、風格進行多角度、多方面之比較；[11] 或者吸收古代詩論的研究成果、提昇到理論層次。當然，「有何可比、何從去比、如何去比」？必須要有深厚的學術根柢，畢竟徒法不能以自行。（舒蕪〈千帆詩學一斑〉）

　　善用統計法，讓數據說話，可以增強說服力、取信度。譬如《春秋》學問題，《公羊》學者提出「《左氏》不傳《春秋》」說，認爲《左傳》跟《春秋》經之關係，遠不如《公羊傳》密切，《公羊傳》、《穀梁傳》才是解經的正宗、嫡傳。南京師大趙生群提出數據作論證：解釋《春秋》，應以有經有傳爲當然，《左傳》較《公羊》盡心致力。深受質疑的「經有傳無」，《左傳》數量最少，約有 550 條。《公羊傳》最多，約有 1300 條；《穀梁傳》其次，也 1100 條以上。[12] 訴之數據，有助佐證論說。宋代人才出仕的地理分布：北方與南方中舉之比例消長，學界研究多用數

---

[11] 程千帆：〈相同的題材與不相同的主題、形象、風格──四篇桃源詩的比較研究〉，《程千帆全集》（石家莊：河北教育出版社，2001），第八卷，《古詩考索》，頁125。
[12] 趙生群：《《春秋》經傳研究》（上海：上海古籍出版社，2000），第五章〈《左傳》有經無傳辨〉，頁174～176。

據取勝：王水照研究嘉祐二年貢舉，號稱最爲「得士」，經由統計分析，此年錄取進士，福建 64 人最多、浙江 39 人、江西 38 人居次；傅璇琮、龔延明《宋登科記考》，考出此榜進士 262 人，以地域分佈言，亦以福建、浙江、江西爲次序，結論一致。北京大學張希清研究北宋貢舉登科人數，以數據顯示：北宋平均每年錄取人數，約爲唐代 4.5 倍，元代 30 倍，明代的 4 倍，清代的 3.6 倍。於是得出：北宋取士人數之多，「在科舉史上，是空前的，也是絕後的」。[13] 數字會說話，信據確鑿而堅實。論文寫作所得，顛撲不破如此，當然獨到創新。

　　研究學術選擇方法，當如相體裁衣，量身訂做。選對了方法，研究就有一半的成功勝算。自我期許，希望研究有創新獨到成果，除了愼選研究方法外，調整視角、轉換觀點，也是一種創新的思維，頗有利於學術生長點的開發和茁壯。如梁啓超研究文學，多採用文化的視角，將文學問題放到文化範疇內作討論，他主張研究學問，「往往容得許多方面的觀察，而且非從各方面觀察，不能得其全相」。王國維《紅樓夢評論》，提倡從哲學、美學、倫理學的視角，去評論文學，研究小說。[14] 這種文學批評模式，很有創新性、開拓性。一般而言，沉潛學問，必定養成專業。就研究視角而言，專業是兩面刃：其失在固必、墨守、執著、自信，而無所觸發，此之謂專業聯想的障礙。所以，有必要培養轉換視角看問題的眼光。陳寅恪爲傑出的唐代文史學者，所著《秦婦吟校箋》、《元白詩箋證稿》，以史事箋注詩文，又從詩文梳理出史事，會通文學、史學、哲學，進行學科整合之研究，此種轉換研究視角的史識，蓋植根於所謂創意發想。[15] 葛兆光任職於復旦大學文史研究院，關注他山之石，欽佩異域之眼，提倡「從周邊看中國」，強調多元視野；主張虜學、域外和中國學作

[13] 張希清：〈北宋貢舉登科人數考〉，《國學研究》第二卷（北京大學出版社，1994），頁393～425。
[14] 王國維：《紅樓夢評論》，《王觀堂先生全集》（臺北：文華出版公司，1968），冊五，《靜庵文集》，頁1636。
[15] 周勛初：《當代學術研究思辨》（南京：南京大學出版社，1993），〈以詩證史的範例——陳寅恪〈韋莊秦婦吟校箋〉〉，頁327。

比較，[16]觀點轉換，最有利於學術創新。

　　盡心致力，把今天的創意發想，變成明日創新的成果，獨到的心得，將是學術的憧憬，研究者的自我期許。學界研究創造思維的體現，有九大法式：即改造、取代、合併、擴大、縮小、轉換、排除、顛倒、重拾。[17]這九大法式，在推敲論文選題時，已開始產生作用；在研讀文獻，談說議題、解構作品、闡釋論點時，更值得借鑑引進，作爲詮釋的利器，創發的指針。以宋代文學而言，奪胎換骨、點鐵成金，無異於改造；求變追新，自成一家，就是取代；以文爲詩、以詩爲詞等，實乃合併；遺妍開發，續廣唱和，近似擴大；自外返內，退藏於密，則是縮小。至於化俗爲雅、翻案生新，則是轉換；詩中有畫、畫中有詩；借禪爲詼，水墨書趣，則是匪夷所思，顛倒夢想。凡此，皆是宋人生唐後，面對「開闢眞難爲」之困境，生發「影響之焦慮」之餘，創作時所激盪出之創意發想。學術研究從選題到寫作，從取材到詮釋，創意發想可作一以貫之的領頭雁，和指點航向的指南針。孔子稱：「我欲仁，斯仁至矣！」雖不一定隨心所欲，然取法乎上，亦可以得乎中。

　　中央研究院前院長李遠哲院士，爲諾貝爾化學獎得主，有機會和其他諾貝爾獎得主聚會。觀察到這些諾獎得主的特點，往往是：敢於和別人不同，敢於提出一些想法，相信這樣可以改變世界。「敢於和別人不同」，屬於求異思維，是創造性思維的前鋒。「敢於提出一些想法」，就可能展示轉換，排除、改造、取代等創造力。雷同附和他人的觀點，不假思索的從眾，是一種慣性思維，創意的劊子手，永遠與發明創造絕緣。

　　丁肇中院士，爲 1976 年諾貝爾物理獎得主。丁院士曾說：「基本的知識，是別人給的。要學會推開書本，向前走！」盡信書，不如無書。推開書本，獨立思考，優游於知識的海洋，可以另闢乾坤，自成一家。六祖惠能《壇經》提示：「應無所住而生其心」；管理學大師大前研一也說：

---

[16] 葛兆光：《域外中國學十論》（上海：復旦大學出版社，2002），〈隔簾望月也是洞見〉，頁129～130。
[17] 史提夫‧瑞夫金著，甄立豪譯：《有意義的創造力》（臺北：梅霖文化公司，2004），頁57～205。

「答案不只一個，請思考！」[18]敢於不苟同，不苟異，就邁向了創新之路。由此觀之，創意發想堪稱成功的火車頭。相信世界可以改變，敢於求異，勇於發想，卓越不凡的成就，或植基於此。

有幸參加香港中文大學中文系「滄海觀瀾──古典文學體式與研究方法學術研討會」，因應大會主題，從創意發想視角切入，以闡釋文學體式與研究方法。文學體式以唐宋詩、詞、文、賦爲例，研究方法則不限於文學。或以傳播閱讀論其傳媒效應，或以經學史學敘事，闡說系統思維。要之，皆攸關創意發想之思考術，而有當於學術之創新與獨到。[19]

創意發想，爲談吐思辨之指針，規劃設計之導航。一流之文學作品，必體現創意造語之智慧，古今中外，了無例外。學術探討若以創意發想爲先驅，本立而道生，盈科而後進，將有助於研究成果之獨到創新。今擬就兩大層面作論說，首先，談文體研究與視野開拓，分爲二子題：一、詩、詞、文、賦間之破體，詩詞文賦於繪畫、佛禪、仙道、老莊之出位，多運用組合思維進行創意造語，雖非本色，然極天下之工，可以長善救失，改造文學體格，有功於文學之生存發展。二、仿擬、唱和、續廣之作，無論遺妍開發，或挑戰典範當行，皆緣於追求超越優勝，自成一家。模擬與創造，分野如何？程千帆提示：「合多離少爲模擬，合少離多爲創造」，準此檢驗，有助於優劣高下、得失工拙之判定。

其次，文學探討與策略借鏡，則分三子題：一、傳播閱讀與接受反應。知識之流通，自手寫謄抄化爲雕版印刷，卷軸變爲書冊，具有「易成、難毀、節費、便藏」四大優長，蔚爲知識之爆炸、變革之推手，勢必影響宋元以降士人之接受與反應。因此，印刷文化史之探討，值得提倡，堪稱前瞻式論題。二、史傳、敘事與系統思維。史傳，爲小說、變文、歌行、戲劇諸敘事文學之源頭。經史學家以系統思維詮釋《春秋》、《左

---

[18]〔日〕大前研一著，謝育容譯：《創新者的思考》（臺北：商周出版，2006），第二章〈答案不只一個，請思考〉，頁79～121。

[19] 原文26000餘字，今爲篇幅所恨，刪存3500餘字。詳張高評：〈創意發想與學術研究〉，北京大學中文系、香港中文大學中文系合編：《中國文學學報》第7期（2016年12月），頁183～207。

傳》、《史記》，其關鍵鎖匙在比事屬辭。自《春秋》衍化爲《左傳》，可看出經學敘事轉爲史學敘事之軌跡。若能借鏡參考，則在抒情傳統之後，敘事傳統堪當學界探討中國文學之「預流」。

其三，爲《史記》互見與系統思維。司馬遷私淑孔子，《史記》典範《春秋》，故蘇洵所云：「本傳晦之，而他傳發之」之互見法，實爲「屬辭比事」《春秋》書法之轉化與發用。就敘事法而言，乃主從、詳略、重輕、實虛、曲直、顯晦諸法之體現。從史學敘事衍化爲文學敘事，《史記》堪作敘事學之分水嶺。發想創意如此，以之落實於論文選題，研究方法，展現爲學術成果，當能推陳出新，亮點無限。試分門別類，稍加申說論述於後：

二、文體研究與視野開拓

范仲淹〈岳陽樓記〉，[20] 會通敘事、描寫、抒情、議論四體而一之。王安石〈遊褒禪山記〉，[21] 遊記而雜以議論，就後世之文體分類學而言，體例未免不純。然突破文體侷限，以開放自由之精神創作，堪稱不落俗套。梁劉勰《文心雕龍·通變》稱：「設文之體有常，變文之數無方」。[22] 這牽涉到尊體、本色與破體、變體諸辨體課題。六朝文學已發其端，至兩宋而討論熱烈，漸有共識。

錢鍾書《管錐編》稱：「名家名篇，往往破體，而文體亦因以恢弘焉。」[23] 破體，打破文學體式，進行創造思維。既恪遵王若虛〈文辨〉「定體則無，大體則有」之原則，[24] 又改善體格，突破傳統格局，另作新奇組

---

[20] 宋范仲淹：〈岳陽樓記〉，曾棗莊、劉琳主編：《全宋文》（上海：上海辭書出版社，2006），卷386，頁420～421。

[21] 宋王安石：〈遊褒禪山記〉，曾棗莊、劉琳主編：《全宋文》，卷1408，頁50～51。

[22] 梁劉勰原著，詹鍈著，王清珍、李鐸整理：《文心雕龍義證》，卷6〈通變第二十九〉，頁1079。

[23] 錢鍾書：《管錐編》（臺北：書林出版公司，1990），第三冊，《全上古三代秦漢三國六朝文》，一五，《全漢文》卷16，頁890～891。

[24] 金王若虛：《滹南遺老集》（臺北：臺灣商務印書館，1983，文淵閣《四庫全書》本），卷37〈文辨〉，頁6a。

裝。在宋代，「破體」有長足之發展。詩、詞、文、賦、四六諸文體間，多曾作若干新奇組合，孕育了新風格，活潑了文學生命，蔚爲「詩分唐宋」、「唐宋變革」的輝煌。

（一）詩、詞、文、賦的破體，與繪畫、佛禪之出位

文學爲求改良體製，從事突破創新，於是有「破體」、「出位」的現象。[25] 面對「一切好詩，到唐已被做完」的困境和挑戰，宋人無不熱衷學習古人唐人。以學習優長爲手段，期許自成一家爲目的，於是致力破體與出位，所謂學唐、變唐、新唐、拓唐云云，即是創意之發揮。

宋人致力以文爲詩、以賦爲詩的破體，將詩與散文、辭賦進行移植與融通，於是詩歌除本色特徵外，又吸納散文之流暢、知性，以及辭賦之鋪排與層面刻劃。另外，蘇軾移植詩歌之語言、主題，辛棄疾融通散文之語言、特色，開創「以詩爲詞」、「以文爲詞」之豪放詞風。詞中破體，或向詩回歸，或朝文變革，蔚爲豪放詞風，遂與婉約風格分庭抗禮。[26]

宋人借鏡繪畫之線段、色彩、向背、層次，形成詩中有畫。[27] 或藉繪畫以抒情，有紆竹、枯木、一角、半邊之倫，是所謂畫中有詩。[28] 蘇軾、黃庭堅、陳師道作詩，以禪思爲詩思，將禪學與詩歌結合，別開生面、出位創新，於是禪音佛影洋溢於詩歌中。[29]

宋型文化注重事勝前代，古所未有。這種「超勝意識」，往往可以轉

---

[25] 張高評：《宋詩之新變與代雄》（臺北：洪葉出版公司，1995），參、〈破體與宋詩特色之形成〉（一），頁161。

[26] 張高評：〈破體與創造性思維——宋代文體學之新詮釋〉，《中山大學學報》第49卷第3期（2009），頁20～31。楊海明著：《楊海明詞學文集》（鎮江：江蘇大學出版社，2010），第一冊，卷一，《唐宋詞風格論》第十章〈以詩爲詞〉；第十一章〈以文爲詞〉，頁77～108。第五冊，卷六，《唐宋詞美學》，第四章〈別立一宗：詞中「變體」的向詩回歸〉，頁265～268。

[27] 張高評：《宋詩之傳承與開拓》（台北：文史哲出版社，1990），下編〈宋代「詩中有畫」之傳統與創格〉，頁255～515。

[28] 伍蠡甫：《中國畫論研究》（北京：北京大學出版社，1983），〈試論畫中有詩〉，頁194～242。又，李澤厚：《美的歷程》（天津：天津社會科學院出版社，2001），九、〈宋元山水意境〉，頁289～291。

[29] 張高評：〈禪思與詩思之會通——論蘇軾、黃庭堅以禪爲詩〉，浙江大學中文系編：《中文學術前沿》第2輯（2011年11月），頁91～101。

化為創造的動力。追新求變，期許自成一家，是宋人之雄心企圖。宋詩的
大家名家，往往盡心致力於此。

　　宋人盡心致力於自成一家，故明清詩學討論「唐詩宋詩」、「唐音宋
調」，沸沸揚揚。清葉燮《原詩》高度推揚宋詩之優長，[30] 錢鍾書《談藝
錄》標榜「詩分唐宋」的文學事實。[31] 宋詩的自成一家，漸成學界的共識。

（二）仿擬、唱和、續廣之作與遺妍開發、創意造語

　　所謂遺妍，指文本基型中，留存的不確定和空白，有待進一步想
像、挖掘、補充、開發、拓展。[32] 伊瑟爾（Wolfgang Iser）談接受美學，所
謂作品之「召喚性結構」。[33] 宋人述作、仿擬、唱和、續廣等創作方式，
所謂「同題共作」，多見遺妍之開發。[34]

　　同題共賦，《全宋詩》中多見。優劣得失、高下勝負，如何判定？程
千帆《文論十箋》稱：「今作與古作，己作與他作相較：合多離少，則為
模擬；合少離多，則為創造。」[35] 堪作規準。

　　宋型文化存在超勝意識，講究事勝前代。《全宋詩》所載次韻、和作
詩，致力突破，尋求創造，翻新出奇，精刻過前人者往前有之。如蘇軾、
黃庭堅次韻酬唱詩，開發遺妍，創意造語者多，往往後出轉精，精刻過於
前人。

　　後人與前人共賦一題，出於遺妍開發者，為續作、廣作、補作之
什。如蘇軾黃庭堅，同作〈薄薄酒二首〉；杜甫作〈麗人行〉，蘇軾則作

---

30 張高評：《清代詩話與宋詩宋調》，第三章〈清初尊宋詩學與唐宋詩之異同〉，「葉燮
　《原詩》」，頁87～92。

31 錢鍾書：《談藝錄》（臺北：書林出版公司，1988），一，〈詩分唐宋〉，頁1～5。

32 宋寇準：〈追思柳惲汀洲之詠，尚有餘妍，因書一絕〉，詩曰：「杳杳煙波隔千里，白蘋
　香散東風起。日落汀洲一望時，愁情不斷如春水。」傅璇琮等主編：《全宋詩》（北京：
　北京大學出版社，1991），卷89，頁997。

33 朱立元：《接受美學》（上海：上海人民出版社，1989），Ⅲ、〈文學作品論：本文的召
　喚結構〉，頁111～112；金元浦：《接受反應文論》（濟南：山東教育出版社，1998），
　第四章〈閱讀：雙向交互作用的動態構成〉，第一節〈閱讀現象學〉，頁158～159。

34 參考張高評：《創意造語與宋詩特色》，第九章〈同題競作與宋詩之創意研發〉，頁400～
　401；第十章〈同題競作與宋詩之遺妍開發〉，頁445～447。

35 程千帆：《文論十箋‧模擬》，莫礪鋒主編：《程千帆全集》（石家莊：河北教育出版
　社，2001），第6卷下輯，頁226～227。

〈續麗人行〉，姜邦傑、楊萬里、高斯得則再續、三續〈麗人行〉。白居易作〈長恨歌〉，楊萬里續之；鮑照、王筠先作〈行路難〉，李白則繼作〈行路難〉。

宋人之學古變古，從傳播閱讀、接受反應來，經歷挑戰權威、疏離本色、創造詮釋，終至自成一家。宋代詩人面對三唐之大家名家，當有如布魯姆（Harold Bloom）所謂「影響的焦慮」。[36]於是企圖青出於藍、補充前人之不足，積極追求超勝、開發遺妍、創意造語，自是脫穎而出的策略之一。

《全宋詩》中，共賦一題者不少。如詩人同賦〈明妃曲〉、〈望夫石〉、〈歸去來〉、〈陽關圖〉、〈妾薄命〉、〈桃源行〉、〈秋懷〉詩、〈嚴陵釣灘〉、禽言詩之倫。同題共作之現象，自有競爭超勝之意識。[37]程千帆所稱模擬或創造之判定，值得參考。

三、文學探討與策略借鏡

賈伯斯（Steve Paul Jobs, 1995～2011）提示：借用與連結，是創新的兩個關鍵字。大前提是：「你得先知道別人做了什麼！」[38]學術研究能夠借用、連結，則成果可以獨到創新。研究宋元明清之學術，如果能夠「借用」印刷傳媒效應，以之「連結」到專攻的經學、史學、義理、文學上來，則學術成果勢將呈現不一樣的視野。

中古歐洲，谷登堡（Johannes Gutenberg）發明活字版印刷，促成宗教革命，文藝復興，顛覆了傳統，成就了變革。[39]早於谷登堡五～六世紀之東方宋朝，提倡雕版印刷，形成右文政策，其所生發的傳媒效應如何？

---

36 〔美〕・布魯姆：《影響的焦慮：詩歌理論》（南京：江蘇教育出版社，1973）。參考樂黛雲：《比較文學原理》（長沙：湖南文藝出版社，1989），頁58～59。
37 楊聯陞：《國史探微》（臺北：聯經出版公司，1983），〈國史諸朝興衰芻論〉附錄：「朝代間的比賽」，頁45～47。
38 〔美〕賈伯斯：〈求知若飢，虛心若愚〉，《天下雜誌》，2011年10月6日。
39 〔法〕費夫賀（Lucien Febvre）等著，李鴻志譯：《印刷書的誕生》（*The Coming of the Book*），第八章〈印刷書：變革的推手〉，頁248～263。

朝廷對雕印圖書「欲迎還拒」的心態，印本圖書無遠弗屆、化身千萬的傳媒魅力，可作佐證。

（一）傳播閱讀與接受反應（發散思維、側向思維）

從傳播、閱讀、接受、反應四位一體的層面，來探討文學，是一個值得提倡的研究方法和視角。這種研究，不限於文學，亦可觸類延伸到經學、史學、思想、義理的探討。

印本圖書之日傳萬紙、多且易致，於知識之傳播流通，較之傳統寫本，顯然較佔優勢。宋代的詩人、詞人、文人，同時爲學者專家者多，如歐陽脩、王安石、蘇軾、楊萬里、陸游、朱熹等。誠如蘇軾〈李氏山房藏書記〉所預言：「文詞學術，當倍蓰於昔人」。[40]

史學家陳寅恪謂：「華夏文明歷數千年之演進，登峰造極於趙宋之世」。[41] 南宋嚴羽《滄浪詩話》揭示：「國初之詩，尚沿襲唐人。至東坡、山谷，始自出己意以爲詩，唐人之風變矣」；批評南宋江西詩派：「乃作奇特解會，遂以文字爲詩、以議論爲詩、以才學爲詩」。[42] 凡此，皆印本文化生發之傳媒效應。

明胡應麟《少室山房筆叢》提出：印本書籍有「易成、難毀、節費、便藏」四大優勢。[43] 知識傳媒之工具一旦改變，必生發閱讀、接受之連鎖反應。商品經濟，講究供需相求，西方與東方，十六世紀與十一、二世紀並無不同。

學界研究雕版印刷，大多集中在版本學、校讎學、目錄學、文獻學，以及書籍史、刻書史的層面上。錢存訓著《中國紙和印刷文化史》，凸顯「印刷文化史」之研究課題，希望學界能針對印刷術的發明、傳播、

---

[40] 蘇軾著，孔凡禮點校：《蘇軾文集》（北京：中華書局，1986），卷11〈李氏山房藏書記〉，頁359。

[41] 陳寅恪：《金明館叢稿二編》（北京：三聯書店，2001），〈鄧廣銘《宋史職官志考證·序》〉，頁277。

[42] 宋嚴羽著，郭紹虞校釋：《滄浪詩話校釋》，北京：人民文學出版社，2005），五，〈詩辨〉，頁26。

[43] 明胡應麟：《少室山房筆叢》（上海：上海書店，2001），卷4〈經籍會通四〉，頁45～46。

功能和影響，多作因果的分析和探討。[44]

　　爲響應錢存訓號召，筆者已出版《印刷傳媒媒與宋詩特色》、《苕溪漁隱叢話與宋代詩學典範—兼論詩話刊行及其傳媒效應》二本專著，論證宋詩特色之形成，有得於印刷傳媒之推助。同時，因爲雕版印刷之流行，生發若干傳媒效應，理出十六個課題，提供學界參考。[45] 學者不妨推而廣之，以探討宋代經學之復興、史學之繁榮、理學之昌盛，和文學之推陳出新。

（二）史傳、敘事與系統思維

　　二十世紀以來，學界受西方敘事學影響，熱衷提倡敘事學，以考察古典小說與戲曲，提出敘事亦文學之一大傳統。研究視角聚焦在敘事要素、情節結構、人物形象、立場觀點、主題意識上，以詮釋解讀中國傳統敘事。

　　中國敘事傳統，濫觴於《春秋》。研究傳統敘事，當推原到《春秋》的敘事。《春秋》之義，昭乎筆削，體現而爲比事屬辭。[46] 或筆或削，一變爲有無、忽謹、異同、詳略、重輕、虛實、顯晦、曲直諸書法。再變而爲史法、文法、義法。史學、古文、敘事，皆其枝派與流裔。[47]

　　屬辭比事的歷史編纂學，由其事、其文、其義，三位一體、交互參透而成。以之建構之《春秋》學，暗合系統思維的理路，既作爲創作系統，亦形成詮釋系統。掌握屬辭比事之《春秋》教，則古文、史傳、小說、戲曲之敘事支派，乃至於敘事歌行，多不難考索而得。[48]

---

44 錢存訓：《中國紙和印刷文化史》（桂林：廣西師範大學出版社，2004），第一章緒論，四、〈中國印刷史研究的範圍和發展〉，頁20～21。

45 張高評：〈從傳播、閱讀到接受、反應──圖書刊行與文風士習〉，《承前啓後──中國文化講座續編》（香港：學海書樓，2019），頁1～28。又，張高評：〈宋代印刷傳媒與讀者之接受反應〉，《寶雞文理學院學報》第41卷第2期（總第200期，2021年4月），頁82～91。

46 張高評：〈比事屬辭與章學誠之《春秋》教：史學、敘事、古文辭與《春秋》書法〉，國立中山大學文學院《中山人文學報》第36期（2014年1月），頁31～58。

47 張高評：〈書法、史學、敘事、古文與比事屬辭──中國傳統敘事學之理論基礎〉，香港中文大學《中國文化研究所學報》第64期（2017年1月），頁1～33。

48 張高評：〈《春秋》《左傳》《史記》與敘事傳統〉，《國文天地》第33卷第5期（總第389期，2017年10月），頁16～24。

（三）《史記》互見與系統思維

「爰始要終，本末悉昭」，爲古春秋敘事之成法。[49] 然《春秋》編年，故詮釋解讀《春秋》，關鍵在「屬辭比事」《春秋》教之系統運用。或書，或不書；或詳或略，皆以筆削見義法。司馬遷《史記》私淑孔子，典範《春秋》，亦發用此種書法，遂成史傳文學、敘事文學的經典名著。

《史記》體爲紀傳，敘事傳人，往往「本傳晦之，而他傳發之」。爲掌握史實眞相，期求始終本末悉昭，宋蘇洵提出「互見法」，實爲「屬辭比事，《春秋》教」之轉化與發用。[50] 如項羽、劉邦之史事，本傳之外，各有互見。爲尊者諱，爲長者諱，往往以側筆見態爲互見。關于本傳，而詳于他傳，功過互見，諷諭自在言外。[51] 又有名實相違，而以曲筆傳眞者，亦用互見法。如秦始皇之出身，〈秦本紀〉外，又互見於〈秦始皇本紀〉、〈呂不韋列傳〉、〈留侯世家〉。垓下決戰，韓信功最高，然不見於〈淮陰侯列傳〉，卻互見於〈高祖本紀〉。知敘事傳人往往互見，以「爰始要終，本末悉昭」研讀之，方能通曉《史記》。

司馬遷撰寫〈淮陰侯列傳〉所運用的，正是屬辭比事、據事直書之《春秋》書法。如排比寄食亭長、漂母飯信、胯下之辱三事，以塑造韓信之形象。連屬武涉、蒯通遊說之辭，出於詳筆、重筆，以凸顯韓信之忠心。記述韓信臨終語，呂后親口轉述；加上蒯通、高帝當面對質，則韓信之未叛可見。「太史公曰」文末，推崇韓信之功勳，謂「其漢家勳」可以媲美周公召公之徒。通考《史記》魯燕世家，周公、召公皆開國成家，爲第一等功勳。韓信於漢家功勳，比事可知。

梁玉繩《史記志疑》爲韓信申冤，其詮釋所據依，皆〈淮陰侯列傳〉原典文獻。所謂據事直書，是非自見。〈淮陰侯列傳〉之去其煩重，連屬

---

49 劉師培：〈古春秋記事成法攷〉，《左盦集》卷2，《劉申叔先生遺書》（臺北：華世出版社，1975），頁1，總頁1445。

50 宋蘇洵著，曾棗莊、金成禮箋注：《嘉祐集箋注》（上海：上海古籍出版社，1993），卷9〈史論中〉，頁232～233。

51 張高評：〈《史記》忌諱敘事與《春秋》書法——以征伐匈奴之相關人事爲例〉，《嶺南學報》復刊第十二輯（2019年12月），頁19～59。張高評：〈《春秋》五例與《左傳》之忌諱敘事〉，《國文天地》第35卷第5期（總413期，2019年10月），頁103～107。

文辭，以平反冤獄，當有得於屬辭比事之《春秋》教，既可爲尊者諱飾，又成功還原歷史眞相。[52]

四、結論

　　古典文學的體式，姿態橫生，不一其律；一代有一代之文學，一家有一家之文學，一地有一地之文學，風華殊異，各領風騷。求奇追新，形成了源流正變；尊體、破體，呈現了因革損益。葉燮《原詩》說：文學創作「踵事增華，因時遞變」，所以發展多元，生生不息。所謂「前者啓之，而後者承之而益之；前者創之，而後者因之而廣大之。」掌握源流正變、因革損益，以考察文學體式，則思過半矣。本文提出破體、出位、遺妍開發、創意造語諸研究視角，而歸結到「若無新變，不能代雄」，多根源於文學寫作之創意發想。今再以創意發想之觀點，反饋作學術研究之探討，此《莊子》濠梁之辯所謂「請循其本」。

　　科技產品創新，要靠「借用與連結」；學術研究創新，不妨找「他山之石」，拿來攻錯。學術研究最忌單科獨進，文學探討亦不得抱殘守缺，故步自封。跨學科、跨領域整合研究，容易找到新的學術生長點，不妨嘗試。而探討策略，借用相關學科的研究方法，連結到研究的課題上，則是突破困境，創新學術之一道。本文提供文學探討的策略借鏡有二：其一，傳播閱讀與接受反應；其二，史傳敘事與系統思維。前者借用傳媒效應、印刷文化史之研究，關注傳播、閱讀、接受、反應間的互動關係，可借以研究文學，更可推廣及於經學、史學、義理思想之探討。後者借用《春秋》經典詮釋之法，凸出系統思維之方法論，聚焦局部與整體、要素與系統間的關係；著重從整體宏觀掌握事物，強調事物的結構和功能。此種創意之思維，可移以探究史傳、史傳文學、敘事文學，以及中國文學之敘事傳統。

---

[52] 張高評：〈《史記·淮陰侯列傳》與《春秋》書法〉，香港嶺南大學《嶺南學報》復刊第九輯（2018年11月），頁15～38。

清初顧炎武著作《日知錄》，標榜兩大著作指標：其一，古人所未及就；其二，後世之所不可無。顧氏起心動念，都是創意發想。「古人所未及就」，近似本文所云「遣妍開發」；「後世之所不可無」，即是創意造語。治學貴在取法乎上，不妨以顧炎武的著述指標，作爲吾人研發學術的標竿。雖或不能至，而心嚮往之，可也。

第二章　《春秋》筆削書法、歷史編纂與敘事傳統

　　近代學術，注重精細分工，自我構建一座又一座的高牆，彼此之間殊少交通，不相往來。於是，我們從學校獲得的知識，專業而細碎，缺乏整體的觀察，綜合的認知。如果腸胃肝臟的專科醫師，不去過問控管這些臟器的自律神經；如果研究中國史傳文學、小說戲曲敘事學，而不旁涉《春秋》書法、史家筆法、敘事傳統，一味單科獨進，腳痛醫腳，將永遠無法解決問題，突破困境。尤其論文寫作，千頭萬緒，牽連廣大，應該打破學科侷限，進行跨學科之借鏡，跨領域之整合。

　　「文章之道，與眾事相通。」四十年前，魯實先教授師大國文系《史記》課，曾如是說。論文寫作，自是嚴肅而莊重之要事，亦是文章寫作之一環，兩者間當有交集，可以相通相融，相濟為用。義理學求善，可以師法；考據學求真，值得借鏡；辭章學求美，應該參考。學術研究追求獨到創獲，所以論文寫作自始至終，都應該盡心於創意發想，致力於超勝意識。若能體現學科整合，跨領域借鏡，則無異指出向上一路，堪稱論文寫作之能事。

　　論文寫作，與一般作文表意不同：其心路歷程涉及比事、屬辭；纂述、別裁；詮釋、創發；考辨、求真；理稱、辭達。換言之，論文寫作，或即《春秋》書法，或近歷史編纂。王葆心著《古文辭通義》，其〈總術〉篇綜論經史子之學與文章創作之關係。熊禮匯釋「文之資於經者」曰：

　　　　文章原出五經，不但立論之本出於經，而且機杼、物
　　采、規模、制度亦取於經。[1]

---

[1]　王葆心編撰，熊禮匯標點：《古文辭通義》（武漢：武漢大學出版社，2008）。熊禮匯：〈《古文辭通義》要義概說〉，頁31。

　　梁劉勰著《文心雕龍》，〈宗經〉篇以為：「若稟經以製式，酌雅以富言，是即山而鑄銅，煮海而為鹽也。故文能宗經，體有六義」云云。[2]清方苞（1668～1749）義法說，本於《周官》分職、《春秋》書法，故其機杼、物采亦自此脫化。[3]故文章宗法經籍，不止立論有本，機杼、規模亦從中取資。為文如此，論文寫作亦然。

　　德國人奧圖·李林塔爾（Otto Lilienthal,1848-1896），研究飛行原理，借鏡鳥類翅膀結構，連結空氣動力學，1891年奧圖兄弟造出一架滑翔機。接下來五年，滑翔2000多次，三次大改結構。1896年8月9日，李林塔爾駕駛最新滑翔機，想超越極限，不幸墜機身亡。美國俄亥俄州萊特兄弟：奧維爾·萊特（Orville Wright，1871～1948）和威爾伯·萊特（Wilbur Wright，1867～1912），本行自行車業，對發明飛行器也有高度興趣，知道李氏失敗的關鍵，在於平衡。解決了平衡，人類在天空飛行，再也不是夢想。

　　萊特兄弟的成功，就是借鏡李林塔爾滑翔機的成敗得失，聯結到本身專業——自行車的平衡上，長善救失，所以萊特兄弟成功了。後世感謝這劃時代的貢獻，把發明飛機的桂冠送給了萊特兄弟倆。萊特兄弟運用了創造思維的改造和取代，體現了賈伯斯「借用和連結」的創新實踐。撰寫論文，猶如研發產品，應該效法萊特兄弟的改造取代、賈伯斯的「借用與連結」。就學科屬性而言，《春秋》義法、歷史編纂學、創意發想、考據學、修辭學、章法學，甚至桐城義法，多得借鏡、參考、運用。

　　孔子作《春秋》，有筆削去取、有言外之意、有據事直書、有排比事跡、有修飾其辭、有書法、有義法，更有所謂「屬辭比事」之《春秋》教；而且重視別識心裁，獨到見解。凡此，皆對論文寫作啟示良多。

---

[2]　梁劉勰著，范文瀾注：《文心雕龍注》（北京：人民文學出版社，1958、2014）。〈宗經第三〉：「文能宗經，體有六義：一則情深而不詭，二則風清而不雜，三則事信而不誕，四則義貞而不回，五則體約而不蕪，六則文麗而不淫。揚子比雕玉以作器，謂五經之含文也。」頁23。

[3]　張高評：《比事屬辭與古文義法——方苞「經術兼文章」考論》（臺北：新文豐出版公司，2016）。第七章第一節〈屬辭比事、《春秋》書法與古文義法〉，其中論及《春秋通論》、《春秋直解》、《周官析疑》、《周官集注》諸經學論著，頁309～326。

一、轉相挹注、互爲體用與孔子作《春秋》

　　文獻素材，是學術研究的礎石，爲擬定大綱提供信而有徵的利基，乃論文寫作功德圓滿的後盾。而大綱的擬定、論文的寫作、問題意識（著述旨趣、核心論旨）與文獻徵信之間，將如影隨形，道不離器。學術研究的心路歷程，與孔子據《魯史記》文獻，以作成《春秋》相近。史料經由筆削去取，而予奪褒貶自見於言外，故《孟子・離婁上》稱：孔子「作」《春秋》，[4] 不云「述」《春秋》。

　　孔子作《春秋》，如何參酌《魯史記》之文獻史料，而撰寫一部寄託褒貶，寓含勸懲的著作？其中歷程，攸關《春秋》書法如何揭示與展現。清章學誠（1738-1801）《文史通義・答客問上》，有比較清晰的提示：

> 　　史之大原，本乎《春秋》。《春秋》之義，昭乎筆削。筆削之義，不僅事具始末，文成規矩已也。以夫子「義則竊取」之旨觀之，固將綱紀天人，推明大道。所以通古今之變，而成一家之言者，必有詳人之所略，異人之所同，重人之所輕，而忽人之所謹，……而後微茫杪忽之際，有以獨斷於一心。[5]

　　孔子作《春秋》，就素材之運用而言，寫作手法有二：一曰筆，即書寫而載存之；二曰削，即刪去而不取。何者宜載存？何者當刪棄？筆削去取《魯史記》之際，取決於孔子著《春秋》之初衷本心，而體現爲作《春秋》之褒貶指義。孔子著《春秋》之起心動念，和《春秋》作成後表現之微辭隱義，就論文寫作而言，就是問題意識，主體概念，核心思想，往往是關鍵論述，獨到心得。《春秋》的指趣如何表述？孔子獨斷於一心的本

---

[4] 〔美〕浦安迪：《中國敘事學》（*Chinese Narrative*）（北京：北京大學出版社，1996、1998），第一章〈導言〉，頁4。

[5] 清章學誠著，葉瑛校注：《文史通義校注》（北京：中華書局，1985、2008），卷五，內篇五〈答客問上〉，頁470。

義如何體現？或筆或削之書法，爲其中關鍵。

　　常事不書，違禮悖德則書，此筆削之大原則。於是《春秋》有書、有不書，或筆或削之間，互發其蘊，互顯其義，由於互文見義，孔子作《春秋》的微辭隱義可以求索而得。或筆或削，或取或捨，中有獨斷於一心之別識，而成就《春秋》之歷史哲學。就論文寫作而言，對文獻素材進行篩選取捨，與孔子取捨《不脩春秋》，藉筆削以見指義相當。素材文獻之筆削去取，既關係學術眼光之高下偏狹，又涉及問題意識之貫徹、主體概念之表現、詮釋系統之開展、以及創見心得之凸顯。誠如章學誠所云：「《春秋》之義，昭乎筆削」；研究之創發卓識，亦取決於素材之取捨、文獻之徵信，以及辭文之損益修飾。

　　章學誠文史兼善，爲乾嘉學術之奇葩。進一步闡發《春秋》「筆削之義」，以爲不止是形式上「事具始末，文成規矩」而已。事，指編比史事；文，指綴文修辭。要之，即是比事與屬辭之功。就論文寫作而言，亦有殊途同歸之處。論文之素材文獻，猶《春秋》之史事：《春秋》藉史事之筆削取捨，而見孔子「竊取之義」；論文因文獻之篩選、取捨、汰存、予奪，而可見作者之問題意識，著作之重點方向。孔子作《春秋》，固因事而屬辭；後人讀《春秋》，則即辭以觀義。精確而流暢的語文表達，是論文寫作的基本要求。學術論文的屬性，是知性理性的語文，切忌感性表述，不宜情緒發言。若有批駁漏失，匡正謬誤，語言氣度上也應該如散文家陳之藩所云：「理直而氣和，義正而辭婉」。論文寫作，初則看材料說話，就文獻闡述，實事求是，不支不蔓。待論文寫就，檢驗「具始末」之文獻事證，閱讀「成規矩」之辭文表達，則心得創見多經由其事、其文表出。由此觀之，事、文、義三位一體，素材、文辭、指趣亦環環相扣，互爲體用。

　　論文寫作的心路歷程，和孔子作《春秋》類似，主要在經由比事與屬辭，以見指義的書法上。《春秋》如何藉比事與屬辭見義，則書法之或筆或削是一大關鍵。如何透過或筆或削之取捨，以見「獨斷於一心」之史識？則是核心焦點。論文寫作如何呈現問題意識？如何聚焦核心論述？如何凸顯心得亮點？這些都是重大的學術工程。章學誠強調：孔子《春秋》

所以能「成一家之言」者，必然取決於「詳人之所略，異人之所同，重人
之所輕，而忽人之所謹。」（詳後）《春秋》之筆削，涉及詳略、異同、
重輕、顯晦，元趙汸《春秋》屬辭所謂互發其蘊，互顯其義。換言之，是
將分開來的表述，進行系統思維，看作一個整體。研究筆削見義，很像西
方文學批評所謂互文性（Intertexuality）、間性、互文。語云：戲法人人
會變，巧妙各有不同；作《春秋》，寫論文，亦然。

　　《魯史記》（《不脩春秋》）、孔子《春秋》，同記春秋時事，前者
無義，後者有義，筆削之故。司馬遷《史記》、班固《漢書》，同敘西漢
史事，而史識高下有別，或筆或削殊異之故。司馬光《資治通鑑》與朱熹
《通鑑綱目》不同，亦緣於筆削不一而史義有殊。學術研究、論文寫作亦
同一機杼。文獻佐證，論點闡說因襲處較多，增益補闕、自我創造發明者
少，無異喪失話語權，了無主體意識，則此文可以不作。學術既稱為公
器，素材文獻自非私秘不可得而見，何以初學入門與老學宿儒之創見心得
高下有別？亦緣於文獻之梳理、予奪、廣狹、取捨不同，資料之重輕、詳
略、異同、忽謹有異，誠如章學誠所云，詳略、重輕之價值判定，異同、
忽謹之依違抉擇，多「獨斷於一心」，中有別識心裁，認知既懸殊，故所
得有優劣等差。論文寫作亦然。

　　就素材文獻運用於論文寫作而言，他人所略、所同、所輕、所謹
者，我亦略之、同之、輕之、謹之、依樣畫葫蘆，故步自封，垂直思考，
成果將陳陳相因，無所發明。論文如此，可以不作。舉凡能「成一家之
言」者，比事與屬辭、筆削與去取、要皆翻轉新變，反常合道；匪夷所
思，不可思議，大抵多不循慣性思維：人略，則我詳盡之；人同，則我殊
異之；人輕，則我貴重之；他人謹守，則我忽視之。斟酌於文獻之有無、
多少、繁簡、單複之間，而盡心於有、多、繁、複文獻之鋪陳，論點之深
化闡揚，是所謂詳人之所略。翻轉乎是非、功過、利病、得失之價值判
斷，此之謂重人之所輕。重審內外、華夷、小大、漸頓之影響，是所謂異
人之所同。省思君臣、尊卑、經權、名分，而不拘泥於窠臼，是所謂忽人
之所謹。能徜徉於文獻之中，又超然跳脫於文獻之外，能入能出，可以自
成一家之言。孔子參考魯史策書，以作成《春秋》；其事、其文本諸魯

史，其義則「丘竊取（私爲）之」。《春秋》之可貴，在有別識心裁之
「義」；而義不徒託空言，皆從據事、憑文表出。不即不離，若即若離，
遂成歷史哲學，所謂變本、踵事，《春秋》有之。

論文寫作借鏡《春秋》之書法，則致力於正誤、優劣、高下、偏全之
辨析，發揮求異思維、側向思維、組合思維、系統思維，而創前所未有；
尤其特別關注「詳人之所略、異人之所同、重人之所輕、而忽人之所謹」
諸可覺差異。觀點不同凡俗、視野非夷所思，研究方法亦與同行殊途異
轍，盡心致力於務詳、求異、反差，能以如是之精神治學，是馮友蘭說理
學、陳之藩談文學、科學，所謂「接著講」，而不是「照著講」。[6]賈伯斯
言創意，所謂「借用與連結」；而大前提是：你得先知道別人說些什麼。
由此觀之，孔子作《春秋》，書法之互文性、系統性、創發性、獨到性，
對於論文寫作，值得借鏡。

二、學術論著之抉擇去取、化裁調劑與歷史編纂學

漢司馬遷（145-90?B.C.）纂修《史記》，著書立說，立言不朽，無
論當時或後世，都是艱鉅而偉大之學術工程。或譽爲實錄，或稱爲信史，
或推崇爲「史家之絕唱，無韻之《離騷》」，[7]都是無上的禮贊。這些桂冠
和成就，跟司馬遷世襲太史令，嫻熟歷史編纂學息息相關。從廣搜博覽、
辨證考信，到整齊諸家，折衷夫子；到論次其文，自成一家，其中過程多
富於文、史、哲論文寫作的借鏡意義。

《史記》的歷史編纂學，〈太史公自序〉現身說法，極爲剴切明白。
原本「天下遺文古事，靡不畢集於太史公」，於是司馬遷爲太史令，「紬
史記石室金匱之書」讀之，猶有未足．；〈報任安書〉又加上「網羅天下

---

6 張高評：《論文選題與研究創新》（臺北：里仁書局，2013），第一章〈緒論：「照著
  講」與「接著講」，頁5，引用馮友蘭說理學、陳之藩談文學、科學之說。
7 魯迅著，顧農講評：《漢文學史綱要》（南京：鳳凰出版社，2009），第十篇〈司馬相如
  與司馬遷〉，頁73。

放失舊聞，王跡所興，原始察終，見盛觀衰」。[8]包括親臨現場考察，父老口述歷史。《漢書·司馬遷傳》稱：「司馬遷據《左氏》、《國語》，采《世本》、《戰國策》，述《楚漢春秋》」，[9]於是才可能「考其行事，綜其終始，稽其成敗興廢之理」。近代學者考察司馬遷著《史記》所見書籍，或云不下70種，或云共104種。

由此觀之，司馬遷網羅放佚舊聞，抽繹金匱石室之書，作為修纂《太史公書》之準備工夫，蒐羅文獻，可謂不遺餘力。必如此盡心致力，方有助於考行事、綜終始、稽成敗、明興廢。「究天人之際，通古今之變，成一家之言」，是《史記》所以傳世不朽之著述旨趣，也是司馬遷纂修《史記》從一而終之問題意識。敘述故事、整齊世傳，固然準此方向；考信六藝，折衷夫子，亦以此為圭臬，乃至於「約其辭文，去其煩重」，錯綜故章，佀次得失，亦多不離此三語，為指南，為歸趣。孔子作《春秋》、左丘明傳《左氏》、司馬遷成《太史公書》，蔚為中國敘事傳統之經典，皆成一代偉構。聖賢著書立說，如此按部就班，盈科而後進，堪作今人撰寫學術論文，發表創見心得之典範與借鏡。

清代乾嘉學者章學誠，著《文史通義》，〈答客問中〉分傳統史學為三大類：「有比次之書，有獨斷之學，有考索之功」；且謂：「高明者多獨斷之學，沈潛者尚考索之功」。至於比次之書，「獨斷之學，非是不為取裁；考索之功，非是不為按據。」[10]其〈答客問下〉專論比次之道，表現在三方面：或詳略去取，精於條理；或辨同考異，慎於嚴核；或鉤玄提要，達於大體。[11]章學誠論史學的這些見解，對於文、史、哲學科的論文寫作，深具啟發意義。

所謂比次之道，指文獻史料編比排列的匠心，乃歷史編纂學的初階

8　漢司馬遷著，日本瀧川資言：《史記會注考證》（臺北：萬卷樓圖書公司，1993），卷一百三十〈太史公自序〉，頁19～20。參考周一平：《司馬遷史學批評及其理論》（上海：華東師範大學出版社，1989），第三章〈論史學研究的目的、任務〉，頁24～34。

9　漢班固等著，唐顏師古注，清王先謙補注：《漢書補注》（臺北：藝文印書館，1958），卷六十二〈司馬遷傳·贊曰〉，頁25，總頁1258。

10　清章學誠著，葉瑛校注：《文史通義校注》，卷五內篇五，〈答客問中〉，頁476、477。

11　同上，《文史通義校注》，卷五內篇五，〈答客問下〉，頁482。

工程。史書之修纂，網羅舊聞，遍觀史料，爲首要工作。故《嚴氏春秋》
《孔子家語・觀周》稱：「孔子將修《春秋》，與左丘明乘如周，觀書
於周史，歸而修《春秋》之經，丘明爲之傳，共爲表裏。」[12] 孔子作《春
秋》，觀書於周史，參考《魯史記》（即《魯春秋》）策書成文，從而修
之，因筆削以見指義。左丘明著《左傳》，觀覽諸國史乘，百國寶書，唐
陸淳《春秋集傳纂例》所謂「廣采當時文籍，故兼與子產、晏子及諸國卿
佐家傳，并卜書夢書及雜占書、縱橫家、小說諷諫等，雜在其中。」由於
博采諸家，敘事尤備，所以「能令百代之下，頗見本末，因以求義，經文
可知」，[13] 故較諸《公羊傳》、《穀梁傳》之解經，其功最高。《左氏傳》
以史傳經，蔚爲歷史敘事之經典者，以此。

　　就史學之源流而言，「史之大原本乎《春秋》」，《春秋》如何參
酌《魯史記》、《百國寶書》，以成就孔子「一家之言」的歷史哲學？從
網羅梳理文獻，到史料取捨，到裁決判斷，而至於體現出獨斷心得，其中
之心路歷程，可以提供論文寫作之參考與借鏡。宋程頤（1033-1107）有
《春秋傳》一書，曾言：「觀百物然後識化工之神，聚眾材然後知作室之
用」，[14] 對於先網羅文獻史料，進而提供作文發論之資材，極具啓發性。
清章學誠（1738-1801）〈與陳觀民工部論史學〉對於「史家詮次群言」，
更有詳盡明白之提示：

　　　　夫工師之爲巨室，度材比於爕理陰陽；名醫之製方劑，
　　炮炙通乎鬼神造化；史家銓次群言，亦若是焉已爾。是故文
　　獻未集，則搜羅咨訪不易爲功，……觀史遷之東漸南浮，則
　　非心知其意不能濽也，此則未及著文之先事也。及其紛然雜
　　陳，則貴決擇去取。人徒見著於書者之渾然善也，而不知刊

---

[12] 章太炎：《春秋左傳讀敘錄》，駁沈氏「《嚴氏春秋》引〈觀周〉篇」云云，《章太炎全集》（二）（臺北：學海出版社，1984），頁858～859。
[13] 唐陸淳：《春秋啖趙集傳纂例》（臺北：大通書局，1970年影印清錢儀吉《經苑》本），卷一〈三傳得失議〉，頁4，總頁2358。
[14] 宋程灝、程頤：《二程全書》（臺北：臺灣中華書局，《四部備要》本）。《伊川經說》卷四，〈《春秋傳》序〉，頁1。

而去者，中有苦心而不能顯也。既經裁取，則貴陶鎔變化，人第見誦其辭者之渾然一也，而不知化而裁者，中有調劑，而人不知也。即以刊去而論，……如以化裁而論，……此皆中有調劑，而人不知也。[15]

　　工程師構造樓房，必先審度木、竹、甋、瓦、鋼筋、水泥諸建材；中藥名醫之調理藥草處方，或本或草，或動或植，或寒熱，或盈虛，皆如造化之燮理陰陽，廚師之調和鼎鼐。建材、藥材、食材以及一切資材準備就緒，建築、醫療、烹調之工作，方能進行順利而無礙。「史家詮次群言」，論文寫作搜集資料，訪求文獻，以備著作論斷，面對的情況也是類似的。無論史家纂修歷史，學者撰寫論文，多方蒐求文獻，都是「未及著文之先事」；而且，也是要事。因為，這是研究的礎石，決斷的利基。有了豐富多元「搜羅咨訪」得來的文獻，初看「紛然雜陳」，藉由問題意識的引導，作為篩選梳理的指針，對於文獻素材進行「抉擇去取」，其中自有調劑化裁者在。其中的抉擇去取，化裁調劑，跟工程師、中醫師、烹調師之為巨室，開處方、配食材，有異曲同工之妙。草擬大綱，論文寫作，自可以從中獲得許多觸發。

　　章學誠《文史通義・答問》有言：「文人之文，與著述之文，不可同日語也。著述，必有立於文辭之先者，假文辭以達之而已。」試問，所謂「立於文辭之先者」，當指〈答客問中〉所謂：「春秋經世之意，必有文字之所不可得而詳，繩墨之所不可得而準」之「獨斷」。[16] 獨斷、別裁，當指歷史眼光而言，劉知幾、章學誠所謂「史識」者是。[17] 錢穆《中國史學名著》論《史記》稱：「寫史須有見識，有選擇、有組織，不能老是要參考資料。」史家在網羅舊聞，搜集散佚之後，文獻既已齊備，進一步須

[15] 清章學誠：《章學誠遺書》（北京：文物出版社，1985，據武興嘉業堂刊本斷句影印），卷14〈方志略例一・與陳觀民工論史學〉，頁125。
[16] 清章學誠著，葉瑛校注：《文史通義校注》，卷五內篇五，〈答問〉，頁489。489。
[17] 梁啟超：《中國歷史研究法補編》（上海：上海古籍出版社，1998），第二章〈史家的四長・史識〉，頁164～165。

作抉擇去取、化裁調劑之獨斷，此則攸關史識之發用。章學誠《文史通義‧答客問上》所謂「必有詳人之所略，異人之所同，重人之所輕，而忽人之所謹」；有此別識心裁，方有可能獨到創獲，自成一家。論文寫作相當於章氏所云「著述之文」，所謂「必有立於文辭之先者」，即指問題意識、主體概念、中心思想而言。

　　方苞說古文義法，所謂「義以爲經，而法緯之」，義居先，法隨後，論文寫作、著述之文，亦與之相通。如就司馬遷著《史記》而言，其抉擇去取，夫子自道，昭然可取：如於〈留侯世家〉稱：張良「所與上從容言天下事甚眾，非天下所以存亡，故不著」；於〈蕭相國世家〉，「非萬世功不著」；於〈汲鄭列傳〉，「非關社稷之計不著」，[18] 有此抉擇去取之史義，猶孔子作《春秋》，於文獻作筆削去取，別識心裁之史識，可見「自成一家」之所以然。韓信之方略兵謀，劉邦、項羽興亡之所繫，故於〈淮陰侯列傳〉詳敍井陘口背水之陣，以樹立領導統御威望，預造謀略破敵形象。其餘，如夏陽、濰水諸役，皆略敍；擊楚、破代，亦只「約舉」；定三秦，則「一言蔽之」，亦採略敍。或詳或略，而史識別裁呼之欲出。[19]

　　由此可見，敍事之詳略、重輕，攸關一篇之取義與指趣。下筆之前，「必有立於文辭之先者」，成竹在胸、意在筆前，差堪彷彿。王兆鵬教授說文獻徵引，強調「以觀點帶出文獻」，即指以問題意識驅遣文獻，駕馭資料。從司馬遷著《史記》，相較於《漢書》，能「成一家之言」者，率皆由於此。

三、《春秋》筆削、敍事傳統與研究方法之借鏡

　　左丘明之《左傳》、晉陳壽《三國志》、宋裴松之《三國志注》，是

---

[18] 張高評：〈比事屬辭與方苞論古文義法：以文集之讀史、序跋爲核心〉，香港中文大學《中國文化研究所學報》第60期（2015年1月），頁225～260。

[19] 張高評：〈《史記‧淮陰侯列傳》與《春秋》書法〉，香港嶺南大學《嶺南學報》復刊第九輯（2018年11月），頁15～38。

史學；明馮夢龍原著，清蔡元放改撰之《東周列國志》；明羅貫中《三國志演義》，是小說，屬於文學。歷史的編纂，文學的創作，走的是不一樣的心路歷程。就事件本身的表述來說，前者是歷史敘事，後者則是文學敘事。何謂敘事？有西方學者把「敘事」單純化，說成「講故事」。[20] 雖不周延盡致，倒也易懂易知。

　　近三十年來，運用西方小說敘事學觀點，研究中國古典小說戲劇者，十分普遍。風氣既開，借鏡西方（小說）敘事學以探討《左傳》、《史記》、《三國志》諸史傳者，亦風起雲湧，方興未艾。雖然「中國古典小說，淵源於史傳」，[21] 已成為小說學界的常言，甚至口頭禪。但小說、戲劇等敘事文學，與史傳如《左傳》、《史記》、《三國志》等之敘事，有何淵源或關聯？後世小說戲曲之敘事如何轉換接受？至今仍是一片學術處女地，期待開發、拓墾、利用、接受。

　　《禮記‧經解》稱：「屬辭比事，《春秋》教也。」孔子筆削魯史記（或稱《不脩春秋》），而纂成一萬六千餘言之《春秋》。《孟子‧離婁下》引孔子曰：「其義，則丘竊取（私為）之矣！」史事，或筆或削；史文，或損或益。或筆或削，或損或益，關係到「如何書」之法；透過「如何書」之法，可以體現「何以書」之義。簡言之，史義即藉史事、史文以揭示之。故吳懷祺《中國史學思想史》云：「《春秋》的編纂上有史義，行文中有史義，敘事上也凝含著史義。」[22] 會通史文、史事、史義而一之，作系統之探究，自是考索史義，屬辭比事的不二法門。欲考索中國小說「史傳」傳統者，推本溯源，當於此中求之。

（一）筆削去取、詳略異同與三國史學之研究

　　裴松之注陳壽《三國志》，徵引史籍豐富，舉凡習鑿齒《漢晉春

---

[20] 浦安迪：《中國敘事學》（北京：北京大學出版社，1996、1998），第一章〈導言〉，頁4。

[21] 陳平原：《中國小說敘事模式的轉變》（北京：北京大學出版社，2003），第七章〈「史傳」傳統與「詩騷」傳統〉，頁209～222。

[22] 吳懷祺：《中國史學思想史》（合肥：安徽人民出版社，1996），第二章第五節〈《春秋》的史義與屬辭比事〉，頁38。

秋》、《襄陽記》，魚豢《魏略》、王沈《魏書》、虞溥《江表傳》、韋昭《吳書》、張勃《吳錄》，胡沖《吳曆》諸圖書文獻，多所採擷與接受。從裴松之對史料之依違取捨，最可見史家之別識心裁。其中或同或異，或詳或略，或重或輕、或晦或明，或曲筆或直書諸手法，大抵為孔子作《春秋》時，於事，筆削去取；於文，因革損益法之發用。文獻之取捨與奪，即是「丘竊取之」之義，必寓含史筆文心。最可作為史傳文學、敘事文學研究之借鏡與參考。

　　兩岸敘事學研究者，思跳脫西方敘事學框架，擬療癒中國文論之失語症，重返中華文化之精神家園。所提處方多元，津梁多方，莫衷一是。以我觀之，莫若《莊子》所謂「請循其本」，回歸經學敘事、史學敘事、文學敘事之傳統，此孔子所謂「本立而道生」。《三國演義》鎔鑄《三國志》，又有所修改，顛覆、轉化、創新，小說祖始史書，自不待言。王文進《裴松之《三國志注》新論──三國史的解構與重建》專著，[23] 持《三國志注》與相關史籍對讀參照，而後知《春秋》書法、史家筆法、文學敘事，乃至於傳統敘事之方法，已不疑而具。錢穆、逯耀東前後指出：《三國志注》之成書，與當時史學興盛，經學蛻變有關。[24] 鄙意以為，《裴注》之筆削史乘，當是經史會通轉化之體現。由此觀之，常言「中國古典小說濫觴史傳」，此書可作信證。

　　裴松之注《三國志》：「鳩集傳記，增廣異聞」，「上搜舊聞，傍擷遺逸」。此猶孔子作《春秋》，以魯史記（《不修春秋》）為藍本；司馬遷纂修《史記》，以金匱石室之書，天下遺文古事為底本。傳記佚聞，互有異同、詳略、重輕、晦明。吾人對讀參照、折衷取捨，而文心可以求索，史義呼之欲出，史觀昭然若揭。王教授《裴松之《三國志注》新論》，即就《裴注》與《三國志》對讀參照；或持《裴注》與習鑿齒《漢

---

[23] 王文進：《裴松之《三國志注》新論──三國史的解構與重建》（臺北：新文豐出版公司，2017），頁21～346。
[24] 錢穆：《中國史學名著》，臺北：三民書局，2001），〈范曄《後漢書》和陳壽《三國志》〉，頁101。逯耀東：《魏晉史學的思想與社會基礎》（臺北：東大圖書公司，2000），頁413。

晉春秋》、《襄陽記》，范曄《後漢書》並觀比勘，而陳壽《三國志》或
裴松之《三國志注》之史外傳心，[25] 借事明義，[26] 可以曲曲傳出。

　　談論三國學，就得牽涉到史觀：或以蜀漢爲正統，或以曹魏爲正統。
陳壽，四川人，曾任職蜀漢。著《三國志》，雖尊曹魏爲正統，然而「運
筆之際，仍時時流出維護故國家邦之私」；「這片故國鄉懷，始終隱藏在
作史時所刪減舊籍的曲折筆鋒之間」。陳壽於屬辭比事之際，「故國家邦
之私」，不可以書見，於是「推見至隱」，微婉顯晦流露於《三國志》之
中，論者所謂「迴護」，即此是也。曲筆迴護，是《春秋》忌諱敘事之藝
術，從或筆或削之斟酌中，巧用「推見至隱」之書法。《三國志》發用詳
略、重輕之歷史編纂法，能成一家之言，造就一代之史傳。陳壽蜀人，修
書於晉，不能無所諱。自《三國志‧魏紀》創爲迴護之法，歷代本紀遂皆
奉以爲式。[27] 由此觀之，陳壽之筆削迴護，當不止於〈魏紀〉。

　　經由或筆或削，史事遂生有無、異同，辭文遂見顯晦、曲直，於是言
外意旨可得而考求。元趙汸《春秋屬辭‧假筆削以行權》標榜二語，最
爲知言：「以其所書，推見其所不書；以其所不書，推見其所書」。[28] 通
全書前後觀之，或類比、對比相關史事，或連結、縮合相關之文辭，如此
或可比事以指義，或可約文以見義。[29] 由此觀之，比事屬辭之法，堪作爲
傳統敘事詮釋解讀之利器與津梁。

　　古典小說之敘事，固淵源於史家筆法；而史家筆法，又宗法《春秋》
書法。推本溯源，中國敘事傳統，自以「屬辭比事」之《春秋》教爲祖始。
杜預〈春秋序〉所謂書、不書，稱、不稱者，即指《春秋》之筆削。清章

25 宋胡安國稱：孔子作《春秋》，「乃史外傳心之要點」，《春秋胡氏傳》（臺北：臺灣商
　 務印書館，1979，《四部叢刊》初編），卷首〈進表〉，頁1。
26 清皮錫瑞：《經學通論》（北京：中華書局，1986），四、春秋〈論春秋借事明義之
　 旨〉，頁21～22。
27 清趙翼：《二十二史札記》（臺北：樂天出版社，1971）。卷六，〈《三國志多迴護》，
　 頁74～76。
28 元趙汸：《春秋屬辭》（臺北：大通書局，1970，清納蘭成德編：《通志堂經解》本），
　 卷8〈假筆削以行權第二〉，頁1～2，總頁14801。
29 參考張高評：〈筆削顯義與胡安國《春秋》詮釋學〉，《新宋學》第五輯（2016年8月），
　 頁275～308。

學誠《文史通義‧答客問》曾言：「史之大原本乎《春秋》，《春秋》之義昭乎筆削」；若以夫子「義則竊取」之旨觀之，「（《春秋》）必有詳人之所略，異人之所同，重人之所輕，而忽人之所謹。」提示吾人：詳略、異同、重輕、忽謹之依違取捨，即是獨斷別裁、一家之言、歷史哲學、歷史識見之所由生。推而廣之，史料編比之多寡、偏全、有無，亦關涉筆削取義。渲染鋪陳、書重辭複，亦是史義、史觀藉由屬辭之展示。如習鑿齒蜀漢正統論之史觀，主要選取三顧茅廬、七擒孟獲諸場景，進行詳寫重敘、渲染鋪陳。[30]董仲舒《春秋繁露‧祭義》云：「書之重，辭之複，嗚呼，不可不察也，其中必有大美惡焉。」[31]但看諸葛亮神話重筆詳繪建構如此，以蜀漢為正統之史觀，於是成功形塑。

　　或書、或不書，影響到文獻徵存之有無、存缺，史料取捨之多寡、詳略、偏全、異同，史家筆法之濃淡、曲直、虛實、晦明、重輕。史家苦心孤詣之經營擘畫，於是史義出、史觀見，此所謂「《春秋》之義，昭乎筆削」。魚豢《魏略》，仇蜀親魏，妙用筆削見義，於是消解「三顧茅廬」之佳話，淡化君臣相得之形象，無中生有，宣稱「亮乃北行見備」。裴松之《三國志注》詳《魏略》所敘：「雖聞見異辭，各生彼此，然乖背至是，亦良為可怪」；即持偏執異辭之書法，品評魚豢《魏略》。[32]三國史家，往往稱我仇彼，存己廢人，除魚豢《魏略》外，王沈《魏書》、韋昭《吳書》，亦多專美本國。[33]此自詳人之所略，異人之所同，重人之所輕，而偏人之所載，從中可以識其史義與史觀。

　　史料之筆削去取，依違與奪之際，自見史家之別識心裁，歷史哲

---

[30] 王文進：《裴松之《三國志注》新論──三國史的解構與重建》，壹，〈習鑿齒與諸葛亮神話之諦造〉，頁21～75。
[31] 漢董仲舒著，清蘇輿注：《春秋繁露義證》（臺北：河洛圖書出版社，1975）。卷十六，〈祭義第七十六〉，頁16，總頁311。
[32] 晉陳壽著，宋裴松之注，盧弼集解：《三國志集解》（臺北：藝文印書館，1958），卷三十五《蜀書‧諸葛亮傳》，裴松之《注》引魚豢《魏略》，頁5，總頁786。
　　《三國志集解》，卷三十五，《蜀書‧諸葛亮傳》，裴松之《注》，頁5，總頁786。參考王文進：《裴松之《三國志注》新論──三國史的解構與重建》，頁84～92。
[33] 參考王文進：《裴松之《三國志注》新論──三國史的解構與重建》，參，〈論王沈《魏書》與陳壽《三國志》的史觀差異〉，頁111～150。同上，伍，〈論裴松之《三國志注》中的「三吳之書」，二，「韋昭《吳書》視孫吳為代漢政權」，頁198～213。

學。陳壽著《三國志》，於王沈《魏書》之史料，刻意視而不見，幾乎棄而不用。以王沈《魏書》之史觀，美魏毀蜀，重北輕南。《三國志》削而不載，棄而不取，是所謂「略人之所詳，而重人之所輕，異人之所同」，刪集裁抑之際，即見筆削針砭之指義。大抵詳略見重輕，重輕見筆削，或彼或削乃見一書之史觀。由詳略、重輕、異同、筆削之書法，「陳壽刻意隱藏在《三國志》中的《春秋》書法」，當不難推求之。蓋史料之裁汰揀擇，攸關筆削見義之大凡。苟將《三國志》與《裴注》引《魏書》之史料對讀比勘，然後知陳壽蜀漢遺民「尊蜀抑魏之《春秋》大義的隱微筆法」；多藉詳略、重輕、異同之書法，而曲曲傳出。自史料之筆削去取，可以考察史觀之指向。學界質疑「《三國志》過度迴護魏、晉」，觀《三國志》詳略、重輕之書法偏向，持《春秋》筆削示義之說考察之，則是非、疑似、迴護之際，自有助於問題之定奪與判準。由此觀之，王文進之縱論三國學，思重建三國歷史，所用方法與策略，與《春秋》筆削之學，不謀而合。

　　王文進研治《三國》學，以陳壽《三國志》爲關鍵核心，劃分史書文獻爲二：其一，成書於《三國志》前之史書，考察陳壽之去取從違，以見史觀與歷史哲學。其二，成書於《三國志》之後，觀其所詳、所重、所偏、所主，相互參照，亦足以推求史家筆法與《春秋》書法。王文進曾言：陳壽於所見書，「對其中部分內容棄而不用，或加以刪節，極可能隱含著陳壽取捨史料背後的史觀。」就筆削示義而言，確是一針見血之論。如魚豢《魏略》、王沈《魏書》、韋昭《吳書》、胡沖《吳曆》，與《三國志》相較，的確可以就刪棄取捨，以見筆削、抑揚、褒貶與史觀。如韋昭《吳書》標榜東吳「應運東南」，以爲東吳文化堪與北方分庭抗禮，《三國志》多刪略裁減，使之邊緣化；胡沖《吳曆》，誇飾東吳之立國戰略、複製臨終託孤，皆爲陳壽所刪減弱化。略其所詳，輕其所重，人取我去，人筆我削，遂成《三國志》之書法，陳壽之史觀。至於虞溥《江表傳》，於東吳詳書、重敘、偏載，美化之、強調之，於孫氏江東霸業多所頌揚，於赤壁之戰形塑周瑜魯肅之英雄形象，觀其筆削，其擁吳仇蜀自不待言。此自史筆之詳、重、偏、美，可知史家敘事之視角，史家之史觀指向。

　　由此觀之，王文進確實解構了三國學，重建了三國的歷史。其策略運用，主要在筆削書法之考察與闡發。觀照史料取捨之有無、多寡、異同、偏全；探討史家筆法之晦明、詳略、曲直、虛實、濃淡、重輕。或就史事之編比探論，或就史文之修飾商榷，兩兩比觀對讀之，而陳壽、裴松之、習鑿齒、魚豢、王沈、虞溥、韋昭、張勃、胡沖，乃至於范曄諸三國史家之史觀、史義、歷史哲學，昭然若揭，呼之欲出。此一胎源於《春秋》，發明於《左傳》，大成於《史記》之傳統敘事書法，其後開枝散葉，影響深遠。吾人尋根探源，思量重返中華文化之精神家園，固然可據筆削書法以研討《春秋》、《左傳》、《史記》；更可以持此以考察《漢書》、《後漢書》、《新唐書》、《新五代史》、《資治通鑑》，乃至於《通鑑綱目》之書法、史觀、史義、歷史哲學。中國傳統敘事學淵源於史傳，特重「敘」；西方敘事學淵源於小說，較側重「事」。東西方敘事學之出入異同，從此可以管窺一二。而王文進之大作，自可作爲傳統敘事學之見證。《春秋》筆削書法，堪作傳統敘事學詮釋解讀之利器，亦由此可見一斑。

　　清方苞專擅《春秋》、《周官》，古文宗師《左傳》、《史記》，主「義法」說爲天下倡，明以《春秋》書法爲古文義法。義，指「何以書」，所謂「言有物」。法，示「如何書」，所謂「言有序」。就屬辭比事之《春秋》教而言，「法」即其事之編比，其文之連屬。方苞倡義法，所謂「義以爲經，而法緯之」。[34] 紡織先縱線、後橫線，作文意在筆先，繪畫胸有成竹，道理與之相通。舉凡史觀、史義、立場、視角、指趣、代言、形象塑造、歷史哲學、孤懷別識云云，皆是著經、修史、爲文之形上將帥。事案之排比、對比、比興，辭文之約束、修飾、連綴，皆脈注聚焦於「義」。此即方苞論義法，所謂「義以爲經，而法緯之」。可見，《禮記》稱「屬辭比事」之《春秋》書法，方苞倡「義經法緯」之古文義法，

---

[34] 張高評：《比事屬辭與古文義法：方苞「經術兼文章」考論》（臺北：新文豐出版公司，2016），第七章〈比事屬辭與方苞論古文義法〉，頁301～368。

誠可提供古典小說、史傳文學、敘事傳統之借鏡與參考。[35]從《春秋》筆削示義，到史傳比事見義，屬辭顯義，其流派衍爲歷史敘事、文學敘事。其要，歸於義法之發用而已矣！

（二）《春秋》筆削書法與傳統敘事學之推廣

　　《三國志演義》之人物情節，殊異於《三國志》；《三國志注》之敘事傳人視角，復不同於《三國志》。此猶晚明馮夢龍原著，清蔡元放改撰之《東周列國志》，[36]與《左傳》之信史相較，人物、情節、對話亦存在有無、異同、詳略、重輕、虛實之不一。此無他，史事之或筆或削，辭文之因革損益，各自有其心裁，遂生差別相。

　　古典小說與史傳，心氣雖同源共本，而皮色判然殊絕。《東周列國志》本事，以《左傳》爲底本；猶《三國志演義》，參考《三國志》、《三國志注》而成書，而又有所增損取捨。《春秋》屬辭比事之教，清姜炳璋《讀左補義》說之曰：「彼此相形，而得失見；前後相絜，而是非昭。」[37]若較論《東周列國志》與《左傳》，一爲小說，一爲史傳；而小說之八實二虛，亦本《左傳》而演義。據筆削可以昭義之原理，試比較二書之詳略、重輕、虛實、有無、異同，就比事與屬辭二途，可以驗證小說與史傳之分野。史學與文學之差異，此中可見。

　　推而廣之，宋人倪思著《班馬異同》三十五卷，以比較方法論衡《史記》《漢書》之異同。清人繼之，有楊于果《史記箋論》、楊棋光《史漢求是》兩部專著，最具代表。其他清代學者專文專論，討論《史》《漢》優劣得失，更是眾聲喧嘩，世不絕書。[38]如何自班、馬之異同，看出《史》《漢》之優劣？清蔣中和〈馬班異同議〉以爲：「班馬之優劣，更繫於識，

[35] 張高評：〈書法、史學、敘事、古文與比事屬辭：中國傳統敘事學之理論基礎〉，香港中文大學《中國文化研究所學報》總第64期（2017年1月），頁1～35。

[36] 明馮夢龍原著，清蔡元放改撰：《東周列國志》（臺北：三民書局，1976、2007、2012年）。卷首，劉本棟〈《東周列國志》考證〉，頁1～6。

[37] 清姜炳璋：《讀左補義》（臺北：文海出版社，1968年影印同文堂藏板）。卷首，〈綱領下‧屬辭比事〉，頁8，總頁106。

[38] 張新科、俞樟華：《史記研究史略》（西安：三秦出版社，1990），第三章〈宋代開《史記》評論的風氣〉，二，「馬班異同成一門學問」，頁84～94。

而非徒繫於文。」[39] 優劣之判，關鍵在「繫於識」，誠哉斯言！識，猶言別識心裁、獨斷特書。要之，多緣筆削去取而生發之、體現之。

　　《史》《漢》之優劣，「繫於識，而非徒繫於文」。識，即史識，爲史家之別識心裁，歷史之洞察力。觀察的程序，關注全部到局部，再由局部到全部。[40] 史學、史才，近《孟子》所謂其事、其文；史識，即孔子曰：「其義，則丘竊取之矣！」富於史學者，長於比事；精於史才者，工於屬辭。史識之高下，取決於事、文、義三者之會通，攸關筆削去取之系統思維。今若重探班馬之異同，《史》《漢》之優劣，不妨借鏡《春秋》「筆削見義」之書法，就二書史事之有無、詳略、重輕、忽謹作比較，或就辭文之繁簡、異同作論衡，則思過半矣。

　　《史記》之會通整合探討，當是未來研究之一大趨勢。如以「《春秋》屬辭比事與《史記》互見之書法」爲研究課題，牽涉到下列六個子題：（1）因避諱，不敢明言其非。（2）爲嫉惡，不忍隱蔽其事。（3）關於本傳，而詳於他傳。（4）緣屬辭比事而互見。（5）世家與本紀互見。（6）列傳與本紀互見。學者不妨就史事之有無、異同、詳略，辭文之重輕、顯晦、曲直，各個層面進行探討。要之，即是就或筆或削之《春秋》書法，轉化運用之。其他研究課題，如〈《史記》世家筆削與《左傳》史事考論〉、〈《史記》世家損益《左傳》辭文述說〉、〈《史記》列傳對《左傳》之受容－以〈管晏列傳〉〈循吏列傳〉爲例〉，若持《春秋》筆削之書法詮釋之，肯定渙然冰釋，怡然理順。有志之士，曷興乎來！

---

[39] 清蔣中和：《眉三子半農齋集》〈馬班異同議〉，轉引自張新科、俞樟華：《史記研究史略》，頁85〜86。
[40] 梁啓超：《中國歷史研究法》（上海：上海古籍出版社，1998）。附《中國歷史研究法補編》，第二章〈史家的四長・史識〉，頁164〜165。

第三章　辨章學術，考鏡源流與訓詁考據

清姚鼐〈述庵文鈔序〉：「余嘗論學問之事，有三端焉，曰義理也，考證也，文章也。是三者苟善用之，則皆足以相濟；苟不善用之，則或至於相害。」[1] 戴震亦以爲言。其後，曾國藩亦云：「有義理之學，有詞章之學，有經濟之學，有考據之學……此四者，缺一不可。」[2] 論文寫作，就表達方式而言，近似文章學，或詞章學。因此，與義理學、考據學、經濟學之間，當互通有無，相濟爲用。無論三合一，或四合一，誠如方苞所言：「苟善用之，則皆足以相濟」。

吳世昌曾說：「社會科學要有考據，正如自然科學中必須有數學作基礎。」[3] 如果不懂數學，任何科學都不能作。同理，昧於考證，義理與辭章的研究，大抵也做不好。程千帆更明確主張：「考據學的研究，跟文藝學的研究要結合起來」；文藝批評的研究，要建立在考據的基礎之上。同時指出：「文獻學和文藝學要相結合，也就是要特別關注你所研究的這個物件的文獻眞僞問題。」《全唐詩》存有六十九首牟融詩，陶敏〈《全唐詩·牟融集》證僞〉，論證確認是僞詩。[4] 所以，研究唐詩，探討辭章文學，不能疏離考據。否則，將如方苞所言：「苟不善用之，則或至於相害。」

唐代題爲杜秋娘作的〈金縷衣〉詩：「勸君莫惜金縷衣，勸君惜取少年時。花開堪折直須折，莫待無花空折枝。」對於首句「金縷衣」的解讀，足以影響本詩意境的層次。1968 年，河北滿城漢墓一號墓出土中山靖王劉勝的金縷玉衣。古人相信：玉能夠保持肉身不壞。所以，漢代帝王

1　清姚鼐：〈述庵文鈔序〉，賈文昭編著：《桐城文論選》（北京：中華書局，2008），頁91。

2　清曾國藩：《求闕齋日記》，〈問學〉，辛亥（1851）七月。賈文昭編著：《桐城文論選》，頁325。

3　吳世昌：《吳世昌全集》，（石家莊：河北教育出版社，2002），第2冊（第二卷）《文史雜著》，〈對古典文學研究的幾點看法〉。

4　莫礪鋒：〈治學經驗談：功底與眼光〉，《中國研究生》2009年第12期。

下葬都用「珠襦玉匣」，即指金縷玉衣。[5]黃永武先生指出：若依據出土文獻之金縷衣，詮釋本詩，當作「壽衣」解，則以死後之榮寵，遠不如生前的行樂。[6]可見，合考據之真實，有助於欣賞詩歌之美妙。

一、文學、史學研究與考證信據

文史論文之寫作，一般都採用歸納法：羅列豐富事例，概括出共相交集，形成原理原則。事證類例琳瑯滿目，由此而歸括之結論，乃益加顛撲不破，此章法學「虛實相生」、器道兩進之道。

梁劉勰（？465-520？）《文心雕龍·辨騷》稱屈原作《離騷》：「將覈其論，必徵言焉」；此二語堪作文學批評，論文寫作之金玉良言。劉勰以為：屈原《離騷》有同于《風》《雅》者，更有異乎經典者。總結上述概念，是從八個事例歸納得出的。《文心雕龍》評屈原《離騷》稱：

　　　　將覈其論，必徵言焉。故其陳堯舜之耿介，稱禹湯之祗敬，典誥之體也；譏桀紂之猖披，傷羿澆之顛隕，規諷之旨也；虯龍以喻君子，雲蜺以譬讒邪，比興之義也；每一顧而掩涕，歎君門之九重，忠恕之辭也：觀茲四事，同於《風》、《雅》者也。至于托雲龍，說迂怪，豐隆求宓妃，鴆鳥媒娀女，詭異之辭也；康回傾地，夷羿彈日，木夫九首，土伯三目，譎怪之談也；依彭咸之遺則，從子胥以自適，狷狹之志也；士女雜坐，亂而不分，指以為樂；娛酒不廢，沉湎日夜，舉以為懽，荒淫之意也。摘此四事，異乎經

5　金縷玉衣，漢代規格最高的喪葬殮服，大致出現在西漢文景時期。據《西京雜誌》記載，漢代帝王下葬都用「珠襦玉匣」，形如鎧甲，用金絲連接。這種玉匣就是金縷玉衣。出土玉衣的西漢墓葬，共有十八座，而金縷衣墓有八座。原文網址：https://kknews.cc/culture/92zp3n5.html。

6　黃永武〈金縷衣，說從頭〉說：金縷衣，在唐人詩中，意義有四：一，壽衣。二，僧伽的黎衣或仙女的披衣。三，歌妓的華衣。四，一般華麗的衣服。若作壽衣解，也是可以通的。見《中外文學》第五卷第十一期（1977年4月），頁58～64。

典者也。[7]

梁劉勰論屈原所作辭賦，列舉典誥之體、規諷之旨、比興之義、忠怨之辭四端八例，以之論證《離騷》有同于《風》《雅》者，信據確鑿，具體而明白。再舉屈原賦詭異之辭六，譎怪之談四，狷狹之志二，荒淫之意二，以論證屈賦之內容「異乎經典」。由此推衍，屈原辭賦，就淵源所自而言，「雖取鎔經義」；而就創意造語而言，更「自鑄偉詞」。往復論證如此，屈原《離騷》及辭賦之文學價值與地位，乃昭然若揭，令讀者信服。《文心雕龍》考鏡源流、辨章學術之道，採用「將覈其論，必徵言焉」的考而後信方法，值得論文寫作參考。

晉陶潛作〈桃花源記并引〉，提出「樂園」主題；繼《詩經·碩鼠》、《老子》「小國寡民」章、《禮記·禮運》「大同」章、《莊子·山木》「建德之國」、《列子·黃帝》「華胥氏之國」之後，而踵事增華。至隋唐五代，淵明所稱之桃花源，究竟是人間樂土？還是世外桃源？武陵漁人所見，是避世逃秦之後代子孫？抑或長生不老之仙家仙人？唐宋詩賦往往體現道教仙鄉、樂土意識、心靈安頓，引發諸多討論。[8]宋蘇軾（1037-1101）貶惠州、謫儋州，集一生無可如何之遇，偏和陶淵明詩文。在儋州，作〈和陶桃花源并引〉，東坡〈詩序〉，長於思辨，備列考證，能破能立，以之建構議題論述，堪稱理稱辭舉，博洽可信。〈詩序〉稱：

世傳桃源事，多過其實。考淵明所記，止言先世避秦亂來此，則漁人所見，似是其子孫，非秦人不死者也。又云殺雞作食，豈有仙而殺者乎？舊說南陽有菊水，水甘而芳，民居三十餘家，飲其水，皆壽。青城山老人村，……桃源蓋

7　梁劉勰著，范文瀾注：《文心雕龍注》（北京：人民文學出版社，1958、2014）。卷一〈辨騷第五〉，頁46～47。

8　張高評：〈宋代樂土意識與人間桃源〉，陳登武、吳有能主編：《誰的烏托邦：500年來的反思與辯證》，（臺北：國立臺灣師範大學出版中心，2017），頁59～77。參考韓長孺〈讀〈桃花源記旁證〉質疑〉，氏著：《魏晉南北朝史論叢續編》（北京：三聯書店，1959），頁163-174。

此比也歟？……嘗意天壤間，若此者甚眾，不獨桃源。予在
潁州，夢至一官府，人物與俗間無異，而山川清遠，有足樂
者。顧視堂上，榜曰「仇池」。覺而念之，……明日，以問
客，……（客）曰：「……此乃福地，小有洞天之附庸也。
杜子美蓋云：「萬古仇池穴，潛通小有天。」他日工部侍郎
王欽臣仲至謂余曰：「……仇池，有九十九泉，萬山環之，
可以避世，如桃源也。」[9]

　　蘇軾〈和陶桃花源〉詩序，斷定武陵漁人所見，並非神仙，桃花源只
是人間樂土，並非世外仙界。為支持上述主張，蘇軾提出四個證據，作為
佐助：其一，仙家不殺生；其二，南陽菊花水，民壽百餘歲；其三，青城
山老人村，長壽有見五世孫者。其四，益州仇池，萬山環之，可以避世如
桃源。簡言之，人間之福地洞天，媲美桃源而可居可遊者，有二要素：一
曰道極險遠，二曰山川清遠。可見，桃源只是遠在人間，非在世外。蘇軾
此序，為文學性論文提供絕佳之論證典範。能破而後能立，論題主張欲期
屹立不搖，則須繁稱博引，舉證精確。蘇軾為〈和桃花源〉詩作序，信有
此妙。

　　實事求是，考而後信，是清代考據學追求真理的精神。清初顧炎武著
《日知錄》，為乾嘉考據學之開山。其著書旨趣，標榜「其必古人之所未
及就，後世之所不可無」，不雷同，不剽竊，堪作論文寫作追求之典範。
顧氏論點之創新，往往為孤明先發，提供後世無數啟示，如說「《史記》
于序事中寓論斷」：

　　　　古人作史，有不待論斷，而于序事之中即見其指者，
　　　惟太史公能之。〈平準書〉末載卜式語，〈王翦傳〉末載客

9　宋·蘇軾著，清·馮應榴輯注，黃任軻、朱懷春校點：《蘇軾詩集合注》（上海：上海古
　籍出版社，2001），〈和陶桃花源并引〉，頁2199～2201。參考張高評：〈宋代樂土意識
　與人間桃源〉，四，〈天下盡桃源，不必武陵春〉，頁77～90。

語，〈荊軻傳〉末載魯句踐語，〈晁錯傳〉末載鄧公與景帝語，〈武安侯田蚡傳〉末載武帝語，皆史家于序事中寓論斷法也。[10]

顧炎武別具慧眼，發現司馬遷《史記》一種特殊的敘（序）事手法，稱爲「于序事中寓論斷」。詳言之，即是「古人作史，有不待論斷，而于序（敘）事之中即見其指者」。論點的提出，列舉《史記》之〈平準書〉、〈王翦傳〉、〈荊軻傳〉、〈晁錯傳〉、〈武安侯田蚡傳〉五個例證，提煉其中共相，歸納出此中核心論點，一言以蔽之，曰「以敘事爲議論」。易言之，即是「于序事中寓論斷」；或「不待論斷，而于序事之中即見其指。」就敘事學，或史學方法而言，顧炎武此說，堪稱石破天驚，誠「古人之所未及就，後世之所不可無」。綜觀《史記》全書，「于序事中寓論斷」者，不止顧氏所稱引五例，亦不限文末之載語或對話，學界已多所闡發。[11] 然論發凡起例，椎輪大輅，顧炎武首發之功不可沒。推而廣之，何止《史記》？歷代史傳凡觸及微言諱書者，多不期然而體現此法。即以歷史敘事解經之《左傳》，亦多所運用。由此觀之，辨章學術，貴在文獻足徵；文獻足徵，立說方能啓發後人，方有助於後人增益而廣大之。

司馬遷私淑孔子，《史記》典範《春秋》。孔子作《春秋》，於定哀之際所書，多運以《春秋》筆法，推見至隱；司馬遷記述開國功臣事跡，亦往往妙用此種書法。《史記・淮陰侯列傳》敘事傳人，最得比事屬辭之《春秋》教，而讀者或忽之。韓信「勇略震主，功蓋天下」，號稱三大功臣之首，然大不幸而命喪鐘室，夷信三族。世人粗讀〈淮陰侯列傳〉，未嘗不信其偏辭，以爲韓信背叛漢王，咎由自取，罪有應得。清梁玉繩《史記志疑》獨排眾議，爲韓信平反冤獄，爲司馬遷代言「據事直書，是非自

[10] 清顧炎武著，清黃汝成集釋，欒保群、呂宗力校點：《日知錄集釋》（上海：上海古籍出版社，2006），卷二十六〈史記於序事中寓論斷〉，頁1429。
[11] 白壽彝：〈司馬遷寓論斷于序事〉，歷史研究編輯部：《司馬遷與《史記》論輯》（西安：陝西人民出版社，1982），頁136～155。張高評〈于敘事中寓論斷與以事爲義－以《左傳》解經爲討論核心〉，《春秋書法與左傳史筆》（臺北：里仁書局，2011），第三章，頁81～118。

見」筆法，梳理出十餘條證據，極辯其無反狀，爲韓信申冤，此亦顧炎武
所云：「于序事中寓論斷法」，其言曰：

> 　　一飯千金，弗忘漂母；解衣推食，寧負高皇？不聽涉、
> 通于擁兵王齊之日，必不妄動于淮陰家居之時。不思結連布
> 越大國之王，必不輕約邊遠無能之將。賓客多，與稱病之人
> 何涉？左右辟，則挈手之語誰聞？上謁入賀，謀逆者未必坦
> 率如斯。家臣徒奴，善將者亦復部署有幾。是知高祖畏惡其
> 能，非一朝夕。胎禍于躡足附耳，露疑于奪符襲軍。故擒縛
> 不已，族誅始快。從豨軍來，見信死，且喜且憐，亦諒其無
> 辜受戮爲可憫也。12

　　司馬遷著《史記》，〈太史公自序〉表明要爲「扶義倜儻之人」立
傳，故〈淮陰侯列傳〉之著述旨趣，在爲韓信昭雪冤獄，還開國第一功臣
以歷史公道。提出十餘條疑讞，多據司馬遷「于序事中寓論斷」之直書筆
法，再綜合運用比事屬辭之《春秋》書法，展示鐵案論證，闡明「信之死
冤矣」，爲冤獄翻案。再由此推論，可知韓信遭漢皇禽縛、族誅，不過是
「畏惡其能」，誅戮功臣而已。論文寫作研討問題時，常常要辨清疑似，
駁斥謬誤，端正是非，追索眞相，進而大破大立，凸顯創意之論述。考據
求眞，始能提出令人信服之論點。論文之所以爲論文，這是寫作的焦點和
亮點。《史記·淮陰侯列傳》之直書是非，互見虛實，梁玉繩爲之拈出，
值得論文寫作的借鏡。
　　詩歌爲文學作品，如何理解詩歌的幽微？訓詁箋釋，其一；評點提
示，其二；又有撰寫詩話、筆記，編纂詩選詩鈔，作爲知人論世之資者，
翁方綱謂之「宋人注宋詩」。《石洲詩話》以爲：「說部之書，至宋人而
富」，如《西溪叢話》、《容齋隨筆》、《苕溪漁隱叢話》、《韻語陽

---

12 清梁玉繩：《史記志疑》（臺北：新文豐出版公司，1984），卷三十二〈淮陰侯列傳〉，
　頁1263～1264。日瀧川資言考證，水澤利中校補：《史記會注考證校補》（上海：上海古
　籍出版社，1986），卷92〈淮陰侯列傳〉，頁39～40，總頁1622。

秋》、《後村詩話》、《詩人玉屑》，「此即宋人注宋詩也」。詩歌爲文
學創作，詩話爲文學評論，兩者不宜如斷港絕流，當轉相灌注。畢竟，
文學作品是理論批評的土壤。翁方綱爲宋詩派，因吳之振等編選《宋詩
鈔》，而提出「宋人注宋詩」之命題。[13] 由於詩話筆記或論詩及事，或論
詩及辭，於辨章學術，考竟源流，應張本繼末，鉅細靡遺，故無論其事、
其辭，多有助於箋證詩作。挾豐富多元的詩話筆記，以詮釋解讀詩歌，所
謂「合之則雙美，離之則兩傷」。學術論文若涉及詩、詞、文、賦、小
說、戲曲、詩話、詞話、曲話、文話、賦話、小說話，以及評點、資料彙
編等文獻材料，不妨如翁方綱一般，視爲考據眞理之佐助。

二、漢學、宋學與訓詁考據之學

　　清代乾嘉間考據學昌盛，蔚爲漢學宋學之爭。在文字、聲韻、訓詁方
面，尤爲考據之強項。大抵議論不輕出，出則言必有據。所謂信據，少則
三五條，多則十餘、數十條。如錢大昕《十駕齋養新錄》，提出「古無輕
唇音」、及「舌音類隔之說不可信」之說，堪稱研治上古音之創見。所謂
鐵案如山，不可移易若此，值得論文寫作當兼顧考據之參考：

　　　　凡輕唇之音，古讀皆爲重唇。《詩》：凡民有喪，匍
匐救之。《檀弓》引《詩》作「扶服」，《家語》引作「扶
伏」；又「誕實匍匐」，《釋文》：「本亦作『扶服』。
《左傳·昭十二年》：「奉壺飲冰以蒲伏焉。」《釋文》：
「本又作『匍匐』」，蒲，本亦作「扶」。〈昭二十一
年〉：「扶伏而擊之。」《釋文》：「本或作匍匐」。《史
記·蘇秦傳》：「嫂委蛇蒲服。」〈范雎傳〉：「膝行蒲
服。」〈淮陰侯傳〉：「俛出袴下蒲伏。」《漢書·霍光

傳》：「中孺扶服叩頭。」皆匍匐之異文也。[14]

　　古無舌頭、舌上之分。知、徹、澄三母，以今音讀之，與照、穿、床無別也。求之古音，則與端、透、定無異。《說文》：「沖讀若動。」《書》：「惟予沖人」，《釋文》：「直忠切」。古讀「直」如「特」，沖子猶「童子」也。字母家不識古音，讀沖爲蟲，不知古讀蟲亦如「同」也。《詩》：「蘊隆蟲蟲」；《釋文》：「直忠反」，徐：「徒冬反」，《爾雅》作「爞爞」，郭：「都冬反」；《韓詩》作「烔」，音徒冬反。是「蟲」與「同」音不異。古音「中」如「得」，……古音「陟」如「得」，……古音「直」如「特」，……古音「竹」如「篤」，……古讀「豬」如「都」，……古讀「追」如「堆」，……古讀「沈」如「潭」，……古讀「陳」如「田」，……古人多舌音，後代多變爲齒音，不獨知、徹、澄三母爲然也。[15]

　　民國初年，古史辨學派延續乾嘉學風，致力於疑古考證。顧頡剛提出「古史層累說」，以盤古開天神話爲例，亦廣徵先秦兩漢魏晉六朝文獻史料、絕非蹈虛臆說，捕風捉影。其後，將古史層累概念，轉化爲人物故事層累，用來研究「孟姜女哭長城」民間傳說，亦斐然有成。據顧頡剛《孟姜女故事的轉變》考證：孟姜女夫杞梁（殖）死，最初載於《左傳》襄公二十三年，只言「杞梁之妻辭弔」而已。《禮記·檀弓》，增加了「哭夫」情節；《孟子·告子》，賦予孟姜「善哭」的本領；《說苑》〈善說〉、〈立節〉，《列女傳·貞順》載孟姜女「向城而哭，隅爲之崩，城爲之阤」，變其本而加厲，則述孟姜女哭聲崩倒齊國城牆。進一步踵事增華，齊城牆再類比衍化爲秦長城，於是民間故事演變輪廓基本成型。從此看來，探索民間文學，拼湊人物形象，考索故事流傳，徵信文獻史料，仍爲最可信據

---

14 清錢大昕：《十駕齋養新錄》，（臺北：臺灣中華書局，1981，《四部備要》本）。卷五，〈古無輕唇音〉，頁9。
15 清錢大昕著：《十駕齋養新錄》，卷五〈舌音類隔之說不可信〉，頁16～19。

之研究方法。

　　錢鍾書《管錐編》，展示若干研讀心得，提示許多洞見卓識，足以啓益後學，嘉惠士林。如強調「《春秋》書法，即後世之修辭學」命題，亦經由繁稱《三傳》，博引史傳、敘記而得出，與信口開河、嚮壁虛造者，不可同日而語。如云：

　　　　昔人所謂《春秋》書法，正即修詞學之朔，而今之考論者忽焉。[16]

　　　　《春秋》僖公三十三年：「隕霜不殺草」，定公元年：「隕霜殺菽」；《穀梁傳》謂有「舉重」、「舉輕」之辨：草「輕」而菽「重」，舉「不殺草」，則霜不殺菽可知；舉「殺菽」，則霜亦殺草可知。……《春秋》之書法，實即文章之修詞。[17]

　　　　《公羊》、《穀梁》兩傳，闡明《春秋》美刺「微詞」，實吾國修詞學最古之發凡起例。「內詞」、「未畢詞」、「諱詞」之類，皆文家筆法，剖析精細處，駸駸入於風格學（stylistic）。[18]

　　錢鍾書持修辭學詮釋「《春秋》書法」，堪稱孤明先發，言人所未嘗言。就《春秋》詮釋學而言，無異提供一盞明燈，照亮經學海洋。前往上古，可以連結《左傳》《春秋》五例、《公羊》學屬辭，中古可以傳承杜預發傳之體三，爲例之情五；推而至於中唐之啖趙《春秋》學、南宋胡安國《春秋傳》、元代趙汸《春秋屬辭》、近代孔廣森《春秋公羊通義》、張應昌《春秋屬辭辨例編》等，而有益於《春秋》比事屬辭之學之探討。

　　宋代程朱之學雖主義理，亦兼重辨章考竟。換言之，程朱雖爲宋學宗

---

[16] 錢鍾書：《管錐編》（臺北：書林出版公司，1990），冊五，〈《管錐編增訂》180頁，頁21。
[17] 錢鍾書：《管錐編》，冊三，三一《全後漢文》卷一，頁967。
[18] 錢鍾書《管錐編》，冊三，三一《全後漢文》卷一，頁967。

師，然治學方法亦不廢章句訓詁。以朱熹而言，除《四書集注》、《詩集傳》、《楚辭集注》、《韓文考異》外，考據學、辨僞學、校勘學，皆極精湛，成就不亞於清儒之研治漢學者。[19] 清乾隆嘉慶間，漢學昌盛，標榜訓詁考據，而直斥宋學之宗義理思辨，以爲空泛無根，於是衍爲漢學宋學之爭。其實，訓詁考據是研治學術的必要方法，經學、史學、文學論點的提出，過程與方法，不離章句訓詁；當然，義理哲學之論點主張，其推衍基礎，亦不疏離訓詁考據。朱子《文集》載有〈語孟集義序〉，其言謂：

> 漢魏諸儒，正音讀、通訓詁、考制度、辨名物，其功博矣。學者苟不先涉其流，則亦何以用力於此？而近世二三家，與夫學於先生之門人者，其考證推說，亦或時有補於文義之間。學者有得於此而後觀焉，則亦何適而無得哉？[20]

朱子肯定漢魏諸儒訓詁考據之學，以爲「其功博矣」。同時強調治學當「先涉其流」，然後考證推說，以求「有補於文義之間」。故朱子《論孟精義》取二程之說爲宗，「既又取夫學之有同於先生者，與其有得於先生者」，凡九家之說，是所謂辨章學術，考竟源流，自是考證之能事。朱子治學，說義理，亦自見訓詁考據之工夫，如說《易》之恒卦：「恒，是箇一條物事徹頭徹尾」，古字「像一隻船兩頭靠岸，可見徹頭徹尾。」說《中庸》「博厚高明悠久」：「所積者廣博而深厚，則所發者高大而光明」；「悠，是據始以要終，久，是隨處而常在。」釋《孟子》「以意逆志」：「逆，是前去追迎之之意。蓋是將自家意思去前面等候詩人之志來，如等人來相似。……不似而今人便將意去捉志也。」[21] 釋《尚書・洪範》「皇極」云：「皇，是指人君；極，便是指其身爲天下做箇樣子，使

---

[19] 錢穆：《朱子新學案・朱子之校勘學》稱：「清儒自負以校勘、訓詁、考據爲能事，然朱子於此諸項，並多精詣。論其成績，亦決不出清儒下。」《錢賓四先生全集》（臺北：聯經出版公司，1998），第五冊，頁213。

[20] 宋朱熹著，郭齊、尹波點校：《朱熹集》（成都：四川教育出版社，1996），第七冊，卷七十五，〈語孟集義序〉，頁3945。

[21] 錢穆：《錢賓四先生全集》，《朱子新學案》，冊四，頁322、323～324、331。

天下視之以爲標準」；「『中』不可解作極，『極』無中意，只是在中，乃至極之所，爲四向所標準，故因以爲中。」[22] 又解釋《老子》「當其無，有車之用」云：「無，是轂中空處。惟其中空，故能受軸而運轉不窮。猶傘柄上木管子，……緣管子中空，又可受傘柄而開闔下上。車之轂，亦猶是也。《莊子》所謂『樞始得其環中，以應無窮』，亦此意。」要皆訓詁考據之事，而說義理者豈能外之而不講？

朱子嘗云：「讀書玩理外，考證又是一種工夫。」[23] 善哉斯言。吾人寫作論文，往往界定範疇，定義概念，統括論點，取捨是非，評騭得失，則訓詁考據之工夫不可不講究。北宋儒者之經說經解，除傳統之訓詁注疏外，或有不規規於訓詁章句，而盡心於闢新徑、創新解，致力於發新論，立新義者者。然考察傳世宋刻經書，以《左傳》注疏本 27 種居冠，其他如《禮記》、《周禮》、《尚書》、《周易》、《毛詩》之宋刻經書注疏本，傳世之數量亦高居 18、14、10、8、8 種之多。學風士習如此，《四庫全書總目》所謂「先有是《疏》，而後講學諸儒得沿溯以窺其奧。」從拘守故訓、不越注疏；到自出議論，稍尚新奇，終至於以己意言經，發明經義。宋代《春秋》詮釋史，章句訓詁與義理闡發間，多呈現徊兩端之雙重模態。[24] 義理與考據，「合之則雙美，離之則兩傷」，亦由此可見。

清朝戴震（1724-1777），生於乾隆嘉慶之際，其考據學成就爲當世所推崇，其義理學之獨創，則見賞於章學誠。戴震一身而兼擅考證與義理，於乾嘉學術史爲絕無僅有。[25] 戴震之特異處，在以考據名物訓詁爲治學手段，而以聞道、明道爲最終目的。如：

故訓明，則古經明；古經明，則賢人聖人之理義明，而

---

[22] 同上，冊四，頁308。

[23] 同上，冊四，頁292，冊五，頁331，《朱熹集》，第五冊，卷54，〈答孫季和〉，頁2690。

[24] 張高評：〈北宋《春秋》學之創造性詮釋——從章句訓詁到義理闡發〉，《中國典籍與文化論叢》第19輯（2018），頁89～129。

[25] 余英時：《論戴震與章學誠》（香港：龍門書店，1976），六、〈戴東原與清代考證學風〉，頁86～92。

我心之所同然者，乃因之而明。[26]

　　經之至者，道也。所以明道者，其詞也。所以成詞
者，未有能外小學文字者也。由文字以通乎語言，由語言
以通乎古聖賢之心志，譬之適堂壇之必循其階，而不可以躐
等。[27]

　　戴震治學的終極追求，在聞道、明道。所謂「道」，或指天道，或
指人道。換言之，即是天人性命之學，胡適之所謂「戴東原的哲學」是
也。[28] 戴震以「故訓明」，作為明古經、明理義之基礎工夫。又以為：小
學、文字、語言之通曉，為通曉古聖賢心志之階梯，必循序漸進，方足以
通經而明道。論文寫作，要在闡發精微，張揚論點，往往涉及名物、訓
詁、考據，欲明理張義，勢不能不講究辨章考鏡之學。

　　以上，就文學、史學、義理、經學之研究而言，辨章學術，考竟源
流，無不須要取證於史料，考信於文本文獻。此與乾嘉漢學之注重考據求
真，考而後信，並無不同。戴震不云乎：「故訓明，則古經明；古經明，
則賢人聖人之理義明。」誠哉斯言！

　　欲提出創見心得，必須繁稱博引，備列考證；欲凸顯亮點，成一家之
言，必須羅列信據，鐵案如山；闡發義蘊，必須淋漓盡致而後已。可以挑
戰質疑，耐得起推敲；可以縱橫批駁，經得起檢驗。要之，諸家有關章句
訓詁考據文獻之方，多值得論文寫作之參考。

　　由此觀之，論文寫作之過程，或辨章學術，或考竟源流，在在與考據
學之實事求是、追求真理相通。

---

26 清戴震：《戴東原集》（臺北：臺灣商務印書館，1979，《四部叢刊》初編本），卷
　十一，〈題惠定宇先生授經圖〉，頁9～10，總頁115～116。
27 清戴震：《戴東原集》，卷十，《古經解鉤沈》序，頁2～3，總頁104。
28 胡適：《戴東原的哲學》（臺北：遠流出版公司，1986），二、〈戴東原的哲學〉，頁
　20～58。

第四章　修辭工夫、文章義法與論文寫作

　　學術論文，注重知性理性，不失溫文儒雅，當然是文章體式之一。就算打筆戰、闢邪說、攻異端，匡謬指瑕，也當如散文家陳之藩所言：「理直而氣和，義正而辭婉」。就寫作態度來說，學術論文和一般文章沒有兩樣。否則，理直氣壯，義正辭嚴，義薄雲天，得理不饒人，神聖不可侵犯，如何能令人信服接受？如何能相悅以解？猶治絲益棼，徒亂人耳目而已，絕非治學的正確態度。

　　《文心雕龍》〈章句〉篇稱：「夫人之立言，因字而生句，積句而為章，積章而成篇。篇之彪炳，章無疵也；章之明靡，句無玷也；句之清英，字不妄也。振本而末從，知一而萬畢矣！」[1]一般文章如此，學術論文亦不例外。一篇論文，一部專著，動輒幾千幾萬字。所以，撰寫論文必須嫻熟文字駕馭的工夫。從最基本的遣詞造句，到較複雜的謀篇安章，最好都能做到韓愈所謂「文從字順各識職」；孔子所標榜「辭，達而已矣！」這就牽連到修辭學、章法學、古文義法等專業課題。

　　修辭學、章法學，雖屬新興學科，然作為方法之學，實不難入門。古文義法，雖由桐城方苞倡導標榜，然司馬遷《史記‧十二諸侯年表序》早作揭示，良由歸納《春秋》、《左傳》、《史記》諸史傳之書法、史筆而來，絕非嚮壁虛造。劉勰《文心雕龍》創作論二十篇，亦時作闡發。自宋代起，歷代文話、筆記、序跋、評點，亦時作提撕。論文寫作之歷程，既似歷史編纂學，又近文學創作論，若能多借鏡、多觸發，則「外文綺交，內義脈注」，論文之表裏精粗，自然圓融無礙。

---

[1] 梁劉勰著，范文瀾注：《文心雕龍注》（北京：人民文學出版社，1958、2014），下篇，卷七，〈章句第三十四〉，頁570。

一、論文寫作，講究「草創、討論、修飾、潤色」的修辭工夫

　　積字而成句，綴句而成文，選字用詞，謀篇安章，學者之能事。文字，既是表現媒介，又是駕馭工具：其初階，能表情達意，似已足矣；其進階，則重在能闡釋發揮；其極致，則貴能說服接受。赫胥黎（Aldous Huxley, 1894-1963），為美籍英國作家，詩歌、小說、劇本、文藝評論多有作品傳世。所作小說為寓言體，長於諷刺，以《美好的新世界》、《針鋒相對》最知名。1936 年在倫敦有場演講，宣稱文字運用，與天下事都息息相關，他說：

　　　　文字是思想的工具，思想所到之處，文字一一傳送；文字是塑造思想的模型。思路要正確，用字必須妥貼。[2]

　　劉勰《文心雕龍》〈章句〉篇之外，〈體性〉、〈風骨〉、〈情采〉、〈鎔裁〉、〈聲律〉、〈麗辭〉、〈比興〉、〈事類〉、〈練字〉、〈隱秀〉、〈附會〉、〈總術〉諸篇，對於修辭學、辭章學，多已發凡起例，具體而微。陸機《文賦》，劉知幾《史通·敘事》、陳騤《文則》、《苕溪漁隱叢話》、《詩人玉屑》，以及歷代詩話、詞話、文話、小說評點，多論及用字綴句之文章修辭。言為心聲，以文字代語言，各循其音義。赫胥黎稱：「文字是思想的工具」，「文字是塑造思想的模型」，無論工具或模型，我們都得學會操作熟練，駕馭從容。赫胥黎於是斷言：「思路要正確，用字必須妥貼」。論文寫作從文獻詮釋、觀點傳達，疑義解析、理念發揮，到辨章學術，考鏡源流、創意發想、獨到心得，何者無須文字為媒介？何者可以忽視文字之為利器？思路正確，固然憑藉文字；文章之妥貼說服，亦仰賴文字傳播之效驗。唐韓愈〈科斗書後記〉所謂「凡為文

2　董橋：《品味歷程：董橋自選集》（香港：天地圖書公司，2002），〈文章皺紋·赫胥黎怕堂皇空洞的字〉，轉引赫胥黎1936年在倫敦演講之片段，頁179。

辭，宜略識字」，³此言不虛。

　　文字運用，必須經過修飾和煅煉，才能平穩適當表意，流暢通達論說。所以駕馭文字的能力十分重要，清戴震所謂「經之至者，道也；所以明道者，其詞也；所以成詞者，字也。由字以通其詞，由詞以通其道，必有漸。」⁴所以古代的經學家、史學家、思想家、文學家都長於選字用詞；可見，長於修辭謀篇，並不是文學家的專利。朱熹為思想家，宋代理學代表。撰寫《韓文考異》、《楚辭集注》，研治韓文、楚辭，詮釋解讀別開生面，自成一家。其主要特色，「即由古人之『言』，以通其『心』於千百年之上；既得其『心』焉，又轉據之以定其『言』之真偽。」⁵。言為心聲，釋文考言，猶即器求道，可以得其心聲與心象。文本文獻既由文字綴聯以成書，由辭可以通其道，故曰「凡為文辭，宜略識字」，其於論文寫作亦然。

　　學術論文是理性、知性，尤其是邏輯性的表達。大抵敘事、論說、描寫必須運用裕如，至於抒發情緒，展示性情，則非所宜言。論文寫作的當下，就得隨時注意修辭的求真、求善、求美。等到完稿、發表、出版之前，也要作種種的切磋斟酌工夫。孔子弟子曾參有言曰：「動容貌，斯遠暴慢矣；正顏色，斯近信矣；出辭氣，斯遠鄙倍矣。」⁶出言使辭，當避免凡陋，應忌諱悖理。可見，表意方法之合宜，自是談說寫作之基本要求。

　　春秋時，鄭國為蕞爾小邦，又地處晉楚大國之間。幸賴子產主政，外交辭令連戰皆捷，樹立了弱國外交之典範。鄭國外交辭令之所以無不如志，主要在歷經「草創、討論、修飾、潤色」四道程序，這是論文寫作值得取資借鏡的地方。《論語·憲問》載：

---

³ 唐韓愈著，馬其昶校注：《韓昌黎文集》（臺北：河洛圖書公司，1975），卷二〈科斗書後記〉，頁55。
⁴ 清戴震：《戴東原集》（臺北：臺灣商務印書館，1979，《四部叢刊》初編本），卷九〈與是仲明論學書〉，頁7，總頁99。
⁵ 余英時：《方以智晚節考》（北京：三聯書店，2004），頁89引。
⁶ 宋朱熹：《四書章句集注》（北京：中華書局，1983、2002），《論語集注》卷四〈泰伯第八〉，頁103～104。

　　子曰：「爲命：裨諶草創之，世叔討論之，行人子羽脩
飾之，東里子產潤色之。」[7]

　　鄭國的外交辭令，最先，由裨諶起草文稿，經子太叔尋究論議，再
轉給外交官公孫揮增損修飾，最後才交付子產潤色文采。《左傳》襄公
三十一年載：「鄭國將有諸侯之事，子產乃問四國之爲於子羽，且使多爲
辭令。與裨諶乘以適野，使謀可否，而告馮簡子，使斷之。事成，乃授
子大叔使行之，以應對賓客，是以鮮有敗事。」[8]宋朱熹《論語集注》稱：
「鄭國之爲辭令，必更此四賢之手而成，詳審精密，各盡所長。是以應
對諸侯，鮮有敗事。」[9]一篇學術論文的寫作，果眞恪守「草創、討論、修
飾、潤色」程序，作層層之構思、推敲、斟酌、錘鍊，相信成果發表也將
如鄭國公孫僑（子產）主導的外交辭令，無往不利，成就非凡。
　　翻譯文字，要求信、達、雅，這應該是高標準，理想境界。學術論文
能做到「信、達、雅」的水平，恐怕也是鳳毛麟角。典雅、文雅、雅緻，
除非文學素養極高，一般人是做不到的。但「信」，眞實不誣，是基本要
求；「達」，順暢通達，可以作爲進階指標。遣詞造句，清楚正確，切合
事實，謂之「信」；敘事論說，簡煉明澈，淋漓通暢，謂之「達」。學術
論文如果做到徵信、通暢，也算難能可貴了。另外，精準得體也很重要。
表意說理不偏不倚，恰如其分，詩話筆記謂之「體物語」，[10]《文心雕龍》
謂之巧構形似。[11]論文寫作不同于作詩，不必離形得似，也不要求「禁體

7　清劉寶楠著：《論語正義》（臺北：文史哲出版社，1990），卷十七〈憲問第十四〉，頁
　　560。
8　周左丘明傳、晉杜預注、唐孔穎達疏：《春秋左傳注疏》（臺北：藝文印書館，1955），
　　襄公三十一年，卷四十，頁20，總頁688。
9　宋朱熹著：《四書章句集注》（北京：中華書局，1983、2012）。《論語集注》卷七，
　　〈憲問第十四〉，頁151。
10　清兪琰輯，易紹雲、孫奮揚合註：詳註分類：《歷代詠物詩選》（臺北：廣文書局，
　　1968），兪琰〈序〉：「詠物一體，……其佳者，往往擬諸形容，象其物宜；不即不離，
　　而繪聲繪影。」頁4。
11　「自近代以來，文貴形似，窺情風景之上，鑽貌草木之中。吟詠所發，志惟深遠；體物爲
　　妙，功在密附。故巧言切狀，如印之印泥，不加雕削，而曲寫毫芥；故能瞻言而見貌，印
　　字而知時也。」梁劉勰著，范文瀾注：《文心雕龍注》，卷十〈物色第四十六〉，頁694。

物語」，選字行文總以帖切肯綮爲要。總之，信息傳播者多費些心思修辭，閱讀接受者就可以減少些錯認和誤讀。

劉勰《文心雕龍》，是古代文學批評的名著，其中，〈章句〉、〈附會〉、〈鎔裁〉諸篇，討論篇章修辭，尤其值得參考。〈章句〉篇云：「篇之彪炳，章無疵也；章之明靡，句無玷也；句之清英，字不妄也」，可見字、句、章、篇之密切相關，得失與共。又曰：「啓行之辭，逆萌中篇之意；絕筆之言，追媵前句之旨，故能外文綺交，內義脈注；跗萼相銜，首尾一體」，對於論文的聯絡照應，綱領標題與問題意識之交互參透，有絕佳之啓發。〈附會〉篇對主題意識與綱領節目之交流互動，更有具體之提示，其言曰：

> 凡大體文章，類多枝派；整派者依源，理枝者尋幹。是以附辭會義，務總綱領；驅萬塗於同歸，貞百慮於一致。使眾理雖繁，而無倒置之乖；群言雖多，而無棼絲之亂。[12]

若易《文心雕龍》所言「文章」，移作學術論文，論說亦順理成章，了無扞格。依源、尋幹、會義、務總、同歸、一致云云，即指問題意識、重點核心、綺交脈注‧亮點警策、義法結穴，以及獨到創獲。論文的章節項目、標題引文、論說佐證，甚至輔以注釋，是所謂枝派、附辭、眾理、群言、萬塗、百慮，都應如萬水朝宗、百枝共本。唯有論文寫作形成有機結構，主題之凸顯，與章節文本之照應，才能「互發其蘊，互顯其義」，轉相發明，相得益彰。

文字的修飾煅煉，要做到文從字順，各司其職，猶相體裁衣，量身訂做，這牽涉到修辭學的課題。業師黃慶萱所著《修辭學》，將修辭學分爲兩大層面：其一，表意方法的調整；其二，優美形式的設計；頗可借鏡轉化，作爲論文寫作的參考。寫作學術論文，借鑑於修辭學，對於恰如其分的表述理念創獲，當有加乘效果。兩岸三地琳瑯滿目之修辭學論著，多沿

---

12 梁劉勰著，范文瀾注：《文心雕龍注》，卷九〈附會第四十三〉，頁650～651。

襲陳望道《修辭學發凡》，以辨析辭格為能事。其中異軍鵲起，以修辭成效作為分類依據者，惟業師黃永武先生《字句鍛鍊法》。在修辭學之論著中，堪稱特立獨行，不惟孤明先發，而且絕無僅有。

　　論文寫作如果想要提昇說服性、邏輯性，就不可不多用頂眞、層遞、聯鎖、排比諸修辭技巧；假設論文傾向義理、思想屬性，推衍歷程最好在邏輯思維外，也能兼顧形象思維。為了促使論文的概念或意象，能化抽象為具體，變模糊為清晰，轉陌生為熟悉，不妨多多選用譬喻、比擬、示現、映襯（烘托、對比）、正反相生、虛實相成、往復、翻疊諸修辭技巧。尤其是論著的書名、論文的篇名，以及章、節、項、目的標題，亦不妨參用直陳、儷句，藉以凝練其詞，精簡其句。[13]

　　作為外交辭令，「草創、討論、修飾、潤色」的程序，是不可或缺的。黃慶萱《修辭學》曾徵引《論語・憲問》這段話，作為「修辭次第」之借鏡。[14] 因此，可以把修辭手法推廣到論文的實際寫作，引用、節短、排比、取譬，最為常見。其他修辭學之運用，如襯映、層遞、頂眞、聯鎖、互文、省筆，亦所在多有。運用之妙，存乎一心而已。

二、論文寫作，強調聯絡照應，與章法學並無二致

　　文章寫作，觸手紛綸，為便於登堂入室，文章作法遂應運而生。雖說「文無定法，文成而法成」，然所謂「章法」，在專家學者為默識心通，其中自有寫作的潛在規則。傳統文學批評的書籍，談立意、得意、主腦、先立地步，就論文寫作而言，即是問題意識、研究構想、核心論旨、關鍵議題。善加經營擘畫，可作行文的指南針，章節論點的推進器，如清劉熙載《藝概》所云：

---

[13] 黃永武：《字句鍛鍊法》（臺北：洪範書店，2002）。以修辭成效作為分類依據，在修辭學之論著中，絕無僅有。以鍛句的方法為例，分為五類：一，怎樣使文句靈動，列有10法。二，怎樣使文句華美，列有5法。三，怎樣使文句有力，列有10法。四，怎樣使文句緊湊，列有4法。五，怎樣使文句變化，列有6法。其他，尚有運字法，13。代字法，23。增字法，8。減字法，5。

[14] 黃慶萱：《修辭學》（臺北：三民書局，1975），〈前言〉，頁2。

　　古人意在筆先，故得舉止閒暇；後人意在筆後，故至手
忙腳亂。杜元凱稱《左氏》「其文緩」，曹子建稱屈原「優
游緩節」。「緩」，豈易及者乎！[15]
　　凡作一篇文，其用意俱要可以一言蔽之：擴之，則爲千
萬言；約之，則爲一言，所謂主腦者是也。[16]

　　行文「意在筆先」，則吾心有主，可以應天地萬物之變。成竹在胸，
故神閒氣定，舉止從容整暇。若反其道而行，「意在筆後」，則六神無
主，無所適從，手忙腳亂，不知所措。《左傳》辭章「其文緩」，屈原辭
賦「優游緩節」，關鍵亮點都是「意在筆先」，以立意爲將帥，以素材爲
兵卒，故能指揮若定，從容不迫如此。論文寫作亦然，問題意識、研究構
想如將帥，能以觀點帶文獻，則駕馭資料，驅遣文本，無入而不自得。
若反其道而行，以文獻綁架觀點，則雜亂無章，不成統系。論文之主旨觀
點，問題意識，猶作文之用意，「可以一言蔽之」。一篇之主腦，往往是
一篇之警策所在，誠所謂「約之，則爲一言」；「擴之，則爲千萬言」。
一篇論文，一部專書寫作，問題意識、核心論旨，與全文、全書聯絡呼應
如此，則思過半矣。

（一）史傳敘事之道，通於論文寫作

　　晉杜預《春秋經傳集解・序》稱《左傳》：「或先經以始事，或後
經以終義，或依經以辯理，或錯經以合異」，《左傳》詮釋《春秋》之方
法，對於論文寫作，頗有啓示。《左傳》解讀《春秋》，視《經》爲主
腦、爲主意、爲馬首是瞻，猶論文寫作闡釋文本意蘊、主體概念，發揮問
題意識、創見心得。或先之，或後之，或依之，或錯之，設章立節，徵引
論證，都脈注於「意」、綺交於經旨。《左傳》釋經如此，即《左傳》所
載外交辭令，《史通・言語》以爲「語微婉而多切，言流靡而不淫」，亦

---

[15] 清劉熙載著，徐中玉、蕭華榮校點：《劉熙載論藝六種》（成都：巴蜀書社，1990），卷
　一，〈文概〉，頁119。
[16] 同上，卷六，〈經義概〉，頁164～165。

無不如是。

推而至於戰國策士，如蘇秦、張儀之言，雄辯狙詐，恣橫捭闔，亦多
預占地步，胸有成竹，所謂先立意，有主腦，如清劉熙載《藝概》所云：

> 戰國說士之言，其用類能先立地步，故得如善攻者，使
> 人不能守；善守者，使人不能攻也。不然，專於措辭求奇，
> 雖復可驚可使，不免脆而易敗。[17]

唐杜牧（803～852？）〈注《孫子》序〉，以兵法譬喻作文，特重立
意，以「丸之走盤」妙喻行文與立意之關係：「丸之走盤，橫斜圓直，計
於臨時，不可盡知；其必可知者，是知丸不能出於盤也！」[18]《戰國策》之
說服術，遊說辭令，亦如「丸之走盤，橫斜圓直不可盡知」，然必歸本於
主意，此非「先立地步」不可。機智反應，臨時起意之情況並不多。策士
說服人君，必「先立地步」，如此進可攻，退可守，方不致攻守無方，進
退失據。論文寫作，亦如圓丸走盤，策士說服，值得借鏡發明。

司馬遷著《史記》，點竄《左傳》、《國語》、《世本》、《楚漢
春秋》諸書，而聚焦著意於「究天人之際，通古今之變，成一家一言」。
清章學誠〈信摭〉，以為司馬遷「能得其意，放其辭，伸縮自在，行止由
己」。[19]所謂「伸縮自在，行止由己」，即是圓丸走盤之橫斜圓直；而「得
其意」，即是圓丸所走之盤，有規矩、有範疇，若農之有畔，雖千言萬
語，橫說豎說，都歸結聚焦於此。《史記·太史公自序》，現身說法，亦
頗多提示：

> 二十八宿環北辰，三十輻共一轂，運行無窮，輔拂股肱
> 之臣配焉。忠信行道，以奉主上，作三十世家。扶義俶儻，

---

[17] 清劉熙載著，徐中玉、蕭華榮校點：《劉熙載論藝六種》，卷一，〈文概〉，頁9。

[18] 唐杜牧：《樊川文集》（臺北：九思出版公司，1979）。卷十〈注《孫子》序〉，頁152。

[19] 清章學誠：《章氏遺書》（臺北：漢聲出版社，1973，影印吳興劉氏嘉業堂刊本）。《章
氏遺書外編》，卷一〈信摭〉，頁12，總頁823。

不令己失時，立功名於天下，作七十列傳。[20]

　　《史記》自述纂修之緣由，即司馬遷之著述旨趣，實乃論文寫作之問題意識。司馬遷於〈太史公自序〉夫子自道，值得參考借鏡。《史記》於十二本紀，採編年體，提綱挈領記述千年之史事，即《春秋左氏傳》之經文，猶學術論文的寫作大綱。下分十表、八書、三十世家、七十列傳，猶《左傳》之以史傳經，亦即論文寫作之設章分節。《史記》體例雖分為五，其實環環相扣，相得益彰。以三十篇世家而言，傳主多為「輔弼股肱之臣」，體現「忠信行道，以奉主上」，猶「二十八宿環北辰，三十輻共一轂」。著述旨趣如此明確，敘事傳人遂有據依。《史記》所以能「成一家之言」者，或此之故。至於列傳人物之篩選，則以「扶義俶儻，不令己失時，立功名於天下」為標準，進行筆削、詳略、重輕、顯晦之敘事。換言之，七十篇列傳之著述旨趣，在表彰賢能。而所謂賢能，其類型有四：扶義、俶儻、得時、立功。以此比況論文寫作，猶問題意識既確定無疑，而後有助於取捨文獻，編比史料，萃取亮點，約文屬辭。此又史傳文學之纂修，通於章法學，足供論文寫作借鏡之處。

　　《史記·老子韓非列傳》所謂「老子」者，記述有四人：老子、李耳、老萊子、太史儋，令讀者莫名所以。日本瀧川資言《史記會注考證》引方苞〈書〈老子傳〉後〉稱：「老萊子與老子同時同國，而著書言道家之用。周太史儋與老子同官，同嫌名，而號前知，故其傳與老子相混。」由此可見，太史儋與老萊子，相較於李耳，「別為二人明矣！」[21]世傳老子多幻奇荒怪，故《史記》敘事因之。如此幻怪，容易衍生迷誤，不利於正確認知。如果轉換成現代論文格式，將有助於讀者之接受。上述論文寫作所云主從、詳略、重輕、繁省諸敘事藝術，《史記·老子傳》大多妙

20 漢司馬遷著，日本瀧川資言考證，水澤利忠校補：《史記會注考證附校補》（上海：上海古籍出版社，1986），卷130，〈太史公自序第七十〉，頁61、62，總頁2077。
21 漢司馬遷著，日本瀧川資言考證，水澤利忠校補：《史記會注考證·附校補》卷63，〈老子韓非列傳第三〉，頁8，總頁1300。清方苞：《方望溪先生文集》卷二，〈書〈老子傳〉後〉。頁13～14，總頁37。

合，多所體現。

老子李耳爲傳主，故文獻詳、論點重，筆墨繁多：著其國、著其邑、著其鄉、著其里；又著其氏、著其名、著其字、著其諡、著其官守；外此，更著其子孫、元來、著其爵封、仕時、家國。相形之下，老萊子、太史儋於〈老子傳〉爲附傳，既爲賓從，因此事蹟較略，論點較輕，筆墨亦較省。如果發揮註釋體例，以處理主從、重輕、詳略之分際，則作者觀點更加突出，問題意識將更加明確。假如依照主從、詳略、重輕之行文脈絡，調整素材位次，則〈老子傳〉「或曰：老萊子亦楚人也」一段四十八個字，位次可抽離前移，作爲〈老子傳〉篇末「著書上下篇，言道德之意」之注釋。蓋歧見異說，當備列考證，但爲顧及行文時觀點之凸顯，主張清楚諸主體意識，故補充參照之文獻，可移作注釋。既不泯滅歧異，又方便讀者進一步據此論辨考據。此之謂主從分明，詳略合宜，輕重有序。同理，〈老子傳〉「自孔子死之後百二十九年，而史記周太史儋」云云六十字，簡介太史儋之預言前知，亦是烘雲托月之賓筆。不妨比照「老萊子」事蹟，移往〈老子傳〉中後，作爲「（老子）見周之衰，乃遂去至關」之註釋，類聚群分，備列異說歧互，既徵存文獻，又提供後世考證。

史傳文學，屬於敘事文學之一。史傳之敘事藝術，可資借鏡者不少。首先，「賓可多，主無二」，這是敘事藝術的第一要著。主賓，猶言主從。主意所在，舉證闡說既已詳、已重、已繁，他處章節分疏相關議題，即可略、可輕、可省。換言之，論文寫作宜講究詳略互見、重輕互見、繁省互見、虛實相生。就虛實相生而言，指觀點與文獻、論說與事例，必須相生相發；命題、假設、詮釋，必憑借信據、佐證實例而後可以成立。就文體而言，論文屬於論說文之一，舉例詳盡充實，期於鐵案如山，論說顛撲不破而後已，是其終極追求。其次，避同求異，是論文寫作致力獨到創新的指標。

（二）文學創作論與論文寫作

文章寫作之方法，稱爲章法學，或稱辭章學。晉陸機（261～303）《文賦》所言，梁劉勰《文心雕龍》所論，已具體而微，略有規模。陸機

《文賦》討論文術，提出剪裁文章、凸顯指趣問題，值得論文寫作之參考。如：

> 或仰逼於先條，或俯侵於後章；或辭害而理比，或言順而意妨。離之則雙美，合之則兩傷。考殿最於錙銖，定去留於毫芒；苟銓衡之所裁，固應繩其必當。或文繁理富，而意不指適；極無兩致，盡不可益。立片言而居要，乃一篇之警策；雖眾辭之有條，必待茲而效績。亮功多而累寡，故取足而不易。[22]

晉陸機《文賦》這兩段，主旨有二：定去留、立警策。寫作過程中，有關章句之排比，若發生前後矛盾、上下咀唔、意義重複、邏輯混亂等問題，就得注意剪裁，橫心割愛，是所謂「離之則雙美」。否則，若先後失序，辭理相害、言意互妨，猶牽合為一，勉強拼湊，是所謂「合之則兩傷」。取捨去留之標準，以貼切文章的主軸為基本考量。其次，以生動鮮明的形象，體現文章的中心思想，成為一篇之亮點，是所謂「立片言而居要，乃一篇之警策」。此即《文心雕龍·隱秀》所云：「秀也者，篇中之獨拔者也」；「秀以卓絕為巧」。[23] 論文寫作中，各章節，當設定警策；摘要與結論，宜凸顯賣點與亮點。

梁劉勰著《文心雕龍》，自卷六〈神思〉等 5 篇，卷七〈情采〉等 5 篇，卷八〈比興〉等 5 篇，卷九〈指瑕〉等 5 篇，屬於文學創作論，凡 20 篇。其中如〈體性〉、〈風骨〉、〈通變〉、〈情采〉、〈鎔裁〉、〈章句〉、〈事類〉、〈練字〉、〈附會〉、〈總術〉諸篇，對於論文寫作，多富於啟發意義。〈體性〉、〈風骨〉、〈附會〉，詳見下節所述。今援舉〈章句〉篇、〈鎔裁〉篇說明之：

---

[22] 晉陸機著，張少康集釋：《文賦集釋》（北京：人民文學出版社，2002、2012），頁145。
[23] 梁劉勰著，范文瀾注：《文心雕龍注》，卷八〈隱秀第四十〉，頁632。

　　規範本體謂之鎔，剪截浮詞謂之裁。裁則蕪穢不生，
鎔則綱領昭暢。……凡思緒初發，辭采苦雜，心非權衡，勢
必輕重。是以草創鴻筆，先標三準：履端於始，則設情以位
體；舉正於中，則酌事以取類；歸餘於終，則撮辭以舉要。
然後舒華布實，獻替節文，繩墨以外，美材既斲，故能首尾
圓合，條貫統序。若術不素定，而委心逐辭，異端叢至，駢
贅必多。[24]

　　鎔裁，即是鎔意裁辭。一般而言，意在筆先，所謂成竹在胸。所
以，鎔意應先於裁辭；而且，文辭之剪裁，取決於意，以意作引導。劉勰
提出「三準」之說，所謂「履端於始，則設情以位體；舉正於中，則酌事
以取類；歸餘於終，則撮辭以舉要。」開始時，設定情意，確認方向。其
次，則斟酌材料，以類相從。最終，則撮取文辭，揭示要點。先標始、
中、終三準，循序漸進，解決「命意」、「取材」與「修辭」三個問題。
如此，則文章「首尾圓合，條貫統序」。論文寫作時，「命意」、「取
材」、「修辭」三準，如何融通互動？《文心雕龍·鎔裁》所言，值得借
鏡參考。其實孔子作《春秋》、《禮記·經解》所云「屬辭比事」之《春
秋》教，方苞所倡「義以為經，而法緯之」之義法，要多道通為一。
　　學術論文寫作，緒論引言，強調冠冕堂皇，如「鳳頭」之亮麗。歷經
琳瑯滿目的章節項目，要求如「豬肚」的厚實豐富。至結論之精華聚焦，
亮點提示，則當如「豹尾」之簡捷明快，堅勁有力。已詳內篇各章，不
贅。至於前後首尾，表裏精粗，如何脈注綺交？如何聯絡照應？如何首尾
貫串？如何內外一體？《文心雕龍》創作論〈章句〉篇，早作提示論說：

　　句司數字，待相接以為用；章總一義，須意窮而成體。
……章句在篇，如繭之抽緒，原始要終，體必鱗次。啟行之
辭，逆萌中篇之意；絕筆之言，追媵前句之旨；故能外文綺

---

[24] 梁劉勰著，范文瀾注：《文心雕龍注》，卷七，〈鎔裁第三十二〉，頁543。

交，內義脈注，跗萼相銜，首尾一體。若辭失其朋，則羇旅而無友；事乖其次，則飄寓而不安。是以搜句忌於顛倒，裁章貴於順序，斯固情趣之指歸，文筆之同致也。[25]

　　一篇論文，一部專著，猶如有機體，又似幾何圖形。結合字、句、章、篇，而成論著，猶連綴點、線、面、體，而成架構。「原始要終，體必鱗次」，是章句相接的原則。「跗萼相銜，首尾一體」，是裁章鍛句的效應。「外文綺交，內義脈注」，則是章句表裏內外的互為體用。至於「啓行之辭，逆萌中篇之意；絕筆之言，追媵前句之旨」，則強調前伏後應，迴龍顧主。試對應論文寫作之緒論、中幅、結論，元代陶宗儀《南村輟耕錄》提倡「鳳頭、豬肚、豹尾」六字法。以為尤可貴者，在「首尾貫穿，意思清新。」[26] 即指前幅、中段、後章，首尾貫穿，渾然如一，聯絡照應，順理成章。《文心雕龍・章句》篇，標榜三準，所謂：「履端於始，則設情以位體；舉正於中，則酌事以取類；歸餘於終，則撮辭以舉要」，凸顯命意、取材、修辭之三位一體，與此可以相互發明。

　　除了《文賦》、《文心雕龍》以外，有關古文寫作之相關論說，復旦大學王水照教授主編《歷代文話》十鉅冊，對於立意、佈局、謀篇、安章、首尾、起結、本末、原委，多所提示。嫻熟個中學理，對於論文寫作，自有啓益。如宋葛延之遠赴儋州請益，蘇軾開示作文之法：

　　　　東坡教諸子作文，……有問作文之法。坡云：「譬如城市間，種種物有之；欲致而為我用，有一物焉，曰錢。得錢，則物皆為我用。作文先有意，則經史皆為我用。大抵論文，以意為主。」今視坡集，誠然。[27]

---

25 梁劉勰著，范文瀾注：《文心雕龍注》，卷七〈章句第三十四〉，頁570～571。

26 明陶宗儀：《南村輟耕錄》（北京：中華書局，1959、1997），卷八〈作今樂府法〉，頁103。

27 傅璇琮、朱易安等主編：《全宋筆記》（鄭州：大象出版社，2012）。第五編第九冊，周煇《清波雜志》，卷7，頁78。

　　葛請作文之法，（東坡）誨之曰：「……天下之事散在經、子、史中，不可徒使，必得一物以攝之，然後爲己用。所謂一物者，意是也。不得錢不可以取物，不得意不可以用事，此作文之要也。」葛拜其言，而書諸紳。[28]

　　上述文字，宋洪邁《容齋隨筆》、葛立方《韻語陽秋》、周煇《清波雜志》、張鎡《仕學規範》多載之，文字互有異同。有關蘇軾說作文之法，流傳之廣遠，版本之繁多，從傳播接受可以想見。洪邁《容齋四筆》較爲詳盡，周煇《清波雜志》最稱精要。彼此對讀，可知東坡教人作文之大凡。蘇軾教人，提示「作文先有意，則經史皆爲我用」，立論可謂高屋建瓴。換言之，「不得意，不可以用事」，持此誨人，以爲即「作文之要」。若整合洪邁《容齋四筆》、周煇《清波雜志》而言作文之法，「大抵論文，以意爲主」，可以一言以蔽之。謀篇安章，以立意爲優先，猶文同畫竹，「必先得成竹於胸中」。[29] 清劉熙載《藝概・文概》稱：「敘事有主意，如傳之有經也。主意定，則先此者爲先經，後此者爲後經，依此者爲依經，錯此者爲錯經。」[30] 凡此所謂「意」、「胸中」、「主意」，就論文寫作而言，即是作爲領航指南之問題意識、研究構想、核心論旨、關鍵話語。

　　元陳繹曾《文說・立意法》，視文章寫作之系列論說，猶如處理司法之訴訟案件，講究五道程序，必須按部就班，缺一不可。其言曰：

　　先尚書云：「文章猶若理詞狀也。一本事，二原情，三據理，四按例，五斷決。本事者，認題也。原情者，明來意

---

[28] 宋洪邁：《容齋隨筆》（上海：上海古籍出版社，1978、1995），《容齋四筆》卷十一，〈東坡誨葛延之〉，頁745。宋代其他筆記，如張鎡《仕學規範》卷四〈作文〉所載，與《容齋隨筆》、宋葛立方《韻語陽秋》，文字大致相合。見王水照編：《歷代文話》（上海：復旦大學出版社，2007），第一冊，頁328。

[29] 宋蘇軾著，孔凡禮點校：《蘇軾文集》（北京：中華書局，1986）。卷十一〈文與可畫篔簹谷偃竹記〉，頁365～366。

[30] 清劉熙載著，徐中玉、蕭華榮校點：《劉熙載論藝六種》，卷一，〈文概〉，頁43。

也。據理者，守正也。按例者，用事也。斷決者，結題也。五者備矣，辭貴簡切而明白。」[31]

《文說》以爲：作文如判案：「一本事，二原情，三據理，四按例，五斷決。」元陳繹曾先父之言，今移稱論文寫作，亦十分貼切：本事，猶文本文獻。原情，即問題意識。據理，論說闡釋。按例，臚舉例證。斷決，斷案作結。此五者，爲文章作法與學術論文相通處，所謂「文章猶若理詞狀也」。中山大學吳承學亦稱：「寫論文就像打官司，要能提出自己的觀點。只有學術，沒有思想，出不了大師。」[32] 學術成果，觀點思想好比是操盤手，本事、原情、據理、按例、斷決，經過系列辯證、層層推衍，心得創見方能拔尖得出。

（三）作文之道與論文寫作

作文之道，構思爲先。故《文鏡祕府論》稱：「將發思之時，先須惟諸事物。」日僧空海，法號遍照金剛（774～835），著《文鏡祕府論》六卷。此說作文，可通於論文寫作。其〈論體〉稱：

> 凡作文之道，構思爲先。亟將用心，不可偏執。何者？篇章之內，事義甚弘，雖一言或通，而眾理須會。若得於此而失於彼，合於初而離於末，雖言之麗，固無所用之。[33]

論文寫作，自生發問題意識，確認研究構想，到形成理想選題，皆是「意在筆先」的前置作業。必須專注於構思之先，用心於筆墨之際，關照事義與言理之通塞，商榷篇章彼此之得失，推敲本初與末端之離合；「必

---

[31] 元陳繹曾：《文說》，〈立意法〉，王水照編：《歷代文話》（上海：復旦大學出版社，2007），第二冊，頁1343。

[32] 吳承學之說，見《古代文學考研》，載《翻譯教學與研究》，2019年11月29日。

[33] 〔日〕遍照金剛著，盧盛江校考：《文鏡祕府論彙校彙考》（北京：中華書局，2006）。南卷，〈論體〉，頁1471。

使一篇之內，文義得成」；「一章之間，事理可結」。由此觀之，作文之道與論文寫作，在用心構思、篇章經營、事義言理之推敲斟酌方面，並無不同。

立意，爲一篇之主腦。主腦，猶學術研究之研究構想、問題意識。主意既定，則起、承、轉、合依之；佈局、措注隨之。於是「抑揚以達其辭，反復以致其意」，然後可以成事。論文寫作之進程，要不越此藩籬，誠如蘇伯衡〈述文法〉所云：

> 凡遇題目，須先命意。大意既立，文須區處：如何起？如何承接？如何收拾？此之謂佈置。既定，抑揚以達其辭，反復以致其意，血脈之流通，首尾之照應，則善矣！下筆之時，且須專心。宜思一篇大概已具於胸中，方可措辭。又當一鼓鑄成，方可觀也。若逐段逐句而爲之，則非所以爲文矣！[34]

論文寫作之道，應以觀點帶領文獻，不宜以文獻綁架觀點。所謂以觀點帶領文獻，指以問題意識驅遣文獻，駕馭資料。所謂「一篇大概已具於胸中，方可措辭」。既已胸有成竹，於是起、承、佈局、收拾之間，以及「血脈流通，首尾照應」之際，多聚焦於於命意，取決於命意。於是順理成章，自然「一鼓鑄成」。梁劉勰《文心雕龍》稱：「何謂附會？謂總文理，統首尾，定與奪，合涯際，彌縫一篇，使雜而不越者也。若築室之須基構，裁衣之待縫緝矣。」[35] 名曰附會，即是命意。上述所謂「問題意識」，或爲自學儲寶之結晶，或自文獻述評梳理所得，與「學位體」尚未研究，已有結論，先入爲主的設想，大相逕庭。[36]至於「逐段逐句而爲之，

---

[34] 明曾鼎《文式》卷下，引〈蘇伯衡〈述文法〉〉，王水照編：《歷代文話》，第二冊，頁1578。
[35] 梁劉勰著，范文瀾注：《文心雕龍注》，卷九〈附會第四十三〉，頁650。
[36] 「學位體」，從選題開始，到研究方法，其實都帶有鮮明的「先入爲主」的觀點。也就是說，腦子裡大致都有一個結論，需要資料來論證這個結論。說見劉躍進：〈文學史研究的多種可能性〉，《山東師範大學學報》2011年第4期。

則非所以爲文」者，論題未統括於主意，容易流於浮花浪蕊，雜亂無章，絕非爲文之道。同理，學術論文寫作，當聚焦於主意、主軸，切忌想到一句寫一句，想一段就寫一段，邊想邊寫，邊寫邊想，是所謂「逐段逐句而爲之」。如此操作，將如急就章，不成其爲作文，何況學術論文。

旨意，指中心思想、核心論旨，「縮之，則退藏於密」，故往往可一言以蔽之。至於文辭，須謀篇、安章、鍛句、煉字而後乃成。其中文術多方，名篇佳作無不講究，如：

> 《麗澤文說》云：「……一篇中自有一篇中眼，一段中自有一段中眼，尋常警句是也。如何是主意首尾照應？如何是一篇鋪敘次第？如何是抑揚開闔？如何是警策？如何是下句下字有力處？如何是起頭換頭佳處？如何是繳結有力處？如何是實體貼題目處？……須做過人工夫，便做過人文字。」[37]

文有文眼，猶詩有詩眼，呂祖謙《麗澤文說》所謂篇中眼、段中眼、警句、警策，指凸顯亮點重點，揭示論文結論、摘要寫作之法。首尾照應、抑揚開闔、鋪敘次第，對於全文之起結、脈絡，頗有啓益。至於下句措詞有力、起頭換頭佳處，甚至繳結有力處、體貼題目處，對於謀篇安章、鍛句練字、文章經營，多有指引提撕之意義。

清曹宮《文法心傳》特提「文章八面」，論文寫作得此啓示，詮釋課題，可以開放之胸襟，考量前面、後面、上面、下面、反面、旁面、對面、正面八個視角，[38] 則圓融周賅，思過半矣。曹宮《文法心傳》，又研究辭章之術，提出「扼、頂、領、喝、提、振、生、發、反、正」十字法，作爲「文家心訣」。其言曰：

---

[37] 明高琦：《文章一貫》卷上引，王水照編：《歷代文話》，第二冊，頁2156。
[38] 清曹宮《文法心傳》卷上，〈文章八面〉，王水照編：《歷代文話》，第六冊，頁5315～5318。

　　一曰扼：扼者，於題之章旨、題之眼目處，扼定作主。二曰頂：頂者，根據上文，使有原委。三曰領：領者，凡篇一股大意，以一二語領之。四曰喝：喝者，喝醒題意，令人豁然。五曰提：提者，題意緊要處，以一筆提起，所謂高提重墜也。六曰振：振者，恐文勢太平，用一筆振起，以鼓其勢。七曰生：生者，文意已盡而復生之，所謂水窮雲起也。八曰發：發者，題之正面盡情闡發，如三春柳，盡態極妍。九曰反：反者，於題先反立議，如講學先講不學也。十曰正：正者，就上反意而正言之。有正必有反，有反必有正。[39]

　　「扼、頂、領、喝、提、振、生、發、反、正」十字訣，所云爲何？顯言之，指扼定章旨、推究原委、引領大意、醒豁題意、高提緊要、振筆鼓勢、絕處逢生、闡發盡致、反常合道、正反相生。總此十術，固是文家之心訣，亦可供論文寫作時，屬辭比事之指南，亦是解讀文獻、遣詞造句之要領。另外，宋文蔚著有《文法津梁》一書，標立古文作法，分造意、謀篇、佈局、分段、運調、脩辭、鍛句、鍊字等欄目。[40] 其中，謀篇、佈局、分段三者，對於論文寫作，有借鏡意義。

　　宋嚴羽《滄浪詩話》開篇云：「入門須正，立志須高」，此雖說詩，可移作論文寫作之自我期許。復次，守經固常，有其必要；通權達變，更不可忽略。論文寫作，有各學科通行共用的常法；更有專業學術內部的潛在規則。不同學科，殊異專業，可以相互借鏡，不宜執著拘守，故步自封。如此，方能「致廣大而盡精微，極高明而道中庸」。

　　論文寫作，與辭章學、章法學所講究之文章作法，可謂殊途而同歸，百慮而一致。簡言之，論文寫作與辭章寫作並無不同。上海古籍出版社前總編輯趙昌平教授（1945～2018），十分欣賞這種設想與實踐。2015

---

[39] 清曹宮：《文法心傳》卷上，〈文家心訣・約舉五十字〉，王水照編：《歷代文話》，第六冊，頁5318～5319。

[40] 宋文蔚：《文法津梁》（高雄：復文圖書出版社，1983，影印商務印書館1938年版）。

年香港浸會大學一場「宗教與文學」的國際學術研討會，筆者發表論文，趙教授曾即席發言，當下贊同筆者之所思與所行，以為值得推廣和追求。今本文草就，趙教授遽歸道山。姑敘往事，以誌感遇與知音。

三、論文寫作「義以為經，而法緯之」，與桐城古文義法

論文寫作，是項錯綜複雜的學術工程。試回顧其程序與步驟，反思其心路歷程，殆與孔子筆削魯史記之文獻，然後用心於比事，致力於屬辭，以體現「丘竊取之」之義，著成一萬六千五百餘字之《春秋》。其中之慘澹經營，別識心裁，與「義以為經，而法緯之」之義法形成（詳後），有異曲同工之妙。《左傳》《史記》，以及歷代史著之歷史編纂學，[41]發凡起例，當濫觴於斯。

（一）《春秋》書法與文章義法

《孟子・離婁下》稱：孔子作《春秋》，由其事、其文、其義三元素組成。《禮記・經解》謂：「屬辭比事，《春秋》教也。」對於其事、其辭與其義之互文關係，語焉不詳。潛臺詞蓋謂：辭文經由連屬，史事通過排比，而「都不說破」之指趣可見，「言外」之隱義可知。[42]《史記・十二諸侯年表序》說孔子編纂《春秋》，事、文、義三位一體之關係，始呼之欲出。司馬遷稱：

> （孔子）西觀周室，論史記舊聞，興於魯而次《春秋》。上記隱，下至哀之獲麟。約其辭文，去其煩重，以制

[41] 傳統之歷史編纂學，可參考何炳松：《歷史研究法》，第六章〈明義〉，第七章〈斷事〉，第八章〈編比〉，第九章〈著作〉。劉寅生、房鑫亮編：《何炳松文集》（北京：商務印書館，1997），第四卷，頁41～70。
[42] 宋黎靖德編，王星賢點校：《朱子語類》（北京：中華書局，1986），卷83〈春秋綱領〉，頁25宋黎靖德編，王星賢點校：《朱子語類》，頁2152～2153，總頁2149。

義法。[43]

司馬遷揭示「約其辭文，去其煩重，以制義法」三語，指爲孔子論次《春秋》之要訣。「約其辭文」，爲屬辭之能事；「去其煩重」，乃比事之工夫。約飾文句，由屬辭可以見義；削繁刪重，藉比事可以昭義。屬辭、比事，爲「如何書」之法，與「何以書」之義，可以相互發明，故曰「以制義法」。方苞曾云：「《春秋》之制義法，自太史公發之，而後之深於文者亦具焉。」此之謂也。

平素研讀原典文獻，已默識心通；於是類聚群分，理念漸成體系。宋程頤（1033-1107）所謂：「聚眾材，然後知作室之用。」[44]積學儲寶如此，可以投入論文寫作。自研讀學界研究成果，到述評重要文獻，從而生發問題意識，確認理想之學術選題，或取或捨，或進或退之揀擇，可謂無所不在。待正式進行論文寫作，如緒論之要領、大綱之擬定、章節之比重、文獻之運用、詮釋之方法、資料之取捨，處處皆須裁量可否；至於議題之開展、亮點之凸顯、論說之闡釋、表裏之推敲、脈注綺交之講究，此中之或取或捨，或予或奪之選擇，亦與時俱進，同步進行。乃至於結論、摘要提要、關鍵字、論文注釋之精心結撰，多時時運用比事或屬辭，或筆或削之斟酌，取捨予奪之考量，既與研究共始終，更與論文共榮辱。凡此，與孔子筆削《魯史記》，作成《春秋》，文獻編纂之原理，自有相通處。

《文心雕龍》〈風骨〉篇，談文辭與文意之關係。綜覽劉勰之論，風骨即是意與辭，初非有二。欲健風骨，不能無注意於命意與修辭。[45]孔子作《春秋》，竊取之義，隱晦幽微，如何可知？曰：必待排比史事，連屬

---

[43] 漢司馬遷著，日本瀧川資言考證：《史記會注考證》，卷十四〈十二諸侯年表序〉，頁6～7。總頁235。

[44] 宋程顥、程頤：《二程全書》（臺北：臺灣中華書局，1966，《四部備要》本）。《伊川經說》卷四，宋程頤《春秋傳·序》，頁1。

[45] 黃侃：《文心雕龍札記》〈風骨第二十八〉，洪治綱主編：《黃侃經典文存》（上海：上海大學出版社，2008），頁94。劉永濟：《文心雕龍校釋》（武漢：武漢大學出版社，2013），〈風骨第二十八〉以爲：「就其所以運義以成篇章者，言之爲『風』。」又云：「就其所以建立篇章而表情思者，言之爲『骨』。」頁87。案：所以運者，意也。所以表情思者，辭也。

辭文，方能破譯解讀。此猶《文心雕龍》〈風骨〉篇所謂：「辭之待骨，如體之樹骸；情之含風，猶形之包氣。」黃侃《文心雕龍札記》所謂「風藉意顯，骨緣辭章」；「凡覽篇籍，未有不通章句而能識其義者也；章句以馭事義，雖牢籠萬態，未有出於章句之外者也。」[46] 風骨與意辭，蓋異名而同實。

《文心雕龍·附會》稱：「附辭會義，務總綱領，驅萬塗于同歸，貞百慮于一致。使眾理雖繁，而無倒置之乖；群言雖多，而無棼絲之亂。」[47]〈附會〉篇，談「附辭會義」之大凡。黃侃《文心雕龍札記》釋之曰：「附會者，總命意修辭為一貫，而兼草創、討論、修飾、潤色之功績者也。」[48] 持此附辭會義之術，與事、文、義三位體之《春秋》編纂學相較，堪稱百慮一致，塗轍不殊。論文寫作之附辭會義，與文學創作之附辭會義，亦百慮而一致，同歸而殊途。

其他，《文心雕龍》〈體性〉篇、〈知音〉篇論文學原理，亦可與〈風骨〉篇、〈附會〉篇，相互發明。《孟子·離婁下》言孔子作《春秋》，衡以《禮記·經解》所提「屬辭比事之《春秋》教」，其事、其文、其義實三位一體。試與《文心雕龍》諸篇作比較，〈體性〉篇〈贊曰〉所云「辭為肌膚，志實骨髓」二言，可以概括屬辭與指義的密切關係。如《文心雕龍》言：

　　夫情動而言形，理發而文見，蓋沿隱以至顯，因內而符外者也。……贊曰：才性異區，文體繁詭。辭為肌膚，志實骨髓。[49]

　　夫綴文者情動而辭發，觀文者披文以入情，沿波討源，雖幽必顯。世遠莫見其面，覘文輒見其心。豈成篇之足深，患識照之自淺耳。夫志在山水，琴表其情，況形之筆

---

[46] 同上，黃侃《文心雕龍札記》〈風骨第二十八〉，頁95；〈章句第三十四〉，頁119。
[47] 梁劉勰著，范文瀾注：《文心雕龍注》，卷九〈附會第四十三〉，頁651。
[48] 黃侃：《文心雕龍札記》，〈附會第四十三〉，頁191。
[49] 梁劉勰著，范文瀾注：《文心雕龍注》，卷六〈體性第二十七〉，頁505、506。

端，理將焉匿？[50]

《文心雕龍》〈體性〉篇論情與形、理與文、隱與顯、內與外之二柄多邊；〈知音〉篇論情與辭、文與情，幽與顯，面與心，多涉及形而上、形而下之辯證關係。《史記‧司馬相如列傳》〈太史公曰〉稱：「《春秋》推見至隱」。宋朱熹釋之云：「《春秋》以形而下者，說上那形而上者去。」[51] 其事、其文，為「如何書」之法，形而下者也。其義，指向「何以書」，形而上者也。藉形傳神，即器求道，事、文、義三者，彼此依存，互為體用。其事、其文與其義三位一體，猶〈體性〉篇〈贊曰〉所云：「辭為肌膚，志實骨髓」。《文心雕龍‧附會》所提命意與修辭為一貫，亦若合符節。

紀昀等主纂《四庫全書總目》，其中云：「說《春秋》者，莫夥於兩宋。」[52]《春秋》傳播於兩宋，既蔚為顯學，於是學者信奉「屬辭比事」之《春秋》教；宗法《春秋》「約其辭文，去其煩重，以制義法」之編纂學，作為「深於文」之圭臬。如張鎡《仕學規範》所云：

為文必學《春秋》，然後言語有法。近世學者多以《春秋》為深隱不可學，蓋不知者也。……作文，他人所詳者，我略；他人所略者，我詳。[53]

為文所以必學《春秋》者，或宗法屬辭約文之修辭，或參考排比事跡之別裁，韓愈〈進學解〉稱：「《春秋》謹嚴」；《公羊》《穀梁》之《春秋》，更斤斤於一字之褒貶，此之謂「言語有法」。至於作文殊勝之道，更在「他人所詳者，我略；他人所略者，我詳。」《春秋》之或筆或削，

[50] 同上，《文心雕龍》卷十，〈知音第四十八〉，頁715。
[51] 宋宋黎靖德編，王星賢點校：《朱子話類》，卷67，〈易三‧綱領下〉，頁1673。
[52] 清紀昀等主纂：《四庫全書總目》（臺北：藝文印書館，1974），卷二十九，〈清康熙帝《日講春秋解義》提要〉，頁1，總頁592。
[53] 王水照編：《歷代文話》，第一冊，宋張鎡《仕學規範》〈作文〉卷一，頁308。又，卷四，頁328。

依違取捨，衍變爲作文之詳略、有無、重輕、忽謹諸法。事例之詳略、有無；文辭之重輕、忽謹，彼此互發其蘊，互顯其義，而「都不說破」之義蘊，遂曲折表出。《春秋》之言語有法，與詳略、重輕、有無之藉筆削昭義，對於論文寫作自有啓益。

東萊呂祖謙（1137～1181），長於史學，著有《春秋集解》、《左氏傳說》、《左氏傳續說》、《東萊博議》等書，以中原文獻傳家著稱。亦提示作文之法，謂：「先看《精騎》，次看《春秋權衡》」，以爲如此可以「筆力雄樸，格致老成」。其說曰：

> 東萊先生呂伯恭嘗教學者：「作文之法，先看《精騎》，[54] 次看《春秋權衡》，自然筆力雄樸，格致老成，每每出人一頭地。」[55]

宋秦觀（1049～1100）《精騎集·序》：「取經、傳、子、史之可爲文用者，得若干條，勒爲若干卷，題曰《精騎集》。」《精騎集》，蓋類編相關材料而成書。宋劉敞（1019～1068）著《春秋權衡》，「以平三家之得失。然後集眾說，斷以己意而爲之《傳》。」以論衡《春秋》三傳及諸家，作爲著述指歸。[56] 秦觀《精騎集》，「取經、傳、子、史之可爲文用者」，此即《春秋》筆削昭義，比事屬辭之發用。劉敞《春秋》學，「以平三家之得失，然後集眾說，斷以己意」，云平得失、集眾說、斷己意，亦不離編纂論次、比事屬辭，「其義，則丘竊取之」之《春秋》學範疇。

---

[54] 宋秦觀《精騎集·序》：「比讀《齊史》，見孫搴答邢詞曰：『我精騎三千，足敵君贏卒數萬。』心善其說，因取經、傳、子、史之可爲文用者，得若干條，勒爲若干卷，題曰《精騎集》云。」《精騎集》，是秦觀類編古書中相關材料而成，亦由此可見。

[55] 宋俞成：《螢雪叢談》卷下，〈東萊教學者作文之法〉，見宋俞鼎孫、俞經編：《儒學警悟》（香港：龍門書店，1967），卷四十下，頁3，總頁225。又，《欽定古今圖書集成》，《理學彙編·文學典》卷九引。

[56] 宋陳振孫著，徐小蠻等點校：《直齋書錄解題》（上海：上海古籍出版社，1987），卷三《春秋》類「《春秋傳》、《權衡》、《意林》」條：「劉敞原父撰，始爲《權衡》，以平三家之得失。然後集眾說，斷以己意而爲之《傳》。《傳》所不盡者。見之《意林》。」頁59。

就論文寫作而言，集眾說、平得失、斷己意云云，終始本末，無時不在，亦觸處可見。筆削取捨之際，亦多暗合「義以爲經，而法緯之」之義法取向。

（二）方苞義法與論文寫作

清方苞（1668～1749），研究《儀禮》、《春秋》、《左傳》、《史記》，提倡古文義法。曾云：「義，即《易》所謂『言有物』也。法，即《易》之所謂『言有序』也。義以爲經，而法緯之，然後爲成體之文。」[57]桐城「義法」說，作爲文章法式之一，值得論文寫作借鏡參考者不少。「義法」之「義」，爲文章之立意、命意、用意、主意，指中心思想、關鍵內容。就學術論文而言，即是問題意識，乃研究課題之導航；爲核心論旨，舉凡徵引文獻、詮釋闡說，多聚焦於此。義先存有，而後，法隨之；法以義起，法隨義變，故曰「義以爲經，而法緯之」。[58]方苞「義法」較側重「法」之提示，尤致力於辭文「前後措注」之方略，諸如主賓、詳略、重輕、異同、顯晦、曲直、先後、細大、虛實、損益、繁省等等之筆削安排，二柄多邊之屬辭規劃，形成古文之姿態橫生，美不勝收。[59]在這方面，古文義法對於論文寫作，無論立意、佈局、謀篇、安章，皆具啓發意義。

方苞《望溪先生文集》卷二，有〈讀史〉諸什若干篇，多攷關歷史編纂之藝術，可轉化爲論文寫作者不少。除了前所引述〈又書〈貨殖傳〉後〉外，〈書《五代史·安重誨傳》後〉、〈書《漢書·霍光傳》後〉二文，精要提撕，亦值得期待：

> 記事之文，惟《左傳》、《史記》。一篇之中，脈相灌

---

[57] 清方苞：《方望溪先生全集》(臺北：臺灣商務印書館，1979，《四部叢刊》初編本)，《望溪先生文集》卷2，〈讀史·又書〈貨殖傳〉後〉，頁20，總頁40。又，《方望溪先生全集·望溪集外文補遺》，卷2《史記評語·六國表序》，頁14，總頁434。

[58] 張高評：《比事屬辭與古文義法——方苞「經術兼文章」考論》（臺北：新文豐出版公司，2016）。附錄一〈方苞義法與《春秋》書法〉，頁501～506。

[59] 同上，第七章〈比事屬辭與方苞論古文義法——以《文集》之讀史、序跋爲核心〉，三，結語，頁364～365。

輸而不可增損，然其前後相應，或隱或顯，或偏或全，變化隨宜，不主一道。[60]

　　古之良史，於千百事不書，而所書一二事，則必具其首尾，並所爲旁見側出者而悉著之。故千百世後，其事之表裏可按，而如見其人。[61]

　　方苞〈書《五代史·安重誨傳》後〉稱歐陽脩之書法，其事，或筆或削，則有無、取捨可見。其文，或增或減，而損益可知。經由筆削去取，於是，辭文「或隱或顯」，史事「或偏或全」。事或去取、偏全，文或損益、隱顯，即所謂「變化隨宜，不主一道」者。清章學誠《文史通義》所謂「《春秋》之義，昭乎筆削。」[62]即此是也。〈書《漢書·霍光傳》後〉又演示：或書、或不書，或筆或削《春秋》書法之運用：良史筆削去取，有其別識心裁，即孔子所謂「其義，則丘竊之」者。因此，良史可於千百史事削去不書，然於所筆、所書之一二事，必「具其首尾，並所爲旁見側出者而悉著之」，使之「表裏可按，而如見其人」。《春秋》謹嚴審愼，一旦筆而書之，則必詳、必重；削去不書，則略之、輕之。由詳重、略輕、有無，可見筆削去取之義。論文寫作，從構思到立意，自緒論引言，到文獻運用、論說闡釋，乃至於結論、摘要，亦同方苞義法所云：於千百事不書，而所書一二事，則必具其首尾，表裏可按。此之謂詳略有節，輕重有序。劉師培〈古春秋紀事成法攷〉所謂「爰始要終，本末悉昭」，可以相互發明。[63]

　　方苞倡義法，爲《春秋》「義昭筆削」，以及屬辭比事書法之流亞。除上述〈讀史〉外，《望溪先生文集》載錄若干書信，亦往往信手拈出：

---

[60] 清方苞：《望溪先生文集》，卷2〈書《五代史·安重誨傳》後〉，頁24～25，總頁42～43。

[61] 清方苞：《望溪先生文集》，卷2〈書《漢書·霍光傳》後〉，頁23～24，總頁42。

[62] 清章學誠著，葉瑛校注：《文史通義校注》（北京：中華書局，1985），卷五內篇〈答客問上〉，頁470。參考張高評：〈屬辭比事與《春秋》之微辭隱義——以章學誠之《春秋》學爲討論核心〉，《中國典籍與文化論叢》第17輯（2015年10月），頁152～180。

[63] 劉師培：《劉申叔先生遺書》（臺北：華世出版社，1975）。第三冊《左盦集》卷二，〈古春秋紀事成法攷〉，頁1，總頁1445。

於學術論文寫作，亦頗富啓發性。如〈答喬介夫書〉、〈與孫以寧書〉：

《國語》載齊姜語晉公子重耳凡數百言，而《春秋傳》以兩言代之。蓋一國之語可詳也，傳《春秋》總重耳出亡之跡，而獨詳於此，則義無取。[64]

古之晰於文律者，所載之事，必與其人之規模相稱。……故嘗見義於〈留侯世家〉曰：「留侯所從容與上言天下事甚眾，非天下所以存亡，故不著。」此明示後世綴文之士以虛實、詳略之權度也。[65]

或書或不書、或著或不著，取捨定奪之際，即見《春秋》「義昭筆削」之體現。《國語》以人物對話爲主，故載齊姜語公子重耳凡數百言；《左傳》以歷史敘事爲主，故止以兩言八字概括之，故或詳或略如此。《史記·留侯世家》稱：「非天下所以存亡，故不著。」此司馬遷揭示《史記》筆削去取之原則：凡攸關天下存亡者，則筆而書之、著之；否則，削而不書。詳略、重輕、虛實諸書法，即是或書或不書之自然演示。論文寫作亦然：研究課題之表裏精粗、旁見側出，觸手何其紛綸？故不妨作一轉語：「凡無關本研究之補充與發展者，一概不著！」此一取捨之道，與《春秋》之或筆或削，《史記》之或著或不著，同工而異曲。

清方苞所說「義法」，義，猶言思想內容、著述旨趣；法，則表達藝術、形式技巧。就「如何書」之法而言，涉及如何編比？如何組織、點竄、措注、安排諸問題。簡言之，這牽涉到如何「敘事藝術」之課題。學界研究敘事學，有所謂「前敘事」者，指出青銅器圖形之「原初意義」，可歸納爲紋、飾；編、織；空、滿；圓、方；畏、悅等主從五對範疇。[66]轉換爲後世之史傳文學、敘事藝術，頗有啓發意義。就文章作法而言，不

---

[64] 清方苞：《望溪先生文集》，卷6〈答喬介夫書〉，頁3～4，總頁76～77。
[65] 清方苞：《望溪先生文集》，卷6〈與孫以寧書〉，頁1～2，總頁75～76。
[66] 傅修延：《中國敘事學》（北京：北京大學出版社，2015），第四章〈青銅器上的「前敘事」〉，頁77～113。

外繁省、詳略、重輕、質文、虛實、顯晦、變常、美刺諸範疇，要皆相反相對，彼此互發其蘊，互顯其義，有如青銅器之紋與飾，編與織等之互見。《文心雕龍・情采》，論文章當文質相生、情采兼顧，所謂「五色雜而成黼黻，五音比而成韶夏，五性發而為辭章，神理之數也。」[67]黼黻錦繡之所以悅目，韶夏音樂之所以悅耳，辭章美文之所以悅心，都必須綺交、錯雜、對比、映發，猶如內容與技巧必須兼重並顧者然。論文寫作，又何嘗不然？

論文寫作之起承轉合，必有邏輯與脈絡。換言之，設章立節，大抵符合程朱理學所謂「理一分殊」之原理。從提出問題、把握重點、運用方法、處理疑難，一切思維亮點，無一不在回應問題，闡發主腦。方苞論義法，所謂「義以為經，而法緯之」；義，就是問題意識；法，就是解決問題的一切可能方案。就論文寫作而言，經常涉及的筆法有主從、詳略、繁省、重輕、異同、虛實、變常，皆二柄多邊、相反相對，此之謂筆削顯義。

一篇論文、一部專書，必有主體觀念、核心論述，這就是主意所在，故章節分立宜詳細完盡，素材文獻宜廣博繁多，文學論述宜詳重強調；反之，其他章節既為從屬，則宜略、宜省、宜輕。喧賓奪主固然不可，詳略失宜，繁省混淆，重輕倒置，尤其為論文寫作之大忌。模糊焦點，莫此為甚。詳略互見、避同求異、虛實相生、新變反常，尤為論文寫作之敘事藝術。一篇之內，一書之中，問題意識，核心亮點，必定轉相灌注，交互詮釋。就呼應問題意識而言，反覆叮嚀，再三提示，有其必要性。這時，詳略異同之安排，虛實、變常之講究，就成為論文寫作之敘事藝術。

清章學誠《文史通義・史德》稱：「史所貴者義也，而所具者事也，所憑者文也。」又云：「載筆之士，有志《春秋》之業，固將惟義之求。其事與文，所以藉為存義之資也。」[68]其義，寓存乎其事與其文之中；其事如之何排比，其文如之何連屬，皆唯義之馬首是瞻。清吳曾祺《涵芬樓

---

67 梁劉勰著，范文瀾注：《文心雕龍注》，卷七，〈情采第三十一〉，頁537。
68 清章學誠著，葉瑛校注：《文史通義校注》，內篇卷三〈史德〉，頁219；內篇卷二〈言公上〉，頁171。

文談‧命意》云：「附會，即今之命意是已。作文之法，辭句未成而意已立；既立之後，於是乎始，於是乎終，於是乎前，於是乎後，百變而不離其宗。」[69] 方苞說書法、義法，稱「義以爲經，而法緯之。」義法之生成，與附會之方術，殊途而同歸之如此。

2016 年 6 月 9 日 端午節初稿　香港銅鑼灣 寶馬山

2016 年 10 月 8 日 修訂稿 小女生日前夕 浙江紹興越城區

2021 年 3 月 10 日 增訂稿完成 府城鹽水溪畔寒舍

2021 年 8 月 12 日 初校畢　府城鹽水溪畔

---

[69] 清吳曾祺：《涵芬樓文談》〈命意第十一〉，王水照主編：《歷代文話》第七冊（上海：復旦大學出版社，2007），頁6582。

國家圖書館出版品預行編目資料

論文寫作演繹／張高評著. ── 初版. ──
臺北市：五南圖書出版股份有限公司，
2021.11
面；　公分
ISBN 978-626-317-372-9（平裝）

1. 論文寫作法

811.4　　　　　　　　　　110018887

1XLD

論文寫作演繹

作　　　者 ─ 張高評（205.2）

發 行 人 ─ 楊榮川

總 經 理 ─ 楊士清

總 編 輯 ─ 楊秀麗

副總編輯 ─ 黃文瓊

責任編輯 ─ 吳雨潔

封面設計 ─ 王麗娟

出 版 者 ─ 五南圖書出版股份有限公司

地　　　址：106台北市大安區和平東路二段339號4樓

電　　　話：(02)2705-5066　　傳　　真：(02)2706-6100

網　　　址：https://www.wunan.com.tw

電子郵件：wunan@wunan.com.tw

劃撥帳號：01068953

戶　　　名：五南圖書出版股份有限公司

法律顧問　林勝安律師事務所　林勝安律師

出版日期　2021年11月初版一刷

定　　　價　新臺幣450元

經典永恆・名著常在

五十週年的獻禮——經典名著文庫

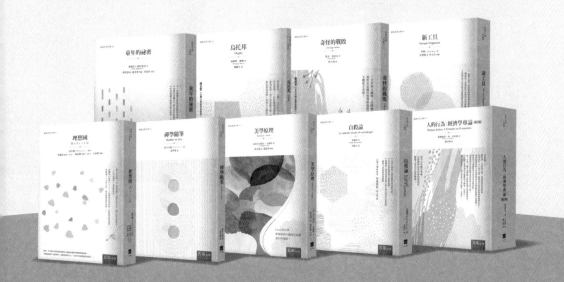

五南，五十年了，半個世紀，人生旅程的一大半，走過來了。
思索著，邁向百年的未來歷程，能為知識界、文化學術界作些什麼？
在速食文化的生態下，有什麼值得讓人雋永品味的？

歷代經典・當今名著，經過時間的洗禮，千錘百鍊，流傳至今，光芒耀人；
不僅使我們能領悟前人的智慧，同時也增深加廣我們思考的深度與視野。
我們決心投入巨資，有計畫的系統梳選，成立「經典名著文庫」，
希望收入古今中外思想性的、充滿睿智與獨見的經典、名著。
這是一項理想性的、永續性的巨大出版工程。
不在意讀者的眾寡，只考慮它的學術價值，力求完整展現先哲思想的軌跡；
為知識界開啟一片智慧之窗，營造一座百花綻放的世界文明公園，
任君遨遊、取菁吸蜜、嘉惠學子！